ラトランド、お前は誰だ?
日本を真珠湾攻撃に導いた男

ロナルド・ドラブキン Ronald Drabkin　辻元よしふみ 訳

BEVERLY HILLS SPY
THE DOUBLE-AGENT WAR HERO WHO HELPED JAPAN ATTACK PEARL HARBOR

河出書房新社

ラトランド、お前は誰だ？
日本を真珠湾攻撃に導いた男

目次

目次

本書を私の父と祖父に捧げる。彼らが「任務（the service）」において何をしていたのか、私は完全に調べたことはなかったが、それを調べようとしていた際、偶然にもラトランドの物語に出会ったのだった。

ＦＢＩが、今も残るラトランドの捜査ファイルの機密指定を解除すれば、おそらく父と祖父が何をしていたか、もっと分かると思われる。

訳注は〔 〕で示した。
その他のカッコは原書に準ずる。

本書は物語性のあるノンフィクションだが、対話や会話の大部分は、一語一句を書き写したものではない。著者は、緻密な調査、インタビュー、個人記録、機密解除された文書、および日米英の専門家との対話からの情報を元に、当時の会話を再現しようと試みたものである。この作品が、事実に限りなく忠実であることを保証するために、あらゆる努力が払われたことを記しておく。

日本語版まえがき

著者にとって自分の本が他国の言語に翻訳されることは大きな喜びだ。私にとって、とりわけ「日本語」に翻訳されることは、特別な意味を持ち、感慨深さがある。というのも日本という国は、私にとって母国アメリカに次いで最も縁のある国であり、最も親しみを持つ国だからである。

ロサンゼルスで生まれ育った私にとって、日系アメリカ人は珍しい存在ではなく、小学校のクラスにも必ずと言っていいほどいた。そのため日本の文化に接する機会は多かったが、それが決定的になったのは大学生になってからである。大学の構内に貼られたチラシは、日本の大学への交換留学の案内だった。コンピュータサイエンスを学んでいた私にとって、一九八〇年代後半の日本と言えば、輝かしいばかりのＩＴ企業を生み出す国である。これは面白そうだと軽い気持ちで応募した。

私が日本に初めて触れたのは昭和の終わり、19歳の大学生として、東京の三鷹にある国際基督教大学（ＩＣＵ）に交換留学したときだった。太陽の光が降り注ぐロサンゼルスで過ごした私には、留学中に住んだ日本の木造アパートはとても寒かった。朝起きて、着るときに冷たくないように、寝る前に服を布団に入れることをすぐに覚えた。

日本語は一言も話せなかったが、毎日朝から6時間以上の授業があり、次の朝には前の日に教わった漢字15個がテストとして出される。初めて習う日本語の構造に美しさを覚えながら、私は日本語を次第に使えるようになっていった。

クラスメートとの付き合いも楽しかった。部活での合宿など思い出せばキリがないが、今でも当時のクラスメートとの交友は続いている。

その後、働きだすと、いつしかスタートアップ業界に身を投じることとなり、気がつくとシリコンバレーで投資家として過ごすようになっていた。そこでも何人もの日本人と知り合いになり、日本企業との仕事もするようになった。さらに投資家としても、日本企業への投資も増え始め、東京とシリコンバレーを行き来する生活が始まった。

その頃、二〇一七年に父が亡くなり、散らかった実家を整理することになった。父は飛行機メーカーに勤めていた。その一方で、米国政府で対スパイ活動に従事していたことを、父は私が20代の頃に打ち明けていた。ただし、生涯でそれ以上多くを語ることはなかった。そんな父の遺品を整理していると、様々な資料が出てきた。中でも一番驚いたのは、父の父、つまり私の祖父も第二次大戦前にスパイをしていたようだったということだ。

祖父はロシアからアメリカに渡った移民一世であり、薬剤師として薬局で生計を立てていた。祖母は近くの店の日本人オーナーらとも友だちだった。また当時は禁酒法の時代である。そんな中、アルコールが手に入るという薬剤師の立場を生かし、祖父は、自分の薬局を掘り地下にバーを開いていたのだ。当時、ロサンゼルス中心街にある劇場やビルなどの地下はすべてつながっており、祖父の薬局もその地下道の一角にあり、劇場にアルコール類を配達していたようだ。そして、当時の日本領事館の場所からも近く、スパイ活動をする人同士の情報交換の場になっていたことは明らかだった。つまり、私の家族は約１００年にわたって日本とつながっているのだ。

父の活動をより詳しく知り、さらに「おじいちゃん」の知らなかった一面を知ったことから、私の好奇心に火がついた。「おじいちゃんはどんな活動をしていたのだろう」。そこで、私はまずオンラインで調べ、当時のスパイのリストを作った。さらに当時の資料を集め始め、ＦＢＩに連絡して、自分のリストに載っている人々について、どのような情報があるかを尋ねた。そんな中で、非常に興味深い人物と出会った。それが本書の主人公であるラトランドである。「エピローグ」にも書いたが、幸運なことにＦＢＩは、ラトランドに関するファイルを機密解除した直後であり、私はこの稀有な人物の活動を詳細に知る、最初の一人となった。

本書の執筆には、多くの日本人にもお世話になった。私が突然メールで問い合わせたにも関わらずていねいに返信をくれたり、私一人では到底たどり着けなかった日本の文献を教えてくれたりする人々に恵まれた。私が日本語を理解できたことはこの物語の完成に貢献したが、同時に、協力してくれた日本人の方々の存在なくして、本書は生まれなかった。また本書のための調査と執筆を進めていた頃、私の生活にも変化があった。日本での仕事が増え、二〇二二年からは東京に住むようになったのだ。つまり、本書の半分くらいは東京で執筆したことになる。

そんな本書が日本語で出版されるのは、私にとって言葉に表せない喜びがある。史実を探る本書だが、歴史書ではなく、知られざる事実を明かすノンフィクションとして書いたつもりだ。何より、私自身の純粋な好奇心から「面白い」と思ったことを調べたに過ぎない。日本の読者の皆さんも、面白がって本書を読んでくれることを願ってやまない。

二〇二四年九月

東京の日本家屋にて
ロナルド・ドラブキン

ラトランド、お前は誰だ？

日本を真珠湾攻撃に導いた男

第1章　真珠湾攻撃

1941年12月6日

アメリカ海軍太平洋艦隊の司令長官、ハズバンド・キンメル海軍大将はこの日、彼としては珍しくクリスチャン・サイエンス・モニター紙のジョゼフ・ハーシュ記者によるインタビューを受けた。ハーシュはキンメルに対し、日本軍は合衆国を攻撃すると思いますか、と尋ねた。

「いやあ、君。彼らがそこまで愚か者だとは思えませんよ」

それは、日本軍による真珠湾攻撃の前日のことだった。

アメリカ合衆国は当時、日本の2倍の人口、膨大な天然資源、そして5倍の経済規模を持っていた。日本軍は攻撃できない、と言っているのではない。そうはしないだろう、ということだ。多くのアメリカ人と同様にキンメルも、日本がはるかに強力なアメリカを攻撃すれば、それは国家的自殺に等しい、と考えていた。

その軽率な態度とは裏腹に、キンメルは、攻撃があるかもしれない、という情報を受け取ってはいた。アメリカ陸軍と海軍は、マジック（ＭＡＧＩＣ）と呼ばれる極秘計画の下、日本大使館が東京に打電した外交電報を解読していた。最近、アメリカ海軍の当局は、戦争を警告するメモをキンメルに送付していた。

11月27日、キンメルは「この〔日本の艦隊の〕派遣は、戦争の警告とみなされるべきである」という内容のメッセージを受け取った。

12月3日には別のメモが届いた。日本政府は総領事館に対し、暗号機1台だけを残し、その他の暗号書と暗号機をすべて破棄するよう命じた、とのことだ。戦争が差し迫っていることを強く示唆するものである。

攻撃当日〔12月7日、日本時間8日〕の午前6時30分、米駆逐艦ウォードは、真珠湾の外で日本の潜水艦〔特殊潜航艇「甲標的」〕を撃沈した、と報告した。1時間後、米陸軍のレーダー観測員が、画面上で大量の機影を確認した。それらはホノルルに向かって飛んでいたが、スコープに映ったのは米軍機だと、彼らは思い込んでいた。

まさにその時、オアフ島のすぐ北を、日本の攻撃隊の先頭を行く中島飛行機の雷撃機〔九七式艦上攻撃機〕が旋回していた。天蓋を後ろに滑らせて開けたのは、総隊長の淵田《ふちだ》美津雄《みつお》中佐である。淵田は萱場《かやば》製作所の信号拳銃を手にし、窓の外に発煙弾を1発、発射した。フレアが早朝の空を照らした。各搭乗員に対し、「予定通り」と伝える合図だった。天気は晴朗ながら、空には雲が点在していた。攻撃隊は高度を下げ、島の南側から目標に接近した。

数分後、淵田は真珠湾に米軍の艦船を発見した。それは静かな日曜日の朝で、多くのアメリカ人水兵はまだ眠っていた。それから1時間以内に数千人が死亡し、アメリカ太平洋艦隊は壊滅状態となるのである——。

＊

攻撃後の数日間、アメリカ人の大部分は3つの考えに取り憑かれていた。何が起こったのか？　どうすれば日本人に復讐できるか？　そして、これは誰の責任なのか？

数日後、Ｊ・エドガー・フーバー〔ＦＢＩ＝連邦捜査局長官〕が、ルーズベルト大統領に書簡を送った。この奇襲の責任は、現場の指揮官、及び外国海軍からの脅威を予測するための担当機関であるアメリカ海軍情報局（US Navy's Office of Naval Intelligence：ＯＮＩ）にある。フーバーの指摘は正しく、確かにＯＮＩは混乱に陥っていた。つい3週間前に新しい局長が就任したばかりだったが、彼はこの年の間に着任した4人目の局長だった。

報道陣とアメリカ国民が、血眼になって犯人探しをしていた。そんな中で、アメリカ政府は「何が起こったのか」について初期調査を開始した。しかし、マジック計画の存在を秘匿する必要があったため、徹底調査は不可能だった。そしてフーバーが望んだ（そして意図した）ように、現場の指揮官だけが責任を負うべきである、という結論になった。こうして海軍のキンメル提督と、陸軍のウォルター・ショート中将が解任され、階級降等の憂き目を見た。

１９４４年になり、陸軍長官〔ヘンリー・スティムソン〕は大規模な調査を開始し、ＪＡＧ（Judge Advocate General's Corps：法務総監部）のヘンリー・クラウゼンを中心に据えた。クラウゼンは８００ページにわたる報告書を発表し、責任は現地指揮官の2人だけにとどまるものではない、とした。クラウゼンはマジックの機密ファイルに完全にアクセスする権限を持ち、海軍及び海軍情報局、陸軍情報部、ダグラス・マッカーサー元帥、国務省、ホワイトハウスを含む１００人以上の人々に聴取して、この結論に達した。——しかし不思議なことに、ＦＢＩ本部については不問に付された。

１９８２年、ジョン・トーランドは著書『真珠湾攻撃（Infamy:Pearl Harbor and Its Aftermath）』の中で、真珠湾で奇襲を受けた責任の多くは、ワシントンの上層部、それも名前が伏されている人々にある、と主張した。ただしこの時点で、本件に関するＦＢＩの責任を示すような公的な証拠は何もなかった。

しかし、最近になって公開されたFBIのファイルには、ある捜査官が日本のスパイに関するメモを書いていたことが示されていた。「エージェント・シンカワ」なる諜報員のことだ。ファイルの中で、このFBI捜査官は書いている。謎の日本人エージェントが寝返り、アメリカ海軍のスパイになった。だが、フーバー長官から直接指令が届き、FBIにとってはまさに恥部というべき部分なので、シンカワの情報を部外者には話さないように、と釘を刺された——。

今こそ、「エージェント・シンカワ」なる人物の全貌が語られるべきであろう。FBIは最近、シンカワに関するファイルの約3分の2を公開した。さらにイギリスでも、MI5〔エムアイファイブ。軍事情報部第5課〕が、この人物に関する1000ページ以上のファイルを完全公開した。日本海軍の情報将校たちは、敗戦の迫る1945年、シンカワたちに関するファイルを燃やし、日吉の司令部〔海軍総隊司令部〕上空には何日間も煙が立ち込めた。だがシンカワの業績は、複数の日本海軍の提督による著書（いまだに英語には翻訳されていない）の回想録の中に、今も残っている。

日本のスパイだった「エージェント・シンカワ」は、確かに二重スパイだった。彼はアメリカ海軍情報局を支援し、日本の奇襲攻撃を予期させようとしたのである。しかしFBIはそれを信用せず、彼は現場から排除されてしまった。

実はシンカワは、日本人でもアメリカ人でもなかった。彼はイギリス人だったのである。しかも、ある意味でセレブ、VIPですらあった。彼は遅まきながら、真珠湾攻撃を阻止するべくアメリカを支援しようと努力したのだが、一方で、攻撃の主力を担った日本の空母の設計に個人的に貢献していた。日本海軍は彼の助言を得て、有名な三菱の零式艦上戦闘機（零戦）の設計を変更した。さらにこの人物は、真珠湾攻撃で淵田中佐が使用した信号拳銃を生産した萱場製作所の最初の投資家ですらあった。彼は長年にわたり、ビバリーヒルズに住んでいた。現在の価値で1400万ドル〔2023年時点で約22億円〕

相当の豪邸である。彼はイギリス海軍のカリスマ・パイロットであり、第一次世界大戦の英雄でもあった。２０２３年にオンラインで公開されたばかりの当時の新聞紙面を見ると、彼が頻繁にセレブを集めたパーティーを主催していたことが分かる。顔ぶれとしては〔俳優の〕チャーリー・チャップリン、ボリス・カーロフ、ナイジェル・ブルース、ダグラス・フェアバンクス、他にもアメリア・イアハート〔有名な女性飛行家〕、それにオノ・ヨーコの父親までいた。

これは大日本帝国海軍のスパイ、「エージェント・シンカワ」ことフレデリック・ラトランドの物語である。彼には他にも「ユトランドのラトランド（Rutland of Jutland）」など、多くの異名があった。これは一人の野心家の、大胆かつ壮大、そして世界を変えるほどの出来事の物語といえる。

だが一方で、そのほとんどが、「見逃されたチャンス」の物語でもあるのだ。

第2章

ユトランド沖海戦

1916年7月31日

王立海軍〔The Royal Navy：イギリス海軍のこと〕巡洋戦艦艦隊の旗艦は、巡洋戦艦ライオンである。その日、艦橋に立つ司令官、デイヴィッド・ビーティー中将は、不安気な表情をしていた。北海はピューターブルー〔濁った水色〕で、波が荒々しくうねり、人を寄せつけない怒りに満ちているようだ。午後になると霧すら立ち込めてきた。午後2時15分、ビーティー提督はメッセージを受け取った。「敵を視認せり」。それは軽巡洋艦ガラテアから届いたもので、発信者は艦隊を先導する軽巡洋艦戦隊の指揮官、エドウィン・アレグザンダー・シンクレア代将であった。

ガラテアはイギリス艦艇の中で最初に敵を発見し、すぐに砲撃を開始した。まず、ドイツの駆逐艦に対し、短時間の遠距離砲戦を試み、次いで、巡洋艦に砲撃目標を切り替えた。敵巡洋艦からの砲弾がガラテアに命中したが、奇跡的に炸裂しなかった。霧と悪天候、そして砲戦に続く混乱の中、ガラテアはドイツ艦隊の位置と構成を、適切に本隊に伝えることができず、午後2時40分、「東北東方向の一艦隊より、大量の煙が発生せり」と無線で連絡した。

ビーティー提督は、自分の艦隊に「砲声に向かって前進」と命じた。それは危険な行動である。敵がどこにいるのか、兵力がどのくらいか、皆目、見当がつかなかったのだ。そこで彼は、飛行機を使って敵情を偵察してみることにした。この日、洋上にあったイギリス艦船１５０隻のうち、飛行機を搭載するのは水上機母艦エンガディンのみだった。ビーティーはエンガディンに対し、ドイツ艦隊の捜索を支援するべく、搭載する4機の水上機のうち1機を飛ばすよう命じた。

この任務に選ばれたパイロットは、フレデリック・ラトランド〔当時、海軍飛行中尉〕だった。飛行を命じられた際、彼は歓喜の叫びを辛うじて抑えた。何しろこれは、イギリス海軍史上でも明らかに最も重要な航空作戦である。しかも彼は、重任に抜擢されたのだ。

彼は甲板を歩きながら、天候を理由に危険な任務がキャンセルされる可能性を危惧していた。確かに、平時であれば間違いなく任務は中止されていただろう。だが、今は博打を張るだけの値打ちがあった。理論的には、彼がドイツ艦隊の正しい位置を伝えることができれば、この戦い、あるいは戦争そのものの帰趨すら左右できるはずである。それは、「棒切れと紐で出来ている」と称される木製羽布張りのショート・ブラザーズ複葉機を操る一下級士官の彼としては、望外の好機だった。

水上機の離水は、たとえ晴天であっても危険を伴う作業だ。エンジンは頻繁に故障し、飛行機が水上にいる際に艦隊側の視界から外れた場合、簡単に致命的な衝突事故を起こす可能性すらあった。

このような初期の水上機は、艦艇の甲板から発進することはない。甲板からクレーンで水面に降ろされ、そこから離水するのである。ラトランドは1か月前の悲惨な作戦を想起していた。あの時は、高波によって複数の飛行機が衝突し、失敗したのだ。しかし今回は、他の味方機を心配することはない。不思議なことに、彼の顔に笑みが浮かんだ。今日、手柄を立てれば、すべてを彼が独り占めできるはずである。

ラトランドは、甲板員が飛行機の発進準備をするべく、骨の折れる作業を効率的に行うのを眺めていた。まず乗組員たちは、扱いにくい格納庫のドアを開放した。母艦が激しいうねりで揺れたので、ラトランドは駆け下りて、飛行機を甲板上で組み立てている乗組員を手伝った。ショート水上機には車輪がなく、大きなフロートがあるだけだから、1588キログラムもの重量がある機体を、所定の位置に移動させるだけで大仕事になり、数分間を要した。

次に甲板員はクランクを回して翼を展開し、所定の位置に固定した。さらに彼らは、機体と245馬力のエンジンをチェックし、クレーンを調整して飛行機を静かに持ち上げた。飛行機と操縦士のラトランド、そして後席の搭乗員ジョージ・トレウィンは、母艦の横の水面に降ろされた。甲板員は20分以内に飛行機の準備を終えたが、これは新記録だった。これまでの記録が晴天の港内で樹立されたものだったことを考えると、非常に印象深い快挙だ、とラトランドは思った。

ラトランドは、乗組員たちが発進準備を整えるのを見ながら、心を落ち着かせた。自分がこの任務に抜擢されたのは、頭の良さ、努力、総合的な優秀さのおかげなのだ。常にあらゆる困難を乗り越えてきたのだから――。彼の同僚の操縦士のほとんどは、オックスフォード大学かケンブリッジ大学、王立海軍大学を卒業した後、海軍士官として任官した者ばかりである。一方、ラトランドは日雇い労働者の息子で、中等学校中退者である。海軍に入隊した時の階級は「2等年少兵〔second-class boy：15～17歳の見習い水兵〕」だった。ラトランドは極貧家庭の出身で、幼少期に著しい栄養不足であったため、入隊時の身長はわずか157センチメートル、体重は約39キログラムしかなかった。

ラトランドとトレウィンは、エンジンを始動する前に水上機の最終チェックを行った。そこから風に向かって向きを変え、離水するのである。洋上の戦闘が激化するにつれて、遠くの爆発音がはっきりと聞こえてきた。うねりに沿って跳ねながら操縦桿を引き戻すと、機体はゆっくりと空中に持ち上がった。ラトランドはホッとした。さらに時速88マイル〔約142キロメートル〕の最高速度まで増速し、高度わずか900フィート〔約274メートル〕で低い雲の真下を飛んだ。艦艇から上がる煙に向かって進んでいくと、約10分後にドイツ艦隊を発見した。視界が悪いため、敵の軽巡洋艦と駆逐艦のすぐ近くを飛行するしかなく、さらに接近しようとした。すぐそばまで行くと、下から煙が上がっているのが見えた。敵艦のあらゆる砲が、彼の水上機に向けて発砲してきたようだ。

ラトランドは、この時のドイツ側の砲撃について「砲弾が私の機の翼上、あるいは前後で爆発したので、かなり的確なものだった」と評している。トレウィンは、艦隊に報告を送信するプロセスを開始した。ラトランドは彼に、敵艦の数と種類を告げ、トレウィンはそれらを書き留めた上、復唱して確認した。次に、その情報を暗号コードに変換し、モールス信号の「トン・ツー」符号を叩いた。送信中、ラトランドは飛行機の向きを変え、確実にドイツ軍の砲の射程外に出てから、さらに他のドイツ艦船を探した。

ラトランドは、トレウィンがすっかり怯えてしまっているのを察知したが、ドイツ艦船の構成と座標をイギリス艦隊にうまく伝えることはできた、と確信した。ところが、トレウィンが無線通信による報告を終えるとすぐに、ドイツ艦隊は１８０度の針路反転をした。ラトランドは、もう一度やり直さなければならなくなり、ドイツ艦隊に再び近寄った。敵艦艇が再び砲撃を開始したその時、トレウィンは敵の新しい位置と方向を伝えた。

ラトランドは無線機についても思いを巡らした。屋根のない開放式操縦席に雨が降り込んできたが、これでも無線機はうまく機能するだろう、と彼は思った。なにしろ彼は、無線機の設計を自分で改良していたのだ。2年前、彼が新人パイロットとして配属された頃、海軍機の無線は雨が降るとショートしていた。彼は個人の作業場を開設し、通常の戦闘任務が終わった後の自由時間を使い、夜遅くまで電子機器の実験を行った。そこで彼は、無線機の電源の防水性が不十分であることに気付き、改良を行った。この経緯を文書化し、海軍本部に詳細な報告書を提出した。

イギリス海軍は直ちに彼の改良を、艦隊が保有するすべての飛行機のあらゆる無線機に導入した。

この件で彼は公式に表彰を受けた。新任士官が艦隊全体に及ぶような改善に寄与することは、甚だ稀である、とその文面にあった。彼は功績を認められて得意満面だったが、実のところ、彼にとって今回のことは簡単な案件だった。このさらに10年前、17歳の兵曹だった彼は、潜水と電気技術のエキスパートだったから、電気システムの防水施工などお手の物だった。ラトランドは常に飛行機、電子機器、戦術に同様の段階的な改善を加えており、それが今、注目すべき任務に彼が選ばれた理由となった。彼は持ち前の才気ゆえに、この日、ユトランド上空を飛んでいるのである。

　ラトランドは他のドイツ艦艇を見かけなかったので、任務の成功に興奮しつつ、味方の艦隊に向けて引き返すことにした。飛行機の翼をチェックしたが、ドイツ軍の砲弾は、奇跡的に外れたようだった。ほんの数マイル離れた位置にイギリスの艦船を発見したが、その瞬間、エンジンが異音を上げて不調になり、ついにお釈迦になってしまった。出来るだけドイツ艦隊から離れ、接近してくるイギリス艦隊に向かって滑空を維持しようとしたが、結局、水上機を海面に着水させるしかなくなった。

　ラトランドは操縦席から出て水上機のフロートに乗り、前部によじ登ってエンジンを修理しようとした。うねりが高く、バランスを保つのも大変だったが、見上げながらほんの一瞬だけ、雄大かつ恐ろしい光景を目にした。史上最大の海戦になりつつあったこの戦いで、英独両艦隊は互いに接近を続けていたが、不運にも彼らの飛行機は、戦闘の真っただ中、両艦隊のちょうど真ん中の地点に着水してしまったのである。頭上を両方向に飛びすぎる彼我の砲弾重量は、それぞれ最大２０００ポンド〔約９０７キログラム〕にも達する。自分たちの飛行機の重量ほどもある代物だ。ラトランドはエンジンルームを開け、すぐに解決できることを期待して調べ始めた。エンジンが完全に駄目になったのではないか、と懸念していたが、いや、それは単純な機械的故障だった。飛行機の性能の限界を超えた操縦をしたので、そもそも壊れやすいエンジンに過負荷がかかり、燃料管に穴が開いてしまったのだった。間違いなく問題だが、彼なら解決できるものである。うねりで体勢を崩しながらも、ラトランドは飛行機のフロートを握りしめ、目の前の仕事に集中した。
着ている飛行服をあちこち探り、穴を塞げるものを探し始めた。ゴム片を使って補修部品を作り、燃料管の穴を塞ぐことにした。少なくとも、今のところはそれで済むはずだ、と彼は思った。作業が済むと彼は、エンジンルームを閉めて操縦席に飛び乗り、再び空中に舞い上がってドイツ艦隊の横を通過することにした。彼我の戦いは均衡を保っており、彼は以後も自分の任務を果たし続ける覚悟を決めていた。

彼らは母艦エンガディンに帰投しながら、修理をした状況を報告した。ラトランドは水上機をエンガディンの横に着水させ、2人の搭乗員は異状なく艦上に回収された。ラトランドとトレウィンが引き上げられたその時、付近にいた巡洋戦艦インディファティガブルが、ドイツ側の砲火を受けて爆発した。数分以内に巡戦クイーン・メリーも同じ運命をたどり、1200人以上の英国水兵と、日本海軍の観戦武官1人〔下村忠助少佐〕が死亡した。ビーティー提督は旗艦の艦長〔アーンル・チャットフィールド大佐〕に言った。

「チャットフィールド、どうなっているんだ！　何か問題があるようだな」

ラトランドは甲板上から、味方の2隻の巡洋戦艦が炎上するのを恐怖の表情で眺めた。煙がいたるところに漂い、残りのイギリス艦隊の砲手は正確な照準を付けることが出来なくなった。彼は艦長に働きかけ、私たちを再び発進させてほしい、そうすれば、ドイツ艦の正確な座標を砲手に無線で知らせることができると申し出た。天候がかなり悪化していたため、艦長の答えはノーだった。ラトランドは怒り心頭だったが、この後は、史上最大の海戦が展開し続けるのを、なす術もなく見守ることしかできなかった。

水上機母艦エンガディンは、大口径砲や装甲を欠いていたため、主力部隊の邪魔にならないよう、戦列のすぐ後ろに留まって待機し、再び必要となった場合に備えた。その間、さらにイギリスの装甲巡洋艦ＨＭＳ〔His Majesty Ship とは英国王陛下の艦艇。正式にはすべての艦名にＨＭＳが付く〕ウォーリアに敵の11インチ〔28センチ〕砲弾が激しい衝撃を与えた。同艦の複数個所で火災が発生し、浸水も始まった。エンガディンは前進してウォーリアを安全な場所まで曳航するよう命令され、同艦に太い鋼製の曳航索を取り付けて、ゆっくりとブリテン島〔英本土〕に向かって進んだ。

翌朝、ウォーリアの喫水線と甲板の間は、わずか4フィート〔約122センチメートル〕しかなくなっていた。巡洋艦の隔壁は崩壊しつつあり、友軍の港に到着する前に沈没するであろうことは明らかだった。エンガディンの乗組員は、ウォーリアの生存者、約800人の移乗を開始したが、荒れた海で非常に困難な作業となった。多くの負傷兵が担架に横たわっていた。幸いなことに、エンガディンはかつて、〔水上機母艦となる前は〕海峡を渡る汽船だったから、ゴム製の防舷材を装備していた。このため、救助を容易にするべく、両艦を十分に接近させることが出来た。水兵たちはまず、無傷の者たちの腕と手をつかみ、引っ張って渡った。彼らが無事に乗艦すると、今度は負傷者を担架に乗せて渡し始めた。巡洋艦の艦長と、残っていた士官がエンガディンに移乗した際、ある負傷者が担架から海に落ちた。

ラトランドは舷側に駆け寄り、負傷者を目で追った。数人の乗組員が、もやい結びで投げ縄を作り、つかまらせようとしていた。溺れた負傷者が衰弱していても、縄ならつかむことができるかもしれない。

ラトランドは、困難な瞬間に独り言を言う癖があった。彼はぶつぶつと、この縄をどう使うかを考え、それから甲板上の水兵たちに対し、縄の一端をつかめ、俺はもう一端をつかむから、と命じた。彼らが制止する前に、ラトランドは舷側から腕を伸ばして懸垂してぶら下がり、その後、冷たい水に身を沈めた。彼は負傷者に泳いで近付き、もやい結びを自分に巻き付け、甲板の乗組員たちに「引き上げろ」と叫んだ。

2人が水から上がったとき、エンガディンがウォーリアを曳航するために使用していた鋼の曳航索が、救助ロープに接触して切れた。ラトランドは意識を失っている負傷者に「すまんな」と声をかけた。「また落っこちるかもしれんぞ」。そのまま艦が航行を続けた後、ラトランドたちは甲板に引き上げられた。負傷者も彼も、ぜいぜいと息を切らして喘いだ。エンガディンの乗組員が曳航索を外し、エンガディンは、波間に消えるウォーリアに引きずり込まれないですんだ。

エンガディンはウォーリアから移った乗組員で混雑していた。その中には、約100人の負傷兵と、多数の死者も含まれていた。英国のロサイス港に到着したエンガディンは、最初に負傷者を上陸させた。ウォーリアの艦長は港で演説し、ラトランドの救助に熱烈な感謝の意を表した。ラトランドはこれを聞いて、賞賛をいささか面映ゆく感じた。人命救助は自分がやるべきこと、義務である、と考えていたし、こうも言った。「あの行動は劇的に見えたかもしれませんが、自分は本来、経験豊富な海軍の潜水員出身で、これまでに何十回も、舷側から水中に飛び込んだことがあるものですから」。そ

イギリス海軍の軍服姿で水上機母艦の甲板に立つ、若き日のラトランド。(Imperial War Museum)

ラトランドのショート水上機。「棒切れと紐でできている」といわれた初期の木製羽布張りの飛行機を操縦することは、極めて危険だった。

れに、鋼鉄の曳航索が救助ロープに接触した一瞬を除けば、彼の命が実際に危険にさらされたことなど、一度もなかったのである。

しかし、ウォーリアの艦長は述べた。君が横をすり抜けて行動する様を見ていた人々は、そういったことは何も知らなかったのだし、何よりもウォーリアの乗組員は、非常に感情的な圧迫下にもあった。何百人もの水兵が死亡または負傷したが、生存者たち自身も、生きていて幸運だったと認識している。彼らは、ほぼ全員がクイーン・メリーやインディファティガブルの戦死者たちのようになる可能性があったのである――。確かに艦長としては、自分の命を危険にさらしても1人の水兵の命を救おうとしたラトランドを、どれほど賞賛してもほめ過ぎではない、と考えたのは当然のことだったのかもしれない。

翌日、イギリスのマスコミは、自国の将兵の勇気と行動を熱心に報じようとした。ラトランドには「ユトランドのラトランド」という新しいニックネームが奉られた。彼は殊勲十字章（Distinguished Service Cross）の叙勲候補者となり、その後、正式に「フレデリック・ラトランド、DSC」として知られるようになった〔イギリスでは、勲章などの栄典を受けると、略語を姓名の後に付けて名乗る〕。何かと盛りだくさんだったこの月、彼にはさらにビッグニュースが続き、最初の子供が誕生した。彼は長男にフレデリック〔愛称はフレディ、フレッド〕と名付けた。そして8月18日、ロンドン・ガゼット紙は、「その勇敢さゆえに赫々たる賞賛を得てきた」ラトランドが、さらに新たな叙勲の対象者になったことを報じた。1級アルバート勲章（Albert Medal, First Class）金章である。これは人命救助に対する勲章であり、「非常に英雄的かつ大胆な行動をとった場合」にのみ与えられるものだった。アルバート勲章は死後遺贈というケースが多く、それを生きているうちに授与され、身に着けることができる存命者は当時、ラトランドただ一人であった〔この勲章はその後、廃止され、ジョージ十字勲章と統合された〕。ラトランドは同じ月内に2度も勲章叙勲式に招かれ、国王ジョージ5世に拝謁する機会を得た。

国王に謁見した時も、ラトランドは冷静で自信に満ちていた。彼は今や国民的英雄となったが、決して謙虚な人物というわけではない。賞賛を重ねて得た後も、さらなる賞賛を求める人物だった。当時のラトランドの部下で、後にイギリス空軍元帥となるウィリアム・ディクソンはこう語っている。
「ラトランドは脚光を浴びることに貪欲だった。記者が艦に来た時も、彼は他の士官に気付かれないよう、気を配っていたね」

後にラトランドは、この件について息子のフレデリックと話した。このたった一度の人命救助が、いかにして金章の獲得や、国王との拝謁につながったのか。彼はフレデリックに言った。同様の勇気ある偉業は、戦争中に何千回も起こったに違いない。私の件で違っていたのは、ネタを探していた記者たちが、それを知ったことだ。言い換えれば、ヒロイズムとは何か珍しいことをすることではなく、単に、誰かがたまたま、それを見ている時に、自分の仕事をすることなのさ――。このように彼は息子に説いたのだった。

その時点から、〔ロジャー・〕キーズ〔元帥〕、〔ハーバート・〕リッチモンド〔大将〕、〔ウィリアム・〕パケナム〔大将〕（日本海海戦で観戦武官として戦艦「朝日」に乗っていた）を含む多くの最高位の提督たちが、イギリス海軍の航空機の運用方法について、彼の意見を求めるべく、直接連絡を取ってくるようになった。ラトランドにとってこれは、将来のトップランクへの昇進が確実であることを示していた。

しかし、それが突然、変わったのである。

第3章 イギリス空軍での挫折

1917〜22年

ユトランド沖海戦は、航空機が母艦から発進して参戦した初の海戦だった。この戦闘に参加したのはラトランドが操るたった1機で、母艦から発進し、敵艦隊の位置を特定し、無線で敵の位置を知らせるという単純な任務をこなした。ラトランドはユトランド沖海戦で、わずか52分間でこの偉業を達成した。しかし、ラトランドの功績がマスコミで喧伝されると、先見の明のある者たちは、航空機が海戦の勝敗を左右し始めるのは時間の問題である、と悟った。今後、飛行機はますます速くなり、より遠くまで飛行し、ますます強力な武器を装備するようになるであろう。最終的には、戦艦が時代遅れになるほど強力になるだろう、と推測した。

そして実際に、戦艦の時代がついに終焉を迎える瞬間が、ほぼ四半世紀後の真珠湾攻撃で訪れ、日本軍機が米戦艦4隻を撃沈破することになる。フレデリック・ラトランドの物語は、ユトランド沖海戦から真珠湾攻撃、およびその間にあった、あらゆる主要な技術的進歩に関わるのである。また、ここがおそらく特異な点であるが、ラトランドは世界の最も先進的な三大海軍国、イギリス、アメリカ、日本のすべてにアドバイスを提供した人物でもある。
もちろん、1916年当時、タイムズ紙などでラトランドの功績を読んだ大多数の人々は、その偉業が将来にどのような影響を与えるかを理解していなかった。彼らが知ったのは、新たに有名になった「ユトランドのラトランド」というニックネームだ。これは部分的には、仕組まれたものだったといえる。ユトランド沖海戦の勝負は、せいぜい引き分けだった。世界最強を誇るイギリス海軍としては、この海戦でドイツ海軍を撃破できなかったことは恥辱であり、英国民の士気にも悪影響を及ぼすものだった。

したがって、イギリス海軍としては、イギリスのヒロイズムと技術的優位性の両方の象徴として、ラトランドのニュースを大いに広めようと腐心した。さらに、「ユトランドのラトランド」という響きは大いに大衆受けするものだった。新聞を読んだイギリス国民は、自分たちの新しいヒーローについてもっと知りたい、と思った。伝記作家のデズモンド・ヤングが述べているが、フレデリック・ラトランドは「キツネ狩りに出かけ、マルタでポロ競技をし、外国の港でカクテルパーティーに血道を上げるような、良い家柄出身の勇敢なる若き海軍士官の一人」ではなかった。

確かに「良い家柄」の出身ではない。彼は、港湾都市ウェイマスの日雇い労働者の息子として生まれた。この街は、イギリス海軍の根拠地に隣接している。ラトランドも、ウェイマスの貧困に苦しむ多くの少年たちと同様、白い軍装に身を包み、従兵を連れた海軍士官たちが、艦艇を出入りする姿を見て育った。幼い頃から彼は、あの中に自分も加わりたい、と憧れていた。下層階級出身で、まともな教育を受けていない少年の身では、将校になることは不可能であったが、下士官兵としてなら、つまり一般的に「ロウワー・デッキ〔lower deck：下甲板〕」と呼ばれる身分でなら、海軍に入隊できることも彼は知っていた。

1901年、14歳になった彼は学校を中退し、地元のホテルで製菓職人として働き始めた。富裕層の常連客のためにお菓子を作る仕事である。この仕事のおかげで、久しぶりにまともな食事にありつけたので、当初はこの職に満足していたが、やがて海軍への志願を決意した。とはいえ、志願入隊はかなり大変なことだった。ラトランドは、海軍が年少兵に求めていた多くの特徴を持っていた。聡明で、学校ではどの学年でも首席前後の成績を収め、極めて機械好きだった。学校の恩師たちも、彼の生まれ持ったカリスマ性と感じの良さに注目していたので、喜んで彼を推薦してくれた。先生方は、彼が級友たちをからかう傾向について、もっと自制すべきである、としたが、それは大きな問題ではない、とも指摘した。イギリス海軍は、兵員に軍紀を叩きこむことには長けているからだ。

しかし、小柄で栄養不足のラトランドは、体格の最低基準をクリアするのが困難だった。彼としては、海軍が彼の童顔を見て、まだ成長し続けるだろう、と推測してくれるよう望むばかりだった。さらにもう一つ、問題があった。応募可能な最低年齢は15歳で、彼は若過ぎたのだ。しかし、年齢は単純に誤魔化すことにし、父親に同意書のサインをもらい、申請書を提出した。1週間後、合格を知った時、彼は大喜びした。

当時のイギリス海軍の理念は、若い水兵たちを十分に教育し、船舶のあらゆる部分について、知っておくべきことをすべて教える、というものだった。練習船のHMSボスコーウェンは、もともと帆装軍艦としてウェイマスで建造され、ラトランドが乗艦した時には、まだ部分的に帆が装備されていた。すでに帆装の通常艦艇は就役していない時代だったが、それでも訓練課程には、少年たちに帆の張り方を学ばせる実技が含まれていた。帆走中の帆の操作技術を学ぶことは、実用的な技術ではなかったが、少年たちが海軍生活の基本を身につけ、イギリス海軍水兵たるべき精神を理解するのに役立つ、と信じられていたのである。

そして皮肉なことに、ここで帆の操作技術を学んだことが、後にラトランドが、飛行機で安全に離着艦する技術の先駆者として成功する鍵の一つとなるのである。ラトランドが操縦することになる初期の複葉機は、マストに帆を装備した船と同様、木材と布で出来ていた。彼がここで風と帆布、水に対する理解を深めたこの経験は、16年後、海軍のエリート航空隊の主導者として、強風の中、飛行機を母艦に着艦させる方法を決定する役職に就いた時、さらに役立つことになる。

ラトランドは、中等学校の教師たちを味方につけたのと同じように、海軍の上官たちにも、その優秀さを印象付けた。彼は高い技術的適性を示し、関わったすべての機器の専門家になった。魚雷の発射には電気が必要だったので、船舶の電気艤装を習得し、新分野だった無線通信にも熱心に取り組み、技術を隅々まで学んだ。彼はたちまち1等年少兵に昇進し、潜水員としてHMSマイノーター〔装甲巡洋艦〕に配属され、練習船を降りた。

1910年には、ラトランドは勤続9年を迎えていた。彼はポーツマス近くの潜水学校に通いながら、近くの飛行場を離着陸する王立航空軍団（Royal Flying Corps：RFC）に属する海軍飛行隊（naval wing）の飛行機を夢中で眺めていた。空の世界に魅せられた彼は、RFCへの転属を決意した。ただし、パイロットになれるのは将校のみ。そのためには任用試験があったが、筆記科目を突破するのは、中等学校を中退した彼には不可能に近いものだった。しかし、20歳の学校教員、ドロシー・ノリスが勉強を教えてくれたので、ラトランドはこれに合格した。ドロシーは、後に彼の妻となる。

1911年11月、ラトランドに関する海軍の考課表は、彼の実績を称賛し、「熱心かつ忠実」な人物、と評した。別の考課者は、彼の成績は「傑出」したものである、と最高点の所見を付けた。24歳になったラトランドは、乗務していた水雷艇から異動し、創設されたばかりの王立海軍航空隊（Royal Naval Air Service：RNAS）に移籍し、王立海軍飛行学校（Royal Navy Flying School）に入校した。学校はロンドンの東約90キロに位置するケント海岸のイーストチャーチにあった。そこで彼は、ショート社のプッシャー式〔エンジンが後部にある型式〕複葉機に乗り、飛行技術の基礎を学んだ。技術面では、彼はうまくやった。しかし、彼はクラスの中では除け者のような感じだったし、実際そうだった。彼は他の練習生より10歳近くも年上で、身長はいまだに5フィート7インチ（約170センチメートル）、そして日雇い労働者の息子なのだ。

だがラトランドは、その操縦能力で急速に知られるようになった。それ以上に、彼の技術的能力の高さが有名になった。練習生たちが操る飛行機のエンジンは、頻繁に故障した。彼はロウワー・デッキとして10年以上も艦隊勤務をしたため、飛行機のほぼすべての部分を修理し、改良することが出来たが、他の生徒たちには、彼に匹敵するような経験がなかった。

ある日、同僚の新人パイロットが、エンジンの修理に手間取っているのを、ラトランドは少し面白がりながら見物していた。結局、彼はその練習生を助けてやったが、下層階級の訛り丸出しの言葉から、優越感がひしひしと伝わってきたので、その同僚はイライラした。より正確に言えば、その同僚は、ケンブリッジ大学で古典を読み、社会的階級として優れていたにもかかわらず、技術面ではラトランドに遠く及ばない、という事実に気付いてしまったのである。しかし、同僚との人間関係でいくらかの問題があったにしても、ラトランドの優秀さは上官に感銘を与えた。彼の人事考課表はすぐに、高成績と爾後《じご》の可能性への期待にあふれた、熱烈なコメントでいっぱいになった。

飛行訓練を終えたラトランドは、水上機の訓練を受けるためにカルショット海軍航空基地に移った。そして、最終的に水上機母艦エンガディンに配属されたのである。この母艦の前身は、英仏海峡の横断航路を走る汽船で、ショート１８４偵察機２機と、ソッピース・ベイビー多用途機２機を搭載していた。

ユトランド沖海戦のほんの数週間前、デンマークのトーデルンにあるドイツ軍のツェッペリン飛行船格納庫に対し、海軍航空隊が空襲を仕掛けて失敗した。この際にラトランドは、再び数人の提督から好意的な注目を集めた。この作戦では、水上機母艦ヴィンデックスとエンガディンが洋上に展開し、ラトランド機を含む11機の水上機が発進した。数機が大西洋の海面に衝突し、他の機は波でプロペラ

左：第一次世界大戦で、HMS エンガディンの艦上に立つラトランド（左、30 歳）と同僚のジェラルド・リヴォック（18 歳）。当時のパイロットのほとんどは若く、ラトランドよりもリヴォックの年齢に近かった。(Imperial War Museum)
下：ユトランド沖海戦で功績を上げたラトランドは全国的な名声を獲得した。さらに、溺れた水兵を救うために海に飛び込んだ偉業がマスコミで取り上げられ、人命救助の功績でアルバート勲章を授与された。これは『帝国を興奮させる行為（Deeds That Thrill the Empire）』という本に掲載された再現イラスト。

が破壊された。この攻撃は見事な失敗に終わり、ラトランドたち数人のパイロットは、査問委員会に呼び出された。ここでラトランドだけが、将来の同様の失敗を防ぎ、攻撃を成功させる方策について、革新的かつ実行可能な提案と自信に満ちた報告書を提出したのだった。

＊

ユトランド沖海戦での英雄的行為に続き、ラトランドは階級を上げ続けた。彼は大尉に昇任し、水上機母艦ＨＭＳマンクスマンに配属された。同艦は近頃、４機を搭載できるように改造されたばかりだった。ラトランドはまた、新しく建造する航空母艦の設計を決定するために、〔リチャード・〕フィリモア少将の率いる委員会のメンバーにもなった。

ラトランドの推した艦型案は、大きくて平らな全通飛行甲板を備えたものだった。「熟練したパイロットは狭い甲板に着艦することもできようが、多数の航空機を運用する唯一の方法は、特殊技能者でなくても安全に着艦できるような、広く平らな飛行甲板を設置することだ」としたのである。これが結局、第二次世界大戦で実用される航空母艦の艦型となる。

だが、ラトランドの最初の艦型案は否定されてしまった。イギリス海軍は中途半端な措置を講じ、軽量かつ高速の巡洋戦艦ＨＭＳフューリアスを半空母に改造することにした。前部主砲塔を撤去し、艦の前半分だけに平らな甲板を設置したのである。艦載機は、この前部甲板から発艦することができるため、発進時にいちいち海上に降ろす必要はない。しかし、帰投時には海面に着水するか、陸上基地に着陸する必要があった。

しかし、フューリアスの飛行隊長だったＥ・Ｈ・ダニング〔少佐〕は、この非常に狭い前部甲板に飛行機を着艦させることも可能だと考えた。当初は自殺行為だと思われたが、実際のところ、飛行機は時速40マイル〔約64キロメートル〕で低速飛行できる。これは艦船の航行速度とさほど変わらないため、理論上は、艦船に沿ってゆっくりと飛び、エンジンを止め、狭い甲板に降りればよいはずだ。批判的な人たちの間違いを証明しようと躍起になったダニングは、巧みに着艦を実演してみせた。こうして彼は、航行中の艦船の甲板に、飛行機を着艦させた初めての人物となった。これで問題は解決した、とダニングは確信し、パイロットたちに対し、空母の飛行甲板に着艦する訓練を開始した。まずは、陸上にチョークで区切ったエリアを描き、そこで訓練を実施したのだ。

この技術を完璧にするべく、ダニングは2度目のフューリアスへの着艦に成功した。しかし、3度目の試みで、彼の飛行機は空中でわずかにバウンドした。突風により飛行機は甲板から海に吹き飛ばされ、ダニングは殉職した。

ここでラトランドは、新たに少佐に昇進した。ダニングの後任として選ばれたのは明らかで、フューリアスの飛行隊長を務めることになったのである。彼としては、この狭い甲板に着艦するのは愚策だと確信していたが、部下たちからの信頼を確立するには、この危険な着艦を自分でもやってのける必要があった。彼は1度、着艦に成功したものの、ダニングの方法は使えない、と判断した。部下の訓練を中止させたラトランドは、軍歴の中で最も短い報告書を提出した。

「特技者でない操縦士を訓練してフューリアスの前部甲板に着艦させることは可能であろう。ただし、かかる場合、各人の寿命は着艦10回程度になると予想される。悪天候ではさらに寿命が短くなるであろう」

ラトランドは技術向上の推進において才気を見せ続け、艦載機が約6メートル以内の滑走で安全に発艦できることを実証して艦隊に衝撃を与えた。この成功に基づき、イギリス海軍は多くの戦艦に偵察機を追加で搭載し、艦隊の敵発見能力を劇的に向上させた。

しかし、ラトランドは部下との関係で悪戦苦闘することとなる。部下だったディクソンは言う。「私たちはラトランドの実績や、議論の余地のないガッツを賞賛していた。しかし、私たちは彼と、そして彼の方も私たちと、本当に肝胆相照らす仲にはなれなかった。ダニングは私たちと信頼を結び、インスピレーションを与えてくれたものだが、ラトランドは忙し過ぎたので、それが出来なかったようだ」。もう一人の部下、ジェフリー・ムーアは、社会階級の問題が一因であることを認め、「〔将校である〕パイロットたちは、元ロウアー・デッキに威圧されるのを好まなかった」と述べている。ラトランドはまた、艦長とも衝突してしまった。彼が指揮系統を迂回し、提督たちに直談判する傾向を艦長が脅威と感じたからだ。

1918年4月、イギリスはRNAS（王立海軍航空隊）と王立航空軍団を統合して王立空軍（Royal Air Force：RAF＝イギリス空軍）を創設した。ラトランドも他のパイロットも、RAFで新たな階級を与えられたが、これは彼らが、もはや海軍に所属していないことを意味する。ラトランドは海軍において「有能かつ熱心、経験豊富な将校であり、より高い階級で活躍するべきで、昇任が推奨される」という評価を得ていた。しかし、RAFの新しい上官たちは、彼の海軍での英雄的行為についてあまり知らなかった（または考慮しなかった）。彼らはラトランドをチームプレーヤーではなく、下層階級出身の危険分子と見なしていた。

ラトランドは地上の役職に異動して委員会を率い、空母と艦載機の設計に関与する権限を与えられた。この役職は非常に重要かつ影響力があり、彼も艦艇と航空機設計に関する世界クラスの知識を発揮することができた。ここで彼は、専門家としての立場を満喫できたのだが、この仕事には派手な魅力がまったくなく、これ以上、新聞で取り上げられるチャンスもなかった。

＊

戦時中、イギリスは日本海軍の観戦武官を自国の艦艇に乗艦させていた。彼らは日本に帰国すると、特に航空分野でイギリスがいかに優れているかを上層部に説いた。日本の操縦士の墜落率が、いかにイギリス人よりも多いか、という統計も持ち出した。

戦後、日本海軍はイギリス政府に対し、海軍航空隊創設への支援を正式に要請した。それまで、イギリスは数十年にわたって日本海軍に援助を提供しており、理論的にはこれと何ら変わりはなかった。しかしイギリス国内では、このような最先端技術を外国に渡すことが賢明であるかどうかについて論争があった。最終的に、イギリスは日本に使節団を派遣することに同意した。承認の主な動機は、日本海軍に飛行機を売りたかった、ということである。

1921年〔大正10年〕9月、日本はイギリスの複数の航空機会社のパイロット、技術者、営業担当者ら30人からなる海軍航空の専門家グループを招いた。グループを率いたのはスコットランドの貴族、ウィリアム・フランシス・フォーブス＝センピルだった。彼は第一次世界大戦中に海軍航空隊に属する少佐だった。センピル卿はこの訪日で、複数のＲＡＦの最新型機を持ち込んだ。彼と訪問団は有意義な時間を過ごし、1年以上にわたって、日本海軍に雷撃、飛行制御、空母の発着艦に関するイギリスの最新技術を披露した。この提携は技術的には成功を収めたのだが、イギリス国内では依然として疑問視する声が続いていた。日本に最新の軍事技術を提供することは賢明なのか、そもそも日英同盟〔日露戦争を控えた1902年〈明治35年〉に締結〕全般を継続するメリットはあるのか――。日本海軍は力を増し、すぐに世界三大海

HMSフューリアスの狭い前部甲板に、ソッピース・パップ機で着艦するラトランド。この実験中、突風が襲ったが、経験の浅いパイロットなら命を落としかねない中、見事に着艦に成功した。彼は後に、イギリスと日本において、より安全な艦載機の着艦技術の導入に尽力する。（Imperial War Museum）

軍の一角を占めるまでになったので、イギリスは最終的に同盟の破棄を決定した。訪問団は18か月後に任務を終え、両国間の正式な同盟関係も終了した〔1923年（大正12年）8月17日に失効〕。

しかし、日本海軍はさらなる支援が必要であることを認識していた。同海軍は初の正規空母、鳳翔を進水させたが、依然としてイギリス人パイロットの操縦指導に依存しており、飛行機も日本駐在のイギリス人によって設計されていた。鳳翔の運用においても、着艦時に事故死する操縦士が多過ぎる状態だった。日本は今もイギリスの技術を必要としていたが、それはもはや、売り物ではなかった。

こうなると唯一の現実的な選択肢は、盗むことであった。

＊

今や、ラトランドの人生とキャリアは、大きな逆風にさらされていた。1920年までに、ドロシー夫人との結婚生活は破綻した。ドロシーはジェラルド・ホワイトというイギリス人将校と関係を持ち始めており、希望は消え去った。それに対抗してラトランドは、ホワイトの妻と情交するようになったのだが、その妻の名前もドロシーだった。ラトランドは、いくつかの理由から新しいドロシーは魅力的だ、と感じた。彼女には子供がなく、ラトランドが好きなストレートの黒髪の持ち主だった。それに彼女は裕福な家庭の出身で、典型的なお堅い学校教師らしい現在の妻よりも、ずっと冒険好きな性格でもある。

第一次世界大戦後、あるいはどんな戦争の後でも、男女間の情事や離婚が起きるのは珍しいことではない。とはいえ、このように同僚の将校と妻を交換するのは、あまりにも危ない橋を渡る行為といえた。同僚の間で、ラトランドは別の意味でも妻を裏切っている、という批判的な噂が広まり続けた。ドロシーは、彼が将校搭乗員になるために献身的にサポートし、毎晩、何時間も昇任試験の勉強を指導した。また、ラトランド家には長男フレディ〔フレデリック〕と長女バーバラという2人の小さな子供もいた。しかし１９２２年までには、ラトランドは婚姻関係を清算しないまま2番目の妻ドロシーと同棲しており、2人の子供たちは、2つの家の間を行ったり来たりしていた。これはイギリス軍将校として、およそふさわしい行動ではなかった。

　ラトランドの新しい上官たちは、彼を昇進対象にしない理由をリストにして数え上げ始めた。まず、彼はすでに30歳を過ぎ、搭乗員として高齢すぎる、とされた。ラトランドは海軍での勇敢な行動で世界的に知られていたが、ＲＡＦの同僚（ほとんどが陸軍出身）は戦闘機パイロットであり、戦時中にドイツ軍機を撃墜したエースだった。ある会議で上官が、君はドイツ軍機を1機も撃墜したことがないのだね、とラトランドに念を押した。その上で彼は、君には技術的専門知識があるので、今後も常にＲＡＦの中堅職に就く処遇を約束する、と述べた。この上官はその際、ラトランドの目に、憤怒の色が露わになっていることに気付いた。上官の頭の中で、怒りをうまく隠すことができないラトランドは有能な将校ではあるが、社会階級が低いためにそのような態度を取ったのであろう、よって、より高い階級にはふさわしくない、という考えが強まった。

*

　１９２２年末、ラトランドはウェストミンスターにある日本海軍の駐在事務所に足を踏み入れた。彼は小林という武官〔小林躋造。当時、少将〕に「私の名前はラトランドです」と自己紹介し、新しいチャンスを模索することに興味があります、と付け加えた。

　小林は、顎が外れそうなほど驚いた。彼も事務所の他の全員も、ラトランドが何者であるかを正確に知っていた。彼と、もう一人の武官の原五郎という将校〔当時、中佐〕も、自分たちに訪れた僥倖が信じられなかった。彼らは、イギリス海軍の航空機と空母の最新技術を入手する任務を負っていたが、この分野に最も精通したイギリスの飛行士が、向こうから彼らの膝元に飛び込んできたのである。

数週間後、センピル訪日団の組織化に尽力した高須四郎〔当時、少佐〕という武官がラトランドに連絡し、どのように支援できるかを正式に話し合った。ラトランドが日本海軍にダイレクトに移籍することを、イギリス側が許さないのは明らかだった。しかし、高須はこんな方法を提案した。書類上、日本の民間企業である三菱航空機に移籍して働く、という取り決めである。ラトランドが軍籍を離れるには、RAFの許可が必要だ。それがないと、ラトランドは三菱に就職することも、国を離れることもできない。

辞表が軍の官僚機構を通過するのを待つ間、ラトランドはワイヤレス・サービシズ（Wireless Services）という企業の仕事を請け負った。ここはラジオ放送機器を製造する会社で、ラトランドは同社にとって、素晴らしい宣伝大使となった。ピカデリーの高級ショールームに潜在顧客を招き、デモンストレーションを開催したのである。招待客には英国放送協会（BBC）の職員も複数いた。このテクノロジーは非常に新しいものであったため、BBCですら、それを維持できるかどうか確証を持っていなかった。機器の故障により、放送事故が起きかねない、というのだ。BBCの技師が、「放送局としては、この無線機器をどのように保守できるものでしょうか」とラトランドに尋ねた。ラトランドは満面の笑みで答えた。「この装置は、部品交換が容易に出来るように作られております」。それから彼は装置の蓋を開けて分解し、いくつかの部品を交換して、すべて元に戻して見せた。これは、BBCとの契約を結ぶのに十分な実演だった。

ラトランドは高須と会い続け、会話を重ねるたびに、日本人との仕事にさらなる興奮を覚えた。高須は、空母鳳翔の建造に関する最新情報をラトランドと共有した。日本海軍は、航空機の発着艦や空母の設計など、ラトランドが最も得意とする分野でまさに支援を必要としていた。ラトランドは高須に対し、航行中の飛行甲板への着艦は、常に海軍航空界で最大の課題になる、と強調した。鳳翔は広い全通飛行甲板を持っていたが、操縦士は艦の揺れ、煙突からの煙、しばしば起こるタイヤの破裂、そして着艦時に飛行機がバウンドする、という既知の問題に対処する必要がある。さらに、殉職したダニングのように、突風に巻き込まれて艦外に放り出され、飛行機が墜落するという固有の危険にも向き合う必要がある。

ラトランドはすべての問題に時間を費やして取り組み、かなりの成功を収めた。その頃、ハーバート・スミスというイギリス人が三菱にいた。彼は破産申請したソッピース社の設計主任で、ラトランドもよく知っているソッピース・パップ戦闘機の設計者だった。スミスは失業後、三菱に採用され、センピル訪日団とは無関係に、航空機設計主任として働いていた。センピル訪日団の任務は終了したが、ラトランドは、スミスのほかに数十人のイギリス人が日本にいることに気付いた。そしてまた、訪日団のうち何人かは、個人的に日本の軍部と契約を結んでおり、ラトランドの友人のC・H・C・スミスもその一人だった。日本海軍は何らかの形で、イギリスの海軍航空技術を入手するだろうし、

四　ラットランド英海軍中佐

これより先き英国駐在の原五郎中佐（後中将・舞鶴司令長官在職中病歿）は英海軍省航空局で空母関係を担当しておるラットランド中佐と懇意にしていたが、彼が近く離現役のうえ民間に就職する希望である事を知り、いっそのこと日本に来て仕事をするよう熱心に勧めた。

原五郎中佐（後中将・航空技術廠長）

日本海軍の主任操縦士だった桑原虎雄の著書、『海軍航空回想録』から、原五郎中佐（後に中将）の写真（航空新聞社）。原はラトランドを日本に招聘する活動に関わった。その後、ラトランドは真珠湾攻撃の主力を担う空母「赤城」「加賀」の設計更新に密かに協力する。なお、英国国立公文書館に所蔵されている、MI5が傍受した電報や手紙が収められているファイルを見ると、ラトランドと桑原が親密な関係にあったことがわかる〔なお、ラットランド英海軍中佐、とあるが、ラトランドは当時、空軍少佐だった〕

もしイギリスが彼らに与えないのなら、日本人は別の方法を見つけるだろう。ラトランドがこれを疑う余地はまったくなかった。

日英間を行き来するイギリス人は多かったものの、ラトランドの動きはRAFとMI5の目に留まった。イギリスの暗号解読者が日本人の無線通信を傍受しており、そこにラトランド招聘に関わる内容があったのが一因である。世界的に知られるラトランドの名前が、彼らの注目を集めた。解読情報のおかげで、ラトランドの上官は、彼の発言のどれが誇張であり、どれが虚偽であるかを正確に知っており、裏切り者の可能性があるとして、ファイルにタグ付けされた。それで彼はさらに注目を集め、ファイルは分厚くなっていった。

ラトランドの安全保障上のリスクをプロファイリングしたMI5のファイルには、ドロシーを「いわゆる妻（so-called wife）」と呼ぶなど、さまざまな悪意に満ちたコメントが溢れた。

辞表を提出してから1か月後、ラトランドは尾行されていることに気付いた。困惑した彼は、最初の妻との離婚が近付いているため、誰かが尾行しているのではないか、というメモをドロシーに書いた。おそらく彼とドロシーが、未婚のまま同棲している事実を確認しようとしているのではないだろうか――。しかしその後、実際には3人の男が彼を追っていることに気付いた。これは、単純な離婚訴訟で動員される尾行者としては、度を越している。日本側との交渉に関係があるに違いない。ラトランドは、自分を追いかけてくる男たちを試して、楽しんでやることにした。不意に後ろに下がって、連中が身を隠そうとするのを見るとか、黄信号の危ないタイミングで車のアクセルを踏み込み、そいつらが命懸けで追いかけるかどうかを確かめる、といった具合だ。いずれにせよ、彼はドロシーに言った。自分のやっていることは何も間違っていない、だから大丈夫さ――。

結局、イギリス当局はラトランドに対し、何の行動も起こさなかった。彼らは、ラトランドの思惑がいささか不誠実なものであることを知っていたが、下手に行動を起こせば、日本人は自分たちの暗号について安全ではない、と悟るだろう。そんな危険を冒すほど、ラトランドは大きな魚ではなかった。1923年5月、RAFはついに折れた。ラトランドの郵便受けにパスポートが届いた。イギリス政府はしぶしぶ、ラトランドの出国を許可した。

*

ラトランドはすぐに一家でパリに移り、ワイヤレス・サービシズ社で働き続けた。そしてギャルシュ地区にある高級住宅を、自分たちと子供たち2人のために借り、料理人と看護師も雇った。その後、ラトランドはパリ駐在の日本海軍の武官と会い、将来の日本での雇用や住居について、詳細を把握した。彼は現在の雇用主だけでなく、航空機製造に加え、パリに銀行支店を構えていた将来の雇用主である三菱からも重複した給与を受け取っていた。

今や外国に住んでいるので、イギリス政府は自分のことなど忘れてくれるだろう、日本に向かうことを誰も気付かないだろうと確信し、日本大使館からビザを取得した。自分のしたことはすべて正当なものだ、と彼は信じていたが、その間は、自分自身にあまり注目を集めない方が、最善であることも承知していた。

非常に社交的なラトランド一家は、イギリス人、フランス人、日本人のゲストを数多く自宅に迎えた。ある日、ラトランド家に日本の武官2人が来たので、夕食に招待し、フランス人の料理人に日本料理を作らせてみた。礼儀正しい日本人は、料理人の努力を称賛したが、夕食で彼らが最も楽しんだのは、全員でワインを1本飲み干した後、ドロシーに箸の使い方を教えようとして失敗したことだった。

ラトランドは、一家で日本に移住する計画を完成させつつあったが、難問は住居だった。パリの家に匹敵するほど大きくて豪華な邸宅を、いかにして三菱に借りてもらえるか、という点である。物件が決まってすぐ、ラトランドはパリの新聞を手に取った。見出しには、日本が大地震に見舞われた、とあった。借りるはずだった邸宅も含め、数十万軒の家が燃えてしまったという〔1923年9月1日の関東大震災のこと〕。

彼らの引っ越しは、もう少し遅らせる必要があるようだった。

*

ラトランドはすっかり有名人になったのだが、世界で最も有名なイギリス人というには程遠い存在だった。実際、最も有名なイギリス人は、まったく軍隊になどいなかった。俳優のチャーリー・チャップリンはロンドンのスラム街からロサンゼルスに移り住み、その映画はヨーロッパ、アメリカ、さらには日本でも人気があった。

しかし、チャップリンの贅沢な生活ぶりはメディアで批判されていた。彼の母国が血みどろの争いにある中、彼は遠く離れたハリウッドでヤシの木に囲まれて、しごく平和な生活を送っており、戦争にはまったく貢献していなかった。

チャップリンは批判を沈黙させるために、非常に創造的な方法を考え出した。愛国的な戦争映画を作り、兵士の役を演じることに決めたのである。注目すべき点は、それによって生み出される大きなPR効果を念頭に置いても、その映画『担へ銃（Shoulder Arms）』が、コメディーとしては史上初の戦争映画である可能性が高い、ということである。

この映画には、チャップリンらしいコメディーのスタイルがたくさん盛り込まれていた。たとえば、あるシーンでは、チャップリンはドイツ軍の戦線の背後でスパイ任務に就き、そこで木の格好をして視界から隠れる。ドイツ兵が薪を作るために彼を切り倒そうとするまでは、すべてがうまくいく——。

映画の別のシーンでは、チャップリンと、アル・ブレイクという俳優が演じる別の兵士が2段ベッドにいる。彼らがいる塹壕の部屋は浸水している。ブレイクは上段にいるので濡れていないが、下段にいるチャップリンは水中に潜っている。チャップリンは蓄音機のホーンを持っており、それを使って下のベッドで呼吸をしている。ブレイクは無表情でチャップリンを見つめる——。

この撮影には一日の大半がかかり、チャップリンはどのシーンでも濡れていた。撮影の合間に、タオルでチャップリンの体を拭くアシスタントがいた。この助手は高野《こうの》虎市《とらいち》という広島県出身の若い日本人で、最近、チャップリンの車の運転手として雇われたばかりだった。その日の終わりまでに、高野とチャップリン、ブレイクは笑い合い、お互いのことをよく知る仲になっていた。

第4章　アメリカ海兵隊員の死

1923年〔大正12年〕

関東大震災は、昼食時間の直前〔9月1日午前11時58分32秒〕に起きた。

若きアメリカ合衆国海軍の士官、エリス・ザカライアス〔当時、大尉〕はその時、横浜港の桟橋にいた。彼は日本語学生で、正午ちょうどに横浜港を出港する予定だった客船エンプレス・オブ・オーストラリア号を見送ろうとしていた。エンプレス号の船尾側で、桟橋の端に並んで係留されていたのは、USスチール社の小型貨物船スチール・ナビゲーター号だった。すでに予想を上回る大勢の群衆が集まり、色とりどりの吹き流しがそよ風にはためく中、旅行客たちが乗船し、スチュワードが荷物や食料を積み込んでいた。友人や愛する人たちに別れを告げる人々もおり、高揚した雰囲気だった。

ザカライアスは、この雰囲気が好きだった。歓喜に満ちた笑顔と、差し迫る別離の涙。言葉ではうまく言い表せない感動が、そこにはある。彼はフロリダ州ジャクソンビルの港と海軍基地の近くで少年時代を過ごしたが、そんな日々をいささか思い出させる光景だ。

その瞬間、地震が起きた。ザカライアスも、近くにいた人々も、揺れる桟橋に足を取られた。今まさに、愛する人たちを抱擁しようとしていた人々は、慌ててお互いの体にしがみついた。ザカライアスのすぐそばにいた人々は恐怖の叫び声を上げていたが、聞き取れなかった。建物が倒壊する騒音と、ずっと続く地鳴りにかき消されてしまったのだ。数年後、彼は地震が起きた瞬間を思い出し、さまざまな表情、笑顔や涙、あらゆる感情が、一瞬のうちに、恐怖一色に変わってしまった、あれは未知の体験だったと語っている。

地面の揺れは落ち着いたものの、火災が発生しており、街は巨大な瓦礫の山と化す恐れがあった。ザカライアスは付近の炎を消すべく、まわりに居合わせた人たちに、バケツに水を入れるよう言った。日本人は指示がないと動かず、救助活動を開始するのも遅かった。しかし、ひとたび救助を指示すると、全員がその任務を十二分に果たし、一丸となって冷静に働き始めた。日本人は夜通し、次から次へと緊急事態に対処した。素晴らしい労働倫理と規律だ、と彼は思った。

そして彼のこれまでの見聞では、このような献身的な姿勢が、日本海軍にも浸透しているのだ。

ザカライアスは、ＯＮＩ〔アメリカ海軍情報局〕で最も有望な若手将校の一人である。優秀で意欲的な彼は、日本語を学び、日本海軍との関係を築くために、3年前にこの国に派遣された。彼はまず、海辺の町、逗子に住んだ。そこは、後にラトランドが住む地の隣町である。さらに横浜の旧外国人居留地〔1899年〈明治32年〉まで外国人居留地〕も定期的に訪れていた。なぜ港が自分を落ち着かせるのか、言葉ではうまく言えないが、彼はこの時点で、自分の使命を完全に理解していた。日本側の意図に対して、彼は初めから懸念を抱いており、どうコミュニケートするべきかを熟知していた。敵と十分な時間を共に過ごすと、敵の行動すべてが脅威として認識されてくるものである。特に彼は、日本人を敵と認識する数少ない者たちの一人であるから、なおさらのことだった。

ザカライアスたちは、日本の脅威について警告してきたが、ほとんど無視され続けていた。１９０5年に日本が〔日露戦争の日本海海戦で〕ロシア海軍を破って以来、確かに日米両海軍は、お互いを潜在的な敵と考えてきた。アメリカの一部のマスコミも日本の脅威を強調していた。特にウィリアム・ランドルフ・ハースト〔アメリカの新聞王〕の主張は鮮明で、彼は新聞の社説に人種差別的な要素を持ち込み、白人種に対する「黄禍論（Yellow Peril）」の脅威を強調した。しかし、多くの人は依然として、実際に日本が戦争を仕掛けてくるという考え方は、馬鹿馬鹿しいものである、と思っていた。当時のコンセンサスとしては、合衆国の安全に対する脅威として、ずっと可能性が高いのは、すでに国内にいる急進派や反乱主義者、つまりアナーキスト、共産主義者、労働組合の指導者たちだった。太平洋における戦略的位置付け、という要素を除けば、日本などおよそ優先すべき事項ではなかった。しかし、ザカライアスは海軍部内の少数の幹部をリードする立場にあった。日本は新たな脅威であるだけでなく、冷酷かつ容赦のない敵となる可能性が高い。合衆国は軍事的準備、及び諜報の両面で、戦争に備える必要がある――、これが彼の確信だった。

米海軍の少数グループは、日本が最近になって征服した太平洋の島嶼部、「委任統治領（Mandates）」に強い関心を持っていた。これらの島々は、かつてドイツ帝国領だった。日本は同盟国のイギリスを支援して第一次世界大戦に参戦し、日本海軍がこれらを占領した。この委任統治はすぐに、日米間で新たな不信感を醸成する決定的な要素となった。ザカライアスたちは、日本が帝国主義的な野心を抱いているのではないか、と疑っていた。日本海軍は島々を強化し、あるいは潜水艦基地さえ設けているのでは、と考えていたが、日本側はこれらの島嶼への訪問を許可しておらず、それを証明する手立てはなかった。

*

その春、ザカライアスは横浜で、「粗末な飲み屋だとか、芸者のいる料亭（geisha house）に頻繁に出入りする」アメリカ人に気付いた。無論、その男は本物の料亭の客になったわけではない。なぜなら、料亭は上流階級の顧客のためのものだからである。しかし、アメリカ人は通常、あらゆる娯楽施設をゲイシャ・ハウスと呼んでいた。その男、ピート・エリスは、素性を尋ねる者に対して、こう答えていた。自分は合衆国海兵隊情報部の退役将校で、「そこで一体何が起こっているのかを知るために」無害な旅行者を装い、委任統治領を訪れるという極秘任務に就いているのである――。

ザカライアスは、横浜にいる別の海軍駐在武官、ライマン・コットン大佐に依頼し、その男が何をしているのか探ってもらった。自分は極秘任務に就いている、などと酒場で言って回る極秘任務中のアメリカ人なんて、聞いたことがない、とコットンはザカライアスに指摘した。

ザカライアスと同様エリスも、日本が合衆国に戦争を仕掛ける可能性を大いに懸念していた。アルコール依存症や鬱病に苦しんでいたが、確かにエリスは尊敬される海兵隊員だった。立派な軍歴〔中佐で退役〕を持ち、クワンティコの新しい海兵隊基地、及び海兵隊士官候補生学校の創設にも貢献した。横浜に来る2年前の1921年、エリスは「作戦計画712（Operations Plan 712）」と題する報告書の中で、日本はアメリカと戦争を始めると予測し、来る戦争では委任統治領パラオ、トラック、サイパン、ポナペなどの島嶼が主戦場になるだろう、と強調した。この報告書では、「アイランド・ホッピング」戦略〔日本側で言う飛び石作戦〕についても述べられていたが、これは実際に第二次世界大戦で、米海兵隊が採用し、大きな成果をあげる戦略だった。エリスはジョン・レジューン海兵隊司令官〔少将〕に、旅行中のビジネスマンと称して島に乗り込み、日本海軍がそこで何をしているのかを調査する計画を提案した。そうすることで、これらの島々の海岸を視察し、海兵隊がやがて島を攻撃することになった場合、どの海岸が上陸に最適かを判断することもでき、非常に有益だ、と言ったのである。

レジューン司令官は、エリスの精神状態が明らかに悪く、アルコール依存症を抱えていることに懸念を持ったが、最終的に作戦を承認した。レジューンは、エリスが休暇を取り、現役を退く手配をした。彼は民間人としてこの作戦を実施するため、上層部の承認も、国務省の関与も必要ない。海軍の

ONIも、エリスが何をしているのか関知することはなかった。レジューンはまた、日付のないエリスの辞表も準備していたので、何らかの理由で事態が悪化した場合、海兵隊はエリスについて、何も知らなかった、と主張することもできる。エリスは、これらの島々に豊富にあるココヤシの果実の胚乳を乾燥させたコプラ〔椰子実〕を買い付ける商人、という身分になった。

横浜に到着したエリスは、非常に目立った。コットンとザカライアスは、「適切な知性が守るべきあらゆる規則と原則に反する」かくも無責任な人物が、「なぜかかる深刻な性質の任務を委ねられたのか」と困惑した。数日にわたって、コットンは横浜の酒場で彼を観察した。エリスは神出鬼没で梯子酒をし、そのたびに彼の旅行計画が、より詳細な部分まで明らかになった――もちろん、それを知ったのはONIの部員だけではなく、日本の情報部員にも筒抜けだっただろう。

その後、動揺したコットンは、すぐにザカライアスに電話してきた。

「このエリスは、本当に困ったものだぞ」

「また酔っ払っていますね」とザカライアスが答えた。「まったくね」

「こりゃ駄目だ」とコットンは言った。

「あいつは永久に泥酔し続ける」

こんな緊急事態においても、コットンの口ぶりにはユーモアがあった。ザカライアスはコットンのそんなところが気に入っていた。

その後、ピート・エリスは唐突に姿を消した。

コットンは地元の居酒屋を捜したが、どこにも見つからなかった。数日後、彼らは日本の当局に捜索願を出したが、数週間にわたってエリスの行方は杳として知れず、何も見聞きされなかった。

5月になり、コットンは日本の海軍省から、エリス氏はヤルート環礁にいる、と電話を受けた。まさにそこは、エリスが酒場の客たちに言いふらしていた旅行予定地だ。日本海軍の将校はさらに、エリス氏はすでに死亡し、ただちに荼毘に付された、と告げ、遺灰はもちろん返還いたします、と付け足した。

ザカライアスとコットンは、日本軍がエリスを殺害したのではないか、と疑った。彼らはエリスの遺灰を引き取るべく、アメリカ人を島に送ることに決めた。派遣された者はそこにいる間、軍事的な面で、島で起こっていることを垣間見ることができるかもしれない。日本側も同意したので、ザカライアスは薬剤官のローレンス・ゼンブシュを派遣することにした。ゼンブシュは出発し、8月16日に日本船で横浜に戻ってきた。

ザカライアスとコットンは、彼の報告を聞きたいと思い、船が着いたらすぐに会う手配をした。乗客たちが列をなして下船してきたが、ゼンブシュの姿はなかった。驚いた2人は船長に声をかけ、船長は彼らを下甲板の船室まで連れて行った。ゼンブシュは重病になり、エリスの遺灰が入った箱を抱きしめながら、ベッドに横たわっていた。ザカライアスはすぐに、日本軍が毒を盛ったのではないか、と疑った。日本軍は彼らに、この件で手を出すな、という明確なメッセージを送っているのではないか。

これはザカライアスにとって、日本人の冷酷さを思い知らされる一件となった。この出来事の直後、ザカライアスは日本海軍の将校、山本五十六〔当時、中佐。1923年12月に大佐に昇任〕と出会った。山本は、ワシントンDCの日本大使館での勤務などを経て、日本に戻ってきたばかりだった。山本は時折、ザカライアスや他のアメリカ海軍士官を招いて、トランプゲームに興じた——彼がやがて、真珠湾攻撃の総指揮官となるのである。

より多くの日本人を知るにつれ、ザカライアスは彼らを矛盾した存在とみなした。日本人は努めてリスクを回避し、わずかな間違いを犯すことも極度に恐れる。彼は、お気に入りのバーのウェイターについて、少し煩わしく思うことがあった。彼はいつも、注文を2回確認する。支払いの際にも、おつりを2回数え、それが正しいことを念押ししてからコインを渡すのである。しかしその一方で、日本の軍部は決して、異常なまでにリスクを嫌うとか、大胆な行動を恐れる、とかいう傾向にはない。事実、ロシアと中国に対する過去2回の戦争は、どちらも日本側の奇襲攻撃で始まったではないか。

実際、ザカライアスは日本海軍の士官たちと話せば話すほど、彼らの勤勉さ、リスクを恐れない姿勢にますます感銘を受けるようになった。しかしまた、死んだ海兵隊員のことを思い出すと、日本人の無慈悲さに不安も感じた。もし彼らが合衆国と戦うことを決意した場合、彼らは驚くほど手ごわい敵になるだろう。彼はまた、日本の拡張主義を考えると、遅かれ早かれ戦いが起こるのは必至である、とも考えた。この戦争に向けて、アメリカは準備しなければならない。そして、しかるべき人々が、この脅威を真剣に受け止めるよう全力で努めなければ——。これがザカライアスの、生涯の使命となったのである。

第5章

ラトランド、日本へ

1923年（大正12年）12月

関東大震災により、東京周辺全域の住宅が壊滅的な被害を受け、外国人が多く住んでいた横浜の旧外国人居留地もそれは例外ではなかった。しかし最終的にその年末、ラトランド一家はついに日本に行く準備をした。一家は列車でマルセイユに行き、カイサル・イ・ヒンド号に乗船した。彼らの動きをイギリスのエージェントが追っていた。汽船会社に電話し、ラトランドの計画を確認したエージェントは、ロンドンに報告書を送った。それには、「妻らしき者（supposed wife）」と一緒に旅行している、といったラトランドなる人物に対する軽蔑的な感情に満ちたコメントが並んでいた。

＊

カイサル・イ・ヒンド号はセイロンのコロンボに寄港し、ラトランドは家族に観光スポットを案内して楽しんだ。さらに、日本が領有する中国の大連港にも短時間、立ち寄った。ここでラトランドは埠頭近くのホテルに呼び出された。彼がスーツにネクタイ姿で会議室に入ると、白い軍服を着た３人の日本海軍士官が出迎えた。将校たちは最初、沈黙していたが、握手を交わして英語で挨拶した。ラトランドは、彼らが皆、英語を話せることに安心した。彼らは明らかに、戦時の任務として配置に着いていているようだ。

原と高須はラトランドを称賛していた。この将校たちは、ラトランドがどういう人物なのか気がかりだったが、今後の日本での仕事に備えさせたい、と考えているのは明らかだった。彼らはまず、イギリスにおける空母航空の成功と、空母が今後、どのように進化するかについてのビジョンについて、彼に尋ねた。おそらく、こういった場合には典型的なことかもしれないが、彼らはもっぱらラトランドに話をさせ、自分たちの手の内を見せなかった。

会談が続くにつれ、日本の将校たちはラトランドに対して好意を寄せるようになった。知識があることは最初から明確だったが、彼らはラトランドに、純粋な情熱も感じたのである。彼らが空母への飛行機の着艦について尋ねると、ラトランドは、風の変化によって引き起こされた事故で死にそうになったことや、その状況を解決するべく、多岐にわたるポイントについて計画を立て、海軍本部といかに協力したかについて話し始めた。そして飛行機自体の最新情報を紹介し、次に日本の将校たちの心にあると思われる話題、すなわち新しい空母「赤城」と「加賀」の今後の改修についても触れた。これらの空母には複数の改修が計画されており、日本人は、イギリスがこれらの問題にどのように対処したかの詳細を知りたい、と強い興味を持っていた。

ラトランドの問題へのアプローチには、日本人が感じた情熱に加え、貴族であるセンピル卿のような他の英国の飛行士の経験とは、何かが大きく異なることも感じていた。ラトランドは、非常に実践的なエンジニア的発想を持っており、その技術的専門知識は、共に解決できる問題として表現された。しかし、それ以上のものがそこにはあった。日本の将校たちは、彼が自分たちを見下しているとは感じず、実際、いくらか意気投合しているように感じた。これにはおそらく、栄養失調だった子供時代の名残で、ラトランドの身長が約170センチメートルしかないことも助けになった。彼らは身体的に、ラトランドと自分たちが同じレベルにあるように感じたのだ。いずれにせよ、東京に戻った彼らの報告は非常に前向きなものとなり、新興の日本海軍における空母打撃部隊を改善するために、ラトランドと協力することについて、彼らはかなり興奮していた。

*

カイサル・イ・ヒンド号が横浜港に到着すると、桟橋を下りてきたラトランド一家は、この新たな異国の地の光景、音、匂いにすぐに圧倒された。ラトランドはこの地を、混沌としていながらある種の秩序があるように見える、魅力的な地だと思った。自転車や人力車があちこちを走り回っていた。数人の三菱の社員が、丁重にラトランド一家を出迎え、日本での最初の夜を過ごす横浜のホテルまで送ってくれた。

*

三菱はラトランド一家のために、一時的に鎌倉の大きな別荘を借り上げた。この家には子供たち2人のための部屋と、他にも多くのスペースがあり、ラトランドとドロシーは法的に結婚できるようになったら、さらに自分たちの子供をもうけるつもりだった。ラトランドは、自宅作業場として使うために、たくさんの無線機やその部品が並んだオフィスを2階に構えた。鎌倉は、横須賀の日本海軍の鎮守府から丘を越えたところにあり、多くの海軍士官がこの地に住んでいた。今日でも海上自衛隊の関係者の間で人気がある街である。もしラトランドが、この街に住む理由を誰かに尋ねられたら、大地震のせいで、横浜の旧外国人居留地には適切な住居が見つからなくなったので、鎌倉材木座に住んでいるのです、と答えただろう。しかし、決して言わない理由もあった。つまり、自分が日本の海軍士官たちの家の近くに住めば、頻繁に彼らと会うことができる。しかも鎌倉は横浜から距離があるため、イギリスの連中は、おそらくこうした密会に気付かないであろう――。ラトランドとドロシーは、ほぼ毎週末、横浜にある旧外国人居留地に行っていた。車で1時間の距離だったが、ラトランドは自らクライスラーのハンドルを握った。彼が戦前に最初に操縦したショート社のプッシャー式水上機の巡航速度に匹敵するスピードで、ドライブを楽しんだのである。

＊

その頃、イギリス情報部MI5の初代長官、サー・ヴァーノン・ケル陸軍大佐は、〔個人名を頭文字で呼ぶ〕英国情報機関の流儀で、単に「K」と呼ばれていた（この「K」は、後に007ことジェームズ・ボンドの物語に登場する長官「M」のモデルの一人となる）。Kは、英国陸軍将校のF・S・G「ロイ」ピゴット〔当時、駐日武官。最終階級は少将〕に対し、日本到着後のラトランドを監視するよう指示した。ピゴットはすぐに疑念を抱いた。輸入した新車を乗り回して日本中をドライブするラトランドは、明らかに裕福な人間という印象を与えた――、実際、想定されていたよりも裕福だ。ドロシーの実家は相当に裕福なので、彼らの生活を助けている可能性があるが、それにしても際立って見えた。おそらく三菱以外の誰かが、ラトランドに資金を提供しているに違いない、とにらんだピゴットは、報告書の中でそう指摘した。ピゴットはまた、「ラトランドはよくしゃべるので、間違いなくすぐにボロを出すだろう」とも述べた。正式に結婚していないドロシーが「ミセス・ラトランド」と自称している点には軽蔑を込めた。

間もなくドロシーは妊娠し、生まれた子はデイヴィッドと名付けられた。そしてその年の後半、不倫を理由にラトランドの離婚が成立し、2人はようやく結婚することができた。末っ子のアナベルという女の子が生まれたのは、1926年〔大正15年〕のことだった。ある日、ラトランドは写真家に依頼し、着物を着た1歳半のアナベルの写真を撮ってもらった。彼はこの写真を大切にし、生涯持ち歩いていた。
ドロシーが子供たちの世話で忙しい間、ラトランドは週に2～3回、東京にある三菱の事業所に通った。ラトランドが日本海軍で働くことは違法であり、したがって、ラトランドはあくまで三菱で働く、というのがＲＡＦとの合意だった。それにもかかわらず、ラトランドは確かに日本海軍で働いていた。彼は日本の航空母艦をより良くする方法について、指導していたのである。それを秘密にするべく、日本海軍の主任操縦士、桑原虎雄〔当時、艦政本部員。少佐〕は、一年の大半にわたり、少なくとも週に1度、他の同僚とともにラトランドの家を訪れた。桑原は後に回想録を書いたが、すでに絶版になっており、数部しか現存していないと思われる〔『海軍航空回想録』〈1964年〉〕。この中で桑原は、ラトランドを横浜から遠く離れたところに住まわせ、私服を着て、海軍の同僚たちとラトランド家を訪問し、イギリス側の注意を避けようと意図した、と記している。イギリス側は、日本海軍のこうした取り組みについてまったく知らなかったので、この戦術はうまくいったようだった。

1927年、日本で撮影されたラトランドの次女、アナベル。ラトランドはこの写真を終生、大事にしており、死ぬ直前に娘本人に送付した。

いくつかの例を挙げると、ラトランドは桑原や日本海軍のスタッフに、空母「鳳翔」〔改造ではない世界初の正規空母〕の煙突の調整方法について教えた。艦の機関からの排気が、着艦しようとする飛行機に衝撃を与えないようにするためだ。さらに着艦時、濡れた飛行甲板が滑りにくくなる方法についても指導した。ラトランドの指導は、〔戦艦から〕空母への改造が進んでいた2隻の新型艦、「赤城」

と「加賀」の設計変更に関わる内容も含まれており、これらの艦はやがて、山本五十六提督が真珠湾攻撃の主力艦として使用することになる。桑原は回想録の中で「彼の意見は、計画を最終的に決定するうえにおいて極めて有力な資料となった」と記している。桑原はまた、ラトランドに有能な若き技術者、萱場資郎を紹介した。彼は弱冠22歳で、海軍機用の着艦装置を製造する会社、萱場製作所を起業していた。

数年前、フューリアスへの着艦時にダニングが死亡するなどした後、ラトランドはオレオ（Oleo）などのメーカーと実験を行い、おそらく着艦装置にかけては世界有数の専門家となっていた。ラトランドは、東京の東部にある萱場製作所の新しい工房に列車で行った。2人は萱場の工房で、製品のプロトタイプをいじくり回し、楽しい時間を過ごした。ラトランドは結論として、萱場氏はこれまで会った中で最高のエンジニアの一人であり、自分よりも優れている、と思った。萱場は先年の大震災後の火災で最初の作業場を失い、業務を拡大するために現金が必要だった。ラトランドは萱場製作所に、いわゆるエンジェル投資を行い、三井物産からも追加資金を調達した。萱場は資金を製造業務の拡大に活用した。

当時、日本国内で数少ない無線専門店の一つが、東京駅の真向かいにある「丸ノ内ビルヂング」〔丸ビル〕にあった。三菱の別の部門〔三菱地所〕が最近〔１９２３年〕になって建設した高級ビルである。ラトランドは、三菱での勤務が終わった後、新しい無線機があるかどうかを確認するために、よくその店を訪れた。ここである時、日本人の男性が彼に近付き、英語で挨拶をした。ラトランドは初め、この男は単に英語を数単語、練習してみたいだけだろう、と思った。１９２３年当時、日本にいて英語を話す外国人にとってはよくある経験で、それは現代でもごくありふれたものである。しかしその男性の英語は、すでに流暢であることにラトランドは気付いた。男は、自分は菊池〔菊池恵次郎〕という者です、と自己紹介し、無線事業に参入することに興味があるのです、と言った。この会話は、ラトランドが無線セットを輸入し、それを菊池が地元で販売する、ということで合意に至った。菊池は名古屋出身の4人兄弟の一人で、うち2人で富士フイルムの前身企業の東洋乾板を設立していた。

1年後、ラトランド夫妻はついに横浜の山手町に引っ越した。外国人墓地から半ブロック離れた、港がよく見える高台の最高の場所に、非常に立派な邸宅を建てたのである。日本海軍の空母設計を支援するラトランドの秘密会合はほぼ終了していたため、もはや、イギリス側の目を気にして、誰と会っているのか悟られない場所に住む必要はなくなっていた。萱場との着艦装置に関する彼の研究は公に行われ、正当なものだった。

ラトランド夫妻は、隣に住む同じイギリス人の若い夫婦とすぐに良い友達になった。その夫人は2人に非常に好感を持ち、イギリスにいる母親に手紙を書いた。彼女によれば、ラトランドとドロシーは印象に残る人たちで、ラトランドは背が高くないが、青緑色の目は鋭く、えくぼがあり、力強い雰囲気の人物である。ドロシーは真っ黒な髪と黒い瞳が強烈で、「イタリア人のような見た目」をしている。さらに彼女は付け加えた。「もしラトランド氏がイギリスであなたと一緒にいたら、きっとあなたを口説くでしょうね」

＊

1925年3月8日、代々木練兵場を訪れた〔この日、帝国飛行協会のイベントが開催された〕イギリスのスパイ、F・S・G・ピゴットは、そこでラトランド夫妻を見てかなり驚いた。ラトランド夫妻は日本海軍の桑原と共にVIP席に座っていたのだ。その後、ピゴットはラトランド家を訪れ、いくつか鋭い質問をした。彼はその答えに完全には満足できず、本国のMI5に報告書を送った。Kはラトランドに関する報告をしてくれたピゴットに感謝したうえで、ピゴットに別の質問をしてきた。日本で探すように依頼していた鼈甲の眼鏡フレームについてである。

こうしてＫは、念願の日本製の鼈甲のフレームを手に入れたが、日本側のスパイ戦略についてもよく理解しており、その点を憂慮していた。日本海軍は、最先端、かつ最新の艦艇や航空機に関する技術情報を入手するために、スパイ活動、賄賂、その他の合法的手段など、あらゆる手を尽くしているように見えた。スコットランドの貴族、ウィリアム・フランシス・フォーブス＝センピルはイギリスに戻ったが、引き続き日本人に秘密情報を与え続けているようだった。しかし、ラトランドは実際に日本にいて、日本海軍の近代化を推進する重要な人物になっているようにみえた。ラトランドは空母や航空部品の設計者として天才との評判であり、そこを考えると大きな懸念材料と言えた。Ｋは、ラトランドに関する情報ファイルの厚みがどんどん膨らんでいることに気付いたが、イギリス側としては、今のところ違法な点は何も見付けられていなかった。現状では、イギリス側がラトランドに対して出来ることは、何もなかった。

宣伝好きのラトランドは、彼が好きな、あの非常に微妙な綱渡りをしていた頃に戻っていた。先見の明のある提督たちと協力し、将来の世界情勢に影響を与えるような毎日だ。多くの人の目を欺き、自分は上流階級の尊敬すべき、一廉の人間である、と思わせていた。

第6章 ゲイシャ・パーティー

1924年〔大正13年〕6月

ラトランドは、風上に立って航行する艦上にいた。新装なった航空母艦・鳳翔の甲板上である。人々は4機の複葉機が異状なく発艦するのを眺めていたが、それは特に驚くべきことではなかった。発艦は、おおむねいつでもスムーズなのだ。大変なのは着艦の方である。危なっかしい木製部品と羽布の飛行機を、航行中の空母の飛行甲板に安全に着艦させるのは、容易なことではない。そこにいる人たちは全員、着艦事故で友人を失っていた。

日本海軍の軍服を着た人たちに交じり、ラトランドのビジネスパートナー、萱場資郎もいた。彼はこのプロジェクトのために、海軍嘱託になっていた。ラトランドも、ダブルブレストのスーツを着て、この場にいたのである。

飛行機はそれほど遠くへ行くことも、高速を出すこともなかったが、そんな必要はなかった。この訓練の目的は、微風が吹く中で安全に着艦できるか否かを確認することにあった。飛行機は少し旋回して一瞬、視界から消えたが、さらに旋回して艦尾から着艦に移った。

男たちは艦尾に行き、空を見上げた。間もなく、先頭の飛行機が遠くに点として見えたので、数人が指さして叫び声を上げた。４機の複葉機は列をなし、時速40マイル〔約64キロメートル〕をあまり超えない着艦速度で徐々に接近した。それらの複葉機は、新しい三菱の一三式艦上攻撃機（２ＭＴ１）だ。設計者はハーバート・スミスで、やはり英国のネーピア・ライオン・エンジンを搭載していたが、それ以外はすべて国産で、名古屋にある三菱の工場で生産されたばかりだった。操縦士も、全員が日本人だった。

一番機はゆっくりと、造作なく進入し、まっすぐに甲板中央の滑走線をたどって着艦した。ラトランドの目に一瞬、日本国旗と同じ赤い丸の国籍標識が、機体側面で光るのが見えた。さらに、衝撃を吸収する着艦制動装置が完璧に機能していることに気付き、満足した。飛行機はほとんどバウンドすることもなく減速し、停止した。ラトランドの心に束の間、第一次世界大戦当時のことがよぎった。あの頃は、彼の亡きライバル、ダニングのようなパイロットが何人も命を落としたものだった。飛行機が跳ね、艦外に転落するのは日常茶飯事だった。

甲板上の人たちは、一番機を移動させ、残る３機のために場所を空けるのを手伝った。以後、全機が次々と完璧な着艦を成し遂げた。操縦士たちは開放式操縦席から降りたが、一番機のパイロットはラトランドの友人、吉良俊一少佐だった。彼はさっと脚を動かして下翼に移り、潑溂と甲板上に降り立った。どの飛行機の状態も良いようだ。その後、ラトランドと萱場、桑原が、萱場の作業場に飛行機を移し、特に着艦装置に注意を払って検査をする前に、まずやるべきことがあった。将兵は甲板に整列し、伝統的な成功を祝う所作、両腕を上げる万歳三唱をしたのである。

＊

鳳翔は士官たちを乗せて、意気揚々と横須賀に帰港した。その夜、数名を乗せた海軍の車が、港から少し離れたところにある豪華な料亭の前に止まった。新しく改装された料亭「小松」である。そのうちの1台から現れたのはラトランド、萱場、桑原だった。別の車両から現れたのは、日本海軍における航空戦力の主導者、山本五十六大佐〔山本は当時、外遊から帰って横須賀鎮守府付けで、9月に霞ケ浦航空隊に異動する〕である。さすが海軍御用達の料亭だけあって、海を望む絶壁に建っていた。

彼らが出てきたとき、桑原は「ラトランドさん、ここにおいでいただけて嬉しいです。新装後の小松に来るのは初めてですよね?」と言った。ラトランドはうなずき、このような有名な場所に連れてきてもらえて光栄です、と答えた。

中に入ると、着物を着た2人の女性が出迎えてくれた。ラトランドは、70歳くらいの優雅な女性が女将であることを知っていた。彼女の名前がコマツなのだ〔山本コマツ〕。彼女はその料亭に、自分の芸者時代の名前を付けた。もう一人の女性が誰なのかは分からなかったが、よく見ると15歳くらいと思われる少女だった。少女はコマツと一緒に働いており、明らかに使用人よりも高い地位にあった〔コマツの親戚の呉東直枝〕。男たちは靴を脱ぎ、使用人がそれをしまった。彼らが店内に足を踏み入れると、女将は彼らを2階の大部屋に案内し、障子を閉めて完全なプライバシーを確保した。

男たちが座ると反対側の障子が開き、盆を持ってひざまずく例の少女がいた。少女は頭を畳の床に付けて深々とお辞儀をし、遠路はるばる、お運びくださいまして、と挨拶した。彼女と別の使用人は、最初の飲み物と軽食を運び、その後、後ろの障子を閉めながら再び頭を床に付けた。

桑原は、あの若い女性はコマツの大姪にあたる人だ、とラトランドに説明した。日本の家族経営のやり方で、女将のコマツは少女を養子にし、コマツが引退した際には後を引き継ぐよう育てていたのである。

桑原は新装なった小松の変わった点や、部屋の装飾についてラトランドに説明した。壁にかかる掛け軸の一つは、かの東郷平八郎元帥が揮毫されたものだ、と彼は言った。飲み物や食べ物が少しずつ到着すると、宴はますます賑やかになり始めた。桑原は飛行機が無事に着艦できて、本当によかったですね、と繰り返した。男たちは少し緊張した面持ちだったが、笑った。

「着艦は空母航空において最も危険な部分であることに変わりはないが、今後は許容できるリスクとなるだろう」。そう述べた山本大佐は、「ラトランド氏を含む皆さんの貢献のおかげで、帝国海軍の将来は明確になった」と強調した。次の戦争は戦艦ではなく、艦から飛び立つ航空機によって行われることになる、現在の飛行機は小さくて遅いかもしれないが、それは段階的に改善されるだろう、それは間違いない、と山本は語った。「帝国海軍はラトランド氏の協力を得て、この世界的な出来事に重要な影響力を持つことになったのである」。一同は成功に乾杯した。

山本はラトランドに、ドイツの飛行船を攻撃した第一次世界大戦の時の話を聞いた。それに対してラトランドは、山本がハーバード大学に留学していた時代のことを尋ねた。山本の英語は驚くほど流暢だったから、米国に2年間しかいなかった、と聞いてラトランドは驚いた。「英語習得の鍵は何ですか」と尋ねると、山本は「ポーカーのおかげですよ」と答えた。

「ポーカーですか？」

「その通りです」と山本は答えた。「ハーバード大学のクラスメートとポーカーをしましてね。とても基本的な英語をたくさん学んだだけでなく、彼らのお金をすべて巻き上げてやりましたよ。おかげさまで、彼らのお金を使ってアメリカ横断ヒッチハイク旅行をしましてね。ますます多くのことを学んだものです。日本に帰る前にね！」

士官たちは、着艦装置の開発に苦労したラトランドと萱場を讃えて乾杯した。

今度は桑原が、鳳翔の再設計に関するアドバイスをくれたラトランドに感謝した。彼は、「プロジェクトが完了したので、あなたの御宅を頻繁に訪れる必要はなくなるでしょうな」と言い、笑いながら、「きっとあなたの奥様も、喜んでくださるでしょうけどね」と言った。

ここで2人の芸者が宴席に加わり、男性たちに飲み物を注ぎ、会話を促した。芸者たちは誰も英語を話せなかったが、外国人のお客との会話の合間に、自分が知っている「アイ・ラブ・ユー」という言葉を口にしてみる芸者もいた。これは他の皆にも、ラトランドにも大受けした。ラトランドは、芸者たちの「love」の発音が、英語話者には「rub〔擦れる〕」に聞こえることを理解しているのだろうか、とちょっと疑問に思った。

桑原は、今回の成功に基づいて、海軍が萱場製作所からの注文を増やすだろう、萱場氏も、主な出資者であるラトランド氏も、これで多額の利益を得るだろう、と明言した。ラトランドと萱場は共同で着艦装置に関する特許を申請しており、海軍とのこれらの契約が確実に締結され、会社が拡大することが保証されたのである。桑原はラトランドに身を乗り出し、芸者の一人をじっと見つめた。「ラトランドさん、どちらがお好きですか?」と彼は言った。「日本の女性? それともイギリスの女性?」

ラトランドは「みんな好きだよ!」と答えた。一座の男たちは皆、笑った。「しかし、この日本にいるイギリス人女性の唯一の問題点は、その数が非常に少ないこと、そして彼女たちは全員既婚者である、ということです!」

山本が笑った。ボストン暮らしの長かった山本には、ラトランドのイギリス流の言い回しは面白く聞こえたようだ。彼はラトランドの方を向いてこう言った。

「それなら日本人にすればいいじゃないですか!」

山本はさらに笑いながら「どちらか選んでいいですよ」と言った。「お選びいただけますとも。しかし、ここではいけません。それはちょっと異なる施設でないとね」。山本は、何やら秘密めいた言い方でこう説明した。

「理論的には、外国人が本物の芸者と関係を持つことは可能です。しかし、おそらく試してみるのには賢明ではないでしょう。しかも、あの若い女性は女将の養女。彼女を見ちゃいけません！　コマツ女将の機嫌が悪くなるかもしれませんから。ちなみに、コマツのことも見ちゃいけません。彼女は年を取りすぎています！」

さらに笑い声が響き渡り、日出ずる国に本当に朝日が昇る時間まで、宴が続いた。

第7章　ポーカー・ゲーム

1928年

「紳士たる者、お互いの親書は読まないものである」とアメリカの国務長官ヘンリー・スティムソン〔後に陸軍長官〕は述べた。これを聞いたＯＮＩ〔アメリカ海軍情報局〕の将校たちはおそらく、自分たちは紳士ではない、と判断しただろう。あるいはこうも言える。当時のアメリカの暗号解読界のスターは、確かに紳士ではなかった。その人、アグネス・マイヤー・ドリスコルは淑女だったのだ。ドリスコルと、もう一人のスター解読者、ジョゼフ・ロシュフォート〔後にミッドウェー海戦で日本の暗号を破る〕は、１９２６年に「レッドブック」として知られる日本海軍の暗号を解読したばかりだった。彼女たちが得た情報は傑出していた。国務長官が何と言おうと、アメリカ海軍は日本の通信を読むことをやめなかった。レッド暗号を破った直後、海軍省２６４６号室の暗号解読者たちは、新しい上官を迎えた。エリス・ザカライアス中佐である。彼はその前に、駆逐艦マコーミックの艦長なども務めていた。

ザカライアスは、暗号解読という仕事が魅力的であると同時に、予想していたものとはかなり異なることに気付いた。一見華やかにも見えるが、暗号解読者たちは大抵、内向的な性格の持ち主である。

多くの人は一日中、ひたすら黙々とパズルを解いているだけなのだ。彼らは、クロスワードパズルを解くような静かな表情で集中力を漲らせ、夜も、週末も、一日中、寝食を忘れてインデックス付きの紙の束に取り組んでいるのだ。中には電子的な機械を備え、数字を解いている者もいるし、鉛筆と紙だけに頼る者もいる。ランダムな数字が書かれた紙の束は無意味なものに見えたが、実際はそうではなかった。ザカライアスは、どんなに優れた暗号解読者であっても、無線通信の傍受だけで、敵についてすべてを知ることはできない、と強調した。敵の動静の全体像を描くには、その背景や状況を把握し、傍受で浮かび上がった人々について理解することが必要である——。

ザカライアスがこの任務〔ONI極東課長〕に抜擢された理由は、まさにこの文脈において必要性があったからだ。かつて横浜に住んでいたザカライアスは流暢な日本語を話し、日本の提督たちとはポーカー仲間だった。しかも、経験豊富な海の男でもある。彼はこのような適性を活かし、ドリスコルが解読したメッセージを受け取ると、その知識を使って背景を補い、文脈に沿って日本軍が何をしているかを解釈し、海軍にとって実用的な洞察を加えた。おしゃべりで外向的なザカライアスは、暗号解読室があまりにも静かなことに最初は面食らった。解読員たちは、自分たちの名が永遠に埋もれてしまう可能性の高さを承知しながら、黙々と、そして熱心に、国のために働くことに満足していた。ザカライアスの妻クレアは、ほとんど誰も話さないオフィスで、あなたみたいな人が、自分の性分をうまく抑えて仕事ができるなんてすごいことね、と冗談を言った。戦後のザカライアスは〔本来の性格に合った〕より自然なスタイルに戻り、スパイ活動に関するテレビ番組シリーズ〔1958～59年の『Behind Closed Doors』〕に出演したほどである。だが、暗号解読を監督するために、短期間ではあるが、彼は本来の性格を抑えていた。

そんなザカライアスとクレアは、何度か日本大使館のパーティーに招待されたことがあった。パーティーは仰々しいもので、出席している日本人たちは保守的かつ少し堅苦しく、ザカライアスに明白な取引を持ち掛けてくることが専らだった。「ザカライアス中佐、あなたの新しい任務はどういうものですか？」だとか、「アメリカの新型戦艦の主砲の命中精度はどんなものですか？」という具合だ。ザカライアスはこんな質問を受けて笑ってしまった。彼らの質問はあまりに芸がなく、これで機密を教えてもらうのは無理だろうと思われた。ある日、情報局の仕事で疲れ切ったザカライアスは、一日を終えて帰宅した。彼が望んでいたのは平和なディナーをとり、息子のエリス・ジュニアと少し遊ぶことだけだった。しかし、玄関で彼を出迎えたクレアがこう言ったのである。

「珍しい電話がかかってきたわよ。ヤマモトと名乗る日本人で、あなたとは横浜にいた頃からの古い友人だ、と言っていたわ」

「ヤマモト？」と彼は応えた。山本という姓は、日本では割にありふれた名前で、彼は複数の人物を知っていた。しかし彼は、それがある山本〔山本五十六〕であることに気付いた。「海軍大佐の？」と彼は尋ねた。

「だと思う。彼はとてもおしゃべりで、かなり長く話していたわ。それで、こんなことを言っていたのよ。いきなり家にお電話するのは不躾と思いますが、これがご主人を見付けられる唯一の方法ですから、と。それで、彼の家にあなたを招待して、一杯やりながらトランプのゲームがしたい、というのよ」

ザカライアスはこのニュースを重要なものと受け止めた。もちろん、暗号解読室の電話番号は公開されていないので、山本が彼のオフィスに連絡を取ることはできない。しかし山本は彼の動きを観察しており、彼の任務について知っていることは明らかだった。そこで彼は山本に電話をかけ、何を考えているかを確認した。山本とザカライアスはこれまで、お互いのことをそれほどよく知る仲ではない。しかしザカライアスは、山本に関する評判を聞いていた。つまり、他の日本人よりも賢く、より自由な思考を持ち、さらに攻撃的である。そして山本は、おそらく日本海軍をリードする最高幹部の一人になるであろう――。日本海軍の同僚の多くが、戦艦のことばかり考えていた時、山本は航空機に熱心に取り組んでいた。山本は妻子を日本に残し、単身でワシントンDCに来ている〔1925年から駐在武官〕ため、このパーティーの趣旨は、他の同僚たちが主催したようなものではない。つまり、あなたをフォーマル・パーティーに招待するのではない、と山本は言った。ホステスを務める妻がいないので、これは、数人の男性が集まってカクテルや、トランプのデッキを楽しむような、より親密な集まりになるでしょう――。

山本はこのような集いで、他の武官たちとはまったく異なる方法で、鋭く洞察力に富んだ質問をしてきた。山本は、艦艇数や艦載砲の射程について質問することはない。彼は航空母艦の威力を強く信じており、桑原虎雄とラトランドの取り組みも監督していた。山本の質問は戦略的で、空母の運用方針、通常爆撃と比較した雷撃のメリット、といったテーマに踏み込むものだった。低レベルの質問事項は下級の将校に任せ、意に介さない。

ザカライアスは少し不安を感じながら、アルバン・タワーズにある山本のアパートメントに近付いた。ドアが開くと、案の定、そこにいたのは数年前に日本で会ったのと同じ、ずんぐりして眉毛が濃い男、山本五十六だった。山本は満面の笑みで挨拶したが、ザカライアスは微笑みの中に、高圧的な雰囲気を感じ取った。山本は彼を室内に案内し、カクテルを勧めた。飲酒は控えめだった。副官が、日本料理とアメリカ料理を組み合わせた料理を出した。山本はポーカーをプレーする気満々のようで、テーブル上が〔皿が片付けられて〕空くか空かないか、というタイミングで、すぐにそれが始まった。山本はベッド（賭け）とブラフ（はったり）の合間に、海軍の問題に関する質問をちりばめたが、その内容は微妙なものだった。

山本は指を2本〔左手の人差指と中指〕、失っていた。残った指でカードをめくる様子は風変わりに見えたが、彼はこの特技を披露することを楽しんでいるように見えた。他のアメリカ人の客がそれに感心すると、彼は大声で笑い、説明した。この失われた指は、日露戦争中に日本の旗艦・三笠に命中したロシアの砲弾によるものですよ――〔山本が実際に乗っていたのは装甲巡洋艦「日進」〕。ザカライアスは、山本が薄ら笑いを浮かべているのに気付いた。ロシアの艦船を海の藻屑にした戦い〔日本海海戦〕をアメリカ人に想起させているのだ。

ザカライアスは日本にいた時、海軍士官たちと交わした議論を思い出していた。山本は他の誰よりも攻撃的だが、ある意味、日本の海軍士官たちは全員が攻撃的だった。彼の考えでは、江田島〔海軍兵学校〕が施す訓練は、日本海軍の歴史、正しい礼儀作法、そして攻撃に焦点を当てるものだ。その教育では、日本の海軍士官たる者は、御国のために命を犠牲にすることこそ名誉なことである、と強調していた。一部の国でもそのような教育をするが、単なる建前であることが多い。しかし、ザカライアスは知っていた。日本軍はあらゆることを極端に行う。そしてそれは、将来の平和にとって良い兆候ではない。

ザカライアスのポーカーの腕前は、非常に上手いものだった。しかし、山本五十六は勝手が違った。ザカライアスはこう述べている。「多くの日本人は、たとえ無害なカードゲームであっても、負けると面子が失われると感じ、恥ずかしがる。しかし山本は、彼を倒そうとする私の試みを高く評価してくれた。私は山本について、オープンな挑戦をする人であり、好戦的な人物である、と感じた」。ザカライアスはさらに言う。こうしたゲームを通じて「私は日本が海軍の技術開発において、どのような方向に進んでいるのかを初めて認識した。水上戦力と航空戦力を組み合わせた航空母艦こそ、山本の執心の対象だった。この初期の時点でも、山本が艦載機で米国などの敵をいかに攻撃するつもりであるか、正確に理解するのは容易であった」。ザカライアスは海軍や合衆国政府の上層部に、日本の脅威について説いてきたが、無視された、と感じていた。彼らは戦争の可能性についてまったく見識がなく、それでは彼の努力は無駄になってしまうのだ。

1か月後、そんなカードゲームの後で自分のオフィスに戻ったザカライアスは、日本のスパイの脅威に対抗する最善の方法を思い付いた。山本や日本大使館の職員は、アメリカ海軍について学ぶために質問をしてきた。彼らは何も違法行為はしておらず、たとえやっていたとしても、外交特権があるので逮捕されることはない。しかし今後、日本はアメリカにスパイを送り込んでくるであろう。だが海軍は、これに対処するための特別な人員配置はしていない。自分の懸念が現実になった場合、ＦＢＩの協力を必要とするだろう。ザカライアスはこのテーマについて話し合うため、ＦＢＩ長官Ｊ・エドガー・フーバーとの面会を要請した。フーバーはその後およそ50年にわたり、この職に君臨することになる〔1924〜72年〕が、当時はまだ着任したばかりだった。ザカライアスはフーバーに対し、「日本は合衆国にとって最大の脅威となるでしょう」と意見を述べた。

フーバーは、その発言を聞いてせせら笑い、君は本当に、合衆国が日本の脅威にさらされていると考えているのかね、と尋ねた。共産主義者よりも？　シカゴのギャング抗争よりも？　それとも全米を駆け巡る銀行強盗よりも？　ザカライアスは体内の血が沸騰するのを感じ、身を乗り出した。日本脅威論について、人々を説得することには慣れていたが、笑われることには慣れていなかった。彼は熱くなって答えた。「銀行強盗は問題ですが、日本は合衆国という国家を脅かすものですよ」。こんなやり取りを1分ほど行った後、フーバーは大柄な助手を呼び出した。会議の予定は1時間だったが、始まってからわずか10分で、その男はザカライアスの腕をつかみ、フーバーのオフィスからつまみ出した。

ザカライアスはこの侮辱を忘れなかったし、ザカライアスに対するフーバーの低評価も、ＦＢＩ中に浸透した。それから10年後、来るべき日本軍の攻撃を予測するべく、海軍とＦＢＩが協力すべきだった時期に、これが災いすることになるのである。

第8章

チャップリン暗殺未遂事件

1932年〔昭和7年〕5月

チャーリー・チャップリンは、日本を訪問していた〔5月14日〕。兄〔異父兄〕のシドニー・チャップリンや、チャップリンの個人秘書、高野《こうの》虎市《とらいち》らも同行していた。旅の目的は、純粋に楽しむことだった。一行は、日本の伝統芸能や日本舞踊の公演を鑑賞したり、伝統工芸士の仕事を見学したり、〔箱根の〕宮ノ下や富士山などの自然の美しさを満喫し、日本での時間を過ごすのである。

日本の犬養毅《いぬかいつよし》首相は、息子〔犬養健〕がチャップリン一行を接遇し、大相撲の観戦に案内するよう手配していた。彼らは桟敷の最前列に座り、まわし姿の大男たちがぶつかり合う光景に驚嘆した。ある取組中、上の入り口から悲鳴が聞こえて騒然とした。振り向くと、武装した兵士たちが大勢の観客の間をかき分けて席に向かって進むのが見えた。兵士たちは真剣な表情で一行を取り囲んだが、威嚇しているようには見えなかった。誰もが叫んでいた。日本人たちが何を言っているか理解できず、チャップリンたちは少し怖がっていたが、どうもこの兵士たちは、彼らを護衛するために派遣されたようだった。兵士たちの警護下で出口に向かう時、チャップリンは秘書に「高野。一体、何事だね？」と尋ねた。

「先生、彼らは私たちが危険にさらされている、と言っております。安全のために、彼らに同行する必要があります」と高野は言った。

チャップリンは、ホストである犬養首相の息子の顔がショックで歪むのを見た。父親が殺された、と知らされたばかりの青年の顔だった。チャップリン一行はすぐにタクシーで帝国ホテルに向かった。車の窓から外を見ると、兵士たちが街中を走り回っているのが見えた。

犬養首相はクーデター未遂〔五・一五事件〕で暗殺された。実行犯は日本海軍の青年将校の一団だった。彼らによれば、首相はミリタリズムを十分に理解せず〔つまり、統帥権干犯のこと〕、海軍に十分な資金を提供していないため、死ぬ必要がある、と考えたようである。クーデター事件は進展せず未遂に終わり、暗殺犯らは逮捕された。その後、彼らは法廷で自分たちの意図について詳細に語り、日本はアメリカとの戦争を早期に始めるべきだ、とも主張した。もしチャーリー・チャップリンを殺すことができたら、アメリカ人は激怒し、戦争が引き起こされるだろう、という確信があったのだという。

チャップリンは、自分が暗殺の標的にされたことに動揺した。ことに彼の考えでは、暗殺者たちの計画はまったく意味のないものであり、非常に混乱していた。アメリカが、一人の有名人をめぐって他国と戦争する、という図式はあり得ない。しかし、もっと根本的に、この計画には意味がなかった。チャップリンは警察で供述した際、こう語った。「彼らはアメリカとの戦争を望んでいたようですが、私はイギリス人ですよ。そもそもアメリカ人ではないのです」。彼は、ほとんどの日本人がその点を理解しているかどうか、あやしいものだ、と思っていた。他にも、今回の暗殺者たちは、2つの外国からの影響、つまりハリウッド映画とジャズ音楽を好まない、と主張していた。彼らは、日本国民が西洋に対して反発し、怒ることを望んでいたが、このストーリーを脅かすのが、大人気の西洋人、チャップリンが人々を笑わせるべく来日することだという。

チャップリン一行は警察でさらなる供述を行い、犬養首相の家族に個人的に哀悼の意を表した後、短期間、日本に滞在し、船でロサンゼルスに帰国した〔6月2日まで日本に滞在〕。五・一五事件の陰謀は、この早い時期、つまり真珠湾攻撃のほぼ10年前に、多くの日本人がアメリカとの戦争は避け難い、と考えていたことを示している。驚くべきことに、暗殺者たちは日本海軍の軍人であった。日本海軍こそ、合衆国に対する攻撃を主導し、やがて真珠湾を襲撃する組織である。彼らは精神的な戦争準備をしていたようで、一部の若い将校が、戦争を実現するために政治的暗殺を行う価値がある、と判断したほど、それは進んでいた。

もう一つの憂慮すべき兆候は、暗殺者たちが熱狂的な国民の支持を受けた、ということだ。裁判所は、無罪判決を求める数十万件の署名を伴う嘆願書を受け取った。ある若者のグループは法廷に対し、自分たちが暗殺者の身代わりになる、と申し出た。この際、彼らの誠実さを示すために、各申立人の指1本が、瓶漬けの状態で提出されたという。

最終的に暗殺者たちが受けた判決は、軽いものだった〔死刑になった者はなく、多くは数年で釈放された〕。この件は、日本が戦争への道を今後も進むこと、日本政

暗殺未遂事件の直前に撮影された、チャーリー・チャップリン（右から3人目）、シドニー・チャップリン（左から2人目）と大相撲の力士たちの写真。チャップリンの執事、高野寅市（右から2人目）は後に、ラトランドとともに日本のスパイとして働いた（Getty Images）。

府が軍部に対する強力な統制力を欠いていること、を示す間接的な兆候となった。

ザカライアスが五・一五事件の一報を聞いたとき、彼は洋上にいた〔駆逐艦ドーシー艦長〕。この事件は彼の頭の中で、さらなる警鐘を鳴らした。日本社会が合衆国との戦争は不可避、というコンセンサスに向けて、一歩前進しつつあることを示す証拠である。このコンセンサスは雪だるま式に徐々に大きくなり、最終的に戦争勃発に至るのだ。

日本を出発する前、チャップリンの頭に、暗殺事件の前夜、兄シドニー、秘書の高野と一緒に夕食に行ったときのことがよぎった。食事中に6人の〔日本人の〕若者が入ってきて、1人が高野の隣に座った。不名誉や侮辱に関しての話題、何やら先祖だとか、絹に描かれた絵についての話があったのだが、チャップリンはどんな話だったか、ほとんど忘れてしまった。記憶に残ったのは、高野のひどく恐ろしい表情だった。高野は背が高い偉丈夫で、身なりがよく、普段は常に冷静沈着だった。高野はコートのポケットに手を入れ、拳銃を持っているふりをしていた。チャップリンは後に、このことと暗殺事件が関係しているのではないかと考えた。

広島生まれ〔広島県八木村。現在は広島市の一部〕の高野虎市は、15年前にチャップリンに雇われて車の運転手となり、数本の映画に出演した後、個人秘書となっていた。彼の雰囲気は、チャップリンが世界に伝えたかったイメージにぴったりだった。高野は面接を受けるために、ダブルブレストのスーツを着て帽子を被り、チャップリンの家を訪れた。チャップリンは彼をひと目見て「君はおしゃれだ！」と叫んだ。

1920年代初頭までに、高野はチャップリン家を管理し、そこで働く日本人のメイドや執事、庭師、料理人を取り仕切っていた。チャップリンは高野に頼り、日本人への好感度を大いに高めた。人々はチャップリンに、どうしてあなたの周囲には日本人が多いのですか、と尋ねたが、チャップリンは、日本人の使用人は優れていますから、と説明した。例えば、日本人の使用人はほうきを使って、部屋の隅々まで綺麗にするが、アメリカ人の使用人は、単に部屋の中央を掃いて、土埃を移動させるだけである――。

チャップリンが日本人の使用人を好んだのには、さらなる理由があった。忠誠心と思慮深さである。高野や日本人のスタッフが、報道陣と勝手に話すというリスクはほとんどないようだ。チャップリンは、日本人は本質的に忠誠心があり、ほんの数ドルで主人をマスコミに売り渡すアメリカ人よりも、ずっと忠実である、と認識していた。高野の場合、武家に連なる流れの末裔でもあり、忠誠心が特に高かったのかもしれない。高野自身は見事な英語を話せたが、使用人のほとんどは、英語が話せなかった。当時、野心的なゴシップ記事を書こうとするコラムニストは、チャップリンのような俳優に関する情報を入手するために、使用人たちに賄賂を贈る努力を続けていた。しかし、ロサンゼルスのリトル・トーキョーの閉鎖的な日本人社会に住み、ろくに英語を話せないスタッフから特ダネを得るのは、ほぼ不可能だった。

マスコミはこぞって、有名人を没落させようと躍起になっており、これはハリウッドの映画界にいる大部分の人にとって、恐怖そのものだった。10年前にチャップリンは、友人のファッティ・アーバックルをめぐるメディアの大騒動を見て、衝撃を受けていた。アーバックルはチャップリンに次ぐハリウッドの大スターだったが、その映画キャリアは、ゴシップで台無しになってしまった。彼が主催するパーティーに出席した若い女性〔女優のヴァージニア・ラッペ〕が急死したことにより、アーバックルは殺人罪で告発された〔1921年〕。アーバックルは最終的に無罪となったが、それは問題ではなかった。この殺人事件は何か月間も新聞の一面を飾り、どの映画会社もこれ以後、彼と再び契約を結ぶことはなかった。

チャップリン自身も、リタ・グレイとの離婚〔グレイは2番目の妻で、1928年に離婚〕の際にメディアの熱狂の犠牲者となったが、彼のキャリアはなんとかつながった。リタの告発は非常に卑劣なもので、新聞配達員は、彼女の側に立ったストーリーを書いた小冊子を路上で販売した。その話はかなり誇張されているように見えたが、状況の基本的な事実を見ると、チャップリンにとって十分に不利な内容だった。グレイは16歳でチャップリンと結婚していた。もっと悪い点は、彼女が妊娠したために、2人の関係が世間に発覚したことである。さらにスキャンダラスなことに、結婚式はメキシコで行われた。国境以南では未成年者の結婚は合法だったが、カリフォルニアでは合法ではなかったためである。しかしどういうわけか、チャップリンはグレイとの離婚騒動を経て、かつてないほどの大スターとして浮上したのである。

これまでチャップリンは、タイミングと幸運が重なり、キャリアを終わらせるほどのスキャンダルを免れてきた。しかし、それも時間の問題かもしれなかった。チャップリンと、16歳のリタ・グレイとの関係は、実は決して異例なものではなかったからだ。彼は10代の若い女の子が好きなことで有名だった。チャップリンは、ハリウッドの多くの有名人と同様、恋人を見つけるのに苦労しなかった。だが、治外法権すら許されそうなレベルの最高のセレブであっても、通常、未成年者の尻を追いかけることはなかった。スキャンダルが恐ろしいだけでなく、逮捕される可能性すらあったからだ。この件に関して、チャップリンが唯一懸念していたのは、メディアへの漏洩だった。そのために彼は、思慮深い高野や、英語を話せない日本人スタッフに対する依存を深めたのだ。

この他にも、危機一髪の状況はあった。やはり10年ほど前、チャップリンは新聞王ウィリアム・ランドルフ・ハーストの船にゲストとして乗ったのだが、その際、映画プロデューサーのトーマス・インスが謎の死を遂げた〔1924年〕。彼がどのようにして亡くなったのか誰も知らず、他のゲストも、この件で何も話さなかった。ゴシップ記者の中には、これは、ハースト自身の手による誤射の結果であり、愛人の女優マリオン・デイヴィスがチャップリンと関係を持っていると考え、本当はチャップリンを殺すつもりだったのだ、という記事を書いた者がいた。

この際も高野は、チャップリンが不幸に見舞われる可能性のある状況を、最大限に有利な方向に活用できるよう支援した。船上での死亡事件で人々が混乱する中、高野はロサンゼルスから急行して埠頭に現れ、ほとんどの報道陣がその場に現れる前にチャップリンを拾い、連れ出した。

映画プロデューサーの公式な死因は、消化性潰瘍を患っていたのに塩漬けアーモンドを食べたため、とされた。これでスキャンダルは処理された。

チャップリンは高野を週に7日、フルに働かせた。高野も最初、チャップリンの下で働けることに興奮していた。彼は15年前、父親とのいざこざをきっかけに日本を離れ、今では世界中で最も特権的なサークルの一員になっていた。彼自身、ハリウッドやリトル・トーキョーの小さなコミュニティでは、ちょっとした有名人になっていた。しかし、チャップリンは映画においてディテールを重視し、完璧主義者で有名だった。よって、高野に対しても同様に、細部に至るまで厳しい要求をした。チャップリンのために働くという重荷が、徐々に彼を蝕み始めた。

ある時点で高野は、これ以上の酷使には耐えられない、と感じ始めたのである。

第9章　ロサンゼルス五輪

1932年夏

日本を離れ、ハリウッドに戻った2か月後、チャップリンは、第10回夏季オリンピック・ロサンゼルス大会の開会式〔7月30日〕で、大歓声を上げる10万人以上の観衆の中にいた。

高野は、チャップリンと同行の女性をロサンゼルス・コロシアムのＶＩＰ専用口で降ろした。新聞王のウィリアム・ランドルフ・ハーストと、その同行者マリオン・デイヴィスがそこにいた。彼らは最前列に着席したが、チャップリンはほんの一瞬、不思議な匿名性を感じた。巨大なスタジアムにいるほとんどの人は、自分たちがそこにいることに気付いていない。彼らもまた、アスリート、高官、歌手、軍人、俳優と同様、群衆の中に交じっていたからである。なぜかハーストは、デイヴィスとチャップリンとの三角関係疑惑を乗り越えたらしく、セレブたちは交友関係を続けていた。

チャップリンは驚き、目をみはり、オリンピックの華やかなスペクタクルを繰り返し観察した。彼はキャリア全体を、この種の豪奢の追求に費やしてきたのだった。

何年もかけて準備が進められた１９３２年の夏季オリンピックは、急成長を遂げた都市ロサンゼルスにとって、盛大な祝賀会といえた。映画スタジオの経営者や不動産開発業者は、かつては細い裏路地と海軍基地しかない僻地だったロサンゼルスを、ロンドン、パリ、ニューヨークに匹敵する大都市に変えたいと切望していた。チャップリンが一時所属したロサンゼルス・アスレチック・クラブで即興の話題として始まったことが、現実になったのである。クラブの会長、ビリー・ガーランドは、なんとしてもオリンピック招致をしたい、広告マンとギャングの戦略を組み合わせ、あらゆる手練手管を使うことでしか、この都市で一挙を成し遂げる方法はない、と述べた。ガーランドは他の話題を何も取り上げず、チャップリンや他のクラブ・メンバー（俳優のダグラス・フェアバンクス、ルドルフ・ヴァレンティノ、アル・ジョルソンなど）に説き続けた。どのようにして辺境をファンタジーに変えるか——。そして神の名にかけて、彼は本当にそれを成し遂げたのだった。

チャップリンが見たもの、感じたものはすべて、過去10年間の活動の頂点であった。彼が住み着いた都市は急発展、急成長し、機動力と力強さを重んじる時代性が、工業化をリードした。ロサンゼルスは活気に満ちて輝き、新しく、興奮と可能性に満ちた、まさにレッドカーペットを踏むスターのような街だった。そして、ハリウッドの他のすべてのものと同様に、それは見事な蜃気楼であり、より不穏な現実から一時的に目を逸らさせるものだった。第10回オリンピックの至宝、コロシアムの壁の外には、目を背けることができない大恐慌の現実があった。カリフォルニア州の全人口の3分の1近くが失業し、立ち退きを求められた家族は、持ち物を引きずって街を徘徊し、炊き出し会場を訪れ、スラム街を通り過ぎた。彼らは、この問題を抱えた世界の向こう、つまり大西洋と太平洋の向こうには、さらに遠い世界があり、軍国化が進んでいることを知らなかった。

チャップリンがスタジアムの内側を見渡すと、観衆の上に誇らしげにはためく40本ほどの各国の国旗が見えた。白地に赤い丸の旗が、チャップリンの目に留まった。それは目にも鮮やかな大日本帝国の国旗である。ヨーロッパ諸国の多くは、大勢の選手をロサンゼルスまで派遣することを困難だと思っていた。しかし、日本は比較的、近い国であることもあり、ロサンゼルスに大選手団〔選手数131人〕を派遣してきた。

1932年の夏季オリンピックが開催されるまで、日本はアメリカ人にとって、あまりにも遠く離れていて、どこか神秘的な存在だった。多くのアメリカ人は、日本を芸者と富士山の国、ロマンチックで美しい場所、としか考えていなかった。ごく最近、暗殺計画のターゲットになったにもかかわらず、チャップリンはまだ、その虜になっていた。彼は、日本の職人の美と完璧さに対するこだわりについて、世界のどの国も匹敵できないレベル、と考えていた。彼の演じた「放浪者」のキャラクターは、常に日本製のステッキを手にしていた。日本の職人が作るステッキは、他のどの国のものよりも優れている、と感じたからだ。彼は日本の茶道も愛した。茶道とは、五感を喜ばせるために茶を点てる、という単純な行為を、美しい人生哲学に昇華させる。何よりこのようなことが、日本という国の平和な性格と精神を明らかにしている、と彼はいまだに信じていた。しかし、おそらくこれは昔の日本に当てはまる要素である。近代日本は、いまだ誕生していない美しき猛女のような国、といえた。

アメリカ海軍や一部の政府関係者にとって、日本はまだ遠い存在だが、徐々に近付いてくる脅威と考えられていた。日本の脅威について一般の米国民に声高に警告した最も影響力のある人物は、オリンピック会場でチャップリンと同席しているハーストその人である。

このテーマに関するハースト社の社説は、日本の軍国主義の可能性について客観的な報道をしつつ、時折、アメリカ海兵隊員が謎の死を遂げた日本の委任統治領・南洋諸島に関する憶測を交えたものとなった。しかしハーストの説は、しばしば醜い人種差別的攻撃に発展した。第一次世界大戦中にもハーストは、日本人将校がメキシコ兵を率いてカリフォルニアに侵攻する、という筋書きの映画に資金を提供していた。この映画は、非白人の兵士が白人女性の美徳を脅かす、というさらに醜い根底的なテーマを持っていた。この当時、ハーストが述べたのは、要するに、アメリカが白人国ドイツとの戦争に参加し、アメリカ人の血と財産を費やすのは間違っている、将来の非白人との戦争のために、もっと備えるべきだということだった。

そして、このオリンピックが終わった後、遠くロンドンから、フレデリック・ラトランドがロサンゼルスにやって来ることになる。ラトランドはその時、イギリスでまったく面白くないデスクワークをしていた。BBCのオリンピック報道は、スポーツはもちろん、羨ましくなるようなカリフォルニアの気候、映画スターたちなどを流し、ラトランドはその目覚ましい光景に興奮したが、その中には日本人たちの姿もあった。

*

開会式に臨んだ10万人の観衆の中に、チャップリンとハースト、それぞれの同行の女性、といった人々の他に、鳥居卓哉という日本人男性がいた。鳥居はロサンゼルスに数か月間滞在した後でパロアルトに移り、秋学期からスタンフォード大学で勉強を始める予定だった。彼は、来るべき日米戦争に備えるための新たな取り組みとして、アメリカに派遣された最初のエージェントだった。日本海軍の情報部を率いる嶋田繁太郎〔当時、少将。軍令部第三班長〕が厳選した人材だった。

鳥居は航海科の出身で、駆逐艦や特務艦に乗ってきた〔海兵45期。当時の階級は少佐。直前は砲艦「鳥羽」艦長〕。スパイの経験はなく、仕事のやり方について本格的な訓練を受けたこともない。準備不足なのは鳥居だけではなく、実際、日本の海軍士官の中で、スパイ活動の正式な訓練を受けた者など一人もいなかった。嶋田としては、訓練を受けたスパイがいない中、ヨーロッパ駐在中に自分自身がやったことと同じような行動を、部下にやらせようと決意した。そして、聡明で柔軟性があり、効果的なスパイ活動を行うには何が必要かということを理解できそうな海軍兵学校の卒業生を、この任務に起用したのである。

江田島の海軍兵学校のカリキュラムは、イギリス海軍の顧問の影響を受けており、イギリス海軍の士官候補生が受講していたものと似ていた。そこにスパイ活動に関する指導は含まれていなかった。しかし日本の生徒たちには、イギリスの士官候補生が学んだものとはかなり異なる、注目すべき授業が一つあった。忍術（ninjutsu）、つまり忍者になるための技芸に関する授業があったのである〔忍術という正規課目があったわけではなく、武道の一環として披露された、という意味〕。大衆文化における忍者はスパイに似ているが、実際には諜報面よりも、ステルス性と武器の扱いが重視されるものだった。

嶋田は、2か月前に首相を暗殺した海軍青年将校らに、心情的には共感していた。彼はまた、日本が最終的には米国との戦争に突入するだろうと確信していた。しかし日本海軍ではそれまで、スパイ活動に対してほとんど資金が投入されておらず、尊重もされていない、という事実も痛感していた。嶋田は、海軍の艦船が演習を実施する際、その計画は陛下ご自身の裁可を得るが、諜報活動の地位は非常に低く、天聴に達するほどの計画すらない、と指摘した。

戦争に備えるには、日本海軍は敵をよりよく知る必要がある。まず嶋田は、鳥居をロサンゼルスに派遣した。当地には海軍基地と航空機工場があり、最も重要なスパイ活動の目標地と考えられた。

嶋田は、米国との戦争が避け得ざる理由を、頭の中で反芻した。アメリカは日本を何度も侮辱してきた。例えば、国際連盟の設立時において、すべての国は平等であるという理想が掲げられたが、アメリカ（およびオーストラリア）は、人種的差別撤廃提案を阻止した。さらにアメリカは、1920年代に人種差別政策をとって、日本からの移民をブロックした。1931年に日本が満州に侵攻した後には、日本の満州侵攻は違法である、とするスティムソン・ドクトリンを発表した。その後、アメリカは国際連盟でもこの政策を追求した。日本の全権委員、松岡洋右は熱弁をふるった後、代表団を率いて総会の席を立ち、連盟を脱退した。

アメリカはまた、日本との長年にわたる貿易パートナーシップを終了すると脅し、最終的に1930年代の終わりまでに、これを実行することになる。加えて、アメリカ海軍は偵察部隊を東海岸からロサンゼルスのサンペドロ港に移し、主力艦隊の一部として戦力を増強した。

鳥居はロサンゼルスに移った直後、リトル・トーキョーに滞在した。日本海軍協会（Japanese Navy Association）の地方支部を共同運営していた古澤孝医師とその妻、幸子も一緒だった。幸子夫人は、訪れた海軍将兵をもてなしたことで知られ「日本海軍のお母さん」と呼ばれていた。古澤は鳥居と一緒にサンペドロでアパート探しをした。この地域には日本人コロニーがあり、多くの日系人漁師が港の漁船で操業していたため、鳥居は外国人として目立つこともなく溶け込み、日本食にありつけたし、支援してくれる日本人を見つけることもできた。

サンペドロのアパートから玄関を出て港に向かえば、米海軍の艦艇を観察することができた。他の日本人エージェントと同様、鳥居も日系アメリカ人にスパイの仕事をさせることは思いとどまったが、日系人漁師と何気ない雑談をする分には、誰も傷つけるものではなかった。

経験が浅いにもかかわらず、鳥居は誰にも気付かれずに、自由に海軍施設の埠頭の周りを歩き回り、よく冗談を言って回った。映画館に足を運び、『紅塵（Red Dust）』のクラーク・ゲーブルとジーン・ハーロウ、あるいは『類猿人ターザン（Tarzan the Ape Man）』のジョニー・ワイズミュラーとモーリン・オサリヴァンの演技を鑑賞したが、アメリカの軍艦をチェックすることも、それと同じくらいの容易さだった。彼が青春時代を過ごした長崎では、日本の警察がいつでもどこでも、誰が何をしているのかを監視していた。確かにアメリカという国は奇妙だった。国民的アイデンティティの共有と、個人のプライバシーという、ほぼ完全に相反する概念に基づいて構築された国なのだ。ほとんど誰もが自己決定し、自由な事業をする、という壮大な実験場である。アメリカは、その指導者や国民がそれに気付いているかどうかにかかわらず、その自由さゆえに、スパイにとっては活動しやすい国であり、鳥居はその状況を大いに利用した。

第10回オリンピックの閉会式〔8月14日〕からわずか数日後、１９３２年8月22日の夜遅く、鳥居の乗る車が、ロサンゼルス港の外側、リトル・トーキョーとサンペドロの間の大通りを南に向かって疾走していた。海軍兵学校の先輩〔41期〕の海軍中佐で、オリンピックのためにアメリカに来た大規模な応援団の一員、緒方真記《おがたまさき》〔当時、軍令部出仕〕と夕食を取った後、帰宅するところだった。2人は楽しい時間を過ごした。鳥居は酒に酔って気が大きくなり、全能感に浸っていた。彼はアクセルを踏み込み、ロサンゼルス郡の人気のない通りを駆け抜け、市場や乾物屋、ビリヤード場などを通過した。

車はトロリーの路線の段差を乗り越え、宙に浮いた後、土煙を上げて着地した。鳥居は本能的に、席の前に置いていたブリーフケースを抑えようと腕を伸ばした。その中には、アメリカ太平洋艦隊に関するメモを暗号化したもの、写真、設計図が何枚も詰め込まれていた。車のコントロールを取り戻した鳥居は、ブリーフケースを膝の上に置き、首に溜まった汗を拭きながら、今、自分が置かれている状況をもう一度考えた。

鳥居と緒方は、日本の選手がオリンピックで活躍し、金7個を含む合計18個のメダルを獲得したことに大きな誇りを持っていた。15歳の宮崎康二選手を筆頭に、日本の水泳選手たちは素晴らしい成績を収めた。100メートル自由形の準決勝で、宮崎は58秒0というタイムをたたき出し、全米チャンピオン、ジョニー・ワイズミュラー〔後に俳優に転身〕の五輪記録を破った。彼は決勝で金メダルを獲得〔58秒2〕した後、翌日は4×200メートルの800メートルリレーに出場した。チームは8分58秒4の世界新記録を樹立し、宮崎選手は連続して金メダルを獲得した。日本人はオリンピックでの成功をもって、自分たちが世界レベルに到達した、と感じた。それはもちろん、あくまでメダルの話ではあるが、馬術で金メダルを獲得したハンサムなバロン・ニシこと西竹一《にしたけいち》男爵〔当時、陸軍中尉〕がチャップリン、ダグラス・フェアバンクス、ウィル・ロジャースらと共に、パーティーで懇親する新聞の写真も出回った。こうしたことはすべて、日本に対する新たな尊敬の念の高まりを伝えるものだった。

鳥居と会食した緒方は、表向きはオリンピックに出場する100人以上の日本選手団を応援するべく、ロサンゼルスを訪れていたが、彼の訪米の真の理由は違った。海軍兵学校の先輩と後輩である2人は、リトル・トーキョーにあるレストラン「Ichifuji」で会う約束をした。鳥居は料理を食べ、何度か酒を酌み交わしつつ、アメリカ海軍について収集した情報を伝え、日本の軍令部に宛てた書類を緒方に託した。緒方からは、調査を命じられた最新情報のリストが鳥居に渡された。そのリストには、米海軍水兵の訓練状況、進水済みの新型艦、砲撃精度、日本に対する米海軍の態度、米国が開発中の新戦術――などが含まれていた。

鳥居にとっては目くるめくような時間だった。彼は、自分に課せられた重責に夢中になっていた。これまでにないほど、彼は祖国と一体化しており、目の前に広がるその前途たるや、まさに今、車で通り抜けている無人の通りと同じくらい広く、洋々たるもの、と感じた。

彼は興奮しながら、新たな自分の使命について、どのように仕事を始めようか、と考えた。まず朝一番に、現地の指導者であり、責任者でもある古澤医師に連絡を取ろう。緒方との会食について説明し、それから古澤氏に、新しい指示に関する最新情報を伝える。必要な情報を収集するべく、多くの人々に連絡を取る算段を検討しなければなるまい――。何を言おうか、とリハーサルしながら、彼は一瞬、道路から目を離した。まさにそこで、運命は指の間から滑り落ちてしまった。

自宅から数マイル離れたところで、鳥居は車のコントロールを失い、堤防に激突したのだった。

第10章

ＦＢＩと死んだスパイ

１９３２〜33年

死亡した日本人スパイに関する電話を受けて、ＦＢＩ特別捜査官のジョン・ハンソンは驚いた。それは予期していなかったものだったからだ。ミネソタ州出身のハンソンは、寡黙な中西部出身のスカンジナビア系、というステレオタイプとは無縁の人物で、今はカリフォルニア州で華やかなＦＢＩ捜査官という生き方に身を投じていた。ＦＢＩという組織の知名度は、かなり高まっているようだった。その前年、この機関はアル・カポネ〔ギャングのボス〕に関わる一件、それから有名な飛行家チャールズ・リンドバーグの1歳の息子の誘拐事件で容疑者を逮捕するなどの一連の活動で、アメリカの多くの人々から注目を集めていた。連邦捜査局の名刺を取り出すと、人々が顔色を変えるようになってきたことに、ハンソンは気付いていた。

報道でのＦＢＩのイメージに関わる指示は、上層部から出ていた。ＦＢＩ長官Ｊ・エドガー・フーバーは、報道機関に媚びることこそ、予算と雇用の両面の安定に寄与する、と認識していた。ＦＢＩのイメージを守るべく、すべてのＦＢＩ捜査官は厳密なプロフェッショナルとしてふるまえ、と指示されていた。

ハンソンはエージェントとして、FBIに否定的な報道を引き起こすような真似は、一切行わないようにする必要があった。しかし今回の彼の仕事は、PRという観点からすると、他の仕事よりも困難になる、と思われる節が多々あった。まずフーバーは、左翼や共産主義寄りの俳優が多いハリウッドのファンではない。いずれにしてもFBI捜査官は、俳優の身辺については慎重に扱う必要がある。何十人ものパパラッチが俳優たちの周辺を追い回しているため、一歩間違えれば、即座に全国紙の報道にさらされる可能性があるのだ。報道機関は常に新しいネタを探している。そして、FBIがロサンゼルスで監視している多くの外国人スパイの話も、報道機関にとって恰好の餌食となる可能性があった。外国人スパイの逮捕と裁判は、メディアの報道合戦に巻き込まれないよう、静かに行われる必要がある。さらに国際関係に悪影響を及ぼさないため、FBIの行動には国務省も関与することになった。このためFBIとしては、ロサンゼルスにいる多くの外国人スパイに対する捜査活動が難しくなっていた。

ハンソンの部下のエージェントたちは、通常はスパイ問題とは無関係の理由で時々、サンペドロ港、及び海軍基地を訪れた。港の近くで行動するFBI捜査官は主に、カナダから船でロサンゼルスに密輸される粗悪なウィスキーを扱うギャング団を追っていた。ウィスキーはしばしば、小さなボートに積まれ、また時には貨物船に隠されてサンペドロで他の貨物と一緒に降ろされ、ヴェニスのデル・モンテ・クラブだとか、劇場地区のヴェラスコ、マヤンといった酒場での乱痴気パーティーでふるまわれた。大抵は、ウォルグリーン薬局など、近くの薬局を経由して流通した。

ハンソンの事務所はまた、カリフォルニアの暖かい太陽の下で跋扈《ばっこ》しているアナーキスト、共産主義者、その他の破壊活動を行う人物の追跡にかなりの時間を費やしていた。ここには、ソビエト連邦を訪問したい人のための公式旅行代理店、インツーリストの大きなオフィスがあった。しかし実際は観光客よりも、ソ連のスパイが多く利用しているようだった。

ハンソンは、日本を完全に無視していたわけではない。彼はウィリアム・ランドルフ・ハーストのエグザミナー紙などに頻繁に書かれている反日報道を読んでおり、最近の日本の満州侵略をアメリカが非難し、世界情勢が変化していることも知っていた。しかし、日本は遠く離れており、ハーストの新聞は、何よりもセンセーショナルに過ぎる、と思われた。サンペドロの日本人たちも、リトル・トーキョーの日本人たちも、勤勉で法を遵守する人が多く、ほとんど自若とした生活を続けていた。

ハンソンの日本に対する無関心ぶりは、当時のアメリカでは主流的な態度だった。公平を期すために言うと、この当時、第二次世界大戦はかなり先の話である。日本が枢軸国に加わるまで、まだ８年もあり、さらに言えば、ドイツではいまだヒトラーが権力を握っていない時期なのだ〔ヒトラー政権は１９３３年１月に成立〕。

しかし、ハンソンに電話をかけてきたロサンゼルス市警察の刑事、「ハイニー」ハインリッツには、すごいネタが上がっていた。彼らは事故車から日本人の死体を引き出したが、その男はアメリカ海軍に関するあらゆる種類の情報が入ったブリーフケースを持っていた。どうやら日本人スパイの死体を発見したようだ。ハインリッツは、ロス市警、ＦＢＩ、海軍情報局（ＯＮＩ）がこの問題に対処できるよう、すぐに管内での会議を手配した。

スパイに探られる対象となっていた海軍は、この問題に最も関心を持った。しかし、海軍は基地外での逮捕権を持たないため、ＦＢＩが関与する必要があった。船舶や海軍基地で情報を盗んでいるスパイを発見した場合、海軍はスパイを逮捕することができる。だが基地外においては、海軍は法的に逮捕権を持たないため、ＦＢＩの協力が必要なのだ。理論的には、ロス市警もスパイを逮捕することができるが、これほどの大問題になると、対応する手段がない。そこで関係者全員が、ハンソンのＦＢＩ事務所の力に頼ることになった。

当初は、所轄の警察官が通常の手順に従って鳥居の遺体を安置所に送り、所持品を署に預かり、近親者を探した。しかし翌朝、鳥居の財布と身分証明書を調べてみると、明らかな近親者は存在しないようだ。鳥居はアパートで一人暮らしをしており、最近アメリカに来たばかりだった。そこでロス市警は日本総領事館に電話して、日本人の死亡を報告した。職員は警察官に対し、「影山総領事に相談する必要があり、追って返答する」と伝えていた。

数時間後、署に奇妙な電話がかかってきた。それは、鳥居のアパート探しを手伝った日本人医師、フルサワ・タカシ（古澤孝）からのものだった。古澤は「鳥居のカバンを取りに行きますから」と告げたが、警部補はすぐに不審に思った。電話の口調は相当に乱暴で、アクセントもかなり訛りが強かった。そして最も奇妙なことに、古澤はブリーフケースだけに非常に興味を持っているようで、遺体にはまったく関心がないようなのだ。

古澤が親戚でも総領事館の職員でもなく、単に友人と称する民間の医師であることに気付いた警部補は、古澤に対して、あなたは誰で、どのような権限でブリーフケースを取り戻したいのか、と厳格に尋ねた。「ロサンゼルス市警察は適切な手順を踏んでおり、死亡者の遺品が誰ともわからない通報者に渡されることはありません。近親者がいない場合は、日本総領事館に直接、連絡する必要があります」。

この指示を無視して、古澤は何度も電話をかけ、そのたびにますます怒り狂ったような声を出した。署内の他の警察官たちは、一体何を騒いでいるのか疑問に思い、ブリーフケースを開けて中を覗いてみた。文書はほとんど日本語で書かれていたが、鳥居がアメリカ艦隊のスパイ活動に関与していたことは、図面からすぐに明らかになった。ここから、ＦＢＩとＯＮＩの介入が必要となったのである。結局、警察は古澤にブリーフケースを渡したが、中身は空だった。彼はショックを受けたが、それに対してできることは何もなかった。

ハンソンは古澤に対して正式な捜査を行うよう、数名の捜査官を任命した。彼らの報告によると、古澤孝は1906年に初めて渡米した産婦人科医で、サンフランシスコに到着した途端、大地震〔同年4月18日〕に遭ったという。この地震で数千人が死亡し、都市の80パーセント近くが破壊された。サンフランシスコの住宅が壊滅的な被害に遭ったため、古澤はロサンゼルスに移住した。

エージェントたちは、地元の日本語紙を読んだだけで、古澤が現地の日本の要人や、滞米中の日本海軍士官を集めた日本海軍協会の地方支部の責任者であることをすぐに確認した。彼の妻の幸子は、夫以上に日本海軍を熱心に支援していた。彼女は最近、中国軍との衝突で負傷した日本の水兵たちに慰問品を届けるべく上海を訪れ、戻ってきたばかりだった。来航した海軍関係者は、古澤家に宿泊することが非常に多かったし、そうでない場合は、すぐ近くのオリンピック・ホテルに宿泊した。

エージェントたちの結論は2つだった。

1　古澤は宅配システムの責任者であり、どのエージェントからでも、他のエージェントに荷物を手渡しできるし、日本との配送もできる立場にある。手渡し配達を行うため、アメリカの防諜機関が郵便物を検閲できる可能性はない。鳥居のブリーフケースには、彼と古澤との往復書簡とメモが入っていた。

2　古澤が支部長を務める日本海軍協会には、分科会の一つとして「研究部（research division）」がある。もちろんここは、日本の駐在員が現地の日本人に任務を割り当て、造船から米海軍基地の状況に至るまで、あらゆることを調査できる場所だ。グループに属する地元の日本人は、通常は軍人ではないが、多くの基本的な任務をこなすことができる。日本海軍協会は、日本国民のみを対象としており、この点も注目に値する。日系アメリカ人はほとんどの場合、会合に招待されることはない。

ハンソンにとっての問題は、古澤の扱いをどうするべきか、だった。鳥居のブリーフケースから見つかった証拠は恐るべきもので、法廷でも通用するかもしれない。しかし、鳥居はすでに死亡しており、逮捕することはできない。ハンソンは、古澤が日本海軍のスパイ活動に関与していることを確信していたが、証拠が不足していた。ブリーフケースの中身から、古澤が鳥居と手紙をやり取りしていたことはわかったが、それだけでは、古澤を起訴するだけの証拠にはならない。理論的には、ハンソンはもっと多くの証拠を入手することができたはずだ。

しかし、日本のスパイ活動に対する捜査は、ＦＢＩの優先事項ではなかった。ハンソンがスパイを逮捕するには上層部の許可が必要で、上層部は国務省の承認を必要とした。国務省は一貫して、国際関係の緊張緩和を望んでおり、確固たる証拠がない限り、日本政府と関係のある人物の逮捕を認めなかった。こうして、この事件の捜査を終了する決定が下された。古澤のファイルは、スプリング・ストリートにあるＦＢＩ事務所のファイルキャビネットに保管され、複製がワシントンに送られた。

＊

ここは東京・日比谷の近くにある日本の帝国海軍軍令部である。嶋田は、アメリカから〔郵便を使わず〕人が運んできた手紙を受け取った。開封した彼は、卒倒しそうになった。鳥居が――死んだ？　彼は２人の海軍駐在武官、つまりエージェントを、いずれもアメリカ西海岸地域に派遣していたが、嶋田が自ら選任してリーダーに抜擢した男は、飲み過ぎのため事故死したのだという。まことに腹立たしい状況だった。

嶋田は知恵を絞って幕僚たちと協議し、自分たちが得た教訓を考え、今後の最善策を決めようとした。彼は回想録の中で、これらの問題と最終的な決断について論じたが、その回想録〔『海軍大将嶋田繁太郎備忘録』〕は２０１７年まで発見されず、刊行されることもなかった。

そこにはこう書かれている。大まかに言えば何も変わっていない、日米間の戦争は、短期的将来ではないにせよ、必ず起こるだろう。この戦争は大部分が海戦となり、日本の艦隊とアメリカの艦隊が戦うことになる。この戦争に勝つためには、日本はアメリカ海軍について、さらに十分に知る必要がある。一例として、日本海軍は最新のアメリカ戦艦の砲戦能力についてほとんど知識がなく、それがなければ、この将来の戦闘で、どのような戦術を使用すべきかを理解するのは困難である。具体的には、アメリカの大砲はどのぐらいの射程で、どれほどの精度を発揮するのか？　乗組員の練度はどんな程度か？　日本の戦艦は、遠距離からアメリカの戦艦を砲撃する方がよいのか？　それとも、近距離に接近して、至近距離から砲撃するほうがよいのか？――鳥居の死により、これらの疑問は依然として解決されないままとなった。

嶋田は山本五十六〔当時、少将。航空本部技術部長〕から、スパイの任務について、ちょっとした変更をしてほしい、という要望を受けていた〔嶋田と山本は海兵32期の同期〕。山本は、一つの例外を除いて、嶋田のスパイ活動の目標のほとんどに同意した。ただし彼は、アメリカ戦艦の主砲について探ることが最優先である、という嶋田の意見に反対した。山本は、将来の戦争は空母とその艦載機によって決まるだろう、と述べた。最近の日本の演習でも、空母から発進した航空機が、間もなくこれまでよりも遠く離れた敵艦船を攻撃できるようになることが示されている。空母は遠く離れた位置から航空機を送り込み、繰り返し戦艦を攻撃する。一方、戦艦の側は空母を射程内に捉える機会も得られない。こういったことが、さらに容易になるだろう、と言った。

山本は嶋田に対し、アメリカの軍用機生産の状況、及び海軍航空隊の実情について、もっと調べてほしい、と依頼した。日本海軍は依然として複葉機を飛行させており、飛行時間は3時間以下、速度は時速150マイル〔約241キロメートル〕未満である。しかし、初の全金属製単葉機を設計中で、数年後には、航続距離と速度が2倍になることは明らかだった。その時こそ、日本艦隊はずっと遠距離から、敵艦隊を攻撃できるようになるだろう、奇襲攻撃と組み合わせれば、日本は敵に気付かれないうちに、敵艦隊を撃滅することができる、と山本は強調した。

嶋田は山本に対し、ロサンゼルスでアメリカの軍用機の半分以上が生産されているため、ロサンゼルスにエージェントを1人派遣すれば、敵の艦船と航空機生産の両方を容易に調査できる、と答えた。事実、アメリカの航空機会社の大多数はロサンゼルスに移転していた。当地は常に好天に恵まれ、試験飛行に支障をきたすほどの雨や雪は降らなかったので、航空機の開発が促進されたのである。ロッキード社、ダグラス社、ノースロップ社、ノースアメリカン社、ヒューズ社、キナー社はすべてこの地域にあり、ビーチとヤシの木、映画スターたちに囲まれて、こうした企業の工場が点在していた。

嶋田は単純に、新しいエージェントをロサンゼルスに派遣したいと考えたが、他のエージェントを派遣するだけの予算がなかった。そこで彼は、現在シアトルにいる諜報員、中澤佑《なかざわたすく》〔当時、少佐〕に、カリフォルニアに移動して、西海岸全体のスパイ活動を引き継ぐよう命じた。中澤は最終的に、サンマテオに到着した。

嶋田と日本の情報担当参謀たちは、鳥居をロサンゼルスに派遣したことから、いくつかの有益な情報を得た。アメリカ人は古澤たちを弾圧することもできたが、そうしなかった。また、アメリカ社会は日本と違って、非常にオープンである。日本の工作員はサンペドロまで車で行き、アメリカ艦隊を公然と観察することができるのだ。さらに、アメリカ艦隊に関する情報は新聞を読めば入手でき、予算に関する議会の議論は、政府印刷局が発行したものが無料で入手できる。鳥居はアメリカ人について、彼らはおしゃべり好きで、簡単に賄賂を受け取る、という傾向にも気付いていたようだ。買収は、さほど難しいことではないという。

嶋田と山本は、他にもいくつかの重要な教訓を得ていた。鳥居のような若手の日本海軍士官は、スパイ活動の一端を担うには優れている。艦船の航行、砲撃の精度、船舶の構造に関する情報は、すべて入手可能である。しかし、より高いレベルのコンテキスト〔大局〕を見る力が欠けていた。山本は5年前にワシントンDCに駐在していた際、この点を重視していた。アメリカの戦略は何なのか？　アメリカ人は乗組員をどれほど訓練するのか？　新型戦艦にはどのような主砲が搭載されるのか？　アメリカ人が注力する、新しい急降下爆撃戦術については、どうなっているのだろうか？　その将来性は？

山本は嶋田との議論の中で、1920年代初頭に日本海軍がフレデリック・ラトランド氏から受けた支援について言及した。ラトランドは着艦装置などの戦術的なアイテム開発を援助しただけでなく、イギリスの空母航空が進化する中、より高いレベルの全体像を示した。パイロットがどのように訓練され、どのような種類の艦船が開発されるのかを日本のカウンターパートに伝え、未来、そしてそれ以後の全体像の理解にも貢献したという。

嶋田は、ふと考えて、こう口にした。

「で、そのラトランドは今、どこにいるのかね？」

第11章 駐在官と秘密のスパイ

1932年11月

ある曇った朝、ラトランドは一通の手紙を受け取った。それはイギリスでの彼の静かな生活を揺るがすものだった。当時、彼は義兄が役員を務めるスキャメル・アンド・ネフュー社で、気楽な営業職に就いていた。彼の家族も平穏無事である。数年間の横浜滞在を終えた一家はロンドンに戻り、その暮らしにうまく適応していた。自分でも驚いたことに、彼は平凡な生活に慣れ始めていたが、ふと物思いに耽るとき、自分が世間からの称賛をどれほど望んでいるか、そして、かつて定期的に日本海軍から受けていた称賛を、自分がどれほど楽しみにしていたかを思い知ってもいた。おそらく、巡洋戦艦の砲塔に置かれた大きな発進台から、80馬力のオンボロ飛行機を飛ばすような生活を送ってしまった後では、セールスマンとしての静かな生活で、同じようなスリルを感じることはないだろう。

ラトランドを雇用しているスキャメル社は、戦前の英国の道路で最大、かつ最も印象的な車両を製造してきた企業である。同社の車両は、現代の多くの読者にもよく知られているかもしれない。アニメ『きかんしゃトーマス』に登場する「悪者」は、スキャメルが製造したマックスとモンティという名前の2台の邪悪なダンプカーだ。彼らは、鉄道から仕事を奪おうとする役回りである。

ラトランドが受け取った手紙は、１９２３年に彼が三菱で職を得た際に仲介してくれた日本海軍の士官、高須四郎〔当時、大佐〕からのものだった。高須はロンドンに戻り、再び日本大使館に駐在していた。高須の手紙には、興味がおありならお会いできませんか、とあった。ラトランドはすぐに高須に返信し、「お手紙を受け取って非常に驚いたのは当然のことでして、実際、ここ数年間、日本からは、どなたからも連絡はありませんでした」と書いた。そして、金曜日にランチをするか、それが調整できないなら、日曜日にウォルトン・オン・テムズ〔サリー州。テムズ河畔にある行楽地〕で一日、一緒に過ごしてもいいのではないか、と提案した。

高須の返事を待ちながら、ラトランドは、この手紙が何を意味するのかを考えた。彼は営業の仕事よりも、もっと面白いことを夢見ていたから、高須が新しいチャンスをもたらしてくれるかもしれない、と思った。もう一つ、気がかりがあった。金《かね》のことである。特に10年前、彼は萱場製作所に３０００ポンドという巨額の投資をしており、その収益を得たいと思っていた。同社は日本海軍機の部品を大規模に受注し、彼の投資は今や、10万ポンド近くのリターンを生んでいるはずだ、と彼は見積もっていた。しかし、萱場は書簡の中で、日本の外国為替管理のため、これほどの金額をイギリスに送金することはできない、と説明してきた。しかし、もしラトランドが日本に戻ることができれば、自分は出資額の少なくとも一部を喜んで、しかも必要であれば、現金で渡すという。

ラトランドは、自分の貿易会社を設立することも考えていた。横浜にいる間、ラトランドは多くの貿易業者、特にオーギー・マンリーと友人になった。他にもライオネル・ハウエルやモンタギュー・ベルのような、中国に拠点を置く多くの有名な貿易業者のことも知っていた。萱場から資金を受け取ることができれば、それを自分の商社の創業資金として、容易に転換できるだろう。

ラトランドと高須は、日曜日にウォルトン・オン・テムズで会うことで合意した。高須は人目を引かないように、スーツにネクタイ姿で現れた。2人は楽しく食事をとりながら談笑し、リバーサイド公園の小径を散策しながら会話を続けた。この10年ほどの間、高須は海軍大学校の教官から、軽巡洋艦「五十鈴」の艦長まで、さまざまな役職を転々としていたが、諜報活動の現場に戻っていた。

高須は、情報を調べてくれる友人、的確なアドバイスをくれる信頼できる友人を探していると説明した。彼も、軍令部の情報部長の嶋田も、ラトランドこそ、その役割にぴったりだ、と考えていた。

「1920年代初頭にあなたが一緒に働いていた日本の海軍士官の多くは今、非常に高い地位に昇進しています。これらの将校たちは強力な影響力を持ち、あなたと、あなたの専門知識を大いに尊重しています。あなたが選ばれるのは当然、いや実際、選択肢はあなただけなのです！　ご興味はありますか？」

ラトランドは、「イエス」と答えるつもりだったが、高須が、「日米戦争が起こった場合」に備えるため、アメリカ、おそらくハリウッドのような地で働いてほしい、と付け加えたとき、一瞬唖然とした。ラトランドは尋ねた。

「アメリカ、と言われたのですか？　なぜそうなるのか、説明してください」

「そうですね、日米間の戦争は起こりそうにありません。しかし最近、アメリカは日本に対して非常に攻撃的になっています。私たちは、最悪の場合に備えなければなりません。そして、もし戦争が起こったら、アメリカ西海岸で何が起こっているのかを知る必要があるでしょう。そのためには、日本の歴史的な同盟国であるイギリスの人材が最適なのです。さらに、ハリウッドには成功したイギリス人がたくさんいることに気付きました。あなたならあいう土地に、とてもうまくフィットするに違いありません」

ラトランドは少し立ち止まった。ゆっくりとすべてを受け止め、テムズ川を眺めながら考えをまとめるためだ。彼は、日米戦争が起こる可能性は、あまり考慮に値しない、と考えた。日本が米国を攻撃するほど愚かであるとは想像できなかった。もし攻撃すれば、それは国家の自殺行為だろう。そんなことは決して起こるまい。これは無知からくる意見では決してない。彼は、日本海軍の幹部たちと知り合いで、料亭小松などで一緒に酒を飲んだし、彼らの家に行ったこともある。彼らが、自分たちの技術を磨くことに専念し、有能で、攻撃的であることをよく知っていた。しかし、同時に現実的でもあり、愚かなことはしないと思われた。

高須は手すりにもたれて立ち止まり、テムズ川の向こうを見つめた。太陽が頭上にあり、その光が川面に反射している。「ご存じのように、ラトランドさん。帝国海軍は萱場製作所の最大の顧客であり、そのおかげで私たちは、特別な影響力を持つ立場に置かれています。しかし、これは逆にも機能します。私たちがこの影響力を行使したくない状況もあり得るわけです」

ラトランドは、日本流のやり方で、遠回しに脅されたのだ、と悟った。この仕事を引き受けなければ、萱場に出資している金を決して受け取れない、ということだ。彼は、今回の申し出を検討し、妻のドロシーと相談するために、数日の猶予を求めた。アメリカに移住するとなると、最初の結婚で生まれた2人の子供たちから遠く離れることになる。子供たちは間違いなくイギリスの実母のもとに残ることになるだろう。彼は特に、長男のフレッドを誇りに思っていた。フレッドは優秀な学生で、すでに医学分野でのキャリアを志していた。

ドロシーは話を聞いて興奮しているようだったが、夫にはいささか衝動的な面もあることを承知していたので、この仕事の安全性と合法性について質問した。彼はこう答えた。「それがこの話のいいところだよ。僕は単に人々と会話し、その議論を他の人に知らせるアドバイザーになるだけさ。完全に安全なだけでなく、法的にも健全なものだ。さらに、合衆国における英国臣民として、アメリカ人にはできない多くのことが、法的にできるようになるだろうね」。そして少し間を置いて付け加えた。「日本海軍の古い友人たちは、単に合法的に入手できる情報を望んでいるのさ。僕を信じてくれ、日本とアメリカの間に戦争が起こる可能性などないよ」

さらに彼の決定に影響を与えたのは、この日本とのつながりが、自らが構想するアジア貿易会社の起業に役立つ、という点だった。申し出の一環として、高須はラトランドをいったん、日本に連れて行くことに同意した。日本で貿易業界の友人たちと再会することもできるだろうし、うまくいけば、アメリカに移住する前にビジネスを立ち上げることもできる。商社を設立すれば、スパイ活動の恰好の隠れ蓑ともなるだろう。貿易に携わる人々は何の疑いも持たれずに、簡単に移動できる。海軍や航空機の関連製品を専門とするラトランドなら、アメリカの海軍基地を訪問し、兵器製造業者に立ち寄るのにも、最適な口実となるに違いない。しかしラトランドにとって最も良い点は、日本が彼のライフスタイルとビジネスへの野心をほぼ全面的に支援し、さらに萱場からも資金を得られる、ということだった。これで彼は、華やかなハリウッドで、非常に豪華な生活を送れるかもしれないのだ。

次の日曜日、高須はロンドンの日本食レストランで、ラトランドにディナーをご馳走した。彼は、今回の合意がどのように機能するかを、ごく一般的に説明した。ラトランドはアメリカ西海岸に拠点を移し、主にアメリカ海軍に関する情報を収集することになった。当面の目標は、アメリカ社会に身を置き、時々、最新情報を提供することだ。「そうすれば、もし戦争が始まった場合、あなたはあの国の戦争努力に関する重要な情報を、私たちに提供できる立場になるでしょう」と高須は語った。

しかし高須一人では、話はそこまでだ。続きはラトランドが日本に行き、海軍省に嶋田提督を訪問し〔海軍省と軍令部は同じ建物にあった〕、そこで仕事の詳細を最終決定する、ということで2人は合意した。

ここでラトランドは、高須から別のニュースを聞いて少し驚いた。高須は近い将来、日本に帰国する予定だという。しかし、嶋田が現在、務めている職を引き継ぎ、海軍情報部長〔軍令部第三班長〕に就く予定なので、実のところ〔今回の件は〕好都合だった、と明言したのだ。今後、ラトランドとの主要な連絡係を務める後任者は、岡新《おかあらた》という士官〔当時、中佐。12月に大佐〕で、高須は岡からラトランドへの挨拶状を手渡した。岡新は都会の麻布区で育ち、府立一中（現在の日比谷高校）に進学。その後、海軍大学校22期も首席で卒業した。つまり岡は、当時の日本海軍における最も優秀なエリートであった。

これまで高須にどれだけ助けられたか、そしてこれからもどれだけ頼ることになるかを悟ったラトランドは、金のタバコケースを購入し、高須のイニシャルを刻印してもらった。高須が日本に戻る前の最後の会談で、彼はそれを高須に渡した。ケースが本物の金でできていると知った高須は衝撃を受けていた。彼はラトランドに感謝し、近いうちに日本で会えるのを楽しみにしている、と言った。

新しい日本の駐在武官である岡は、他の日本の海軍士官と同様、積極的で献身的だったが、社交的で大胆、そして少し衝動的なスタイルで、すぐに目立つ存在となった。彼の前任者たちは、日本人コミュニティの中で自分自身を守り続け、英語での社交に消極的だった。岡が英語を完璧に話せた、というわけではない。彼はただ、躊躇することなく外に出て英語を使うのが好きだったのだ。

岡はまた、ロンドンの前任者たちを激しく批判し、「イギリスにいる日本人は日本語でしか会話しなかった」ため、情報収集状況が非常に劣悪だった、と強調した。彼は高須に対し、スパイ活動の方法は英国社会にどっぷりと浸かり、人間関係を育み、それによって実用的な手掛かりを発見することではないでしょうか、と語った。実際に岡は、ほぼ毎晩のようにパブに立ち寄り、地元の人々と数杯、酒を飲んだ。彼は出会ったイギリス人とおしゃべりするのを心から楽しんでいた。彼は非常に傲慢で、攻撃的な態度をとる人物なのだが、イギリス人はかえって、それが興味深いと感じた。多くの場合、言葉の応酬を何ラウンドか重ねた後、イギリス人は彼と口論することに抵抗を感じなくなり、時には異なる状況下で、より多くの情報を共有するようになった。

高級クラブで飲んでいた岡がスカウトしたイギリス人エージェントには、ハーバート・グリーンもいた。岡は彼を「エージェント・ミドリカワ（Agent Midorikawa）」と呼んだ。グリーンは著名な家系の出身で、伯父は海軍事務次官であり、小説家グレアム・グリーンの兄でもある。グリーン家の何人かはイギリスの諜報機関で働くことになり、グレアムはこのテーマについて少しフィクションを加えた本、たとえば『第三の男』などを書いている。

当時の大日本帝国海軍では、酒をたくさん飲める者は「男らしい」と考えられていた。艦内には酒が用意されており、操縦士も任務の前に、一杯飲んでいた。しかし多くのことと同様に、岡はそれを超えた男だった。ある夜遅く、彼はドイツ料理レストランのフォン・ザルツマンで飲んでいたが、他の客が岡のいつもの攻撃的な発言に反応して、日本人に対する人種差別的なコメントをした。彼は即座に激怒し、その男を床に押し倒し、「日本は近いうちに、白人をアジアの隅々から追い出してやるからな」と皆に聞こえるように叫んだ。その場にいた英国人は、強い印象を受けた。

＊

ラトランドと岡は、最初の会合を手紙のやり取りで調整した。ラトランドは、ビッグベンとバッキンガム宮殿の間にあるセント・ジェームズ・パークで会うことを提案した。ラトランドは岡に対し、私は簡単に見つかるでしょう、明るい緑色の目をした男を探せばいいのです、と書いた。初対面では、彼らはただすれ違いざまにうなずきあっただけだった。2回目の会合では、テムズ川沿いのより目立たない屋外の場所、ハム・コモン〔ロンドンの自然保護地区〕で会い、それから夕食に移った。

ラトランドはウィスキーソーダを注文した。岡はウィスキーのダブルショットをストレートで注文し、あっという間に飲み干した。それから「あなたがアメリカに行かれた後も、私があなたの主要な連絡相手になります。ワシントンの日本大使館の人と話す必要はありません。自分たちで物事を処理する方が安全ですから」と言った。

ラトランドはウィスキーソーダを一口飲みながら了承し、自分の要求を並べた。「家族とのアメリカ旅行の予算を確認したいのですが。日本海軍は常に極めて寛大ですから、私の一家に対してファーストクラスの船券と米国横断の鉄道運賃、そしてロサンゼルスの住宅賃貸料金として、少なくとも2000ドルが提供されることを期待しています」。岡はこれを聞いて、一家がどこでもファーストクラスで、という必要はないだろうが、いずれにせよ、このぐらいの金額になると、東京の認可が必要になる、と説明し、要求額を若干低くするような返事をした。しかしラトランドは、「1920年代に日本海軍が手配した自分たちの旅行は、すべてファーストクラスでした」と繰り返した。少しイライラした岡は、ウィスキーをダブルでお代わりし、またすぐに飲み干した。酔いがまわり始めた彼は別のものを注文し、ラトランドの要求を明らかに無視し始めた。「話題は変わりますが、ラトランドさんは歌がお上手ですか」。

この夕食は、予想よりもひどい展開になった。岡はラトランドのことを、甘やかされたプリマドンナだ、と思った。ラトランドは日本のホストからいつでもVIP待遇を受けることに慣れており、それを維持したいと考えているに違いない――。

ラトランドの方は、岡がコストを削減しようとするのが気に入らなかった。それに、したたかに酔い、翌朝になると会話を覚えていないような人物と交渉するわけにはいかない。もっとうまい方法を見つけようとしたラトランドの解決策は、昼間に会うことだった。次の会合は、岡が素面でいる可能性が高い日中に、公園で行うことにした。

ところが、岡はラトランドの要求をちゃんと理解していた。予算について軍令部に相談した結果、ラトランド一家の旅行にファーストクラスの船券を用意し、ロサンゼルス到着時も、家の賃貸に十分な予算を準備することになった。

ラトランドは子供たちに、今度の米国旅行について興奮した様子で話した。彼らは空路でニューヨークに到着した後、列車で大陸を横断してロサンゼルスに向かう。そこでラトランドは、ドロシーと子供たちをロサンゼルスに定住させてから、今度は日本に行く。列車による米国横断のゆっくりとした旅は、日本海軍にとっても有益だった。ラトランドは、まさしく子供たちにアメリカを案内する英国人観光客の父親そのものに見えるだろう。高価なドイツ製の新しいカメラを購入した彼は、アメリカの海軍工廠や工場の写真を撮り、日本海軍に渡す報告書に追加することができるはずである。

当初、岡と高須は日本海軍の「ホワイト」暗号を使ってラトランドと交信することを検討していた。しかし、嶋田はこれを却下した。もしラトランドが日本海軍の暗号を使っていることがイギリスに知られれば、彼がスパイだということが発覚してしまう、と警告したのだ。結局、各個人をコードネームで呼ぶ、非常に基本的な暗号文の手紙や電報を使うのが最適である、と決定した。

日本海軍が選んだコードネームは甚だ単純で、理解するのも簡単だった。たとえば、ラトランドは岡に「親愛なるアーサー」と宛てた手紙を書いた。岡のファーストネームは「アラタ」で、時々自分をアーサーと名乗っていたので、そこには大きな謎はない。高須のコードネームは「スーザン」で、こちらは理解不可能ではないものの、少し難しい。日本語で「ミスター・タカス」は「たかすさん(Taka-Susan)」だ。この最後を取って「スーザン」というわけだ。また、相互のコミュニケーションの中で、彼らは皆、日本のことを「デンマーク」と呼んだが、それは間違いなく、ラトランドが日本を高く評価していたからである。

自分の貿易会社を設立するために、ラトランドは事前に安全カミソリ会社、距離計会社と協議し、アメリカで販売代理店を務めることで両社と契約を結んだ。彼はまた、アメリカ政府から鉄道信号機や軍需品の購入をしたい日本企業を代理する手配もしていた。これらの合意により、彼は家族のために合衆国で6か月のビザ、そして自分自身のために日本への2か月のビザを取得した。ラトランドはまた、オーストラリア産のオパールと日本産の真珠を持参し、アメリカか日本で販売する準備もした。彼は出発前、ニューヨーク・タイムズ紙に、「輸出入サービスを提供します」という内容の広告を掲載した。

ラトランドにとって、アメリカに移住する際に最も気がかりなのが、最初の結婚で生まれた年上の2人の子供たち、フレッドとバーバラのことだった。彼は別れを告げるために、2人の母親、つまり前妻の家を訪れ、お前たちを誇りに思っていると語り、再会を約束した。

そして彼は、大きな航海に乗り出す準備に戻ったのである。

第12章　ハリウッド

1933年

1933年8月31日、ラトランドと家族はロンドンのウォータールー駅から、サウサンプトン行きの列車に乗った。彼を見送る者の中に、ミドルネームの「モンタギュー」で知られる輸出入専門業者、H・T・M・ベルがいた。彼は、ラトランドが貿易会社を設立する計画を手伝い、娘のドリス・モンタギュー・ベルが乳母としてラトランド家に同行していた。ラトランドとドロシー、ミス・ベル、そしてラトランドの下の子供たち、デイヴィッドとアナベルの一行は、タイタニック号の姉妹船であるRMSオリンピック号に乗り込み、波止場に集まった群衆に手を振りながら、イギリスに別れを告げた。汽笛が鳴り、長い旅が始まった。

ほんの数時間後、そろそろリラックスするという時に、スチュワードが客室のドアをノックした。ドアを開けると、ラトランド宛てに憂慮すべき電報が届けられた。コードネーム「アーサー」という署名で、発信者は岡である。電報にはこうあった。

「ボン・ボヤージュ。スーザン（高須）は、さらに3週間、アメリカに滞在してほしいと思っています。新しい旅程をご確認ください」

ラトランドはかなり驚いた。オリンピック号が港から遠ざかるにつれて、日本海軍が（おそらくは岡の助言を受けて）自分たちの取り決めに対して、急に冷淡になったのではないか、とラトランドは心配した。彼はロンドンの家を売却し、ほぼすべてを日本人の資金で賄う事業と生活を設計しており、これに自分の将来を賭けていた。これがうまくいかなければ、路頭をさ迷うことになってしまう。

ラトランドは岡に返信しようとしたが、電報は宛先不明となった。ラトランドの懸念はさらに高まった。しかしラトランドは、単に住所を間違えただけなのではと気付き、平静を保とうとした。彼は三菱のロンドン事務所経由で、岡に2度目の電報を送り、返事を待った。

岡がラトランドに、日本への到着を遅らせるような要求をした理由が分かった。イギリス海軍の極東戦隊（Far Eastern Squadron）が、ラトランドの到着予定日とまったく同じ日、10月4日に横浜に到着することが、急遽判明したためであった。これはラトランドの任務にとって、悪夢のようなシナリオとなりそうだった。イギリスの軍艦が横浜湾のいたるところに停泊し、クラブやレストランはイギリスの海軍士官や水兵で混雑することになる。そこに英米の民間人を満載した客船が到着することで、さらに注目が高まるだろう。横浜を訪れる西洋人の間で有名な「ユトランドのラトランド」がそこに姿を現せば、将校たちは間違いなく彼を放っておかないだろう。ラトランドは、この事実を知らなかった。しかし、よく考えてみると、遅れるのも悪くない。子供たちと一緒に、アメリカで長い夏休みを過ごせるわけだし、日本海軍がその費用を負担してくれるなら、願ったりかなったりである。時間ができたということは、ラトランドが追加の仕事をスケジュールに加える機会ができたことも意味した。最後にバンクーバーを旅程に追加したので、より詳細な情報を東京の海軍省に報告できるはずである。

しかし、ラトランドは海上にいる今も、監視の目から逃れられてはいなかった。ＭＩ６（エムアイシックス。英

〈軍事情報部第6課〉に派遣された対諜報エージェントが、一家の行動を監視するために乗船していた。エージェントは家族に接近し、デイヴィッドやアナベルと遊び始めた。当初はドロシーの方がラトランドよりも彼に友好的だったが、航海の途中からは、ラトランドとエージェントは定期的にデッキテニスをしたり、ラトランドが提案したビジネスについて話したりする仲になった。ラトランドを説得するために、エージェントはラトランドに対し、アメリカの宝石商や、アメリカ海軍の友人とのコネを提供することまでした。しかし、話せば話すほど、エージェントはラトランドの状況が理解できず、混乱した。

ラトランドがエージェントに言うには、彼の商社はオパール、真珠、鉄道信号機、カミソリの刃、航空機の降着装置、航空計器、無線機、スコッチウィスキー、皮革、シルクシャツ、ポンプ機器の貿易に注力している、とのことだ。エージェントは、ラトランドが本気で一度に10種類以上の品目を扱うビジネスに挑戦するつもりなのか、ラトランドがそれぞれの品目とどのように関係しているのか、そしてこれらの活動が、何か他のことの隠れ蓑に過ぎないのか、と疑問に感じた。

ラトランド夫妻はニューヨークに到着したが、ここで嫌な目に遭った。税関職員は、訪米したイギリス人が高価なオパールや真珠を大量に所持しているのを発見したが、それらを輸入する許可はなく、本人も関税を支払う気はない、という。ラトランドは、癇癪を起こした小さな子供たちと一緒に税関に閉じ込められ、望んでいたようなアメリカでの壮途にふさわしい幕開けとはとても言えなくなった。最終的に彼は、関税を支払う手配をし、荷物とともに解放された。

ニューヨークでラトランド一家は、グランド・セントラル駅のそばに新設されたホテル・チューダーに滞在した。米国で過ごす時間が長くなったので、ラトランドはボストン、ワシントン、ニューポートニューズなどを含むいくつかの海軍工廠まで日帰り旅行し、日本海軍のためにメモや写真を撮った。オパールは売れず、在庫のほとんどをニューヨークにとどめ、一定期間、安全な場所に保管する手配をするしかなくなった。

その後、ラトランド夫妻はナイアガラの滝、シカゴ、セントルイス、コロラドスプリングスを経由してロサンゼルスに向かう、遠回りの旅に出発した。家族がロサンゼルスに滞在するために、ラトランドはホルムビー・アベニューにある家を借りた。そこは最近〔1927年〕になって「UCLA」という名前が付けられた大学〔カリフォルニア大学ロサンゼルス校〕のすぐ南にある。ドロシーは、真っ先に純血種のコッカースパニエル2匹を飼い、ラトランドは賃貸住宅での生活が整う間、サンペドロからロサンゼルス港にかけて、そこに停泊している海軍の艦船を監視した。それからサンフランシスコとバンクーバーに立ち寄り、最後に日本に向けて出発するのである。

*

ラトランドは10月21日に横浜に到着した。3週間の滞在スケジュールはいっぱいだった。彼は横浜から列車で東京に行き、皇居の真向かいにあるフランク・ロイド・ライト設計の帝国ホテルに宿泊した。チェックインする際、フロント係が彼宛ての手紙を渡してきた。到着時に手渡すよう手配されていたものだ。彼は手紙を開いて、それが友人でビジネスパートナーでもある萱場資郎からのものであることに気付いた。手紙には「あなたが無事に日本に到着したと聞いてとてもうれしいです。26日の夕方、あなたの泊まっているホテルにお伺いします」とあった。

海軍省では、ラトランドと高須四郎、他の数名による会議があり、今後の任務のあり方を決めるための議論が熱心に繰り広げられた。高須は彼に新しいコードネームを与え、新しい川（New River）を意味する「エージェント・シンカワ（新川）」と名付けた。今後、ラトランドと接触するのは海軍情報部〔軍令部第三部。この時期から、軍令部は部制に変わった〕を率いる高須と、ロンドンの岡新だけになるはずだった。

嶋田繁太郎〔10月から軍令部第一部長〕と高須の間で、ラトランドの役割について意見の相違があった。嶋田はもともと、ラトランドにスリーパー・エージェントになってほしい、と考えていた。つまり、戦争が始まるまでネットワークを整備し、情報提供者を雇い、通信ネットワークを構築すること以外は、基本的に何もしないことを意味する。だが、高須は別の提案をした。「ラトランド氏は大金を要求しているので、せっかくだから短期的に活動させてみて、軽いスパイ活動をしてもらってはどうか」と言う。

それは十分に理にかなっていた。日本海軍は助けを必要としていた。ラトランドは非常に知識が豊富で、すでに多くのアメリカの海軍基地の写真を撮影していた。ラトランドこそ、他の誰にもできないことを日本のためにできるという事実が、ますますはっきりしていった。

予想されていたことだが、日本の駐在武官はアメリカ社会の上層部で活動することはできない。そして当然のことながら、スパイとして徴用されていた下層階級のアメリカ人も、同様に身動きがとれなかった。たとえば、これは少し後のことだが、ある日本の武官がアメリカ海軍の情報を探るべく、ハリー・トンプソンという酔っぱらいの元水兵を採用した。トンプソンは船に乗り込んだり、ウォーターフロントのバーで水兵たちに酒をおごったりして情報を入手しようとしたが、１９３６年に発覚し、逮捕されて懲役刑を言い渡されてしまった。

嶋田たちからすれば、トンプソンが大した情報を得るとは思っていなかった。高いレベルで社交術を操るラトランドのほうが貴重な情報を入手でき、それは懲罰解雇された元水兵が、行きつけのバーで下士官兵から入手できる情報よりも、ずっと優れているのは明らかだった。トンプソンの行動は、アグネス・ドリスコルが率いる米海軍の暗号解読班によって暴露され、逮捕に至った。トンプソンのコードネームは「エージェント・トミムラ」であった。アメリカの情報部にいた日本語に精通した将校は、「トミムラ」は漢字で書くと「富村」になり、これを読み替えると「トムソン」になることから「トンプソン」の正体を暴いたのだ。

最終的に嶋田は、高須が提案するエージェント・シンカワの活動範囲に同意した。高須はラトランドに対し、真珠湾基地を含む西海岸の米海軍基地を監視するよう要請した。高須はラトランドに、あなたは輸入事業に従事するための「適当な人物」をハワイで雇用できるだろうし、それなら事業経費の中で済むし、諜報活動にも役立つだろう、と言った。こうしてラトランドは、アメリカに戻る際のルートを変更し、ハワイに立ち寄ることにした。

萱場は26日、予定通りに帝国ホテルを訪れ、2人の旧友は温かい握手を交わし、ラトランドは一瞬、萱場の作業場で、一緒に飛行機の部品をいじっていた頃のことを思い出した。萱場が事前に述べていたように、財政に関するラトランドの懸念はすぐに解消された。彼はラトランドに、米ドルの札束と金《きん》を持ってきていた。彼は支払いで〔現金と金が〕混在していることを謝罪し、横浜の銀行から外貨を調達するのは簡単ではなかった、と説明した。

ここで萱場は、ラトランドに新たな提案をした。萱場の会社は成長していたが、依然として三菱と日本海軍が最大の顧客であり、彼は経営の多様化を望んでいた。彼はラトランドに対し、「あなたを深く信頼しており、また一緒に仕事をしたいと思っている人」だ、と語った。萱場は、ラトランドが今後5年間、米、英、仏における萱場の独占代理店となる契約を提案した。彼としては、航空機のエンジンスターターや距離計などの新製品の一部を海外で販売することに特に興味を持っていたが、どの製品が輸出に最も適しているか、という点で疑問があるという。

ラトランドは、萱場の計画を聞いて大いに気に入り、次の旅行の行程でハワイに滞在し、そこでアメリカ人の飛行士と話をする予定なので、萱場の新製品が求められているかどうか探ってみる、と述べた。さらにまた、横浜にいる親友のオーギー・マンリーのアカウントを介して、有線で通信する方法を萱場に示した。

＊

日本滞在後、ラトランドは中国に移り、そこで友人のライオネル・ハウエルと会い、宝石の輸入について話し合った。そして中国からいったん横浜に戻り、さらにハワイ行きの船に乗った。現地で1週間かけて真珠湾の海軍基地を調査しながら、萱場の製品の輸出の可能性を検討し、さらに、当地で自分の商社の代理人になってくれそうな人物を物色した。それから、ラトランドはハワイからロサンゼルスに戻り、家族と再会した。その後、ラトランドはパナマ運河の米海軍基地を視察するため船でロサンゼルスからパナマ、ニューヨークと回り、そのままロンドンに向かった。

ロンドンに到着したラトランドは、妻の旧姓にちなんで名付けたマーストン・バーズという貿易会社を設立した。彼はロンドンのオフィスを運営するために、オリヴィア・マクドゥーガルという事務員を雇った。MI5はマクドゥーガルの行動を監視したが、それによれば、彼女はあまり何もしておらず、少なくとも遅刻して出勤し、早く退社する毎日だった。会社の株式は100株で設定され、ラトランドが98株、マクドゥーガルが1株、そして当時17歳の長男、フレッド・ラトランドが1株を保有した。

ロサンゼルスに戻ったラトランドは、貿易で大きな成功を収めるために必要なものをすべて持っていた——、いや、そう思っていた。自分はビジネスに関して優れた才覚を持っている、と信じており、売買の細かい部分は決して好きではなかったが、そのスリルを楽しんでいた。1920年代には、ラジオの販売に関して洞察力を発揮したこともあった。しかし彼の過去の成功は、少し異常なものだった。彼はそれまで、簿記や損益報告書の作成、輸入関税や売上税の会計処理など、細かい作業に取り組んだことがなかった。

もう一つ問題があった。ラトランドはすでに、人気者ではなくなっていた。彼はいたるところで小切手を切り、これは人脈づくりには最適だったが、ビジネスをうまく進めるにはあまり役に立たなかった。

ラトランドは早朝にニューヨークに戻り、オオモリという日本の会社から預かった真珠のサンプルを、日本の有名な真珠養殖会社、ミキモトが五番街に出している旗艦店に持って行った。ラトランドは、御木本幸吉との会合に自ら臨み、ミキモトで売ってほしい真珠を見せたが、そのすべてにミキモトの競合他社のロゴがあしらわれていた。御木本氏は、競合他社から製品を購入してほしい、という申し出を丁重に断り、すぐにラトランドを部屋から追い出した。ラトランドの動きを追っていたイギリスのエージェントは、この取引の失敗についてこう指摘した。これはラトランドに何か問題があるか、あるいは少なくとも、彼が有能なビジネスマンではないことを示し、彼の限界を露呈するものである——。

その後すぐ、じっとしていられないラトランドは、ハリウッドの男性用ヘアグリースを一括輸出しようとしたが、ヘアグリースを梱包して、イギリスの小売店に販売するための作業員を雇うには、多額の資本金が必要だった。結局、これもアイデア倒れに終わった。

1934年の夏の終わりまでに、ラトランドはあちこちを旅しすぎて、ロサンゼルスにいたのは合計で約2か月だけだった。岡にとって、ますます明らかになったことがあった。ラトランドという男は、情報収集やいかなる立場での仕事よりも、快適に暮らすことと、旅行をすることが好きだ、という事実である。日本訪問で息を吹き返したラトランドは、いまだ萱場から受け取った多額の金を持っており、日本海軍も、彼のハリウッドでの生活とビジネスの創業に補助金を出していた。しかし彼は、事業を軌道に乗せるにはさらに資金が必要だ、と岡に言い続けていた。本当は、自分にふさわしい豪邸を購入するために、もっと金が欲しかったのだ。

ラトランドが不在の間、ドロシーは、ビバリーヒルズで売りに出されている家を物色していた。ラトランドは岡に、戦争が勃発したら、おそらく家を借りることはできないだろうから、賃貸ではなく家を購入する必要があると言い訳をした。岡は高須にメッセージを送り、予算を浪費するラトランドの要求について話し合った。メッセージの中で岡は、カリフォルニアの不動産価格については、もちろん自分は何も知らないが、これはかなり疑わしい主張のように聞こえる、と指摘した。

それまで岡は、現金または小切手でラトランドに資金を供与していた。支払い責任者は小野英輔という人物である。小野は、横浜正金銀行の海外業務を担当するためにサンフランシスコに移住した日本人銀行家で、上流階級〔妻は安田財閥の創始者、安田善次郎の孫〕に属していた。同じ１９３３年〔2月18日〕に、小野に娘が生まれた。それが小野洋子、つまりオノ・ヨーコである。彼女は後に英米関係において、重要な役割を果たすことになる。

小野は岡からの送金が気になっていた。金額の増加につれて、〔日本とラトランドとの関係を〕米国当局が気付く可能性が高まる。発覚を避けるため、小野は２０００ポンド分の有価証券をラトランドに送るよう要求した。さらに慎重を期して、米国当局に絶対に気付かれないよう、証券をカナダのバンクーバーに送るようにした。ラトランドはロサンゼルスからバンクーバーまで車で行き、それを回収するのだ。

ラトランドはこの計画が気に入った。子供たちは夏休み中だったので、家族旅行には絶好のタイミングだったのだ。彼とドロシーは、２人の子供と２匹の新しい犬を一緒に車に乗せた。一家はクレーター湖を車で通り過ぎ、オリンピア渓谷のベンソンでの滞在を楽しんだ。カナダ国境に近付くと、彼らはベリンガム近くのキャンプ場に滞在した。キャンプファイヤーを消さなかったために森林保護官に捕まり、一時的に拘束されたが、残りの旅は何の問題もなかった。ラトランドは無事に証券を受け取り、それで家の購入を計画した。その後、岡から来た手紙に「私も家族を連れて、カナダで休暇を過ごす時間があればよかったのですが」と書かれていた。皮肉を言われているな、と思った。

ラトランドはドロシーと、住宅問題について話し合った。そして、当初考えていたよりも高価で非常に高級な、パーティーを開催できるような豪邸を購入することに決めた。それを購入するために、日本人からさらに多くの金を搾り取る必要があり、時間がかかった。その間、彼らはビバリーヒルズのレクスフォード・ドライブにある豪華な家を借りた。

今回、証券を扱った経験からラトランドは、自分も株式仲買人になってみよう、と思いついた。彼は隣人とともにラトランド・エドワーズ商会を設立し、ロサンゼルス証券取引所近くの6番街に事務所を構えた。

1年近く後、ラトランド夫妻はバード・ストリートの家を購入した。バード・ストリートはハリウッド・ヒルズの高級エリアで、通りにはオリオール、モッキンバード、ナイチンゲールなど鳥の名前が付いている（近年のバード・ストリートの住人には、ジョージ・ハリスン〔元ビートルズ〕、レオナルド・ディカプリオ〔俳優〕、ジョディ・フォスター〔同〕、ドクター・ドレー〔ラッパー〕、クリスティーナ・アギレラ〔歌手〕などがいる）。ラトランド夫妻は、ウォーブラー・ウェイにある地下室付きの2階建ての家を、2万5000ドルの即金で買った。市街の眺めがよく、プールと広い庭園、そして車2台分のガレージが備わっている。

ラトランド家はすぐに最初のガーデンパーティーを開き、イギリス人の俳優たちと、数名のアメリカ海軍士官が参加した。ゲストたちは、この家がダブルロット〔2区画を使った広い敷地〕で、丘を走る曲がりくねった道を登り切った終点に近いところにあることに気付いた。通り自体は明るくないが、眼下にあるハリウッドと、ビバリーヒルズのきらめく光で道路がよく見えた。ゲストたちが家に近付くと、木と石で造られた3層の建物が目に入った。その家は丘の中腹に建っており、正面玄関に続く階段がある。そこからは、眼下にハリウッドとウェストウッドの雄大な景色が広がり、遠くの海もかすかに輝いて見えた。上層階からの夜景はさぞかし素晴らしいだろう、と彼らは思った。

執事がゲストたちを家に招き入れた。彼らは飲み物をとり、バドミントンや水泳をし、豪華な食事を楽しんだ。ラトランドは、ある米海軍大佐と砲術について話し合う機会があった。鳥居卓哉は、ア

上：後列左から２人目は、女優のシャーリー・テンプル。当時、ロサンゼルスの新聞の社会面では、級友たちとヨット遊びを楽しむアナベルの様子が取り上げられている。
下：1940 年のウェストレイク校のアルバムに載っているアナベル・ラトランド（左から２人目）。彼女はクラス会長を務めていた。（Courtesy of Harvard-Westlake School）

メリカの戦艦がさまざまな射程で砲撃した場合の命中精度を調べる任務を受けていたが、亡くなる前に、この任務を達成することはできなかった。しかしラトランドは、自分がユトランド沖海戦でイギリスの戦艦部隊の砲戦に参加したことに言及しながら、その大佐に率直に尋ねただけで、岡が望んでいたようなすべての解答を得てしまった。まさに、期待した通りだった。

ドロシーは、デイヴィッドとアナベルを私立カール・カーティス少年少女学校に入学させた。アナベルはその後、ロサンゼルスで最高の女子校であるウェストレイク女学校に入学し、クラスメートにはフィービー・ハースト〔新聞王ハーストの孫〕やシャーリー・テンプル〔子役女優〕がいた。ラトランドにとって子供たちの学校は、ロサンゼルスの裕福かつ権力のある人々の中に身を置くための、もう一つの方便だった。

地下室の大部分は、ラトランドの趣味である写真のために使用され、映写機やフィルム現像用の暗室などが設けられた。上の階にはラジオの部品でいっぱいの作業場があった。ラジオの多くは、実際にはすでに時代遅れとなっていたが、〔古い機種は〕部品が大きいために、子供でも簡単に分解できた。１９３６年に14歳になったデイヴィッドは、父親と同じように好奇心が旺盛で、一緒にラジオをいじくって楽しんだ。デイヴィッドは非常に有能な生徒で、１９９４年にラジオに関する本を出版しているが、その中で、エンジニアとしてのキャリアをスタートさせる基本に、父親の教えがあった、と述べている（デイヴィッドは後にカリフォルニア工科大学のスター学生となり、初期のコンピューターのいくつかを開発した）。

このような暮らしぶりだったが、秋の間、ラトランドは岡に、自分の事業は赤字で運営されている、と貧困ぶりを訴え続けていた。ラトランドは、事業が赤字であるだけでなく、ロサンゼルスの生活費はロンドンに比べてかなり高いとして、さらなる資金を要求した。そして、自分のだらしなさをすっかりさらけ出し、使用人を維持するのに月々１２５ドルかかり、ステーキは1ポンド49セントもするので、もっと資金が必要だと岡に言った。岡は、ラトランドの金銭要求はまたしても不合理であるだけでなく、かなり馬鹿げている、と感じた。

それでもラトランドは、交渉して希望通りの給与を獲得できた。2年後、嶋田は日記の中で、ラトランドは帝国海軍で最も高給取りのエージェントであるだけでなく、その給与は、最も高給な日本の提督の約10倍に相当する、と書いた。その額はなんと4年間で合計30万円（１９３７年6月までの契約）。当時の日本の海軍大将の1か月の俸給５５０円〔年間で６６００円〕とは、雲泥の差であった。

岡は、ラトランドならアメリカの提督や、他のＶＩＰに電話して、日本海軍が必要とする重要情報を得ることもできそうだと考えた。しかし、実際のラトランドはかなり頼りなく、地下ネットワークを張り巡らせるための計画力、集中力、組織スキルなど、必要な要素は何も持ち合わせていなかった。岡は高須に電報を打って警告した。

「戦時において、日本が米国の唯一の情報源をシンカワに依存するという考え方は、まったく得策ではありません」

第13章　プライベートクラブ

1934年

ラトランドは、シカモア・ドライブにある俳優のためのコメディ・クラブ、マスカーズ・クラブで、英国人仲間との最初の夕食を終えて帰宅した。有名俳優ほど、記者や一般のファンが入場できない会員制クラブでのプライバシー保持を高く評価していた。

「夕食はどうでした？」とドロシーが尋ねた。

「とても興味深かったよ」とラトランドは答えた。

「僕たちイギリス人は、ハリウッドに来た他の人々と何ら変わらない、と言えると思うね。僕たちは、自分自身を再定義するために来たのだから。本当の現実なんてものは、何もない」。彼は続けて述べた。

「グループのリーダー格のアラン・モウブレイがいい例だよ。彼が『女たちへの神の賜物（God's Gift to Women）』で演じた執事の役を覚えているかい？　彼は上流階級ではないが、背が高く、イギリス訛りの英語で強い存在感を持っているから、アメリカ人は彼を上流階級だと考えているのさ」

ドロシーはうなずき、「あなたも存在感が強いから、このロサンゼルスでは有利ね」と付け加えた。

「ああ、そのようだね」とラトランドは応じた。「しかし、それだけではない。モウブレイの名前は、実際にはモウブレイではない〔本名はアルフレッド・アーネスト・アレン〕。彼の伝記には、戦争で〔フランスの〕クロワ・ド・ゲール勲章を獲得した、と記載されている。僕にはあれも信じられない。実際のところ、すべては一定の方法で、よく見えるように〔脚色が〕行われているわけだ。でも気にならないね。モウブレイは影響力のある人で、一緒に酒を飲むのは楽しい。それはただ楽しいだけさ。そして君が言う通り、僕は母国の上流階級のクラブよりも、ここのクラブの方が馴染めるよ」

「確かにね。それで、夕食には他に誰がいたの?」とドロシーは尋ねた。

「『フランケンシュタイン』の続編の可能性について、ボリス・カーロフと話すのは楽しかったな。信じられるかい、新しい映画のタイトルは『フランケンシュタインの花嫁（Bride of Frankenstein）』だってさ！」。これにドロシーは大笑いした。

「チャーリー・チャップリンと兄貴のシドは、前回の会合にも出席していて、かなり頻繁に来ている。しかし、どうやらチャップリンは、自分は『参加者ではない』、つまり、クラブやグループに正式には参加していない、と述べているようだ。それもオッケーだけどね。彼が来るなら大歓迎さ。きっと将来、あそこの正式なディナーで、君もお近付きになれるだろうな」

　ドロシーは、有名な俳優に会えると思って顔を輝かせた。

　ラトランドは、モウブレイは大酒飲みだった、と続けた。モウブレイとその友人たち、W・C・フィールズ、エロール・フリン、ジョン・バリモアの「バンディ・ボーイズ（Bundy Boys）」は、クラブやヨットでやんちゃなパーティーをすることで知られていた。まわりの人たちは、モウブレイには誰にも太刀打ちできない強引さがある、と指摘した。たとえば彼は、飲酒運転をしてビバリーヒルズのキャノン・ドライブで、若い女性の車に追突した。彼は車から降りて謝罪し、そこで彼女の電話番号を聞き出し、デートに誘った。あんな芸当ができるのは、モウブレイだけだろう――。

ハリウッド俳優には珍しく、モウブレイは大画面で自分を見るのがあまり好きではなく、自分の作品を見に行ったこともなかった。彼は、スクリーンの外で何かを実現することに、もっと多くの時間を費やした。その点での彼の注目すべき功績の一つが、映画俳優組合（Screen Actors Guild：ＳＡＧ）の共同設立である。

１９３０年代初頭、ハリウッド俳優の賃金は低く、労働条件は劣悪だった。俳優たちはこの状況について、俳優組合である映画芸術科学アカデミー（Academy of Motion Picture Arts and Sciences）が、スタジオ所有者らと「共謀」しているせいである、と主張した。ボリス・カーロフは、『フランケンシュタイン』のセットで25時間に及ぶ撮影をこなした後、特に労働条件について激怒した。

モウブレイ、カーロフ、そして他の数人の友人たちは、モウブレイを共同創設者兼副会長として、新しい組合のＳＡＧを設立することにした。モウブレイは、ＳＡＧを創設する際、自ら弁護士にお金を支払った。

モウブレイは他にも、いくつかの組織の設立に関わった。１９３５年、彼と他の英国人のグループは、ブリティッシュ・ユナイテッド・サービス・クラブ（British United Services Club：ＢＵＳＣ）を正式に法人化した。これはハリウッド俳優とイギリス軍との交流を目的としたクラブである。ＢＵＳＣは当初、月例会合とフォーマルな舞踏会を開催する、男性のみのプライベートクラブとしてスタートした。ドレスコードはイギリス軍の礼装、またはブラックタイ〔いわゆるタキシード〕であり、スコットランド人にはキルト姿も許容された。女性は１９８０年代になるまで、正会員として受け入れられなかったが、舞踏会にゲストとして出席することはできた。

クラブの正会員は、カナダ、オーストラリア、ニュージーランドを含むイギリス軍に所属していた者に加え、イギリス軍の指揮下で勤務したことのあるアメリカ人に限られており、これは現在もそのままである。準会員には、他のイギリス臣民、イギリス軍の下で従軍しなかったアメリカ軍人も含まれ、イギリスの外交官も歓迎された。

モウブレイは、ＢＵＳＣのイベントをマスカーズの建物で行えるよう手配することができた。モウブレイは以後も映画に出演し続けたが、オファーされるのは、ほぼすべて英国人の執事役であることに不満を持っていた。彼は他にも、ナショナル・ジオグラフィック協会での仕事など、映画以外の活動をより楽しみ、やがて、ラトランド事件が表面化した際には、ＦＢＩを支援することになる。

しかしモウブレイは、皮肉にも１９６０年代にオリジナル版の『００１１ナポレオン・ソロ（Man from U.N.C.L.E.)』のような、いくつかのスパイ映画に出演したにもかかわらず、実際にＦＢＩと活動したことを、生涯にわたって秘密にしていた。

モウブレイとＢＵＳＣの仲間たちは、有名な戦争の英雄、ラトランドを会員として迎え、時折講演してもらうことを喜んでいた。自信をにじませながらも自慢はしない、というところは、ラトランドの魅力の一つだった。ラトランドは戦時の英雄時代や、テストパイロットだった頃のことを、たまに話すだけだった。彼の英雄的な行為についての噂はごく自然に広まったので、ことさらひけらかす必要もなかった。彼はまた、交流をつくり、友達になるのがとてもうまく、ディナーの成功に貢献し、いつも喜んで小切手を受け取った。

ラトランドは人目につかないようにしながら、モウブレイやクラブ内外の人々に、自分の経験や、日本企業との仕事について自由に語った。しかし会員たちは、彼をどこか謎めいた存在と感じていた。第二次大戦後になってインタビューを受けた〔モウブレイ以外の〕クラブの会長経験者はこう言っている。「フレッド・ラトランド？　もちろん、私は彼のことを知っていましたよ。とてもいい人だったので、私はすぐに彼と打ち解けました。とても人気があり、私たちのディナーの成功に貢献してくれました」。友人らによると、ラトランドは快適な生活を満喫しており、後で請求書が回ってくることも、あまり心配していなかったという。もちろん、当時の彼らは、ラトランドのディナーの経費が、大日本帝国海軍から出ていた事実を知らなかった。

ＢＵＳＣは、ラトランドのスパイ関連の目的において重要な役割を果たした。ロンドンの連絡係、岡とやり取りした際、ラトランドはこのクラブについて言及し、もし日米戦争が勃発した場合、「日本にとって、英国の退役軍人からなるスパイ組織を作ること以上に良い計画はない。その多くは第一次世界大戦で日本と共に戦った記憶があり、疑いも持たれずにロサンゼルスを歩き回り、必要な情報を拾い上げ、それを東京に提供できる。こんな人たちが他にいるだろうか？」と述べた。

ＢＵＳＣは著名な米軍関係者をゲストとして頻繁に招待した。ラトランドは、自分がアメリカ人に好印象を与えやすい、と感じていた。彼は「ラトランド少佐（Squadron Leader Rutland）」として紹介されたが、単なる海軍の飛行士仲間ではない。戦時中に初の母艦飛行士として戦った人物である。数杯飲んだ後、好奇心旺盛なラトランドは、新型の戦闘機や急降下爆撃機の能力はどんなものか、アメリカのパイロットに質問した。その後でラトランドは、クラブで会った最も知識豊富で影響力のある米海軍士官に、ハリウッド・ヒルズの自宅で開催する週末限定のバドミントン・パーティーへの招待状を送ったのである。

ラトランドにとって、パーティーでのこのような歓談は、決して簡単なものではなかったが、彼の仕事が日本海軍にもたらす利益は明らかだった。ロサンゼルスには明確な人種の色分けがあった。日本の海軍武官がイギリス人のクラブや、ハリウッドの高級パーティーに招待されることはないだろうし、たとえ招待されたとしても、日本人がアメリカ軍将校から新しい軍の秘密情報を共有させてもらえる可能性はほとんどない。しかしラトランドなら、こうした情報を非常に簡単に入手できた。ラトランドは、あまり熱心に働いていたわけではないが、それはさほど問題ではなかった。彼は何気ない会話から、岡が必要とする多くの情報を得ることができた。ラトランドが引き出した情報から、岡は彼に対する見方をかなり改めた。

ラトランドの役割は拡大し続けた。日本海軍側が最初に思い描いていたスリーパー・エージェントとはほど遠く、特に、パーティーでアメリカ人から高レベルの情報を入手できることが実証された後では、彼にもっと仕事をさせたい、という抗いがたい誘惑が募った。当然のことながら、アメリカの新型戦闘機に関する彼の報告書は、詳細な航空情報にあふれていた。日本の航空機メーカーも同様のものを望んでいたため、技術情報の問い合わせが増え始めた。これは日本海軍にとって、短期的にはすべて良かったが、同時に、アメリカの防諜機関に発見される可能性にもさらされるようになった。戦争が始まった後、日本海軍はアメリカにおける情報源を絶対に維持しなければならないと岡は考えていたので、ラトランドがあまりにも大きな危険を冒すことを危惧していた。岡としては、バックアップ計画を立てる必要があったが、具体的には何も決まっていなかった。

ラトランドの当初の計画は、BUSCで他のイギリス人を仲間に勧誘することであった。その際、日本人のために行う仕事について簡単に話し、すべて合法であることを述べ、楽に金が稼げて興味深いものである、と言えばいいだろう、と思っていた。しかし、国際情勢が緊迫するにつれ、誰でも日本海軍を助ける活動に乗ってくる、という考え方がまっとうだとは言えなくなっていった。

さらにラトランドは、岡から供与された金を、すべて使い果たしていた。より多くのイギリス人を採用するためにさらに資金を投入することに、岡は乗り気ではなかった。それで、他のイギリス人をスパイとして採用することは、結局のところ実行困難だった。ラトランドには、実現しなかった多くの計画があり、これも例外ではなかった。

*

チャーリー・チャップリンも時々、クラブに顔を出した。プライベートな場所で、有名なハリウッドスターを含む他のイギリス人と過ごすのは、彼にとっても楽しいものだった。このクラブは、サンセット・アンド・ラブレアにある彼のスタジオから2分ほどで行ける位置にあり、容易に訪れることができた。

チャップリンのスタジオのドアには、こんな看板が掲げられていた。

入場不可（No admission）
質問禁止（Don't ask it）
例外なし（No exceptions）

チャップリンの執事である高野虎市は、完璧主義者のボスが、自宅や映画スタジオでどれほどプライバシーの保持を求めているかを知っていた。それを邪魔するものはすべて、チャップリンの逆鱗に触れる可能性があった。

　2年前のロサンゼルス五輪で高野は、チャップリンと〔ダグラス・〕フェアバンクス、〔メアリー・〕ピックフォードが、日本のバロン・ニシと会うパーティーを手配した。この件についての日本の新聞報道は、高野を非常に困難な状況に追い込むことになった。チャップリンに会いたければ、高野に電話すればよい、という噂が日本社会に広まったのだ。例えば、日本陸軍の松井石根《いわね》大将はチャップリンの大ファンだったが、酷薄で権威主義的な人物でもあった。その松井が訪米した際に、副官を通じて高野に連絡し、チャップリンとの面会を要請してきた。

　高野は板挟みの状況に陥った。彼は日本の陸軍大将にノーとは言えなかった。しかしまた、主人であるチャップリンの信頼を裏切ることもできなかった。高野が国籍を問わず不特定多数の熱狂的ファンとの面談を設定していると知ったら、チャップリンは激昂するだろう。極度のストレスにさらされた高野は、カレンダーを見て、チャップリンが旅行中の日程を見つけ、こっそりその時間に松井をチャップリンのスタジオに入れて見学させた。チャップリンのスタジオには、この時の松井の写真が掲げられた。これは後に東京裁判で、松井の人間性を明らかにするために公開されたのだが、この策は奏功しなかった。松井は東条英機首相や他の数人のA級戦犯とともに、死刑を宣告されることになる。

　初めの頃の高野は、自分の仕事を愛しており、今も依然として名声とのつながりを求めていた。しかし、１９３０年代半ばまでには、自分が地獄にいると感じるようになっていた。〔船上の〕不審死を隠蔽するとか、チャップリンの未成年女性に対する嗜好を容認するといったたぐいのことでは、高野は道徳的な疑問など、まったく持っていなかった。問題は、チャップリンが高野を週に7日ずっと働かせ、すべてにおいて完璧を要求したことだった。そしてノーとは言えない日本の高官の要求を満たさなければならない、というさらなるストレスが加わり、高野はついに、その緊張に耐え切れなくなった。

　チャップリンが、3番目の妻のポーレット・ゴダードと結婚してから、事態はさらに悪化した。ゴダードは高野が家政を掌握していることが気に入らず、無言で彼女を見守る日本人全員を不気味だと感じていた。そして高野が彼女の浪費についてチャップリンに訴えたところ、チャップリンは激怒した。堪忍袋の緒が切れた瞬間だった。チャップリンは高野に、「お前は首だ」と告げたが、高野は応えた。

「私を首にはできませんよ。こっちこそ辞めてやる！」

　突然、高野はどうしても新しい仕事を見つけなければならなくなり、ハリウッドとリトル・トーキョーの両方での人脈を活用して、仕事探しを始めたのだった。

第14章 秘密の通信計画

1935年5月

ロンドンの2人の警察官が、ある日の午前7時、ピカデリーのパブの外に到着した。彼らが受けた電話の内容は、泥酔した日本人男性に関するものであった——そして実際、その男は、歩道に大の字で寝ていたのだった。

彼は40代半ばの筋骨隆々とした男で、ひどく傷んだスーツを着ていた。どうやら一晩中、飲み続けた後、気を失ったようだ。側溝に落ちた男の隣には、明らかに彼が落としたブリーフケースがあった。

警官はスーツのポケットを探り、身分証明書を見付けようとした。財布がなかったので、ブリーフケースを開けた。英語と日本語で書かれた、驚くべき量の機密文書が現れた。一人の警官が酔った男を保護して連れて行き、もう一人は、犯罪に関係がありそうな書類を警察署に持ち帰った。

岡新は、日本の海軍兵学校を卒業したエリート軍人である。しかし、スパイ活動の訓練を受けたことはなかった。彼は酔った勢いで、大事なブリーフケースを失くしてしまった。ロサンゼルスにいた鳥居卓哉も、やはり兵学校の卒業生で、スパイとしての訓練を受けておらず、同じような失態をしでかした。信じられないことだが、日本のエージェントたちは極秘資料が入ったブリーフケースを、外国の2つの都市でそろって紛失したことになる（アメリカのエージェントなら、これほど不注意なことはしないだろう。本書の著者〔ドラブキン〕の父親〔元諜報員〕は、ブリーフケースを視界から離さないよう、トイレにも持っていったそうだ）。

岡の身分証明書と書類のコピーが、MI5の長官、Kの机上に届いた。岡が持っていた情報は、かなりまずいものだった。フレデリック・ラトランドについての記述が多く含まれていたのである。Kは自分のスタッフに指示し、押収したファイルの中に、岡あるいはラトランドのいずれかが、イギリスの法律に違反していることを示す証拠がないかを確認するように命じた。だが、答えはノーだった。ラトランドのスパイ活動は、完全にアメリカに焦点を合わせたものだった。そしてさらに、ロサンゼルスでのラトランドの主な活動といえば、贅沢な生活を支えるために、さらなる資金を岡から引き出すことに尽きる、という事実が文書から明らかになった。

ブリーフケースに入っていたロサンゼルスの新聞にラトランドに関する記事が載っていたが、これからも分かるように、ラトランドはロサンゼルス社交界で名を馳せているようだった。Kはぼんやりとだが、もしラトランドの行為がアメリカ人に発覚したら、イギリスにとって恥ずべき事態となるという事実に気付いていた。しかし、現時点でできることは何もなかった。この当時、アメリカとイギリスは連合国という関係ではなく、MI5とFBIとのコミュニケーションは限られていた。さらに、MI5のエージェントの多くが属するイギリス上流階級の人士の多くは、アメリカ人をあまり好きではなかった。

＊

岡にとってもラトランドは問題となっていた。ここ1年ほど、ラトランドはますます多額の資金を要求していたが、ビジネスを軌道に乗せることはまったくできていなかった。さらに、アメリカの軍用機や戦艦に関する詳細な技術情報を除けば、ラトランドは戦争準備に大きく貢献することができないようだった。岡は高須にこの問題を提起して、「ラトランドはもちろん日本人ではありませんから、自分の財産を最大化しようとする一方で、あまり〔日本のスパイとして〕努力しておりません。これへの対処は簡単ではありませんが、彼に支払う金額を減らし、同時に、してもらいたいことを正確に指定すればよい、と考えます」と言った。

その後、岡はラトランドをロンドンに呼び、今後の仕事の方針を検討することにした。ラトランドはまず、〔イギリスに残っていた〕子供たち、フレッドとバーバラに会い、それからハム・コモンに戻って岡に会い、ごく率直な議論をした。岡はまず、ラトランドの仕事の進捗に満足していないことを明らかにし、ラトランドがロサンゼルスでどのくらいの時間を過ごし、どのような仕事をし、そして、任務完了までにどの程度の時間を要するつもりなのかを求めた。

岡とラトランドは、いくつかの合意に達した。たとえばラトランドは、日本側の情報の要求に、もっと応じるつもりである、と同意した。彼はほとんどの時間をロサンゼルスで過ごしているが、アメリカ大陸とアジアのさまざまな場所で日本のエージェントに会い、報告を密に行うことにする。ここでラトランドは、ロンドンへの電報が多すぎると、アメリカ当局が自分の行動を疑い、イギリス人の身で日本のエージェントを務めていることが発覚してしまうかもしれない、だから、東京ともっと直接的に連絡を取るようにしたい、と岡に働きかけた。しかし実際、ラトランドには思惑があった。岡は自分を高く評価していない、と感じていたので、自分の雇用を確実にするべく、もっと他の人たちと話したい、と考えたのである。ラトランドはまたも給与の増額を要求し、岡はその要求を何度か東京に転送した。立腹した高須は岡に答えた。「ラトランドの増額要求の繰り返しは、問題を先送りするだけでなく、英国側の疑惑を招く恐れがある」

高須の懸念は正しかった。ＭＩ５のＫは、ケンブリッジ大学の卒業生で日本語を話すコートネイ・ヤングを日本部門の責任者に据えた。ヤングと彼のチームはこの電報だけでなく、東京とロンドンの日本大使館が交わすほとんどの電報を読んでいた。この種の電報は単に疑念を招いただけでは済まず、すでに疑念は明確に形成されていた。彼らはこの状況を、かなり滑稽なものと感じていた。

岡は間もなく日本に帰国する予定だったが、以後もラトランドとの窓口を務めるという。まず、岡が日本に滞在中の連絡についてだが、ラトランドは東京の岡の自宅住所にいる妻、「Ikuko Oka」宛てに手紙を送る。岡からラトランドへの手紙は「横浜に住むアメリカ人の友人」の住所から送る。さらにまた、岡がイギリスにいる場合には、ラトランドの当時18歳の息子、フレッドの名を使って郵送されることになった。10代の若者を国際スパイ活動に巻き込むことは望ましくないが、日本にいる「アメリカ人の友人」との間で手紙をやり取りするなら、それは必要な手段となるだろう、ということになった。

ラトランドが〔ロンドンの〕岡に手紙を出す場合は、「Ａ・マンリー　横浜市山手町２５２番地」という住所を使い、「オーギー」より「親愛なるフレッド」に宛てて出す。ラトランドはロサンゼルスでもマンリー名義で私書箱を開設していた。この相当に抜け目のないスパイ活動の手口は、後にＦＢＩを混乱させた。たとえばＦＢＩの報告書では、ラトランドを「フレデリック・Ｊ・ラトランド少佐、別名オーギー・マンリー」と呼んでいる。しかし、「オーギー・マンリー」は別名などではない。マンリーは実在の人物で、横浜時代からのラトランドの長年の友人であり、この秘密の通信計画で、自分の名前と住所を使用することを許可した。マンリーは１８８０年〔明治13年〕にアメリカ人の両親のもと、日本の横浜で生まれた。彼は１８６１年〔文久元年〕に設立されたコーンズ・アンド・カンパニーに勤務していた。同社は２０２３年現在も存続しており、日本最古の外資系商社である、と主張している。それは完璧な偽装になった。商社の従業員であるマンリーが、カリフォルニアと日本の両方に住所を持ち、太平洋の両側の取引先と連絡を取ることは、おかしなことではない。

ついに日米の戦争が起こった場合、ラトランドはカナダのオタワに向かい、そこの日本大使館に報告することとなった。興味深いことに、この取り決めは〔日米の開戦後も〕日本と大英帝国が依然として戦争状態に入らない、という前提を想定していた。

しかしラトランドがロサンゼルスに戻った後、カナダよりもメキシコの方が、良い抜け道なのではないか、という判断が下されたのである。

第15章　あからさまな行状

1936年

ドロシーは、夫を車でロサンゼルスのユニオンステーションまで送った。ラトランドはサンディエゴ行きの列車に乗り、さらにトロリーに乗り換えてメキシコ国境に向かった。国境からは、レボルシオン通りにあるモリーノ・ロホまで歩いた。そこはカジノ、バー、売春宿、集会所がすべて揃った場所である。Molino Rojo とは、パリの有名なクラブ「ムーラン・ルージュ（Moulin Rouge：赤い風車）」のスペイン語訳だが、庶民的な呑み屋だった。だが、訪れるアメリカ人観光客は魅了されていた。たとえばアヴェニーダ（通り）にモリーノ・ロホの旗を掲げたロバを歩かせ、遠征中の野球チームの広告を取るなど、クリエイティブな宣伝でも知られていた。

モリーノ・ロホの経営者はヤスハラ・ソウ（So Yasuhara）といい、カリフォルニアで日本人の両親のもとに生まれ、メキシコに移住して事業を立ち上げた人物だ。ラトランドが玄関に到着すると、ヤスハラ氏が出迎え、オフィスに案内した。ラトランドはブリーフケースから、重量約1・4キログラムの丸い金属製の物体を取り出した。極めて大きな温度計に似ており、ガラスの面がある。彼はヤスハラに告げた。「誰かが船に乗って、日本飛行機株式会社のソノダさんに、手渡しでこれを届けてください」。この装置は、コネティカット州グロトンのエレクトリック・ボート社〔後のジェネラル・ダイナミクス社〕が試験している軽量計器、「ファントムゲージ」だった。これにより、潜水艦の燃料タンクとオイルタンクの重量が軽減され、貯蔵容量が増加する。ラトランドは、アメリカ海軍がこの技術の有効性を証明したら、こうした計器を日本の潜水艦向けにライセンス供与、あるいはコピー生産できる可能性がある、と示唆した。

ラトランドはこの計器を、普通郵便で送ることもできた。工業用部品の輸出は違法ではないからだ。しかし彼は、メキシコ経由の通信ルートをテストしたかったのだ。それにまた、この方法で通信することで、日本側からすると、自分がより価値があるように見えるのではないか、ということも期待した。

その後、ラトランドはティファナから飛行機に乗り、メキシコシティに向かった。到着後、彼はメキシコ空軍司令部に行き、練習機を何種類か売り込んだ。セキュリティ・エアクラフト社の新型機である。これらは構造的な工夫をしたことで非常に手頃な価格となり、多くのメキシコ人パイロットを低コストで訓練する良い方法である、とラトランドは強調した。残念ながら、メキシコ空軍の担当者は、すぐに購入する気にはならなかった。ラトランドは時間を割いてくれた彼らに感謝したうえで、ロサンゼルスにあるセキュリティ・エアクラフト社においでいただけませんか、さらに我が家でのパーティーにもご招待します、と申し出た。

ここからラトランドは、クアヒマルパ〔メキシコシティの西部地区〕にある日本大使館を訪問した。駐在する日本海軍の士官が増えたことで、職員数が10人から20人に倍増し、オフィスは手狭になっていた。彼は新任の武官たちと会い、今後、彼らに情報を伝えるにあたり、最善の方法について協議した。

ロサンゼルスに戻ったラトランドは、メキシコ旅行の請求書を日本海軍に、写しをセキュリティ・

エアクラフト社に送り、出張経費を二重に支払わせた。同社の創業者兼CEOは、バート・キナーという名のちょっとした有名人だった。彼の飛行機は、維持が容易で低コスト、ということで航空界ではよく知られていた。彼はまた、折り畳み翼機など、最終的にアメリカ海軍を助けることになる発明の責任者でもあった。そして何よりも彼は、アメリア・イアハートや、他の女性飛行家たちの後援者として著名だった。

ラトランドはキナーに接近しようとしていた。彼はキナーの飛行機が好きなうえ、PRの上手さも気に入っていた。ラトランドがまだイギリスにいた頃、ある新聞記事を読んだことがあった。キナー主催の、参加者全員が女性というクロスカントリー・エアレースに関する報道だ。キナーは記者たちをニュージャージーに行くよう手配し、レースの結末を取材させた。記者たちは、女性だけのレースは一味違う、と書いていた。女性パイロットたちは、車輪が接地するたびに開放コックピットから飛び出し、化粧直しの粉をはたくからである――。これは明らかに、性差別的な作り話だったが、この類のPR手法に精通していたラトランドにとっては、おなじみのものだった。

*

1936年〔昭和11年〕11月、ラトランドは毎年恒例の日本旅行を行った。この日本訪問はロサンゼルス・タイムズ紙でも取り上げられ、「彼は訪日中にいくつかの商談に出席する予定である」と書かれていたが、これは「正しい」報道だった。ラトランドは今回も、東京の帝国ホテルに滞在した。到着した翌朝、日本海軍の士官が彼を迎えに来て、海軍省まで付き添った。岡と会うためである。岡は最近のラトランドの仕事ぶりに満足しているようだったので、彼はこの点で岡に感謝した。ラトランドとしては、最初から印象が良くなかった岡を完全に味方につけるべく、最善を尽くした。彼は岡のために、刻印が入った純金のタバコケースを持ってきた。高須に贈ったのと同じものだ。

翌日、岡はラトランドを連れて、日本海軍向けの練習機や水上機を製造している日本飛行機株式会社（Japan Aircraft Company）に行った（今日も同社は存続しており、ボーイング、エアバス、およびさまざまな衛星メーカー向けに高性能部品を製造している）。同社は新しい企業〔１９３４年〈昭和９年〉創業〕で、横浜に拠点を構えていた。海軍としては、日本飛行機の事業が軌道に乗るのを支援し、退役した海軍士官を天下りさせ〔１９３６年当時の社長は山本五十六の親友、堀悌吉中将〕、資金を提供し、さらにラトランドのような技術顧問を彼らに紹介しているところだった。日本海軍の目的として、航空機に関して三菱一社への依存度を下げたい、というものがあり、この新興企業を応援することで、供給体制を多様化したい、という希望を持っていた。

会合の席で岡は、日本飛行機の主要担当者、ソノダこと園田氏にラトランドを紹介した。園田は英語が堪能で、日本飛行機がどのような技術を望んでいるのかを説明してくれた。ラトランドは、自分が知っていることを簡単に説明し、同社側が調べてほしい事項についてメモを取った。ラトランドは園田に対し、「次に会う時までに、すべての質問について詳細を明らかにします、次回はぜひアメリカでお会いしましょう」と提案した。日本の航空業界の関係者たちは、１９３０年代に急速に進歩していた軍用機の技術革新に後れを取らないことが課題である、と感じていた。実際、当時の航空機は驚くべきスピードで改良されていた。ラトランドが〔第一次世界大戦で〕乗っていたショート水上機の最高時速は88マイル〔約１４２キロメートル〕、航続距離も２００マイル〔約３２２キロメートル〕がやっとだった。１９３０年までに、日米英の軍用機は性能を一新しており、すでにフェアリー・フライキャッチャー複葉機の最高時速は１３３マイル〔約２１４キロメートル〕、航続距離３１０マイル〔約５００キロメートル〕に達していた。

１９３０年代半ばまでに、３か国ともボーイングＰ－26Ａピーシューターのようなアルミニウム製単葉機を世に送り出し、最高時速２３０マイル〔約３７０キロメートル〕以上を出すものも出現した。これは、わずか20年前のラトランドの初期の水上機の約3倍に迫りそうな速度である。第二次世界大戦前の数年間、飛行技術はさらに驚くべき長足の進歩を続けた。三菱の零式艦上戦闘機（零戦）は時速330マイル〔約531キロメートル〕を発揮し、ピーシューターより時速で100マイル〔約161キロメートル〕以上も高速である。給油が必要になるまでの航続距離も1000マイル〔約1601キロメートル〕以上に達した。日米英の航空機はすべて、ほぼ同じペースで改良され続けた。設計、エンジン出力、ガソリンの精製において数多くの画期的な進歩があり、それらすべてが性能向上に貢献した。アメリカ人は、アルミニウムの構造を軽量かつ強力にする方法を見つけ出した。ロッキード社は、アメリア・イアハートの愛機、エレクトラ号が太平洋を横断できるように改良を加えた。これらの技術はその後、長距離戦闘機P－38ライトニングなど、後の世代の戦闘機に応用されていった。日本の航空業界は、この進歩のペースに極めて早く適応していた。

3日間の協議の後、園田とラトランドは、ラトランドが日本飛行機のチームの主要メンバーとなることで合意した。ラトランドは航空技術について日本飛行機にアドバイスするだけでなく、アメリカに同社製品の販売事務所を開設することでも合意した。同社は、ダグラス社の工場の向かいにあるオフィスの家賃を支払うことにも同意した。これでラトランドは、オフィスの窓から外を眺めるだけで、ダグラスの新型機を監視できるようになった。さらにこの会談は、園田が契約書に署名して終了した。日本飛行機はキナーの新型練習機を数機、購入したのである。

*

ロサンゼルスに戻ったラトランドは、キナーから販売手数料を徴収した。キナーが切実に資金を必要としていることを知っていた彼は、株式仲介業の免許を利用してキナーの株を発行し、一般に販売することも申し出た。日本やその他の国からの新規受注があり、株式公開して売却するのに良い時期ではないか、と水を向けたところ、キナーも同意した。

新株を売り出すための最良の方法は、有名人を起用することである。キナーはアメリア・イアハートをラトランドとの会合の席に招待し、プロモーションに彼女を起用できないか打診することにした。イアハートは飛行機で、ダウニー〔ロサンゼルス郡南東部〕にあるキナーのオフィスにやって来た。ラトランドは彼女に、「株式市場という新しい活動に手を広げて、楽しんでみませんか」と提案した。経済と株式市場が回復し始めているので、タイミングとしてはいい、と切り出し、個人的には、この取引はうまくいくと思う、と続けた。キナーも、今や世界的な有名人であるイアハートに対し、ここで恩返しをしてほしい、と訴えた。「僕らは過去に常に助け合ってきたし、今は本当に、君の助けが必要だからね」。イアハートは「その通りですね」と答えた。彼女は今や、旅行かばんからタバコに至るまで、あらゆるものの広告で自分のイメージを売り込んでいた。だがイアハートは、高性能なロッキード社の飛行機を使用して、最近の記録を樹立していた。

「ロッキード社との現在の取り決めでは、それはおそらく不可能ですわ」。その時点で、他の飛行機会社を宣伝できる可能性は低い、ということだ。しかし、彼女がロッキード社のことを話し始めた時、ラトランドの胸は高鳴った。

「ロッキード・エレクトラの性能はどうですか、イアハートさん?」。ラトランドは尋ねた。2人は、彼女が数か月前に手に入れたばかりの飛行機の先進的な機能について議論した。彼は続けて、エレクトラの設計者のケリー・ジョンソンを称賛し、ジョンソンと一緒に仕事をした他の設計者について、彼女に尋ねた。飛行機マニア同士の会話を装っていたが、ラトランドの質問は、すべて日本人が知りたいと思っている要素に向けられていた。イアハートが乗るロッキード・エレクトラは、水上を長距離飛行できるように最適化されており、この技術は戦時中に明らかに有利になる可能性がある。日本の設計者たちは、これらの問題を解決するためにアメリカ人が何を、より具体的には、いかにしてそれを行っているのか、知りたがっていた。しかし、イアハートは設計者ではなくパイロットである。

そこでラトランドは、本人たちから直接、話を聞き出すことができるよう、設計者について尋ねてみた。岡は彼に、15年前にイギリス人のハーバート・スミスを日本に招聘したように、若手の設計者を1人、来日させることはできないか、と尋ねていたのである。

ラトランドはイアハートの協力は得られなかったが、キナーの新株発行を成功させた。これにより、自社株の発行を通じて資金調達をしようとする新興の航空会社の間で、ラトランドの人気が高まった。ラトランド自身も、フレッチャー・アビエーションという会社の代表を務めていたが、この会社は、失業中の中西部の家具職人を使って、非常に低コストで製造できる全木製単葉機を開発していた。ラトランドは新興の航空機会社に電話し、株式公開を支援したい、と申し出た。彼ら〔会社の経営者たち〕も、ラトランドが株に興味を持っている、と本気で信じた。だから彼らは、ラトランドがそれぞれの会社の製品について尋ねた質問に対する答えが、実際には日本飛行機や日本海軍向けの包括的な報告書にまとめて記述される、などとは夢にも思っていなかった。

アメリア・イアハートとキナー・エアスター機。彼女は10年間にわたり、バート・キナーの会社の広告の顔だった。彼女は1930年代になって長距離飛行を望み、ロッキード社に乗り換えた。イアハートが去った後、キナーの会社は経営危機に陥り、株式売り出しによる資金調達をラトランドに依頼した。（Glendale History Room, Library, Arts and Culture Dept, Glendale CA）

こうしたラトランドのスパイ活動の多く

は、当時の米国法の下では合法であるように見えた。特に、イギリス臣民としてアメリカ海軍を調査し、報告書を送信することは、多くの場合、特に問題ではなかった。しかし彼は、株価操作の罪を犯していた可能性が非常に高かった（アメリカは翌1937年、外国代理人登録法〈FARA〉を可決した。これにより、以後のラトランドの日本向け活動の一部は違法となった。しかし、1933年に証券法がすでに施行されており、ラトランドはこれに違反していた可能性がある）。

その後、ラトランドはヨーロッパ旅行を計画し始めた。家族を連れてイギリスを訪れ、ヨーロッパに滞在する間、顧客の飛行機を各国の空軍に販売できないか、検討していたのである。売り込み先にはオランダ空軍も、ナチス・ドイツ空軍も含まれていた。

第16章　ジョージ6世の戴冠式

1937年7月〜10月

MI5長官の「K」ことサー・ヴァーノン・ケルは、日本と中国の間で始まった血なまぐさい戦争〔日中戦争。1937年7月7日に勃発〕の経過を熱心に監視していた。上海のイギリス人は、ウォーターフロントの国際居留地（理論上は中立地帯）に住んでいたが、交戦中の両軍が、居留地の境界を尊重することなどなかった。つい最近、港にいた日本の旗艦「出雲」〔旧式巡洋艦で、第三艦隊旗艦〕を攻撃しようとした中国の爆撃機が失敗し、代わりに居留地にいた数千人の中国人と外国人を爆弾で殺してしまっていた。そしておそらくKは、中国の紛争地帯から届く報告書の中で、こんな内容を読むとはまったく期待していなかった――つまり、ロサンゼルスを拠点とするフレデリック・ラトランドの新たな冒険について、である。

中国の航空会社、中國航空公司（CNAC）のために米国人パイロットを募集している人物が存在しているが、これはコードネーム「シンカワ」と思われる、とHMSタマー号〔本来は英海軍の旧式船の名前で、英軍司令部の異名〕の諜報員が電信で伝えてきた。Kはこの報告を熟考し、ありそうなことだ、と考えた。中国は確かに自国の空軍や航空会社に米国人パイロットを起用しており、ロサンゼルスのラトランドが、さらに多くのパイロットの採用に貢献している可能性は高い。Kは通常、いかなる強欲や裏切りを目にしても、さして驚くことはない。だがこの報告書が真実であれば、非常に驚くべきものではないか。ラトランドは長年にわたり日本のエージェントだったが、ひょっとして現在は、日本と中国との戦争中に、中国のために働いている、ということだろうか？　ラトランドは、長年の取引相手である日本の顧客を捨てたのだろうか？　もしそうなら、それは明らかに、ラトランドの大胆さ、貪欲さ、そして低い倫理観の見事な組み合わせ、という意味合いになりそうである。

しかし考えてみれば、Kがラトランドについて知る限りの事実を考慮すると、それほど驚くべきことではない。それにしてもKは、ラトランドが賢明であるなら、この件について本当に深刻に考えているのか、と疑問に思った。ラトランドは刹那的に道徳をかなぐり捨て、危険なゲームに興じているのではないか。血みどろの戦争で両陣営の味方になり、加えてアメリカ、そしておそらくは祖国イギリスの双方も売り渡す、という行動なのではないか。Kは〔ＭＩ５の日本担当〕コートネイ・ヤングに命じ、シンカワに関するその他の情報を見つけ次第、直ちに上海にいるイギリス人スタッフに送るよう手配した。ラトランドが何者で、どこにいるのかを知っているKとしては、シンカワなる人物の身元と居場所を探るのに時間をかける必要はない。ただ、そこで何をしているのか、現地で調べてもらえ、と指示したのである。

ヤングは話のすべてのパーツを組み立ててみた。数か月前、ロサンゼルスの軍事航空業界は、高給がもらえる傭兵として中国へ向かう米国人パイロットたちの噂で持ち切りだった。中国は米国人パイロットに旅費と宿泊施設を提供し、高給を保証し、飛行機を用意し、ボーナスまではずんだ。愛国心ゆえに義勇軍に参加した中国系アメリカ人もいたが、残るほとんどの者は、スリルと金のためにこれに応じた。

つまり、こういうことになる。ラトランドは誰かから金を受け取り、中国への義勇パイロット募集を支援した。その後、中国が何をしているかを日本海軍に報告することで、さらに金を稼いだ。これがヤングの結論だった。今後、岡がラトランドに宛てたメッセージで、「どうやって中国側の活動について、これほど正確な情報を得られたのですか」と称賛することがあるならば、これを読むイギリス人たちは、思わず苦笑するに違いない。だが、ヤングも疑問に思った。ラトランドは行き過ぎた行動をしている。これではいつ逮捕されるか分からないし、誰かに排除されるかもしれない。そのような運命が、やがて彼にふりかかるに違いないが、そうなれば、ヤングの心配の種は一つ減ることになる。すでに彼は、このラトランドという人物について、自分たちはあまりにも多くの時間を費やしすぎている、と感じていたからである。

　しかし2週間後、ヤングはKに対し、さらに驚くべき報告書を提出した。ラトランドがロサンゼルスにいない、というのだ。上海にもいない。情報部はロンドンの日本大使館に宛てた電報を傍受した。ラトランドにメッセージを手渡しするよう求める内容である。なんのことはない、ラトランドはMI5の本部から、わずか数マイルのところで発見された。ラトランド一家は、夏休みのためにロンドンに来ていたのである。

　ラトランドはアメリカ在住の子供たちに、イギリス国王ジョージ6世とエリザベス王妃の戴冠式〔1937年5月12日〕を見せてやりたい、きっとそれはいい体験になるに違いない、と考えたようだ。また、〔MI5の〕想像する通り、ラトランドは王族に興味があるようだった。彼は海軍のキーズ男爵〔海軍元帥〕や、その他の提督に手紙を書き、戴冠式前後のさまざまな行事に、子供連れで入場できるように手配しようと努力した。

　ラトランド一家は、クイーン・メリー号の1等船室で大西洋を渡った。同じ船に乗り合わせた客の中に、たまたま昭和天皇の弟、秩父宮雍仁親王がいた。秩父宮もまた天皇の名代として、戴冠式に臨むところだった。

ホテルに数泊した後、ラトランドは夏の間、家族みんなでオドニーに滞在できるように手配した。オドニーとは最近できたプライベートクラブで、メイデンヘッドに近いテムズ川沿いに、大きなマナーハウスを構えている。さらにラトランドは、近くにあるクッカム・クラブというもっと小規模なクラブにも行き、イギリス海軍の旧友たちと、かなりの時間をおしゃべりして過ごした（現在も、この2つのクラブは存続している）。

イギリスに住む2人の子供たち、フレッドとバーバラが、アメリカに住む異母弟妹のデイヴィッドとアナベルに会うために、オドニーまで来てくれた。これはラトランドにとって、今回の旅の大きなハイライトだった。フレッドは20歳の医学生、バーバラは17歳になっていた。アメリカの子供たちは、それぞれ14歳と11歳だった。ドロシーは当初、気まずそうにしていたが、イギリスに住む子供たちのそばに、2人の母親がいないことに気付き、ほっとため息をついた。彼女にとって、ラトランドの最初の妻も「ドロシー」という名前であることは、いつも気になっていた。そして実際、その場にいたイギリスに住むラトランドの友人の何人かがこぞって4人の子供たちを褒めてくれたが、どうやら彼らは、今のドロシーが、再婚した2番目の妻であることを知らないようだった。

MI5のヤングは、オドニーにエージェントを派遣した。そのエージェントはラトランドと話し、彼が何をしているのか詳しく調べた。それによれば、ラトランドは単に家族や友人たちと、イギリスの夏を満喫しているだけらしい、とのことだった。ラトランドはそのエージェントやクラブ関係者らに対し、「家族とともに4月末にロンドンに来た」と語ったという。戴冠式という一世代に一度の行事にあたり、アメリカに住む2人の子供たちをロンドンに連れて行きたいという動機付けは、まったく完璧なものと思われた。自分たちはイギリス人である、ということを理解させ、偉大なるルーツを認識させたい、ということである。

ラトランドは、第一次世界大戦中に先々代の国王、ジョージ5世に謁見した際のことを、子供たちに話した。ラトランドはエージェントにこんなことを言って笑った。「下の子供たちは何事にも釘付けになっているが、長女のバーバラは、ほんのちょっとだけ目を丸くするだけでね」。一家がアメリカに行って以来、バーバラは父親とあまり会っていなかったが、国王に謁見した話は、彼女にとってはそれまでに何度も聞いたことがあるものだった。彼女はまた、父親がフレッドを特別扱いして、他の子供たちより大事にしていることに、少しばかり嫉妬していた。しかし彼女は、フレッドの功績を称賛する父親の思いを理解するには若すぎた。労働者の息子である父親としては、自分の息子が社会階級を飛び越え、医師になる道を歩んでいる事実は、何より重要だったのだ。

＊

Kは、ヤングが傍受する「悪名高きオカ（the notorious Oka）」からラトランドに宛てたメモを熱心に読んでいた。ある通信で岡はラトランドに「まもなく日本に到着する2機のキナー機を見るのを楽しみにしています」と述べていた。イギリス側は、ラトランドが前回の日本訪問の際、2機の飛行機を日本飛行機に売却したことを知った。岡は、飛行機が確実に到着することを望んでいた。ラトランドは岡に対し、あなたは飛行機の品質にきっと驚くだろう、と返信していた。日本飛行機は、ラトランドの保証に基づいて飛行機を購入したため、岡はこの点〔本当に上質なのか〕を気に掛けているようだった。

ヤングはKへの報告の中で、ラトランドは目下、「成功した航空機セールスマン」であるので、これほど多くの国に行くことにも、十分な理由があるといえる、と結論づけた。そして、もし彼が他国に飛行機を供給しているのであれば、その顧客がパイロットを求めている場合、雇用を手助けできるのも当然である、と付け加えた。したがって、ラトランドが中国にアメリカ人傭兵を送る件にも関与した可能性は高く、まったく不思議ではない――。

イギリスでの滞在を終えたラトランドは、オランダとナチス・ドイツへの短い旅行を経てロサンゼルスに戻った。アメリカに戻った後、ラトランドは岡に衝撃的な報告書を送った。「イギリスは戦闘機において、世界を主導しつつある」というものだ。特に、「スピットファイア」と呼ばれる新型戦闘機は「ハリケーンよりもさらに先進的」で、アメリカで見たどの戦闘機よりも優れているという。彼は岡に対し、日本飛行機がスピットファイアのライセンスを取得しようとするなら、それは非常に理にかなっている、と提案した。

その当時、三菱はA5M戦闘機〔九六式艦上戦闘機〕を開発し、さらに次のA6M、つまり後に零式艦上戦闘機（零戦）と呼ばれる機体に取り組んでいた。日本飛行機という企業は、三菱への一社依存を軽減したい、という目的で設立された一面もあるため、もし同社がイギリスから航空機のライセンスを取得することができれば、日本海軍は三菱の開発機とは大きく異なる優れた戦闘機を保有することになるだろう。MI5は気付いていなかったが、ラトランドがイギリスでの夏休み中に、新型機の情報収集を行っていたのは明らかだった。ラトランドはイギリスの軍用機に関する最新技術に関して、新たに明らかになった情報を利用し、これにカリフォルニアで米軍機について学んだことを組み合わせ、日本海軍向けの情報報告書としてまとめたのだった。

その間、上海では血なまぐさい戦闘〔第二次上海事変〕が続き、非常に活発な空中戦も展開した。日本の爆撃隊が、中華民国の首都・南京を爆撃し、中国側は日本軍機6機を撃墜した、との情報が伝えられた。中国空軍の目覚ましい成功は、中国側の士気を高める一方、日本側にとっては重大な懸念材料となった。中国側は、比較的後期型のカーチス機やボーイング機を含む100機以上の戦闘機を実戦に参加させていた。中国空軍は十分な戦果をあげていたが、喪失機の補充は容易ではないため、消耗戦に持ち込めば中国空軍を撃滅できる、と日本軍は考えた。そんな中、日本側は中国の新聞記事を読んで非常に警戒した。182人のアメリカ人飛行士が、それぞれ2人の整備士を伴い、中国へ向かっている、という内容だ。中国の報道機関の記事に誇張傾向があるのはその通りだが、はるかに信頼できるニューヨーク・タイムズ紙さえも、中国への飛行機の輸送が続いている、と報じていた。飛行機とパイロットの増加は、日本の軍事的状況にとって重大な脅威となる。この情報に接した日本側は、可能なら支援の流れを止めたい、と考えた。

岡はこの件で、ラトランドに調査を依頼した。上海での活発な戦闘は11月に終結し、中国軍は南京に向けて撤退し、日本軍はこれを追撃した。日本軍は中国軍が上海で行った激しい抵抗に怒っていた。すでに数万人に及んでいた犠牲者に対する復讐をするとともに、再び長く凄惨な市街戦になることは、阻止しなければならないと考えた。

＊

数か月後、戦闘終了からわずか2週間後というタイミングで、上海の英国情報部がKに驚くべき電報を送った。ラトランドは今、実際に上海にいる、というのだ。つまり彼は破壊された都市で、ビジネスをしているようなのだ。上海にたどり着くことができただけで、すでに驚くべき話だが、おそらく日本人が、ラトランドの上海入りを助けたのかもしれない。岡大佐が出雲の艦長に就任し〔1937年12月〕、上海にいるのは偶然ではないことにKは気付いた。ラトランドは明らかに、自分が得た情報を岡に報告するために、そこにいるのだ。

Kとそのスタッフは、ラトランドが上海に向かう前に、ロサンゼルスでアメリカ人のパイロットと飛行機の両方に関する情報を入手したに違いない、と推測した。彼は、実際に中国側が望んでいる飛行機輸入の販売代理業を務める実業家なので、この旅行自体は不自然なものではない。そこで彼は、イギリスとアメリカの航空に関する報告書を岡に渡したのだろう。

もっとも、上海の日本軍情報部は、ラトランドの来訪を完全に納得し、支持しているわけではないようだ。まず、彼の掲げる計画は、かなり馬鹿げているように思われた。そもそも日本の船に乗って、破壊された中国の都市に現れ、そこで出会う中国人に飛行機を売り込む、などと明朗に語ることは、およそ論理に反する。目下、ほとんどの中国人は上海を離れようとしており、ラトランドが本気で中国人に売り込みたいのであれば、日本軍の占領地域ではなく、中国政府が権力を掌握している地域に行くべきだった。

国際居留地には、多くの国のスパイや情報屋が溢れている。ある日本海軍の武官は、情報屋から得た情報から、すでに日本の航空界とラトランドの提携は、アメリカ海軍にはよく知られているのではないか、と考えていた。実際、この武官は、ラトランドの活動には〔アメリカ側にとって〕防諜的な要素があり、おそらく彼はアメリカ海軍そのものとも協力しているのではないか、と勘繰っていた。

いずれにせよ、ラトランドは中国に長くは滞在せず、ロサンゼルスに戻った。「Ｋ」ことケルはこの件について話し合うために、コートネイ・ヤングを呼んだ。ヤングが執務室に来て着席すると、Ｋは尋ねた。

「ヤング。我々はまだラトランドについて、アメリカ人と何の連絡も取っていないよな？」

「はい、長官」

「だよな。まあ、このままにしておくべきだな。フーバー〔ＦＢＩ長官〕は本質的に信用できない人物だし」。これにヤングは答えた。

「確かに。私もその通りだと思います。しかし、もし我が国の大戦の英雄ラトランドが日本のスパイである、という噂が広まれば、非常に面目ないことになりませんか。現時点で私たちにできることは、あまりありませんが、明らかにリスクはあります。この男はかなりの有名人で、すぐに話題になりますしね」。Ｋは口ひげを撫でて、同意した。

「しかし、プラスの面として言えば、アメリカ人もラトランドのスパイ活動が表沙汰になることを望んではいないだろう。これは連中にとっても汚点だからな。おそらく、ある時点で連中はラトランドを始末して、我々の仕事を楽にしてくれると思うがね」

ヤングはこれにしぶしぶ同意した。彼は、ラトランド事件に費やしてきた膨大な時間を考えると、いまだに腹が立った。ラトランドは依然として、三大陸をまたいで暴れ回っている。英米間の意思疎通の欠如は、ラトランドの一件に限った話ではない。イギリスの諜報機関はラトランドのせいで、アメリカの諜報機関と日本に関してまったく情報交換していなかった。イギリス人はアメリカ人に対し、この重要な話題を隠し続けてきた。ラトランドに触れずに、日本に関する話題をアメリカ人に持ち出すなど、およそ現実的ではなかった。しかし、日本の脅威は明らかに増大していた。ある時点でイギリス人は、この件を白状しなければならないかもしれない。

数か月後、ヤングは次の情報をもたらした。ラトランドが上海に戻ってくるという。傍受された通信によると、岡はラトランドに対し、途中で日本の帝国ホテルにＶＩＰ待遇で宿泊できるよう手配していた。ラトランドは、古い友人でありビジネスパートナーでもある、そして今や新しい任務を担う萱場資郎に会うために、同ホテルに泊まるようだ。

日本軍は、中国軍の抵抗力が予想以上に大きいことを知り、敵の能力をもっと理解する必要がある、と判断していた。萱場は日本軍から依頼を受け、中国軍が使用している兵器の一覧を作成した。萱場は上海に滞在してさまざまな日本軍の軍人に会い、中国軍との交戦体験をインタビューした。そして、ラトランドは中国軍の飛行機の性能を萱場に伝えたのだ。もちろん、ラトランドとしては、友人が兵器一覧を書くのを、専門家として手伝えることを喜んでいたし、さらに萱場から報酬を受け取れることにも満足していた。萱場は現金を上海に持ち込めないが、途中、日本で会うのなら、ラトランドは現金を受け取れるわけだ。

ラトランドは、このところ万事がうまくいっていたので、少し気分がハイになっていたが、顔に冷や水を浴びせられるような事件も起きていた。有名な女性飛行家で、キナーとも親しいアメリア・イアハートが行方不明となったのである（1937年7月2日。当時39歳）。

彼女は、ちょうど日本の信託統治領上空を飛んでいたところで失踪した。かつてアメリカ情報部のザカライアスが懸念していた南洋諸島、つまり、アメリカ海兵隊のピート・エリスが謎の死を遂げた

Times ** OCTOBER 11, 1936.—[PART II-A.]

CHAPLIN BUYS CHARITY BALL TICKETS

Reserving seats for himself and for Paulette Goddard, right, Charlie Chaplin purchases from Maureen Laing, left, tickets for the British Charity Ball to be presented November 11 at the Ambassador. He is shown entering the date in his memorandum book.

Britons Will Give Dance

Annual Charity Ball on Armistice Day to Be Brilliant Affair

Expected to surpass in brilliance all previous functions of its kind the annual charity ball sponsored by the British United Service Club will be presented Armistice Day evening at the Ambassador.

Patrons of the affair will include British Consul Francis E. Evans and members of the consular corps; senior officers of the United States naval and military forces and officers of the California National Guard.

RESERVATIONS BOOKED

Social leaders of this area have already booked reservations, according to program sponsors, who stated an unusually large number of motion picture, stage and radio celebrities, chiefly those of Hollywood's extensive British colony, will lend color to the ball.

Formal officers of Britain's naval, military and diplomatic services make up the membership of the sponsoring club. Maj. Claude King, late Royal Field Artillery, is president of the group.

BEAUTIES AIDING

F. J. Rutland has been appointed chairman heading the various committees. T. B. Weatherbee has been named treasurer. A bevy of young British beauties have offered their services in the charitable enterprise and are aiding the ticket committees.

CHESS— BY HERMAN STEINER International Chess Master

October 11, 1936
L. A. TIMES PROBLEM NO. 711

CHECKERS BY M. L. DAVIS

Address all mail to the Checker Editor, care of The Times, Los Angeles.

チャリティー舞踏会について取り上げるロサンゼルス・タイムズの記事。参加するチャップリン夫妻が写真に納まっている。米軍の高官も参加していることが注目される。ラトランドは数年にわたり、この舞踏会の主催者を務めながら、その立場を諜報活動に利用していた。（©1936, Los Angeles Times）

島である。日本軍は依然として、アメリカ人がこれらの島嶼を訪れることを禁止しており、日本の統治に入って以来、上空を飛行したアメリカ人は誰もいなかった。

日本海軍が、イアハート機をスパイと思い込んで撃墜した、という噂が流れた。ラトランドは、そういった噂は大いにあり得るな、と思い、そう思った自分に驚いた。それは、彼の人間性によるものである。もし本当に日本海軍が、彼の友人である著名な飛行家を殺害したのが事実なら、さすがの彼も激怒したはずだ。しかし彼はまた、おそらく真相を知ることは決してないことにも気付いていた。

ロサンゼルスに戻ったラトランドは、夕食のためにBUSCに立ち寄り、俳優のアラン・モウブレイと会った。そこでラトランドは、次回〔11月11日〕の第一次世界大戦休戦記念日〔Armistice Day〕の舞踏会で、実行委員長になってほしい、と頼まれ、これを引き受けた。ビング・クロスビー〔歌手〕やファニー・ブライス〔喜劇女優〕などのスターも参加する会である。ラトランドは地元紙と全国紙で舞踏会の報道が流れるように調整し、ハリウッドでイギリス人俳優が活躍することを報道したがるBBCにも連絡を取った。

パーティーの様子はBBCから英本国全土、さらに大英帝国領の全域にまで放送された。このイベントを仕切るラトランドには、魅力的なオーラが漂っていた。他の多くの人々は、ラトランドを「ちょっと謎めいた男」と感じていたが、その疑問を内に秘めて、決して口にはしなかった。

第17章　P-38の秘密

1939年夏

ロバート・グロスは航空機メーカー、ロッキード社のCEO（最高経営責任者）である。同社はバーバンク〔ロサンゼルスの北にある都市〕の約2万3000平方メートルもある敷地に、2500人の従業員を擁している。現在のバーバンク空港がある場所だ。

ロッキード社は、後に「P-38ライトニング」の名で知られる新型戦闘機の試作機をテストしていた。この戦闘機は革新的な双胴設計を採用しており、従来のどの戦闘機よりも高く、より速く飛行することができるはずだった。

FBIは、ロッキードの工場で何が起こっているのかを知ろうとする外国のスパイについて、同社と協議するべく何度もやって来た。グロス氏の会社の機密が暴露された場合、会社だけでなく、合衆国の国家安全保障に対して多大なリスクがある、と強調したのである。日本人に加えてドイツ人やソ連人も高い関心を示しており、グロスがこれまでに抱えてきた程度の警備員では足りず、もっと高レベルの職員を必要としているのは明らかだった。

それに先立つ4年前、ジョン・ハンソンはFBIロサンゼルス支局長に昇進していた。「鳥居事件」を捜査した直後のことだ。FBIはアメリカの防衛産業を保護する役割を担うようになっていたので、ハンソンはグロスと何度か会い、意気投合した。1938年、グロスはハンソンをFBIからヘッドハントし、個人的に工場の警備を担当させるという、異例だが論理的な行動を取った。彼はこの仕事の重要性を強調し、ハンソンに多額の給与を約束した。一方、FBIのフーバー長官はハンソンに対する信頼を失いつつあり、ロサンゼルス支局長として新たな特別捜査官を指名しようとしている事実も発覚したのだった。

ロッキード社に入ったハンソンは、さっそく全従業員の詳細な経歴調査を実施し、特にドイツ系と日系の従業員については、特別調査を行った。同じ時期、日本の航空機メーカーも、新しい次世代型戦闘機を開発していた。1939年〔昭和14年〕4月に一号機が進空した有名な三菱のA6M、すなわち零式艦上戦闘機もその中に入る。しかし、ラトランドや他の多くの航空機専門家から見ると、最も興味深いのは、これまでにない新機軸を取り入れた次世代機である。まさにそんな飛行機のプロトタイプが、ロッキード工場で生産中だった。

この飛行機は双胴機P－38ライトニングの試作機で、39年1月に初飛行した。ラトランドはまた、注意深く他の動きも監視していた。ダグラス社のサンタモニカ工場でA－20ハボック攻撃機やDC－3輸送機が、エル・セグンドにあるダグラスの別の工場では、ドーントレス急降下爆撃機の製造が始まっていた。しかしP－38は、既存の飛行機とは根本的に異なる機体だった。当初、他のどの戦闘機よりも高速で、高高度を飛ぶ戦闘機、というスペック（仕様）が要求された。それを実現するには、双胴の機体に双発エンジンを搭載する必要がある、と考えられた。その珍しい設計による副産物として、結果的に、太平洋戦域での使用に適した性能となり得ることが分かった。

ヨーロッパで使用される飛行機と、太平洋で使用される飛行機では、根本的な設計を変える必要があった。太平洋では、島と島の間の距離は広大なのである。一例として挙げれば、第二次世界大戦中のイギリスの代表機、スピットファイアだ。これはヨーロッパ上空での使用を想定して設計されており、最大航続距離はわずかに434マイル〔約698キロメートル〕しかなかった。日本海軍の零戦は、構成によっては1600マイル〔約2575キロメートル〕も飛ぶことができた。零戦は非常に軽量、かつ空気力学的に優れ、装甲は最小限とし、同じ量の燃料で、より遠くまで飛行できる性能を追求したため、この長大な航続力を達成したのである。

P－38ライトニング戦闘機も、第二次世界大戦中の他のアメリカの戦闘機よりも長い航続力を誇ったが、その飛行特性は独特だった。零戦は小型軽量な機体だが、P－38はその逆だ。非常に大きい機体に2倍以上の燃料を搭載できたので、他の米軍機よりも遠くまで飛べた。双発エンジンゆえに安全性も向上した。片発のエンジンが故障しても、残りを使用して飛行が維持できるのである。バックアップのエンジンを備えることは、航空機が洋上を長距離飛行する必要がある太平洋地域では、特に重要な要素となる。1939年当時の航空エンジンは、「ユトランドのラトランド」が搭乗した飛行機と比べると、最大で10倍もの馬力を発揮したが、それでも信頼性はそれほど高くなかった。単発機が海上を長距離飛行中にエンジンが故障したら、不時着水するしかなく、パイロットは、敵やサメに見つかる前に、救助隊に見つかるよう願うしかなかった。

ラトランドは、海上でのエンジン故障がいかに危険であるかをよく承知していた。ユトランド沖海戦でも、彼のショート184水上機のエンジンが停止して苦労したのである。しかし、ショート機は水上機なので着水することができた。操縦席から出てエンジンのところまで行き、修理してから離水、さらに任務完遂、という芸当ができたのである。現代の単発機ではこれができない。多くのパイロットにとって、太平洋でエンジン故障に見舞われたら、それは死刑宣告に等しいという背景があったため、P－38の開発に興奮している者は多かった。

零戦の初飛行から2か月後、日本飛行機株式会社の園田は、神戸から船に乗ってロサンゼルスに到着した。三菱の中平《なかひら》という名の技術者も一緒だった。彼らはリトル・トーキョーのオリンピック・ホテルに滞在しており、ラトランドは彼らを訪ね、隣のIchifujiで一緒に夕食を取った。園田と中平はラトランドに質問した。

「P－38と、ダグラス・ドーントレス急降下爆撃機について、何をご存じですか」。園田の質問内容は、以前に会った時とほぼ同じだった。彼は新世代のアメリカの航空機について、ラトランドからできる限りのことを学び、将来の開発に役立てたいと考えていた。当然のことながら、彼らはロッキードP－38に強い関心を持っていた。これは他の機体とは大きく異なるので、彼らはもっと多くのことを知りたがり、ラトランドに助力を求めた。ラトランドは、彼らが質問している技術的な情報について多くを詳しくは即答できなかったが、もっと調べることに同意した。

園田はまた、新型「ヴァル（Val）」急降下爆撃機の次期バージョンの開発に役立てるために、ドーントレスに関する情報も求めていた。このヴァル〔九九式艦上爆撃機〕は後に、真珠湾攻撃の主力となる機種だが、初期型は問題が多かった。エンジン出力が低く、激しく振動し、予期せぬ横揺れも発生した。ラトランドはダグラス機について、彼らが求めている多くの情報を、淀みなく伝えた。その中には振動の問題もあったが、ダグラス社は機体重量を変更したうえ、翼にスラットを追加し、穴開き式のダイブブレーキを組み込むことで対処していた。彼はまた、P－38についてもさらに詳しく調べ、2か月後に予定される次回の東京訪問までに、完全な報告書を作成するつもりである、と語った。

園田は別の依頼もしていたが、この件についてラトランドは、あまり力になれなかった。ボーイング社の新型爆撃機B－17と、さらにその後に続くとされる、噂の「スーパー・ボマー（super bomber：超爆撃機）」の件〔後のB－29のこと〕だ。こうした飛行機が、高高度を高速飛行できることに疑問の余地はなかった。問題は、日本の零戦が防御できないほど高く飛ぶことができるのか、という点である。また、上空から爆弾を投下した場合、はるか下方の艦船に命中するほどの精度はあるのだろうか？　ボーイング社は遠く離れたシアトルにあり、B－17は海軍機ではなく陸軍機なので、とラトランドは弁解した。こうした分野にこれまで、まったくつながりがなかったので、努力はしたが、この種の情報を入手するのは困難だ、と彼は話した。園田はうなずき、「シアトル地区にエージェントが必要である」という東京の上層部向けのメモを書いた。園田と中平はラトランドに感謝し、日本で再会し、報告書を拝見するのを楽しみにしております、と述べた。彼らは間もなく、日本へ帰国していった。

＊

ロッキード社は新型機のP－38を生産するために人員を増強し、大量の新規労働者を雇用しようとしていた。ハンソンは自分の持つネットワークから、従業員になりえそうな人物を探した。この件について相談した相手の中に、イギリス空軍（ＲＡＦ）の将校、ヒュー・ハウワットがいた。彼はP－38の性能を評価し、ＲＡＦが購入する可能性について検討する仕事をしていた。そしてハウワットは、ラトランドのクラブ仲間、ノーマン・グローヴァーの良き友人で、ＢＵＳＣのイベントにも参加していた。

ハウワットはクラブの夕食会で、ロッキード社が人材を求めている、とグローヴァーとラトランドに言った。彼らは、ぜひ協力したいと考え、優秀な従業員の候補として、レイモンド・バリーというアイルランド人の名前を思い浮かべた。このバリーは、公開されたばかりの映画『フランケンシュタインの復活（Son of Frankenstein）』の撮影現場で、友人の俳優ボリス・カーロフの下で働いていた。ラトランドとグローヴァーは、バリーをハンソンに紹介し、バリーはロッキード社の施設管理人の募集に正式に応募した。

バリーはハリウッドの中心地、ハリウッド・アンド・ヴァインから3ブロック離れたところに住んでいた。彼は自身の職務経歴として、カーロフやダグラス・フェアバンクスの弟など、有名人の名を列挙した。明らかに、彼はハリウッドの映画界で生きてきたのだが、このような職歴の後に、車で少なくとも40分も離れたところにある飛行場併設の工場に行き、管理人になろうと決心したのは、不思議に思われた。ラトランドはバリー本人に代わり、ハウワットに熱心に働きかけた。「友人のバリーは良い人で、この仕事がどうしても必要なのです」

ハンソンは結局、バリーを夜警兼管理人として雇った。グローヴァーは後にFBIに対し、バリーをもっと疑うべきだった、と語った。彼はバリーのことを「気難しいアイルランド人」だと思っていたが、ラトランドはグローヴァーに対し、バリーには情熱があるので、きっと優秀な従業員になれる、と言った。

しかしグローヴァーもハンソンも、合衆国に来る前のバリーが、アイルランド共和軍（Irish Republican Army：IRA）の支持者であったことを知らなかった。それに、ラトランドがバリーを「友人である」と述べるのも、不可解だった。ラトランドの友人は大抵、バリーのような雑用係ではなく、大企業の経営者や、映画スターがほとんどだ。さらに、バリーはアイルランド民族主義者である。こういう人物は普通はイギリス人を好きになることが少ない。ましてやラトランドのような、イギリスの戦時英雄を好むはずがない。そして、誰かが産業秘密を盗もうとする場合、夜警や夜間管理人という仕事はうってつけだろう。誰にも気付かれない深夜に、工場内をくまなく巡回できるのだから、言うことはない。

ハンソンは当初、バリーの仕事ぶりは素晴らしい、と評価していた。しかし、数か月後、ハンソンの気は変わり、今後もバリーが仕事を続けることは非常に心配だ、おそらく過剰な懸念だろうが、バリーの応募動機が気になる、と指摘するようになった。この仕事は、雑用係としてはかなりの高収入だったが、ロサンゼルスには似たような仕事がいくらでもある。だから、バリーがなぜこの仕事にそこまで執着するのか、理解できなかった。ハンソンはバリーを尾行させたが、何の異常も見つからなかった。それでも、危険を冒す必要などどこにもない。ハンソンは、工場とは別の建物にあるカフェテリアにバリーを異動させ、別の仕事を与えるよう手配した。深夜の情報収集ができないようにするためだ。

ところがバリーは、この物語の他のほとんどの登場人物と同様、自意識に欠けていた。ある日、ハンソンのオフィスに押しかけた彼は、非常に厳しい口調で尋ねた。

「なんで私は異動になったのですか?」

ハンソンは驚き、返事ができなかった。バリーは続けた。

「私は夜勤の仕事が好きです。私にぴったりなのです。戻してください」

ハンソンはこの要請を拒否し、異動には多くの理由があって、会社は企業利益を優先して判断する必要がある、とコメントした。バリーは、聞かれてもいない問題に自ら答え始めた。

「私は確かに保安上の危険人物なのでしょう。ですが、誰かが私を反英主義者だ、などと言ったのなら、それが誰であれ、嘘っぱちですから」。さらに彼は続けた。「私はアイルランド共和軍の一員ではなかったし、イギリスを憎んでいるわけでもない。実際に……」

ここで彼は、ある記章を取り出して言った。「私はアイルランドとイギリスの関係改善を主張する保守党の一員だったのです。これは、私が第一次世界大戦で英国陸軍に入隊し、従軍して獲得した記章です」。ハンソンはその従軍記章を見て、あまり説得力がない、と思った。それにはバリーの名前が刻まれていなかったのだ。

「残念ながらバリーさん、私たちの決定は最終的なものです」と彼は答えた。「了承していただきたいですな」

ハンソンは、バリーとのこの出来事について、メモを書いた。古巣のＦＢＩに行き、元同僚と会う際には報告しよう、と思ったのだ。そんなに急ぐ理由はない。バリーはもはや、有害なことをできる立場にないし、間違いなくすぐに辞めるだろう。そして工場内には、他にもスパイの可能性のある者が何人もいた。

バリーが仕事から外されたため、ラトランドはロッキード社で情報を収集するべく、別の手段を試みた。15年前、ＲＡＦでの現役時代に、ラトランドは飛行機の降着装置に関する世界有数の専門家だった。彼は、新種の電気制動装置を開発した発明家を見つけ、この新型降着装置について、ロッキード社の技術者と話し合いたい、と申し入れた。ロッキード社のグロスＣＥＯ、次いで、その個人的な友人でもある同社幹部、シリル・チャペレットに電話し、電気制動装置を売り込んだのである。この新型ブレーキは、停止速度、及び重量軽減の両面において、より大型でより重い機体である新型のＰ－38に利点をもたらすかもしれない――。その日、グロス氏は不在だったので、ラトランドは技術責任者のホール・ヒバードに紹介された。

しかし、ヒバードはセキュリティ責任者のハンソンから、ラトランド氏とのデータ共有について注意するように、との警告をすでに受けていた。ラトランドは面会の約束を求めたが、慎重なヒバードは、ラトランドが実際には何も売り込んでいるのではなく、むしろ飛行機の特性についての情報を集めているようだ、と感じた。ヒバードはイギリス空軍省を代表するハウワットに連絡したが、ハウワットも、ラトランドの行動に懸念を抱いていた。ハンソンはハウワットと協議し、ラトランドとの交渉を中止させた。

こうしたハンソンの努力にもかかわらず、Ｐ－38ライトニングの多くの秘密情報はかなり早い段階のうちに漏洩してしまった。この新型機の情報は、１９３９年版の『ドイツ航空技術ハンドブック

〔Deutscher Flugzeugbau Handbuch der Luftfahrttechnik〕』に、早くも掲載されていたのである（ＭＩ５の捜査ファイルには、ラトランドがナチス・ドイツに旅行したという記述がある。彼が新型機の情報をドイツ人に売ろうと申し出た、というのは大いにあり得ることだが、彼が確かにそうした、という直接的な証拠はない）。
ラトランドは、ロッキード社、ダグラス社などの新型機に関する最新の知識の取得に関し、大いに自信を持っていた。いつものように日本海軍は、彼の情報に感銘を受けるに違いない――。

第18章 スパイは良き父親

1939年（昭和14年）9月

どこにでも兵士がいた。彼らは武器を担い、日比谷公園を横切りながら、密集して隊伍を組み、東京駅周辺を行進していった。ラトランドは、誰も笑っていないことに気付いた。前回の来日は1年ほど前だが、それ以来、多くのことが変わった。あれほど彼が日本に対して抱いていた楽観的な感情や、勤勉な精神への好感、などといったものは消え去ってしまった。そして、世界の平和を台無しにしようとしているのは、日本だけではなかった。ドイツはポーランドを脅迫し、まもなく侵攻する、と言っている。そして日本は、そのドイツとの同盟に参加することを熱望しているようだ。それを目の当たりにしたラトランドは、もしドイツの主な敵がアメリカになるならば、日本がドイツと接近することにはまったく意味がない、と考えた。

ラトランドを不意に襲った不安をさらに悪化させたのは、今回の旅の同伴者である。今、彼のそばには前妻との間に生まれた長女、19歳のバーバラがいた。彼女がまだ12歳だった頃、彼はバーバラとその兄フレッドをイギリスに残し、2人の下の子供たちを連れてアメリカに移住してしまった。今回のラトランドは、バーバラに特別な旅行をプレゼントしたくてこのような来日を計画したのだが、もちろん、その最中に世界大戦が勃発する可能性がある、などとは思ってもみなかった。バーバラはロンドンからロサンゼルスまで1人でやって来て、当初の予定では、少なくとも6か月間、アメリカに滞在するはずだった。

ラトランドは、長女とともにおなじみのあちこちを巡った。彼女は最初、どこでも自分が注目されることに驚いた。俳優のボリス・カーロフやナイジェル・ブルース、ロサンゼルス市長フレッチャー・ボウロン、合衆国艦隊司令長官のクロード・ブロック海軍大将などが参加するパーティーで、「黒髪の英国美人」とエグザミナー紙に書かれ、文字通り、舞踏会の華だった。それから間もなく、父親がファーストクラスで日本とハワイに連れて行くよ、と言うと、バーバラは興奮して「イエス」と答えた。

バーバラを旅行に連れて行くことには、いくつかの利点があった。旅行の名目として好都合であり、娘との関係を再構築する素晴らしい方法でもあるのだ。

数か月前、ラトランドは日本飛行機の園田たちとロサンゼルスで会談した後、日本訪問を計画した。その時に園田は、ダグラス機とロッキード機についてさらに詳細を調べて報告するよう求めていた。彼は要求された情報を入手し、それらのアメリカ機の性能を的確に報告書にまとめ上げ、さらに日本の航空機の改善点に関わる具体的な提案まで付け足していた。特に、新しいダグラス機の設計情報は、日本の急降下爆撃機の振動問題を解決し、戦闘を大幅に効率化するのに役立つ、と彼は信じていた。

この2か月間、ヨーロッパ情勢は特に緊迫していた。ヒトラーはさらに多くの国を攻撃すると脅迫し、これに対し英仏は、もしドイツが侵攻すれば宣戦する、と威嚇していた。ラトランドとしては、今回の海外旅行をごく無邪気な、つまり怪しい一人旅ではない家族旅行に見せるために、バーバラを連れていくことにした。それでもラトランドは、彼女を上海に連れて行く、と周囲の人に語った。真の目的を守るためのさらなる秘密主義の表れである。父娘の出発を記念して、ドロシーは2人を主役にしたボン・ボヤージュのパーティーをラトランド邸で開いた。スペイン風バーベキューを楽しむプール・パーティーである。

この旅の核心は、和解だった。まずは長女と、それからハンドラーの岡新と。この2つの人間関係は、まったく異なる性質のものだったが、とにかくラトランドとしては、いずれも自らの行動をもって、少なからず残っているしこりを和らげる必要があった。

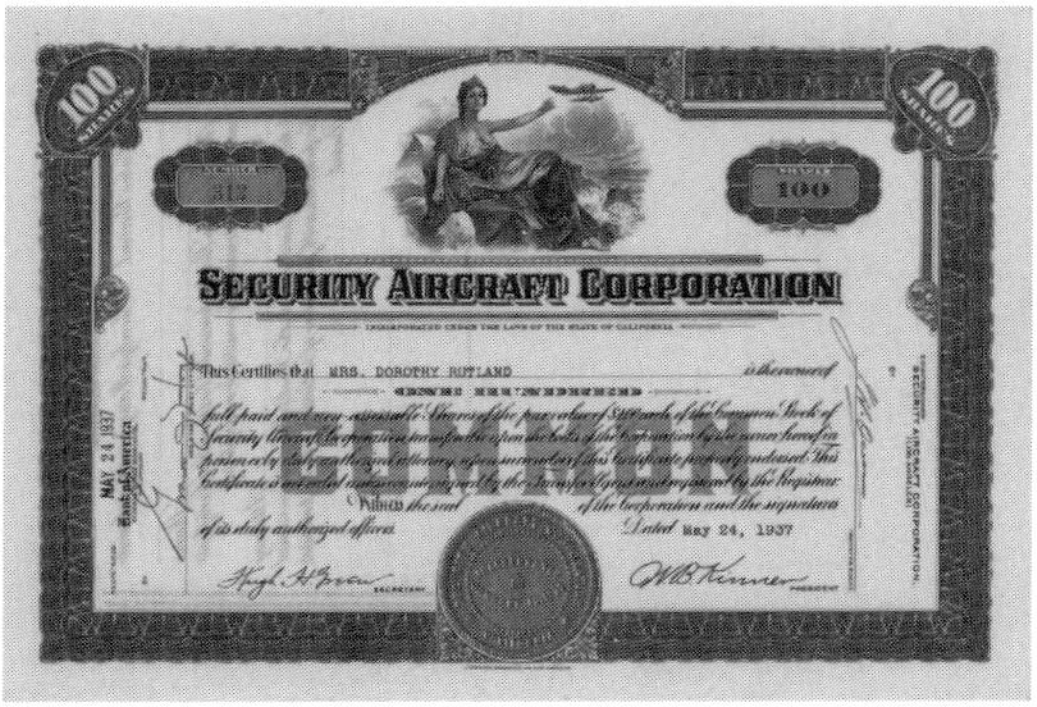

バート・キナーが経営するセキュリティ・エアクラフト社の株券。証券会社を設立していたラトランドが売り出しを行った。その後、多くの新興航空企業が、資金調達についてラトランドに相談してきた。ラトランドはこれに乗じて各社の技術を学び、情報を日本に伝えた。

ラトランドには分かっていたが、岡はまだ彼を疑っていた。ラトランドに忠誠心はない、少なくとも正確な意味で忠誠心がある人物ではない、と思っているようだった。岡はラトランドの人格と誠実さを疑っていた。ラトランドの方も、初めからこれを察していたし、おまけに彼が絶え間ない追加報酬の要求をしたことで、ますます岡が自分にうんざりしていることも、重々承知していた。今や岡も、日本海軍の提督である〔1938年11月に少将に昇任〕。そんな彼は、ラトランドが株式仲介業免許を利用して、キナーのセキュリティ・エアクラフト社の株式公開を行ったことを知っていた。それは岡の長年の考え、すなわちラトランドという男は、まさしく自分の私腹を肥やすことにしか関心のない人物、という印象を強める行為だった。ラトランドは、ロンドンで開いた反省会の後で、平然とこの新株公開を行っており、これがさらに岡を不快にさせた。

　ラトランドはまた、バーバラとの距離も感じていた。過去7年間、彼は長女とほとんど会っておらず、主に仕事でロンドンに行った時に、少し様子を見るだけだった。ラトランドはバーバラの兄のフレッドを誇りに思っていたが、彼女はそれに嫉妬しているようだった。ラトランドと同名のフレデリックことフレッドは、今、医師への道を順調に歩んでおり、イギリス海軍軍医科への入隊を検討していた。ラトランドは息子を訪問する時には、いつも有意義な時間を過ごしていたが、バーバラはなおざりにしていたかもしれない。

　世界が再び崩壊し始めた夏、バーバラと時間を過ごすことは、ラトランドの和解の試みでもあった。あるいは少なくとも、バーバラ、ひいてはロンドンにいる前妻の子供たちも、アメリカにいる子供たちと同様に大事な家族である、と確認するための試みだった。バーバラとの関係を取り戻すには、時間を費やす必要があることを、彼は理解しており、それを喜んでやっていた。

　しかし、東京の光景は、今回の旅が大きな問題を抱えていることを明らかにした。ラトランドが娘との関係回復に取り組む、というだけではすまないようだ。彼らが日本に到着した直後、〔9月1日に〕ドイツはポーランドに侵攻した。イギリスが数日以内にドイツに宣戦布告する可能性は非常に高い。彼らの祖国はまさに戦争状態にあり、ホテルは日本兵に囲まれていた。バーバラはロンドンにいる家族が気がかりでならなかった。従者が荷物をまとめている間、ラトランドは深呼吸をし、軍隊がいるみたいだが、ホテルに入るのは安全だよ、と娘に請け合った。ラトランドは、こういう状況でも日本での時間を最大限に活用し、日本本来の美しさである湖や神社を満喫しようと決心した。

「ねえ、お父さん。東京はお父さんが言っていたような街じゃないわ。後ろに髪をなで付けて、ステッキを持ったファッショナブルな若い男性がいつも歩いている、って言っていたけど、そんな人がどこにいるっていうの？　どうもここの人たち、楽しくなさそうだし」

ラトランドは微笑んで答えた。

「次の目的地に行こうよ。紹介したい美しい場所がいろいろあるからね。この旅行は一生の語り草になると思うよ」

「そうなると思うわ、お父さん。でも、私たちは今、イギリスからとても遠いところにいるの。すべてがとても悲しく感じられるわ。お母さんとフレッドは無事かしら。それから、私のお友だちも」

「我々は前の戦争でドイツ軍を破ったし、間違いなく、再びそうなるだろう」。彼は戦争の英雄としての自信と権威をにじませて、そう言った。「停電だとか、ドイツ空軍の爆撃の可能性についての新聞報道は、いささかやり過ぎだ。私は連中の飛行機をよく知っている。私たちには優秀な飛行機とパイロットがおり、ドイツ軍との空戦では、きっと味方の若者たちが勝利すると確信しているよ」。バーバラは父親に寄りかかって抱き着き、彼の自信にあふれる言葉を喜んだ。

「すべてうまくいくよ。いつものように」と彼は言ったが、彼自身も実は、それほど確信があるわけではなかった。

＊

帝国ホテルに着くと、岡が迎えてくれた。旅に疲れたバーバラは自分の部屋に入ったので、ラトランドと岡は自由に話す機会を得た。2人は一緒にラウンジに座った。

「東京の状況は変わりましたよ、ラトランドさん。東京を護衛なしで歩くのは、もはや安全ではありません」

「列車から見た限りでは、そうは思えませんが」

「それから、海軍省に直接、おいでいただくこともできません」

「それではどこで話せますか？　共有したい情報がたくさんあります。新しいダグラス機とロッキード機。次に訪れるハワイでは、真珠湾について多くのことが分かるでしょう。我が親愛なる友人のあなたも、私が得た情報にきっと満足してくださるでしょう」。岡は笑いながら2杯目の飲み物を注文した。ラトランドはまだ1杯目を飲んでおり、ウェイターの「もう一杯いかがですか」という勧めを無視した。

「明日ですな」と岡は言った。「明日、うちの部下数名と一緒に、ここでお会いしましょう。そうすれば、あなたはその……、何という表現ですかね。私たち全員を感心させる（impress us all）ことができるでしょう」

「別件で伺いたいことがありまして」とラトランドは言った。

「個人的なことを持ち出して申し訳ないのですが」。岡は自分の飲み物を見つめ、身構えた。ラトランドがもっと金を要求するだろう、と思ったのだ。しかしラトランドの話は予想に反したものだった。

「私の娘のことです」とラトランドは言った。

「彼女をどうしたらいいのか分かりません。私は可哀想な少女を引っ張り出し、楽しい観光を約束して、地球の裏側まで連れてきたわけですが、今や、ホテルから出るのですら、安全ではありません。娘をホテルの部屋に一日中、閉じ込めておくなんて考えられませんよ」

安堵した岡はぐっと飲み干すと、今の状況でも行ける場所、できることをすべてリストアップし始めた。岡は、護衛付きで旅行し、控えめな服装をしている限りは大丈夫ですよ、と約束した。

「お嬢さんについては、顔立ちを隠す大きな帽子を被るべきでしょうな。うちの妻がお嬢さんをエスコートして、銀座で買い物していただく、というのもいいでしょう」

「きっと娘も気に入ってくれるでしょう。ありがとう」

「どういたしまして。そういえば、この後はお嬢さんを宮ノ下まで連れて行かれるおつもりですか？

あなたのお気に入りの場所ですものね」

「ええ、あなたの国の美しい場所に、娘を連れて行くことにとても興奮しています。まず日光、次に宮ノ下、そして京都へ行き、それから日本を出発します。帰りはハワイで数日間過ごす予定なので、彼女はビーチやホノルルの美しさを満喫できるでしょう」

ラトランドは身を乗り出して微笑み、2人の間の秘密をほのめかした。

「そして当然のことながら、真珠湾の基地で何が起こっているかについて、詳しいレポートを提供できるはずです」

「明日ですね、ラトランドさん。明日」

Here is a squadron of tanks lined up for inspection during recent maneuvers.

Former British Flier Sees U. S. Mediation

Major Frederick J. Rutland, former British naval flier, and his daughter, Miss Barbara White Rutland, who returned on the Matsonia from a vacation trip to Japan.

EVERYONE in Europe will be sick of war within eight months and next Spring the United States will be offered a

Paper Scores Lack of Attacks

LONDON, Oct. 20—(AP)—The

Spies Infest Mexico to Aid War

Nazi Supply Bases in Coastal Recesses Denied by Officials

MEXICO CITY, Oct. 20—(AP)—An extensive network of espionage and counterespionage has been stretched across Mexico by the agents of belligerent and neutral nations most deeply concerned with the progress of the European war.

Informed sources said the corps of spies and informants now numbered more than 100, including several women.

Two factors have caused the activity:

Mexico's oil resources—becoming more and more vital to the mechanized armies and navies of the warring nations.

Mexico's rugged coastline which is dotted with tiny ports ideal as operation bases for submarines and commerce raiders.

Qualified informants said the regime of President Cardenas has maintained strict neutrality.

All officials concerned said there was nothing to substantiate rumors that German undersea craft or commerce raiders have supply bases along the Mexican coast. The German Legation here has officially denied such activity.

Neutral observers asserted nevertheless German bases along the Mexican coast would aid that country should the United States repeal its neutrality embargo prohibiting shipments of munitions to belligerents.

From such bases, they said submarines would be in a position to intercept allied ships carrying oil, cotton and grain out of New Orleans, Galveston, Mobile and other Gulf and south Atlantic

地元紙の記事に載ったラトランドと長女のバーバラの写真。日本で2週間、ハワイで1週間を過ごして帰国した直後のもの。バーバラがハワイのビーチを楽しむ間、ラトランドは真珠湾周辺を偵察していた。(SOUTHERN CALIFORNIA NEWS GROUP / PRESS-TELEGRAM)

岡は飲み物から顔を上げ、ロビーの中を見渡した。少なくともラトランドが認識できる限り、周りには不審な人物は誰もいなかった。しかし岡は寡黙になり、2人の間の空気が急に重くなった。ラトランドは、娘の世話を頼んだりしたことで、岡が気分を害したのではないか、と心配になった。自分というものの影響力を過大評価し、立場をはき違えている、と思われたのではないか。

岡が身支度を整えて立ち去るそぶりを見せた。彼の沈黙は、ますます雰囲気を重くした。ラトランドは、アメリカ海軍情報局（ONI）の友人から聞いた言葉を思い出した。それはエリス・ザカライアスという男がいつも言っている、日本軍の攻撃性に関する発言だ。ザカライアスは、日本軍が好む行動パターンは奇襲攻撃であり、それは時間の問題だ、と言っているそうだ。

＊

翌朝、岡は2人の副官と、上品な着物を着た妻を連れてホテルに戻ってきた。「すごいわ。これが着物よ」とバーバラは言った。「ゴージャスだわ！　ほら、お父さん、これこそ昨日、見逃した東京よ。私は、軍服を着た陰気な若者たちなんかには興味ないわ。でも、これは美しいし優雅よね」

その日、岡夫人はバーバラを連れて、まずフランク・ロイド・ライト設計の帝国ホテルの美しい建築の外観を見せ、それから銀座に連れて行った。2人は買い物をしたり、この地区の有名なカフェで食事をしたりした。カフェは厳粛な雰囲気だったが、バーバラはそれでもいたく感銘を受けていた。

一方、岡と彼の副官たちは、帝国ホテルのダイニングルームでラトランドと対座していた。「米軍機について得られた情報は大変、貴重であり、感謝しております。しかし現段階となりますと、我々はこれまでのあなたの仕事の多くから離れ、方向性を変える必要があります」と岡は言った。「当地の報道でも、どこにいてもお分かりになるように、戦争は近付いています。このため、あなたの役割も変更する必要があるのです」。岡は副官の一人に向かって、日本語でこう付け加えた。

「先の戦争で、ラトランドさんは母艦から発進し、海軍基地を攻撃したのだ。そのことを思い出してもらいたい。我々が彼に真珠湾訪問をお願いするのは、空襲に対する基地の脆弱性について、調べてもらう必要がある、という意味合いだ」

ラトランドは、岡の口吻にいくぶん驚いた。あるいは状況全体、さらにヨーロッパでの戦争の見通しに動揺したのかもしれない。岡は続けて言った。「短期的には、真珠湾の防衛力に関する調査、という重要任務があなたに与えられています。その後、日米開戦後のあなたの活動につきましては、しっかりと計画を立てる必要があります。１９３３年にあなたと高須氏〔1939年9月時点で中将、海軍大学校校長〕が話し合った際の取り決めに従い、初期計画に戻って、あなたには潜伏していただくことになります。戦争が始まったら、米国にはもう日本総領事館はありません。国外情報はご自分で調べていただきたい」

ラトランドはうなずいて「分かりました」と言った。しかし、ある意味では、よく分かっていなかった。潜伏任務、つまりスリーパーというものは、普通はラトランドとは程遠い、目立たない任務である。しかしそれ以上に、彼はいまだ信じられない気持ちを抱いていた。ヨーロッパでは世界大戦が起こり、日米関係は史上最悪の状態にあったが、それでも両国の戦争の可能性は低いように思われた。彼は以前にも、もし日本がアメリカを攻撃すれば、それは国家の自殺行為になるという自分の考えを他の人に語っていた。

日本海軍が敗北すれば、日本も終わりだろう。だが確かに日本軍は攻撃的で、誇りに満ちている。常に面目を保つ必要性があり、その高過ぎるプライドが、危険な要素でもあった。もし戦争が起こるとしたら、それが原因になるのだろう、と彼は思った。プライドを守るために、たとえ負ける結果になっても、攻撃に出るかもしれない。

「また、あなたに新しいコードネームを用意しました。あなたのお気に入りの場所の一つにちなんで『ミヤノシタ』です」。彼は微笑んだが、少し心配そうな表情が混ざっていた。

「なぜ新しいコードネームが必要なのでしょうか？」

「あなたの以前のコードネームが、漏洩したと信じる理由があるのです」。岡は続けて述べた。

「日米間の戦争が始まるか、あるいは間もなく始まるという兆候があれば、ちょうど13ワードの電報をあなたに送ります。その長さの電報を受け取ったら、米海軍の活動に関する最新情報を収集してください。十分な情報が得られたらメキシコシティに行き、そこにいる日本海軍武官に情報を届けてください。あなたがメキシコに行く場合、まだ名目は立ちますね？」。ラトランドはやや弱々しくうなずいた。

「ええ、私がメキシコのボトル飲料工場に興味があることは、誰もが知っています。だから、いつでも国境を越えることはできます。そして、ええ、戦争になっても、以前に合意したように、アメリカのメディア、業界の大物、海軍士官などと接触して、貴重な情報を容易に見つけることができるでしょう。ですので、きっとお役に立てると思います」。そこでラトランドの目は一瞬、隣のテーブルで外国人客が読んでいる新聞の見出しに飛んだ。

「Germans Troops Push into Poland, Britain Mobilizes（ドイツ軍部隊がポーランド侵攻、英国は動員）」

ラトランドは、「実のところ、私はすでにロッキード社とダグラス社から得た情報を要約していて、もっとハイレベルの取り組みに関しても、すでに多くの努力を注いでいるところです」と述べた。

「それはよかった」と岡は言った。「今日の午後遅く、そのハイレベルな情報収集の計画と、それがどのように機能するかについて、もう少し話し合いましょう」

ラトランドは、世界情勢がここまで来たことについて、少し信じられない気持ちを抱きながら、岡の言葉にうなずいた。日本海軍が自分に求めているものについては、もっと信じられなかった。ラトランド個人にとって最悪のケースは、現在のヨーロッパの戦争が拡大して、真の世界大戦になった場合だ。もし日本がドイツと同盟し、イギリスがアメリカと同盟を結べば、突如、日本とイギリスの間でも戦争が起こるだろう。さらに悪いことに、シンガポールのイギリス海軍基地が、日本人の目に留まる可能性がある。ラトランドには、イギリスの艦船に乗っている友人がたくさんいた。ラトランドが岡に提供した情報を基に再設計、改良された急降下爆撃機を用い、日本海軍の友人たち、彼が支援してきた者たちが、古い友人たちや、その艦船を攻撃する、という展開も大いにあり得る。

ラトランドにも彼なりの道徳規範があった。日米間の争いは理想的なものではないが、たとえそうなっても、それほど懸念もしていなかった。そしてイギリスについては——そう、確かに彼はＲＡＦによる自分の扱いに怒り、苦々しく思ったし、長年にわたる英国情報機関からの嫌がらせに腹を立ててもきた。しかし、それでも彼は根っからの愛国者であり、とにかくイギリス海軍を愛していた。海軍は彼にすべてを与え、貧困から救い出し、名声を得るのを助けてくれた。彼は今でもトップクラスの提督の何人かと連絡を取り合っており、彼らは第一次世界大戦でのラトランドの偉業について、ほとんど崇拝的な言葉で称えてくれている。日本海軍がイギリス海軍を攻撃することになった場合、昔の友人たちを攻撃し、日本海軍を助ける、などということは、彼にとってはまったく論外だった。

とにかく彼は岡に感謝し、自分の部屋に戻った。彼とバーバラは、デスクに備え付けの帝国ホテルの便箋に、それぞれ手紙を書いた。ラトランドはハリウッド・ヒルズにいる妻のドロシーに、バーバラはロンドンにいる母親のドロシーに宛てた。ラトランドは妻に、戦争になったら自分の指示を書いたタイプ打ちの手紙を送るつもりだが、いずれにせよ、たとえヨーロッパで戦争が始まったとしても、一家でアメリカに留まる可能性が非常に高い、と書いた。

その後、ラトランドは、ホテルを訪れた萱場と会い、通常とは少し異なる議題の会合を開いた。上品な着こなしの萱場は、いつものようにラトランドを温かく迎えた。彼はラトランドに株式の配当金として現金入りの封筒を渡した後、日本海軍向けに書いた書籍を見せた。中国軍の使用兵器をまとめたものである。ラトランドと萱場は集中討議を行った。ラトランドは、中国空軍が使用していた戦闘機に関する記述を更新し、改善するよう提案した。この本は、中国に駐留する日本軍、及び日本のメーカーの関係者に配布された。

＊

ラトランドとバーバラは、列車に揺られていた。日光から東京を通り、箱根の宮ノ下エリアに向かっていたのだ。その間、ラトランドの心に、さまざまな問題が次から次へと去来し続けた。彼は事態の動きに動揺していたが、一方で、生きていることを実感した。彼はまさに渦中のど真ん中にいた。アメリカ海軍、日本海軍、イギリス海軍の高位の提督たちを何人も知っている人間など、他に誰がいるだろうか？　おそらく世界中に誰もいないだろう。自分は世界の出来事に大きな影響力を持っている、という責任を彼は感じた。

しかし、彼は娘の世話をする必要があった。こういう状況でも、彼女に感動を与え、自分が世界を股にかけて働くことで感じた興奮を、彼女にも伝えてあげる必要性を感じていた。2人は、ハワイでの次の滞在についても話し合った。バーバラが美しいビーチを満喫する間、ラトランドは真珠湾で「数人に会う」予定だった。しかしこれは、彼が日本の雇用主に対して抱いている疑念を呼び戻すものだった。日本がイギリスを攻撃した場合、彼は日本を助けないだろう。実際、断固としてイギリスを助けるつもりだった。しかし、それが日米間だけの戦争である場合、何をするのが最善なのか、正確には分からないのだ。

宮ノ下に到着すると、駅から人力車に乗り、富士屋ホテルまで向かった。しかしラトランドは不安を払拭できず、それがこの旅を特別に陰気なものにした。父娘は確かに絆を深めていたが、バーバラは予期していなかった理由ゆえに、この日本旅行が終生、忘れられないものになるだろう、ということにも気付いていていた。

気分を明るくしようと、ラトランドは西の方角を指さした。バーバラに富士山を見せようとしたのだ。その光景は、いつでも息を呑むような素晴らしいものだ。しかし残念ながら、その日の2人には、ほとんど何も見えなかった。雲が山体のほぼ全部を覆っていたのだ。

ラトランドは、自分自身の懸念にさらに沈み込んでしまった。

第19章 多くの奇妙な手がかり

ハリウッド

その頃、アラン・モウブレイもまた、いつになく暗い気分になっていた。彼は喜劇俳優のクラブであるマスカーズ・クラブ本部の前庭に立ち、道化師やピエロの絵を両側に配置した前室のドアに刻まれたクラブのモットーを見つめた。

We laugh to win（我らは勝つために笑う）

彼の母国イギリスは、ちょうどナチス・ドイツに宣戦布告〔1939年9月3日〕したばかりだった。彼は第一次世界大戦中にイギリス軍にいた時の自分を思い出し、勝利にはどれほどのことが必要だったかを思い出した。それは恐ろしいものだった。クラブのバーに近付きながら、彼ははっきりと思い出していた。二度と世界大戦を戦わなくて済むようにしたい、という静かな希望を心の奥深くに抱いていたからこそ、目的意識を持ち、あのような恐怖に耐えるだけの勇気を振り絞ることができたのに——。

「くだらない」と彼は独り言を言った。

モウブレイはネクタイを正してバーに入った。長身のため、アーチ型の出入り口の下で自然に身をかがめた。自分を落ち着かせるために、彼はクラブのモットーの基になったウィリアム・ヘイズリット〔イギリスの批評家。1778～1830年〕の言葉をいくつか思い出した。

「人間は笑ったり泣いたりする唯一の動物である。なぜなら人間は、ありのままの物事と、あるべき姿との違いに悩まされる唯一の動物だからである」

彼はクラブメンバーのボリス・カーロフ、セメント会社のCEOを務めるノーマン・グローヴァーたちとよく会っていた。モウブレイは、自分がハリウッド・スターたちと、会社経営者たちの間を取り持つ興味深い位置に立っていることに気付いていた。彼は俳優としては、ややずんぐりした体形の信頼できるイギリス人執事、という役回りで知られていたが、近年ではマイナー・ヒットになったボブ・ホープ主演の『ネヴァー・セイ・ダイ』に出た程度で、映画スターというよりも舞台裏の存在になっていた。

彼は寄付を集めてシカモア・アベニューにクラブの新本部を建設し、彼が創立したもう一つのクラブ、ブリティッシュ・ユナイテッド・サービス・クラブ（ＢＵＳＣ）がそこのスペースを借りてパーティーを開けるよう手配した。両クラブの会員数が増加し続けるにつれて、モウブレイはカーロフとともに映画俳優組合を共同設立し、その内外での影響力も増大していた。当時のモウブレイは、20世紀初頭のロサンゼルスで最も儲けている二大勢力の中心にいた。セレブリティ〔有名人〕と経営者である。そして多くの場合、両者は結託して協業した。ロサンゼルス五輪の招致活動を主導したビリー・ガーランドもそうだったが、モウブレイは、システムが決定的に俳優たちに不利だった時代に、一見して何もないところから、俳優たちの間に影響力を持つ新事業を生み出し、辣腕を発揮して見せた。

彼は尊敬され、一般の想像を超えるほど裕福だった。にもかかわらず、彼は街中を歩く時、自分を追いかけてくる憂鬱の影を決して振り払うことができないでいた。この特定の瞬間において、彼が陰気になっている原因は、彼が自分の名声も権力も適切に活用できない、という事実にあった。

*

彼はバーの奥のテーブルを見た。友人のグローヴァーが、見知らぬ禿頭の男と飲んでいるようだ。しかし、その席に加わろうと歩み寄ってみると、意外なことに、その禿頭はボリス・カーロフだった。まるで剃り上げられたイギリスの羊のように、完全に頭の毛がなくなっていた。遮るものがないので、彼の顔の特徴はさらに顕著にあからさまになった。以前は若々しく見えたが、今はまるで違う。むしろ遠い親戚の別人なのではないか、というほどだ。そして観客はしばしば、カーロフにはイタリアやエジプトの血が入っているのではと勘違いするが、実際にはインド系である。その事実を、モウブレイはこれまで以上にはっきりと理解した。彼は今、どこかの教授っぽい感じにも見えた。

「その禿頭をラジオシティ・ミュージックホールの向こう側に投影することもできるぜ」とモウブレイは言った。「この楽園の緑豊かな大地で、なんでまたそんな真似をしたのかね?」

「別に何もないさ」とカーロフは答えた。

「一日中、ヒュー・ヒューバートとフランク・マクヒュー〔2人とも俳優〕から同じことを聞かれたがね。ロニー・レーガン〔俳優。後に大統領〕は、今朝の俳優組合の会議中、ずっと笑いをこらえていたよ。2列後ろに彼がいたけど、僕に聞こえたのはそれだけだな」

「しかし、何が起こったのさ?」。モウブレイはもう一度尋ねた。

「言ってやれよ、ボリス」。グローヴァーに促されたカーロフは、無意識のうちに手のひらで頭皮を撫でた。

「いずれまた生えてくるだろう、きっと。しかし、その点はあまり心配していない。『恐怖のロンドン塔（The Tower of London）』の撮影のために剃ったわけだが〔カーロフは禿頭の死刑執行人を演じた〕、この映画をシリーズ化するつもりなら、あまりよい選択じゃなかったかもしれないな。撮影は数週間も遅れていて、数千人が〔セットの〕穴の中にいるよ。ターザーナ〔ロス郊外の地名〕で一日12時間、リー〔ローランド・V・リー監督〕が満足するまで、血なまぐさいテュークスベリーの戦い〔1471年〕を撮り続けたわけだ。実際の薔薇戦争には、これほど長い時間はかからなかったはずだがね。しかし費用的には、〔戦争と〕同じくらいかかっている。僕を見守り給うた神に感謝するばかりさ」

　ずっと機嫌が悪かったにもかかわらず、モウブレイは思わず大声で笑ってしまった。

「しかし、それだけじゃない」とグローヴァーが言った。「もっとあるだろ」

「ああ、それは言うほどのことじゃない。彼女はとてもかわいらしいし、ダダ〔ダダイスム：前衛芸術〕の愚行にも喜んでいたと思うからね」とカーロフは言った。モウブレイは困惑した表情を浮かべた。

「話がよく分からないが」

「彼〔監督〕は、赤ん坊のサラ・ジェーン〔カーロフの娘〕の髪も、面白半分で剃り落としたんだとさ」とグローヴァーが付け加えた。

「なんだって？　そんなことを喜ぶ母親はいないだろう」とモウブレイが言った。

「サラ・ジェーンの1歳の誕生日が近付いているのに！　本当にさ、ボリス。女の子の成長を祝うのに、もっと違うやり方がありそうなものじゃないか。そうだろ」とグローヴァーが言った。

　カーロフはテーブルに手をつき、わずかに体を上に持ち上げた。脊椎関節炎の痛みが再び彼を押し潰すようになった。最近、苦痛がますます増大しているようだ。カーロフの52歳の誕生日が近付いており、それは一人娘のサラ・ジェーンと同じ誕生日だった。今や症状が慢性化しつつあり、残りの人生にわたってずっと、この不快感や、明らかな障害と向き合わなければならないのではないか、とカーロフは思い始めていた。映画『フランケンシュタイン』のラストで、共演のコリン・クライヴを担ぎ上げて燃える風車の階段を上り、これが彼をスターダムに押し上げる一場面となった。それで彼が支払った代償が、この後遺症だ。それまでに彼は、何本の映画を無傷で撮了しただろうか？　それが何だったというのか？　70本、それとも75本？　もしかしたら80本だったかもしれない。

あるキャスティング・ディレクターが、食堂にいた彼を見出すまで、ほぼ10年にわたり、毎年毎年、スタジオを渡り歩き、端役から端役へと足を運び続けた。フランケンシュタインのモンスターを演じるにあたり、毎日4時間の特殊メイクが我慢できるほど愚かな男は彼だけだと、おそらくディレクターは思ったのだろう。念のために書いておくが、メイクの時間は労働時間と見なされない。彼はその時間に対して、報酬を受け取れないのだ。

しかし彼は、その長いメイクに耐えて名声と富を獲得した。今や、腐敗したシステムから彼と仲間のパフォーマーを守る適切な組合を形成するのに十分な支持を集め、そのトップに立っている。映画スタジオの経営者や幹部を決して信用してはいけない。彼は何度、人々にそればかり話してきただろうか。思い出せる限り、いや、それ以上に何度も。しかし、彼の影響力を恐れた幹部たちが、カーロフの自宅の電話を盗聴することまでしたと知った時、彼は愕然とした。安全な場所はどこにもないのだ。だからこそ、彼は今でも撮影現場で、常に1ロール〔50枚〕の10セント硬貨を持ち歩いていた。誰にも聞かれず公衆電話を使いたいという、それだけの理由からだ。

席に座り直したカーロフは、下半身の筋肉に力を入れ、改めて背筋を伸ばした。そこで彼は、モウブレイがなぜ自分とグローヴァーをクラブに呼んだのか、その用件を思い出した。今、俳優仲間たちは怒っていた。プライドと無力感が入り混じった危険なカクテルの上にいたのである。彼らはナチス・ドイツに怒りを感じていた。シカモア・アベニューから約9700キロメートルも離れたところで、ヒトラーの最大の敵として立ち向かう準備を整えている同胞のブリッツ（イギリス人）たちのことが心配だった。自分たちは、イギリスの戦争を支援する資金を集めるべきだろう。

彼らはまた、自分たちの裏庭で繰り広げられているフレデリック・ラトランドの問題にも、ようやく目を向けた。「今やリスクが高すぎるよな」とカーロフは頭を撫でながら言った。「イギリスは命懸けで戦っているわけだし」とモウブレイが付け加えた。「それなのにラトランドは、アジア中を駆け巡っている」とグローヴァーが語った。「あたかも世界で戦争の火の手が上がっていないかのように。10代の娘と一緒にね」

彼らはラトランドについて、お互いが持っているあらゆる情報を交換し、評価してみた。モウブレイとグローヴァーは、ラトランドから多くのことを聞いていた。日本軍と仕事をし、特に日本海軍の航空隊に関与し、技術の最先端を走り続ける萱場製作所とも協業した、といったことだ。モウブレイはまた、ラトランドが言うには、彼の収入はほぼすべて、萱場が支払う特許料らしい、と述べた。

よく考えてみると、これは少し異常な話じゃないか？　モウブレイとグローヴァーはうなずき合った。3人全員が、ラトランドはおそらく「イギリス海軍の諜報機関」または「MＩ6のためにスパイ活動をしている可能性が高い」と信じていたし、そう願ってもいた。「つい最近まで私は、彼に対して最高の敬意を抱いていたのさ。第一次世界大戦で優れた実績を持つ忠実な英国人、そして一流の実業家としてね」とグローヴァーは言ったが、少し恥ずかしそうな様子だった。

「何か変わったことがあったのかね？」とカーロフが尋ねた。

「いくつか。つい最近、私たちは彼に、イギリスの戦争支援のための資金集めを手伝ってほしい、と頼んだ。すると彼は言ったよ。――それは本気なのかね、アラン？」。モウブレイが答えた。

「彼が言うには、『友人たちに金を要求するなど、大英帝国の尊厳に反するものだ』とのことだ」

他にも奇妙な手がかりがあった。ラトランドは、複数の日本の提督との交友関係について公然と語り、時折、彼らのために行ってきた仕事についても言及した。もちろん、最近の情勢の変化の中で、これは俄然、重要な意味を持つ話になった。

ラトランドの趣味である写真もおかしい。写真を撮ること自体はなんでもない。だが、ほとんどの愛好家は、フィルムをプロの現像業者に預けるものだ。自宅に設備の整った暗室を設置している者など、きわめて稀だろう。

「彼がイギリスの諜報機関の一員でないことは、確かだろうね？」。自分でも答えを知っているにもかかわらず、グローヴァーが他の2人に尋ねた。

「それはありそうもない」とカーロフは確信を持って言った。「あれはMI6のやり方じゃないよ」。カーロフはMI6のエージェントではないが、映画で秘密諜報員の役を演じてきた。最新作『ブリティッシュ・インテリジェンス（British Intelligence）』でカーロフは、ドイツ側のスパイに扮した。この際、スパイ活動の実態について、ある程度の知識を習得したようだ。

グローヴァーには別の思惑もあった。彼が今、最も望むのは、クラブの正式な一員となり、もっと内輪の仲間として迎え入れられることだった。モウブレイやカーロフ、そしてBUSCの他のほとんどのメンバーとは異なり、グローヴァーは単なる経営者であり、建設業界の外では無名だった。ロサンゼルスの市街地が周囲の砂漠にどんどん拡大し続ける中、彼の本業は大成功を収め、信じられないほど多忙を極めていた。彼はクラブの仲間たちを称賛し、厚情に大いに感謝していたが、それでもまだ物足りなかった。そこが、退役軍人でも俳優でもないグローヴァーの悩みの種だったのだ。

彼らはラトランドのことも、戦時英雄としてクラブに温かく迎え入れたのだが、今ではスパイとして疑っていた。そして今、グローヴァーはモウブレイやカーロフと情報交換をし、もはや彼らの側近扱いだ。彼は力を込めて話を続けた。

「我が国の総領事の台詞を知っているかね？　私は前に、あなたもラトランドのパーティーに行かれるのですか、と総領事に尋ねたことがある」。グローヴァーは言った。

「彼は招待を断っただけでなく、奇妙なことに、こう言ったんだ。ラトランド氏が英国政府から支持されているなどという誤解を誰にも与えたくないので、パーティーには行きません、とね。総領事も、ラトランドを怪しいと思っているようだな」

「ありえないことは分かっているが」とモウブレイが言った。

「殊勲十字章受勲者のラトランドが、日本人のためにスパイを働いている、ということだよな？　しかし恐ろしいことに、それが唯一可能な説明のようだ」。グローヴァーは首を振って、酒を飲み終えた。モウブレイが、もう一杯やろうぜ、と言い、カーロフは再び席で身をよじり、その動きは、前よりもさらに顕著だった。グローヴァーは、カーロフがスーツの下に着けている背中の補助具の輪郭が見えたと思ったが、気付かないふりをして話を続けた。

「パーティーで彼は、写真への興味を改めて話し、私たちにスライドを見せたことがあった。さらに暗室も見せてくれた。一流の暗室に撮影機材、無線機。ねえボリス、君の映画に出てくるスパイだって、そういうものを持っているだろうね。しかし、もしラトランドが本当に日本のスパイだとしたら、彼が大胆にも、私たちにそういうものを見せたというのは、なんとも驚くべきことじゃないか。そしてもし、彼が本当にアジアでスパイ任務に就いているのだとしたら、そこに10代の娘を連れて行くなんて、あり得るのかね？」

「彼のスパイ活動が、ここブリティッシュ・ユナイテッド・サービス・クラブで行われているのだとしたら、これは国王陛下に対し、我々として非常に申し訳ない、恥ずべきことだ」とモウブレイは付け加えた。「そして、このクラブの創設者兼会長たる私個人としても」

「もっと早く気付くべきだったな、愚かだったよ」とカーロフが言った。彼らが何らかの形で、ラトランドの活動を前進させたかもしれない、という最悪の事態については、ここでは語られなかった。ほんの数年前、ラトランドはカーロフの元使用人、レイモンド・バリーをロッキード社に押し込もうと、懸命に圧力をかけていたのだ。

彼らは純粋な義憤にかられながら、酒を飲み続けた。最後に彼らは計画を立てた。こうなったら、FBIに行くしかない――というか、グローヴァーがスプリング・ストリートにあるFBIのオフィスに出向くべきだろう。モウブレイもカーロフも、注目を集めずにそこまで赴くことはできそうにないからだ。

＊

9月13日、ノーマン・グローヴァーは、ロサンゼルスのダウンタウンにあるFBI事務所を訪れた。捜査官たちは、次々に持ち込まれる陰謀論の類には慣れ切っていたが、グローヴァーの話は真剣に受け止める価値がある、と思ったようだった。秘書が彼を奥の個室に案内し、そこで2人のエージェントがグローヴァーと面談した。彼がラトランドについて言及するとすぐに、エージェントたちはミーティングを中止した。

彼らはすぐに、ロサンゼルス支局を統括する特別捜査官リチャード・フッドを呼んだ。南カリフォルニア全域の200人の連邦職員を指揮するフッドは、1年以上にわたってラトランドに関する報告書を提出し続けていた。火がないところに煙は立たず、とフッドは考えており、すでに、ラトランドに対する正式捜査を開始する準備をしていた。

しかし2週間後、フッドはJ・エドガー・フーバー長官自身からの直筆メモを受け取った。驚いたことに、フーバーはこの件を放棄するように命じていた。メモには「フレデリック・ラトランドに対する捜査を中止し、他の政府機関を含むいかなる第三者に対しても、本件について言及しないこと」と書かれていた。

フッドは、海軍情報局（ONI）のエリス・ザカライアスからフーバーに宛てて送られた電報の存在を知らなかった。ラトランドは「活動的かつ重要なアメリカ海軍情報局の要員」であるため、FB

Iはラトランドの監視を中止してもらいたい、という内容である。これにフーバーが応えたのが、この結果だった。フッドの顎はがっくりと落ちた。ラトランドが、前にもまして疑わしく見えた。彼は前任者のハンソン、つまりロッキード社のセキュリティ責任者からも同様のこと〔レイモンド・バリーの件〕を聞いていた。

間違いなく何かが起こっていた。彼はその真相を突き止めたくてうずうずしており、最終的にはそうなることも分かっていた。これも時間の問題だ、と考えたフッドは、命令通りにラトランドのファ

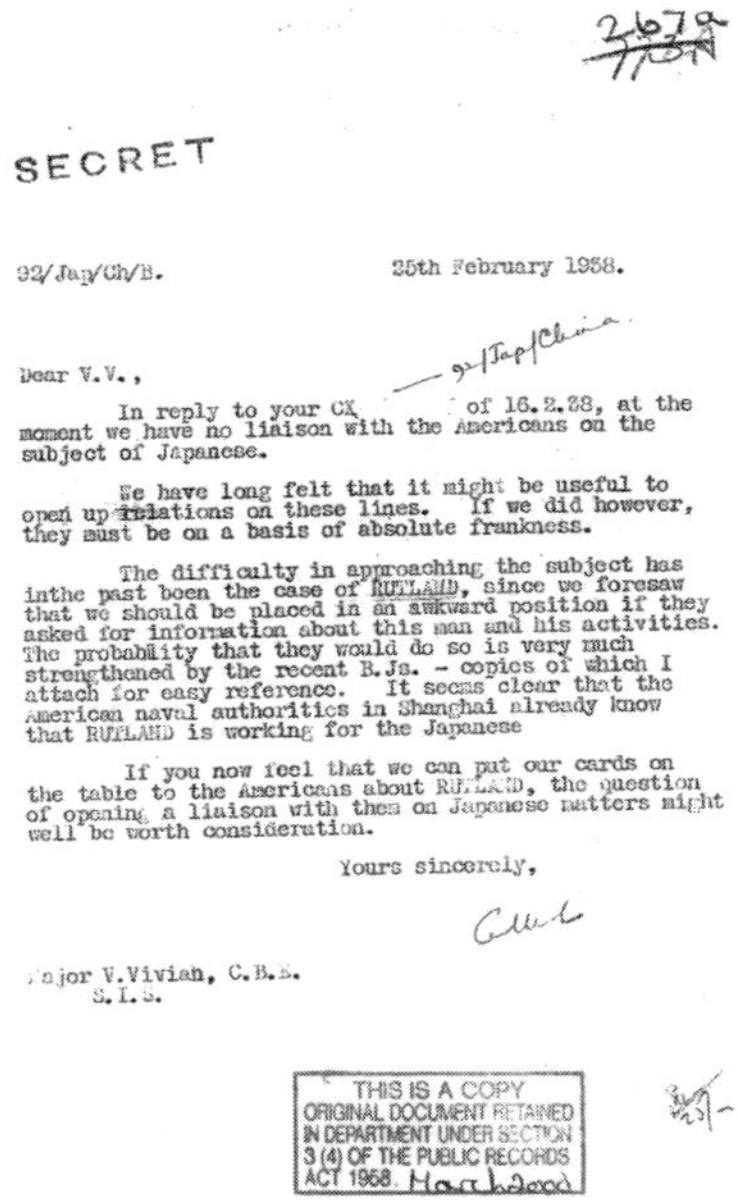

2679a

SECRET

92/Jap/Ch/B.　　25th February 1938.

92/Jap/China

Dear V.V.,

In reply to your CX　　of 16.2.38, at the moment we have no liaison with the Americans on the subject of Japanese.

We have long felt that it might be useful to open up relations on these lines. If we did however, they must be on a basis of absolute frankness.

The difficulty in approaching the subject has inthe past been the case of RUTLAND, since we foresaw that we should be placed in an awkward position if they asked for information about this man and his activities. The probability that they would do so is very much strengthened by the recent B.Js. - copies of which I attach for easy reference. It seems clear that the American naval authorities in Shanghai already know that RUTLAND is working for the Japanese

If you now feel that we can put our cards on the table to the Americans about RUTLAND, the question of opening a liaison with them on Japanese matters might well be worth consideration.

Yours sincerely,

Major V.Vivian, C.B.E.
S.I.S.

THIS IS A COPY
ORIGINAL DOCUMENT RETAINED
IN DEPARTMENT UNDER SECTION
3 (4) OF THE PUBLIC RECORDS
ACT 1958.

米英両国の諜報機関は長きにわたり、来るべき日本の攻撃、あるいは日本に関連するあらゆることについて、協力して備えようとはしなかった。なぜであろうか？　これは機密指定が解除されたMI6防諜責任者宛てのメモだが、これを見ても、イギリス側の最大の理由が、ラトランドの行動を恥じるという点にあったことがわかる。(The National Archives)

イルをしまい込んだ。

＊

一方、モウブレイとグローヴァーは、アンバサダーホテル内のしゃれた一角に英国戦争支援事務所を設立し、募金イベントの計画を進めた。オフィスでの静かなひととき、彼らはラトランドに関してＦＢＩでグローヴァーが捜査官たちと交わした会話についても協議した。しかし皮肉なことに、キャリアのあるコメディアンたちにも真相は分からなかった。カーロフは新作映画でスパイの役を演じたが、友人と思ってきたラトランドを介して、現実のスパイ活動にも部分的に関わっていると実感し、何かしなければ、と考えていた。

もちろん彼らは、ＦＢＩが捜査を保留している事実を知らなかった。今のところは。

第20章　カウンタースパイ

1940年

エリス・ザカライアスは、入ってきたばかりの報告に警戒した。それはメキシコの信頼できる情報提供者からのもので、日本軍による自殺的な攻撃が間もなく起こる、と述べていた。情報提供者によれば、日本軍はバハ・カリフォルニアに数機の飛行機を隠しているという。アメリカ艦隊がサンディエゴ港に同時に4隻の戦艦を停泊させている機会を狙って自爆攻撃を敢行し、軍艦を撃沈しようとしているのだそうだ。

ザカライアスは思った。それはありそうもないが、確かにもっともらしい——。彼は長い間、日米戦争を予期していた。いつものように、日本は弱点への奇襲から始めるだろう。その日本機がどこにいるかにもよるが、理論上は、国境を越えて5分から10分ほどで、米戦艦群に到達する可能性がある。さらに憂慮すべきは、サンディエゴ港に4隻の米国戦艦が同時に入港するのは異例であることで、ザカライアスにとって、この話は芝居がかっており、いささか出来過ぎで、その脅威を真剣には受け止められないものだった。しかし、西海岸の海軍情報局（ＯＮＩ）管区情報部を統括するザカライアスは、スパイや妨害者から艦隊を守る責任を負っていた。彼は太平洋艦隊司令長官のジェームズ・リチャードソン海軍大将と会うために電話で予約し、小型機でサンペドロに向かった。タクシーを拾って港に到着し、リチャードソン提督の旗艦、戦艦ペンシルベニアに案内された。

リチャードソンは、この攻撃を実行する位置にある日本の航空機に関し、具体的な証拠をＯＮＩは持っているのか、と尋ねた。ザカライアスは答えた。

「そうですね、閣下。そのような攻撃を仕掛けることができる日本の艦船は、周囲にいないと確信しております。しかし、バハ・カリフォルニアの砂漠に日本の飛行機が隠匿されている可能性について言及する複数の情報提供者がおります。ご存じの通り、バハからですと、飛行機ならほんの数分で国境を越え、サンディエゴ港の上空に到達する可能性があります」

リチャードソンは顔をしかめた。「うーん、それは無理があるな。しかし、この警告を無視するのも賢明ではない。それに、警戒を続けることは、兵隊たちにとっていい訓練になるかもしれん。うちの艦船に警告しておこう」。彼は続けた。「ザック。スルー・マケイン（故ジョン・マケイン上院議員の祖父）〔当時、大佐で航空隊司令〕にも、彼の飛行機に警報を発するよう指示を伝えてくれ」

ザカライアスは敬礼をして退室し、旗艦を降りて部隊に戻った。

もちろん、この報告は虚偽で、日本機によるアメリカ艦船への自爆攻撃はなかった。メキシコには多くの日本のエージェントがいたが、飛行機を隠匿している者などいなかった。それでも、どういうわけかザカライアスは、すでにこの時点で日本の特攻作戦を予期していた。神風特攻隊など影も形もない時期に、それを予見するような記録を残していたのである。おそらくザカライアスは、本当によく日本海軍の本質を理解していたのだろう。

ザカライアスと、管区情報部長補佐のケネス・リングル〔当時、少佐〕は、率直に言って、潜在的にあり得る日本の攻撃から米国を守るという責任の重さに、少々圧倒されていた。バンクーバーからメキシコ中央部までの西海岸全域にいる情報提供者から、日本の船や航空機に関する報告があった。彼らは、サンペドロの日系人漁民や、ダグラス社の工場のそばにあるイチゴ農園で働く日系移民について、非常に懸念していた。監視すべき対象のリストはひきもきらず、産業スパイ、日本の武官、日本総領事館やリトル・トーキョー、ティファナのモリーノ・ロホで繰り広げられるスパイ活動らしき行為、タートルベイで行われている奇妙な釣りなど……。ザカライアスは、ロサンゼルス郡保安官のユージーン・W・ビスカイラズと頻繁に話し合った。ビスカイラズの手元には、疑わしい人物名のインデックスカードがあった。日本人、ソ連人、アメリカ人の共産主義者やアナーキスト、アメリカ人のナチス、アメリカに潜むドイツ人のナチス、メキシコ人のファシストなどを含み、その数は5万枚もあった。

限られた人員で、これらの疑わしい人物をすべて監視する方法はない。ザカライアスには、ONIとして優先すべき取り組みを考慮する必要があった。彼は政治的野心家でもあり、ワシントンDCから届くこのようなニュースには敏感だった。

　非米活動委員会（Committee on Un-American Activities）は、約1000隻の無害を装う日本の漁船団が、特定の戦略的な海軍作戦を遂行しており、日本と合衆国が断交すれば、深刻な問題を引き起こす可能性がある、と述べた。同委員会は、日本帝国海軍からの命令が下り次第、いつでもこの船団は、ダイナマイトによる爆破を実行する準備ができている、と主張している。

1941年7月6日付ロサンゼルス・エグザミナー紙「下院非米活動委員会での発言」

下院議員たちが、日本の漁船について報道陣に語った後、ザカライアスはただちにロングビーチとその周辺、一般にフィッシュ・ハーバーとして知られる場所で、数十隻の日本人所有船舶へのガサ入れを命令した。だが、このガサ入れでは何も見つからなかった。ザカライアスは特に、対スパイ活動（カウンタースパイ）の過程で、ＦＢＩと協力することを徹底して避けた。彼の言い分としては、ＦＢＩは小人数で、能力に疑問がある、とのことだった。だがそれは、彼がＦＢＩに抱く個人的な確執からくるものでもあった。

ザカライアスは日本と、日本の脅威をよく理解していた。しかし、彼が日本の脅威に関して手がかりを探し求める範囲は、カリフォルニアやメキシコなど、彼の管轄下にある地域に限られていた。カリフォルニアには、古澤医師や日本海軍協会など、活動的な日本のエージェントがいた。しかし、フィッシュ・ハーバーの漁師たちは、単に生計を立てようとしているだけだった。ダグラス社の工場の滑走路のそばで農園を営む日系人のイチゴ農家も同様である。カリフォルニアに住むほぼすべての日本人、日系人も同じだった。

マスコミと合衆国議会は海軍に対し、メキシコからもたらされる日本の脅威を集中的に探るように促した。先の大戦でメキシコは、積極的にドイツ帝国を支援しており、当時、日本とメキシコが協力する、というのはもっともらしいことのように思われたのだ。さらにパンチョ・ビーリャが率いるメキシコのならず者集団が国境の町を攻撃し、一時的に米本国に侵攻したこともある。ビーリャの主治医をはじめ、その配下に日本人スタッフがたくさんいたことも知られていた。しかし現在、メキシコにいる日本人は、スパイや暗号解読者などだ。だから、日本がメキシコから合衆国を攻撃できるわけがない。

ＯＮＩの任務規定には2項目あった。まず、合衆国の艦隊と意思決定者に対し、敵の脅威に関する洞察を提供すること。そして次に、これは後にＯＮＩから分離して海軍犯罪捜査局（ＮＣＩＳ）になる部分だが、スパイ、妨害者、犯罪者の逮捕だ。

しかし、当時の日本海軍は、世界でもトップクラスの空母6隻からなる機動部隊を保有していた。

最初の2隻〔赤城、加賀〕の設計には、部分的にラトランドの意見も取り入れられた。さらに彼らは、ラトランドから受け取った設計図を参考にして、飛行機を製造していた。もし日本がアメリカを攻撃するとしたら、それは間違いなく、海軍力を使った直接的な攻撃となるだろう。

そして、空母機動部隊がアメリカ西海岸やメキシコにいるわけがなかった。ONIがスパイや破壊工作員の捜索に血道を上げている間、彼らは日本本国で、アメリカ人と戦う日のために猛訓練していた。今、その時が迫っていたが、日本の空母機動部隊はほとんど、アメリカ人の目に触れないまま、ここに至っていたのである（ONIは、日本を訪れるアメリカの船舶に対し、日本の港を通過する際などに写真を撮らせていた。しかし、マトソン社やアメリカン・プレジデント・ラインズの船が、日本の海軍基地に寄ることはなかった）。

第21章　二重スパイ

1938〜39年

ラトランドは、非常に効果的に身を隠していた。ブリティッシュ・ユナイテッド・サービス・クラブの会員は長年にわたって、ラトランドはいささか謎に包まれている、としばしば噂のネタにしてきた。しかしそれだけだった。ラトランドと日本のつながりについて、あまり深く考える者はいなかった。ラトランドは本当にスパイかもしれない、と思ったクラブ会員もいないではなかった。たとえばONIに属するアメリカ海軍将校、クロード・メーヨ（著者ドラブキンの父親の同僚、チャーリー・メーヨの父親）などは、明白にそう思っていたのだが、それ以上は不問に付していた。彼は当初、ラトランドはイギリスのスパイである可能性が高い、と考えていた。ラトランドの背景から見て、彼は安全な人物のように思ったのだ。

しかし、1939年9月中旬に日本から帰国した後のラトランドは、すべてが変わったように感じていた。国家間の緊張は高まり続け、それは彼個人にも影響を及ぼした。日本はアメリカとの戦いに向けて、積極的に準備を進めているようだった。それは、ラトランドが娘と一緒に日本で見た兵士たちの動員だけではない。ラトランドが日本の当局者から指示された要求はピンポイントに的を絞っており、実際の戦争を極めて意識したものだった。ヨーロッパでは戦争が拡大し、イギリスは今や、存亡を賭けた戦いの中にあった。

ラトランドは、状況が変わったのは日本だけでなく、ここでも同様であることに気付いた。クラブの友人のモウブレイとカーロフは急に真面目になり、笑顔がなく、ちょっとよそよそしくなったようだ。

ラトランドは、やはり友人のクロード・メーヨに悩みを打ち明けた。彼はメーヨに対し、時々、ちょっと奇妙に見えるかもしれないが、自分の活動は正当なものだ、と言った。しかし、彼が強調した重要な点はそれだけではなかった。これまでの活動の結果、おそらく自分こそが、将来のアメリカの敵である日本海軍について、世界有数の専門家である、と彼は述べた。日本との戦争が起こった場合、アメリカの諜報機関にとって、自分がどれほど価値ある存在であるかを証明できるに違いない、とラトランドは強調した。日本海軍の艦船、飛行機、そして提督について、これほど詳しい者が他にいるだろうか――。彼は言葉巧みにメーヨに説いた。メーヨはラトランドの話を聞いて、同僚のエリス・ザカライアスから何度も聞かされてきた警告と似ていることに、すぐに気が付いた。状況に対する解釈、日本が自国の海軍力に対して抱く自信について、などだ。

ザカライアスは、今でも日本軍に対する警報ボタンを押し続けていた。完全に空振りだったサンディエゴに対する特攻攻撃の誤報の後、米海軍の同僚の間で彼は、ちょっとした嘲笑の対象となっていた。それでもメーヨは、ＯＮＩの他のメンバーと同じように、ザカライアスを尊敬していた。ザカライアスは避け難い日本の攻撃から合衆国を守ることに執着していたが、いかんせん、集中力に欠けるきらいがあった。ＦＢＩの特別捜査官フッドはザカライアスに同情的だったが、メーヨには「しかし彼は、もっとしっかり地に足を着けないとね」とも言っていた。ＦＢＩの多くの捜査官たちが、ザカライアスに敵意を抱いている中、メーヨは最終的に彼の立場に同意していた。そして、ラトランドも同様の考えを持っているようだ。〔これを利用すれば〕ザカライアスが抱く本能的な衝動を、事実に基づいて定着させることができるのではないか、とメーヨは考えた。現在、日本ばかりでなく、西海岸全域に各国のスパイ活動ネットワークが出現していることを、彼はよく承知していた。合衆国でスパイ活動を行っているロシア〔ソ連〕とドイツの秘密諜報員について、ONIが収集した証拠が増えていることを、彼は実際に目の当たりにしていた（メーヨは当時、ロサンゼルスに住んでいたが、太平洋岸北西部を管轄する第13海軍管区の情報部長だった）。

そこでメーヨは、ラトランドをザカライアスに紹介した。ザカライアスはカリフォルニア州とその周辺地域を担当するONIの第11海軍管区情報部長である。ザカライアスとラトランドは、直接会うまでに数回、電話で話した。彼らの最初の会話は、幅広い話題をカジュアルに扱う内容で、戦略的セッションとか、協力的な互恵関係を意識したものではなく、ごく社交的なものだった。しかし、会談から帰った後、2人はいくつかの理由から、さらに交流を発展させることにした。まず、彼らは個人的にお互いに好感を持ち、多くの点で似た者同士だった。2人とも海軍基地を見下ろす家で、海軍に入隊することを夢見て育った。2人とも家庭環境に恵まれず、頭脳と意志の力で、それぞれの国の海軍将校団に加わった。ラトランドはイギリスの下層階級から身を起こし、ザカライアスは20世紀の最初の10年間において、アナポリス海軍兵学校で唯一のユダヤ系の学生だった。性格も似ていた。両者とも初めは能力を評価され、それぞれの海軍で革新を推進した、という理由で昇進していた。しかし、ともに自己宣伝が多く、不服従の罪で告発された。ラトランドと同様、ザカライアスも頑固で、しばしば階級を無視し、自分に反対する者と衝突し、分別を越えて激情が爆発する質《たち》だった。そのために昇進を逃し、このように軽んじられる原因は、自分自身の行動ではなく、他人の偏見にある、と信じている点もよく似ていた。

しかし、もっと重要なことは、ラトランドとザカライアスは2人とも、お互いが相手に何を提供できるかを認識していた、という点である。ラトランドは、日本人との関係が維持できなくなった場合、あるいは刑事責任が問われそうになった場合に、ザカライアスが影響力を行使し、彼を保護してくれる可能性がある、と思った。一方のザカライアスは、当時の大問題、特に正しい情報とノイズ（雑音）の間の憂慮すべきジレンマを解決する可能性をラトランドに見出していた。ザカライアスは、ロサンゼルス郡保安官が管理する疑わしき人物の大量のファイルフォルダーにアクセスできたが、それは膨大過ぎて、どうやって優先順位を付けるか見当もつかなかった。ザカライアスとしては、どこから見るべきかを教えてくれる情報源を切望していたのである。

＊

彼らの関係を決定付ける会合は、ダグラス社の工場のそば、ラトランドのオフィスにも近い、ヴェニス地区のウィンドワード・アベニューにあるデル・モンテ・クラブで行われた（同クラブは今でも当時の状態で営業しており、現在はタウンハウスという店名になっている）。ラトランドもそのクラブのメンバーだった。かつては密造酒酒場だったデル・モンテは、まさしく地下活動向けのいかがわしいクラブである。1915年にセザール・メノッティというイタリア系移民が創業したデル・モンテは、地階にあるメノッティの食料品店を隠れ蓑とし、禁酒法時代のロサンゼルスのナイトライフの中心となった。当時の街で最も凶悪、かつ悪名高き人物たちが、みんなここに集っていた。新鮮な農産物の列が、隠しドアから食品用エレベーターで上下するゲストたちを、一晩中、覆い隠していた。

秘密の密造酒酒場に商品を仕入れるには、工夫が必要だった。メノッティはカナダの船を雇って、禁酒法が法的に及ばない地点、ロサンゼルスの海岸から約5キロメートル沖合に停泊させた。その後、小型のボートを使い、ヴェニスのダウンタウンの地下を通るトンネル網を通じて酒のケースを輸送し、店の地下室に運び込んだ。このメノッティの手口と、政界との強いつながりは非常によく知られていたため、彼のトンネルは市役所まで続いている、という冗談があったほどである。

そんな、実際にはそれほど秘密でもなかったこの密造酒酒場で、ラトランドとザカライアスはついに諜報活動について公然と話し合うことになった。

ラトランドは飲み物を置き、咳払いをした。「メキシコ」と彼は言った。

ザカライアスは、返事をする前にクラブの中を見回した。

「これはここだけの話として、内密で願います。知っている者は少なければ少ないほどいい」

「たとえ戦争が起きても、私はいつでもメキシコに行けます。彼らは、私がそこに行くことを期待しています」

「続けて」

「コミュニケーションの手順は次のようになります。ロサンゼルス、ティファナ、太平洋。またはロサンゼルス、メヒカリ（Mexicali：「メキシコ」と「カリフォルニア」を組み合わせた造語）、そしてメキシコシティの日本大使館」。ラトランドはテーブル上を指でなぞり、3か所ずつ、きっちりとセリフを区切って言った。「そういう仕組みになっているのです」

通りすがりの誰が聞いても、彼らの会話はごく平凡で、退屈にさえ思えただろう。しかし、ラトランドは日本海軍との取り決め内容を伝えていた。もし戦争が勃発した場合、彼はロサンゼルスで情報を収集し、船便で東京に送るのではなく、いくつかの異なるルートを経由して、メキシコに届けるというものだった。

「私はトランプをたしなむのですが」とザカライアスは言った。

「ポーカーをね。多くの人は、あれを運次第のゲームと考えています。しかし、それは真実ではありません。カードをプレーするのではない。ある役柄を演じるのです。そして、その役柄を演じるには、実際には別の手札を持っているにもかかわらず、特定の手札を持っていると相手に信じ込ませる必要があります。これが結果を決めるわけです」

「もっと有利なのは、配られるカードを事前に知っていて、手札をコントロールできることだと思いますな」とラトランドは言った。「絶対的に、合理的な範囲内で、十分な慎重さを持ってね。重要なのは、相手に信じ込ませることです。自分はまだ有利であるってね。つまり、彼らが自信過剰になるまで、何ゲームかは落とす必要があります。後でポット全体を獲得するには、小さなポットを失う必要がありますからね」

「ご存じのように」とラトランドは言った。「あなたから教えていただいた些細なアメリカ海軍の情報を、日本軍に共有させることはできます。そうすれば、彼らは私をさらに信頼してくれるでしょう」

「そうなれば、あなたを追い出すことも、ポケットから金を取り上げることもできないわけだ」

飲めば飲むほど、彼らは大胆になった。2人の対諜報計画は、さらに突拍子もないものになっていった。その夜の終わり近くに、ラトランドは日本の潜水艦を拿捕する、というアイデアを思いついた。

「戦争が始まったら、夜の静かなビーチ、マリブのパラダイス・コーヴあたりに潜水艦を送るよう、日本側に手配することもできそうだな。栈橋からランタンで潜水艦に合図をすれば情報が得られる、と伝えればいい。潜水艦が浮上して信号を受信したら、そこを駆逐艦で急襲する。バン！　これで日本の潜水艦を無傷で拿捕できるでしょう！」

ザカライアスは、テーブルを揺るがすほどの高笑いをした。

「日本の潜水艦の拿捕を手伝ってくれるなら、あなたの欲しいものは何だって手に入りますとも」

潜水艦を拿捕するという計画は、最初は突飛に思えたが、少し冷静になってよく考えてみると、意外にうまくいくかもしれない、と判断された。日本人は、アメリカ本土からの情報を迅速に入手したいと考えているはずだから、この手を選択するかもしれない。これならどんな方法よりも素早く、ラトランドが国境を越え、メキシコシティに情報を届けるよりもはるかに手っ取り早いだろう。これが成功するなら、完璧なダブルクロス（寝返り）となる――。

*

ラトランドとザカライアスは両者とも、この取引で望んでいたものを手に入れた。ラトランドは独自の「プランB」を確保した。もし戦争が起こり、彼が日本軍を助けていることが露見しても、刑務所に入らないですむ完璧なアリバイが得られる。西海岸のONIで管区情報部長を務めるザカライアスは大きな影響力を持っている。ラトランドが実際にアメリカのために働いていた事実を、公に語ってくれるだろう。

ザカライアスも興奮していた。彼はついに日本のスパイ網の内部にいる人物を確保し、しかもその人物が自分に寝返った、と信じた。ラトランドのストーリーは完璧だ。彼はこれまで、戦争は決して起こらないと仮定して、正当に日本のために働いているつもりだった。しかし、世界情勢が戦争に向かって刻々と変化する今、そのラトランドが寝返り、アメリカのために働きたいと思うことは、完全に理にかなっていた。

しかもザカライアスは、自分がラトランドに惚れ込んでしまっていることに気付いた。ラトランドは、彼が日常的に付き合っている官僚的で政治的な連中とは異なり、行動力がある、と彼は思った。ザカライアスは、はた迷惑な官僚について考えてみたが、真っ先に思い浮かんだのはＦＢＩの連中だった。ＦＢＩは、いまだに日本の脅威を真に受けていない、と彼は感じていた。この考えは、確かにまったくの間違いではなかったが、この件に関する彼のＦＢＩに対する憤怒は激しく、論理というよりも、個人的な感情に基づいていた。このＦＢＩに対する怨念は、今から10年前、日本の脅威についてあまりにも執拗に話す、といって執務室から追い出したFBI長官、J・エドガー・フーバーとのあの惨めな会見に端を発していた。

ザカライアスはラトランドに対し、漏洩を防ぐために、お互いの提携関係は秘密にしておく必要がある、と語った。彼らの取り決めについて知っているのは、他には管区部長補佐のケネス・リングルだけだ。しかし、この提携には、最初からいくつかの大きな欠陥があった。ラトランドは、自分の卵をすべて一つの籠に入れ、日本のスパイとして告発されないよう、アメリカ海軍に保護してもらおう、という賭けに出ていた。しかし、ザカライアスの上司であるONI局長は、この提携について何の報告も受けていなかったし、FBIも同様だった。FBIが最終的にラトランドを追跡することになった場合、ラトランドのアリバイを証明するのがザカライアスだけ、というのは非常にリスクが高い。何しろFBIとザカライアスは、絶え間ない政治闘争を繰り広げていたからだ。

短期的には、ラトランドに捜査の手が及ぶ心配はなくなった。FBIはラトランドに関するいくつかの情報を入手していたが、ザカライアスの要請により、捜査を控えるように命じられたからだ。イギリス人たちは、ラトランドが対米戦で日本を助けるために何をしてきたかをおおむね知っていたが、それをアメリカ人とは情報共有しなかった。もしザカライアスやONIの他のメンバーが、これまでのラトランドの行状をもっとよく知っていたら、あれほど信頼しなかったかもしれない。ONI内部にも問題があった。ザカライアスは局長にラトランドのことを伝えなかったが、これはおそらく、ザカライアス自身が局長の椅子を狙っていたためである。

ロサンゼルス在住のイギリス人たちと同じように、ラトランドに疑惑を抱いていたアメリカ人の多くは、当初、彼がイギリスの諜報機関で働いているのではないか、と考えていた。すでにラトランドに関する非常に大きな情報ファイルを持っていたイギリスの機関は、それを決してアメリカ人に伝えなかった。いいや、それよりもひどい対応だったといえる。イギリス人は、ラトランドについてアメリカ当局に伝えなかっただけではない。ラトランドの件があるために、イギリス側は日本のスパイ活動全般についても、アメリカ側と何も話し合っていなかった。

理由は明白だった。イギリス人にとって、自国の有名な戦時英雄がアメリカに渡り、かれこれ5年以上も日本のためにスパイ組織を運営していた、などという事実をアメリカ人に伝え、しかも、これまでずっと黙っていた、などと付け足すことは、恥辱の極みであった。MI5はMI6と協議し、この問題をアメリカ側に伝えようという動きもあったのだが、実際にはそうしなかった。そして、彼らが本件の扱いについてぐずぐずと協議する時間が長くなるほど、それを言い出すことができなくなってしまった。日米戦争の可能性がますます高まり始めている中、それぞれの諜報機関は、一枚岩ではまったくなかったのだ。

第22章 立花という男

1939～41年〔昭和14～16年〕

大日本帝国海軍の立花止《たちばないたる》中佐は、潮の香りと麝香の匂いを身にまとう、常にチャンスに飛び付く男だ。カリフォルニアの白人たちにターミナル・アイランドとして知られるフィッシュ・ハーバーの晴れた午後、彼はシーサイド・アベニューを歩いていた。アルバコア、サーディン、バラクーダ、ピルチャードといった魚の名を冠した交差点を次々に通過し、無秩序に広がる石油基地に向かっていた。ここは、アイランドの勤勉な漁船団にサービスを提供する施設だ。立花は港の向こう側を見た。日本の将来の敵、アメリカ合衆国太平洋艦隊の艦船がそこにいる。ここを歩きながら、誰にも邪魔されずにそれらを観察できることに、彼は驚いた。

彼は立ち止まって帽子を脱ぎ、ハンカチを額に軽く当てた。それはいつも胸ポケットにしまっている思い出の品だった。少し風が吹く中、彼はバリっとしたスリーピースのスーツを着こなし、ちょっと汗ばんでいた。同じ周波数の単一のフレーズをループで発信するモールス信号のごとく、整然と同じような長屋ばかりが並ぶ敷地を通り過ぎたので、だんだん見当識障害を感じ始め、本当にこの辺りだろうか、と心を決めかねていた。ここ数週間、彼は他人のしぐさや視線、噂やほのめかし、あるいは、はっきりした言明の意味を占う仕事にうんざりしていた。彼は靴の塵を払い落としながら、そこで待った。

ロサンゼルスに到着して以来、いろいろなところを訪れたが、サンペドロは彼のお気に入りの場所だった。牧歌的な港町は静かさと孤独を与えてくれ、平和に通行することができる。彼はまた、この街の温暖な気候も気に入っていた。特に夏の間、どこも混雑して暑苦しいロサンゼルスのダウンタウンにあって、サンペドロはかなり涼しく感じられることが多い。彼はリトル・トーキョーのオリンピック・ホテルの窮屈な部屋から解放され、よくここに来るのだった。

しかし、彼がサンペドロで最も愛したのは、この街に住む日系人漁師とその家族たちだ。この奇妙な国のフィッシュ・ハーバーで、日系一世と二世の2世代の日系人が一緒に暮らしている。ほとんどの人は、ここを「フルサト（故郷）」と呼ぶが、それは非常に観念的な日本語で、彼の片言の英語では決して正確に翻訳することができない。英語で最も近い言葉は「hometown」だろうが、それでは正確でないことは分かっていた。その意味をじっくり考えても、欲求不満でおかしくなってしまいそうだ。彼にとっての第二言語、英語は非常に難しく、まことに腹立たしい。

過去数か月間、彼はコミュニティに溶け込み、ピクニックや集まりに顔を出し、とれたての魚の塩焼き、味噌汁、餅、そして特にアメリカでは非常に安い地どれのアワビを食べさせてもらった。実際、彼はあまりにもたくさん食べたので、すぐに太ってしまうのではないかと心配していた。しかし、これは心の平安を維持するために、支払うべき小さな代償だ、と彼は自分に言い聞かせた。彼のフィッシュ・ハーバーへの頻繁な訪問は、偵察というよりは自分を慰めるのが目的だった。彼が受けている命令には、「日系アメリカ人は信用できないため、使用するとしても控えめにせよ」という指示が含まれていた。彼らの多くは日本人というより、アメリカ人であるように見えた。立花は、アメリカに長い高野虎市からも、任務の多く、あるいはほとんどにおいて、白い顔（white face）が必要である、とアドバイスを受けていた。アメリカ社会は確かにオープンなものだが、そうであるからこそ、日本人の顔は疑惑を招く。たとえ日系アメリカ人を頼ることができたとしても、大抵は役に立たない。

それは皮肉なことだった。ここには米海軍基地を望む日系人の漁村がある。米海軍の士官たちは妄想をたくましくして、漁師たちが海岸を出入りするたびに、上陸に適した地点を探しているのではないか、などと考えた。海軍情報局（ＯＮＩ）のザカライアスは、これこそ安全保障上のリスクであると考え、多くの漁船を捜索させた。しかし実際には、日系人漁師たちはスパイとしては何の役にも立たない。必要があれば、立花は彼らに指示を与えることもできる。彼らは帝国海軍中佐の命令をあえて拒否することはないだろう。だが、実際にはその必要はなかった。もちろん理論的には、道を挟んだところに遊弋する太平洋艦隊の出入りを監視することは可能だが、それは誰にでもできることだ。実際、この国で艦船の出入りを監視するには、新聞を手に取るだけで済むのである。

おそらく、立花がフィッシュ・ハーバーを訪れるのが好きだった真の理由は、彼が人々や食べ物を好んだこととはまったく関係がなく、そこにいけばアメリカ海軍の艦船を自分の目で見ることができるという、そのこと自体を好んでいたからだろう。それは彼の使命を現実的なものにし、任務に集中させる助けとなったのだ。

１９３９年にロサンゼルスに到着した瞬間から、立花は自分が監視対象になる可能性があることを知っていたが、気にしなかった。正式な外交特権はなかったが、自分はアンタッチャブルであると自信を持っていた。米国務省と日本の外務省の間には、国際問題に発展しないように互いの職員を放っておく、という暗黙の合意があると聞いていた。日本とイギリスの間には、そのような関係はない。立花は、ロイター通信の英国人記者のことを思い出した。メルビル・ジェームズ・コックスという男だが、実は彼は、イギリスの情報機関に属していた。ある日、英国大使館にコックス氏が「日本の警察本部の4階の窓から転落」し、遺憾ながら亡くなったとの連絡が入った。立花は、今この段階で、アメリカ人はあえて自分に手をのばさないだろうと推測しており、それは正しかった。時折、後をつけてくる者がいるが、無視できるはずだ。

しかし、立花は少し目立ち過ぎていたのかもしれない。サンペドロとサンディエゴの海軍基地の警備兵は、日本人が運転する不審な車の目撃情報に気付き、ナンバープレートを調べた。立花は常に自分名義で登録された車を使用していたため、俄然、ＯＮＩの出番となった。さまざまな拠点から、立花という容疑者が不審な行動をしている、との同様の報告を複数、受けるようになったのだ。ＯＮＩからＦＢＩへの定例の報告の後、ＦＢＩ捜査官はこの問題を担当の特別捜査官フッドに提起した。フッドはＦＢＩ副長官エドワード・タムに相談し、立花に対する正式な捜査が必要かどうかを尋ねた。タムは話をＦＢＩ長官フーバーに上げ、方針は変わっていないが、ロサンゼルス現地事務所は「適切かつ慎重な捜査を行うべき」であることを確認した。フーバーのＦＢＩを始めとして、合衆国政府全体、つまりフランクリン・デラノ・ルーズベルト大統領の官邸やコーデル・ハル長官の国務省、フランク・マーフィー長官の司法省に至るまで、ついに日本の脅威を認識し始めていた。実際、下院非米活動委員会の委員長で、テキサス州選出の煽動的な政治家、マーティン・ディーズ議員は、演説の中で初めて共産主義者やナチスから目を転じ、日本の脅威に言及していた。

マーフィー司法長官は、市民的自由の熱烈な擁護者であり、後に最高裁判事として「コレマツ対アメリカ合衆国事件（Korematsu v.s. United States Japanese internment ruling）」〔日系人フレッド・コレマツが合衆国を提訴した裁判〕において、日系人の強制収容所は違憲である、と判断したような人物だが、そんな彼でさえ、西海岸の航空基地に置かれている陸海軍の兵力の大きさのゆえに、「特別な警戒」が必要である、と公に宣言した。フィッシュ・ハーバーの日系人漁師たちは、ますます注目を集めていた。フッドはタム副長官への報告の中で、漁師たちはこれ以上にない、というほど微妙な場所に住んでいる、と強調した。同様に、サンタモニカのダグラス社の工場でも、滑走路の両側にあるイチゴ農園を営んでいるのは日系人だった。これらの農民たちがもしスパイだとしたら、有名なヴェニスビーチから歩いてすぐの場所にある工場まで、信号灯で爆撃機を誘導するなど、理論上は簡単なことである。こうして日系人のいる場所は、ＦＢＩだけでなく、一般大衆からも過剰な注目を集めた。

一方、立花――まさに真のスパイにして、合衆国にとって本物の脅威――はリラックスし始め、数分間頭を整理し、自分がすでに成し遂げたこと、やり残していることのすべてを把握しようとした。彼はポケットから2枚の紙を取り出した。最初の紙を開く前に、立花は立ち止まり、周囲を見回して、誰も見ていないことを確認した。時々、自分が尾行されているのを彼は知っていた。この時点で全員の尻に火が付き始めていた。ＦＢＩはラトランドの監視を開始しており、メーヨが率いるＯＮＩチームも、シアトルにいる立花の部下、岡田《おかだ》貞外茂《さだとも》〔当時、少佐。岡田啓介元首相の長男〕を監視していた。岡田はサンドポイント海軍航空基地の周辺でＵＳＳサラトガ〔米空母〕の写真を撮った時、ずっと尾行されていたという。しかし今、そんな軍事的価値の高そうな場所から何マイルも離れた場所で、他の日系人に囲まれて1人でいる立花は、少なくとも今日、自分は誰にも尾行されていない、と思って満足していた。

彼が熟読し始めた最初の紙は、人名のリストに対し、赤と黒のインクで20、50、そして数百ドル単位でマークを付け、未払い口座と支払われた口座を対応させた台帳だった。ドルという醜い緑色の紙幣こそ、資本主義のブランド、この不安定なアメリカという国を支える通貨だ。この国の他のあらゆるものと同様に、その存在理由は純粋に功利的なものである、と彼は信じていた。約束手形がもたらす希望や理想がなんであろうと、本質的には取引の受領書であり、何を入れ、何を出したかを思い出させる覚書に過ぎない。それは、彼または彼女のポケットの中に収められる札束の厚さで測られる、その人の全体的な価値であった。しかし、それで彼が誰を裁けるというものか？　彼こそまさに、このシステムの直接の受益者であり、自分に有利になるように情報を収益化しているのだ。これらの数字は、彼がこれまで手にすることができた中で最もリアルな情報だった。彼はリストに目を通し、今ではすべての音節に至るまで、すべてを記憶に留めていた。牧秀司、ロサンゼルス、25ドル。二階堂進、ロサンゼルス、50ドル――。これらは彼の罪状並びに、彼にとって最も重要な人々、有用な人物たちを、自身の手で書き記したものであった。それを見て満足した彼は、紙をポケットに戻した。

2枚目の紙の内容についても、最初の紙と同じくらい徹底的に暗記していた。ある若い女性の筆跡の文面だ。それを読み返す前に、彼は立ち止まった。彼は記憶にあるすべての文言を暗唱することができた。その言葉は彼にとって、この世のどの言葉よりも重く、より意味のあるものに感じられた。彼女はミルズ大学の机でペンを手にしたのだろう。彼に愛情と不満をぶつけようとし、傷つきながら、なおも彼女の想いを毅然たる態度で抑制しようとする、そんな姿が想像された。物事の展開は早く、彼の個人的な感情も、任務の中にあまりにも容易に溶け込んでしまった。日本海軍がアメリカに派遣した他の工作員と同様に、立花も諜報活動の訓練を受けておらず、経験もほとんどなかった。彼のアメリカでの最初の任務は、ペンシルベニア大学の語学学生となることだった。卒業後はアメリカとメキシコを旅行した後、ロサンゼルスに戻り、南カリフォルニア大学の語学学生として入学した。

立花は、南カリフォルニア大学のナカザワ（中澤）・ケン教授と協力し、ジャパニーズ・スチューデント・アソシエーションに日本海軍のデータ収集活動を支援してもらった。同大学の図書館で、簡単に入手できる記事を引き出したのだ。情報は無限で、どこにでもあった。皮肉なことに、この「スパイ活動」の大部分において、スパイなど必要なかった。東京の連中が要求する情報の多くは、無料で入手できるし、立花はナカザワ教授に自分の希望を伝えるだけでよかったのだ。学生たちは雑誌をいくつかチェックし、新聞を読んでレポートを作成し、彼が注釈を付けて、東京に送り返すだけでいい。サンペドロの漁師たちは、アメリカ人に不信感を与えたかもしれないが、20ドルを受け取って図書館で勉強する大学生の方が、合衆国の国家安全保障にとっては、ずっと危険な存在だったのである。

意欲的で精力的な立花は、西海岸のすべての石油施設の地図、建造中の海軍艦艇の図面、上陸可能地点、西海岸の防御体制に関する情報などを見つけ、購入し、さらに盗むことができた。車のトランクに荷物を積み込んで初めてのメキシコ旅行に出かけた際、公開情報と盗んだ情報の両方を、モリーノ・ロホに預けた。モリーノ・ロホの経営者、ヤスハラはいつものように、寄港中の日本船の船長にファイルと報告書を託して、東京に届くように手配した。その後で立花は、ヨーロッパ系とメキシコ系の女性たちのリストを眺めた。

この時、すでに40歳近かった立花は、妻と2人の子供を日本に残し、単身で渡米していた。彼は若くして見合い結婚しており、今は任務上のこともあり、女性と交際する自由を満喫していた。山本五十六提督が、高級芸者と関係を持っていたことはよく知られていたが、ほとんどの海軍士官は、社会的地位の低い女性との匿名の関係を好んだ。しかし立花は、スパイ行為だけでなく、恋愛においてもリスクを冒す人間だった。彼は自分の半分ほどの年齢の女性、特に日本の上流階級の女性を誘惑することを好んだ。小野英輔が勤めていた横浜正金銀行の幹部の一人、勝泉外吉〔戦後に著述家として『民主主義的会議の在り方』などを書く〕の娘、アンとも交際したことがＦＢＩのファイルに載っている。

立花は女性と交際していても、スパイ活動から気をそらすことはなかった。しかし、彼のスパイ活動は焦点が定まっていなかった。問題の一部は、立花の生来の無謀さにあった。上司に好印象を与えたい、という功名心も強かった。しかし立花は、このところの東京からの要請について、少し奇妙に感じていた。東京の軍令部にある諜報グループの少人数の幕僚たちは、将来、役に立つと考えられる諜報目標のリストを送ってきた。立花は、全米48州の市街図と、アメリカの主要都市すべての電話帳を送ってほしい、という依頼を受けた。電話帳の入手は簡単である。しかし大変なのは、それらを東京に送ることだった。さらに当時、軍令部の情報部には、アメリカとカナダを専門とする幕僚が４人しかいなかった。限られた時間と人員しかないため、このような膨大な情報のほとんどが、実際に使用される可能性は低いように思われた。

太平洋岸北西部で、より多くの情報収集を担ったのは、シアトルを拠点とする岡田だった。ロサンゼルスの立花は、かつてチャップリンの秘書だった高野虎市に依存し続けたが、高野は人脈だけでなく、流暢な英語でも非常に貴重な人材だった。

立花は、サンペドロとサンディエゴ両方の信頼できる日本のエージェントたちから、艦船や飛行機の動きに関する情報を個人的に、確実に入手していたが、英語の知識が求められる時は、高野と南カリフォルニア大学の数人の学生に頼った。例えば彼は、アメリカの造船所の労働者の大部分が、アフリカ系アメリカ人であることを知っていた。これらの労働者は、日本人を支援することを受け入れるかもしれないし、場合によっては妨害工作員になるかもしれない、と考えた。立花にはプロパガンダのための予算もあり、それを使って、高野と2人の学生に記事をまとめさせた。日本は白人の支配からアジアを解放するために取り組んでいる、という内容のものである。その後、立花はそれらの記事をアフリカ系アメリカ人が読む新聞に掲載するよう働きかけた。そして、これらの新聞の発行者と話し合い、読者の反応を見て、アフリカ系アメリカ人コミュニティからエージェントを採用することが可能かどうかを判断しようとした。

＊

ハワイ・真珠湾の米海軍基地は、この頃から日本人の意識の前面に現れ始めた。この基地はいささか僻地にあったが、1940年、ルーズベルト大統領は、太平洋艦隊の母港をカリフォルニアから真珠湾に移すよう命じた。合衆国は日本に対して強靭さを示す必要がある、という判断である。目下、アメリカ艦隊はフィリピン、またはオランダ領東インドに接近しており、日本軍が攻撃する可能性があると思われた。

米艦隊を真珠湾に移動させることが、日本に対する威嚇になるという思惑のものであったのなら、それは逆効果だった。立花や、最終的に攻撃の指揮を執った山本五十六〔当時、連合艦隊司令長官。大将〕のような、日本海軍の攻撃的な将校たちにとって、米艦隊の真珠湾への移動は、むしろ好機であった。ハーストやザカライアスのような人たちの頭の中にいかなる妄想が飛び交おうとも、日本海軍が横須賀から約8000キロメートル以上も離れたロサンゼルスを奇襲攻撃することは、ほぼ不可能だったろう。ところがここで突然、目標は半分強の距離に近付いた。攻撃ルートも、船舶の交通量が少ない北方の凍てつく海域を通ることで、アメリカ側に発見されない可能性が高くなった。つまり、奇襲攻撃が可能になった、ということだ。

立花もまた、米艦隊が真珠湾に移動すると聞いた時、脅威というより、むしろ怒りを感じた。その瞬間まで彼は、最重要なアメリカ海軍の根拠地を監視する日本のエージェントのトップであったが、今やハワイにいるエージェントの方が、彼よりも重要な仕事に就くのだ。彼はハワイを無視するよう命ぜられたが、その命令に従うつもりはなかった。もし攻撃がハワイで行われるのであれば、彼はその地に関して魔法のごときスパイ活動の妙技を発揮し、上官に感銘を与えるしかあるまい。立花はまた、開戦後もロサンゼルスとメキシコのスパイ活動ネットワークを完全に確保する必要があった。この役割は現在、フレデリック・ラトランドが担っている。立花はラトランドに会い、彼が信頼できるかどうかを評価する必要があった。メモのやりとりを交わした後、立花はラトランド邸に立ち寄る手配をした。高級売春宿であるリー・フランシスを通り過ぎた直後、右折する必要があることに気付き、サンセット大通りに向かった。ＦＢＩが監視している可能性があるラトランドの自宅で会う行為は明らかにリスクが高いが、それでも立花はそこへ行った。彼はリスクなど気にしていなかったし、ラトランドの家が噂通りに豪華かどうかを確認する必要もあったのだ。

立花は、どんどん狭くなっていく風の強い道を進み、ウォーブラー・ウェイまで行った。ラトランドの巨大な邸宅の前に駐車した彼は、仰天した。彼が聞いていたよりもさらに大きくて、豪華だった。そこが正しい場所であることを再確認するために立ち止まり、ラトランドの車のナンバープレートが、彼の知っているものと一致していることに気付いた。ドアベルを鳴らすと、執事がドアを開けた。立花は邸宅の豪華さに驚嘆しながら静かに息を呑み、「日本飛行機株式会社から来ました」と呟いた。あらかじめ決めておいた合言葉である。執事は彼を中に入れた。アメリカの家は通常、日本によくある小さな木造家屋よりもずっと大きいものだが、それにしても彼は、このような豪邸を見たこともなく、夢に見たことすらなかった。明らかな疑問が湧いた。日本海軍は、この男にいくら払ってきたのだろう――。

ラトランドが階下に来て、立花をリビングルームに案内した。執事が英国式の紅茶を持ってきて、2人は会談を始めた。ラトランドが最優先したい議題は、開戦後の通信ネットワークについてだった。現在の計画では、ラトランドはアメリカで情報を入手し、メキシコで現地のエージェントに届ける、というものだった。しかしラトランドは、アメリカ海軍のザカライアスと通じていたので、マリブ近くの海岸に日本の潜水艦を呼び寄せて信号を送る、という自身が思い付いた案を披露した。確かにこのアイデアは大胆で、一刻を争う問題に適しているため、立花も検討することに同意した。彼は自分の考えを確認するために、マリブへの旅行を計画した。

しかし結局、立花は懸念を抱いてこの会談を終えた。戦時中に、このラトランドに依存するという考えは、いかがなものだろうか。ラトランドはメキシコ側との調整について立花を催促したが、(後にFBIが入手した書簡によると)立花は自分の要請を無視している、と不満を漏らしていた。さらにラトランドは、立花は本質的に無謀、あるいは少なくとも、態度があまりにカジュアルすぎる、と不信感を抱いた。立花としては、その評価に異論はないだろうが、彼に関する限り、今や使命の完遂は、どんな配慮よりも優先すべきであった。

ラトランドは、ザカライアスの不平不満を聞いていた。ＦＢＩは日本に関してあまりにも無関心である、だからラトランドはＦＢＩから捜査されないだろう、という立花の意見は間違っていないようだ。しかしそれでも、立花のように無鉄砲にチャンスに飛び付くような真似はしたくない、とラトランドは思った。

＊

南カリフォルニア大学の中澤教授は、西海岸の他のカレッジや大学にある日本人学生のクラブとも立花を結びつけた。立花は、フィルムや手紙を運ぶ、といった小さな仕事をするために、他の大学で数人の学生（通常は男性）を雇った。しかし時には、その学生が女性であることもあり、彼は時として、日本人学生たちの様子を観察し、道徳的な指導をすることまで頼まれた。海軍のある元上官が、オークランドのミルズ大学にいるスガワラ・テルコについて手紙を書いてきた。テルコはその元上官の娘なのだが、学生ラウンジでタバコを吸い、アメリカ人の男子学生たちと遊んでいたそうだ。元上官は立花に、テルコの指導を依頼した。立花はこれを好機と思って同意し、テルコに手紙を送った。自己紹介をすると共に、サンフランシスコ地域を訪問する意向だ、という内容である。彼はサンフランシスコ湾のアラメダ島にある米海軍基地を一度も見たことがなく、状況を大まかに知りたかった。若い女性を一緒に連れていれば、恰好の隠れ蓑になるだろう。彼らは、たまたま基地の近くの水辺でピクニックをする恋人同士のように見えるに違いない――。

しかし彼女と会った立花は、自分がこの女子学生に道徳的な指導をするなど滑稽だ、と思った。彼は自分の感情をぎこちなく押さえ付け、それに抗おうと全力を尽くした。紳士的な礼儀正しさからではなく、彼の本能はもっと利己的だった。彼はただ、自分以外の人のことを考えたくない自己中心的な男だった。しかし、テルコに会ってからは、彼女のことを考えずにはいられなくなってしまった。

彼は彼女に一目惚れし、彼女が一生、自分の頭の中に住み続けるだろう、と悟った。

立花とテルコは、一緒に過ごす一日を計画した。テルコは弁当を用意し、立花は車でアラメダまで行った。立花は、サンフランシスコとオークランドを結ぶ新設のベイブリッジを眺めながら、親や日本社会の制約から離れ、アメリカで自由を感じているというテルコの話を聞いた。立花は、ティファナのモリーノ・ロホやリー・フランシスといった売春宿での武勇伝はもちろんのこと、幼少期のこと、アメリカとメキシコを旅した冒険譚などを彼女に語った。彼の話のどこにも、彼の知人のほとんど（実際、立花には友人がいなかった）が彼に感じる傲慢さのかけらもなかった。自分には気配りがあり、存在感があるようにふるまった。テルコの話に興味を持ち、物心ついたときから初めて、他人に好かれようと熱心になった。彼は決して楽しい人物とは思われていないが、必要に応じて魅力的になることもできた。母語である日本語で自由に話せるなら、自分の本心を示すのも容易だ、とつくづく思った。日本語なら、あらゆる感情を、よりうまく表現できるが、英語では、あるいは少なくとも彼の習熟度では、決してできないことだ。押し付けられた外国語では、同意か怒りしか表現できないように感じていた。「喜び」のような複雑な感情、「感謝」のような実際的な感情は、彼の英語の語学力を超えていた。人々とつながる能力に限界がある、と実感していたのである。おそらくこれが、フィッシュ・ハーバーをよく訪れたくなった理由かもしれない、俺は自分よりも英語の語彙が少ない一世たちと日本語で話すのが楽しかったのかもしれないな、と立花は思った。

昼食を終えた後、彼はテルコを車に乗せ、アラメダ海軍基地の周辺に行った。表向きはアメリカ海軍の艦隊を彼女に案内するためだったが、彼は実際には、艦隊の集合地点や新しい艦船、あるいは操作する水兵たちの動きを探っていた。あまりにも露骨にならないよう警戒しながらも、つい帝国海軍軍人としての矜持を誇示せずにはいられず、アメリカ艦隊は「強そうに見えるが、水兵たちは怠惰で訓練も不十分、戦意も低いな」とテルコに語った。さらに彼は、アメリカはオープンな国なので、海軍基地の周りを車で回るのも簡単なのだが、これには驚いてしまうよ、と付け加えた。これは彼には理解できないことだった。彼はまた、アメリカ人が自分たちの自由さを理解していないことも批判した。彼らは――国民として、一つの帝国主義国家として――やりたいことは何でもできるが、それに伴う力について、まったく理解していない。彼は、アメリカの支配力が擡頭しつつあることに憤慨していたが、それ以上に、彼らの集団的な無知、なんでもやりたい放題にしていながら、それをろくに理解していない点にもっと憤慨していた。

立花は、自分がちょっと粋がっていることを知っていた。これによって、第一印象よりもはるかに多くのものが自分にはある、とテルコに何らかの形で印象づけることができれば、と内心で期待していた。彼は海軍士官であり紳士であったが、同時に陰謀家であり、そしておそらくは危険な男でもあり、要するに、彼女の愛情を受けるに値する男だった。この時点まで、彼はアメリカを徐々に打倒することばかりに夢中になっていた。しかしテルコの隣に座った立花は、全力を尽くして、一挙に敵を倒すべきだ、と決意した。

「一言で言うならね」と彼はテルコに言った。「あの軍艦をみんな、太平洋の底に沈めてやるさ」

その後、立花とテルコはベイブリッジを渡って、サンフランシスコの日本人街に向かい、美味しい日本料理と飲み物を楽しんだ。立花は、父親から「娘の面倒を見て、道徳を教えてやってほしい」と頼まれていた。そこで、彼女をホテルの部屋に連れて行ったのである。

第23章　チャップリンへの脅迫

1937〜41年

高野虎市は、ハリウッドで成功して大金持ちになった移民のように見えた。チャップリンに解雇された後、彼には時間ができた。その時間を使ってスピードを出せる車に乗り、仕立てのいいスーツを着て、ハリウッドの高級レストランで食事を楽しんだ。彼になかったのは、この生活水準を維持するのに必要な現金収入である。

チャップリンの使用人を辞めた後、彼が最初に就いたのは映画会社ユナイテッド・アーティストの仕事で、日本に配給する作品の販売担当だったが、1年も経たずに辞めてしまった。こんなことに長時間を費やし、地球の裏側の大して影響力のない連中と交流するなどつまらないと感じた。何しろ本物の興奮は、ロサンゼルスで起こっているのだから。ハリウッドに残り、楽に大金を稼ぐこと、それが彼の望みだった。

次の動きを計画していると、簡単で儲かりそうな話が飛び込んできた。ゲリス・フォン・ウルムという女性が、大胆な提案を彼に持ちかけたのだ。裕福な家庭の娘、フォン・ウルムは、2匹のスコテイッシュ・テリアとともにウェストウッドで優雅な生活を送っていた。だが、これまで彼女が書いた映画脚本はすべて失敗に終わっていた。そこで「チャップリンの暴露本という新たなプロジェクトに目を向けたのよ」と彼女は高野に言った。映画界の大御所だったプロデューサー、トーマス・インスの不審死事件を受けて、高野が迅速にチャップリンをウィリアム・ランドルフ・ハーストの船から秘密裏に降ろし、雲隠れさせた、という噂が広まっていた。フォン・ウルムは、ほぼ20年間もチャップリンの下で働いてきた高野なら、他にもいろいろな秘密を知っているだろうから、ベストセラーになるのは間違いない、と睨んでいた。

高野は喜んでプロジェクトに参加し、主要情報源として、この本の収益の50パーセントを要求した。フォン・ウルムと高野は長時間かけて作業を行ったが、彼女の期待を裏切らない仕上がりになった。特に高野は、チャップリンの数々の恋愛事情についてフォン・ウルムに語った。おそらく最もスキャンダラスだったのは、チャップリンと女優マリオン・デイヴィスとの情事だろう。彼女はハーストの愛人で、本人もスターだった。さらに刺激的なのは、チャップリンがハーストの船上でデイヴィスと関係を持ち、そこでインスが謎の死を遂げた、という一件だった。

この本の当初の狙いは、あくまでもチャップリンに関する暴露本だった。冒頭で「高野はチャップリンが約束を守らず、義務を回避し、女性に対して冷酷で、卑怯な生き方をしていることを、長年、ずっと見てきた」と書き、チャップリンの生活の内情を赤裸々に記したのである。当然のことだが、高野と衝突したチャップリンの新しい妻、ポーレット・ゴダードもこの内容を読んで不快感を示し、「ブドワール（寝室）を通らないと、スターダムへの道は開けないのね。それを疑いなく示したものだわ」と述べた。しかしこれは、新聞王ハーストの多くの悪行を暴露するものでもあった。本書はハーストを「巨大な力を誤ったやり方で行使し、〔攻撃対象を〕弱体化させ、破壊する、胴長で頭が灰色の白い蜘蛛」と呼んでいる。

もし高野とフォン・ウルムがもう少しよく考えたなら、アメリカ合衆国で最も力のある人物を１人だけでなく、２人も同時に敵に回すことが、どれほど大きなリスクを伴うか、悟ったことだろう。チャップリンは冷酷な人物かもしれないが、メディアを恐れていた。だが、ハーストはメディアの多くを自ら所有しており、もっと危険な敵だった。

ウィリアム・モロー・アンド・カンパニー〔アメリカの出版社〕は『悲劇王チャールズ・チャップリン（Charles Chaplin:King of Tragedy）』というタイトルをつけ、激しい暴露本としてフォン・ウルムの本を出版することにした。実に皮肉な展開だった。チャップリンは私生活の内情を秘密にするために、英語が不得意な日本人の使用人を雇っていた。彼の周辺には、流暢な英語を話せる日本人スタッフは高野しかいなかった。ところが、その高野がチャップリンの悪行の数々を暴露し、裏切ろうとしているのだ。

高野は素晴らしい取引のように思ったので、この契約書にサインしたが、最終的にはもっと多くの金が欲しくなり、さらに熟考した。契約の再交渉を試みたところ、これがフォン・ウルムを激怒させた。彼女はエージェントを通じて、進行中の日中戦争を引き合いに出し、「中国人が日本を徹底的に打ち負かしてくれることを願っています」と書いた。

しかし高野は平静を保ち、最高の経済的利益を確保する方法を見つけようと努めた。フォン・ウルムからより多くの取り分をせしめるか、さもなければ、チャップリンかハーストにこの本の内容をほのめかし、闇に葬ってほしいなら金を出せ、と脅迫する手もある。こうして彼は、チャップリンに金銭的な解決を申し出てみた。

チャップリンもハーストも、こんなものには瞬きすらしなかった。実際、２人とも激怒し、出版を止めようと介入した。彼らの影響力は絶大で、すぐにある結果を招いた。１９３７年10月、フォン・ウルムはエージェントに宛てた手紙の中で、何者かが彼女を脅迫しており、命が狙われている、と書いた。

ある夜、車をガレージに入れるのが面倒だと思って、路上に駐車しました。翌朝、私は気分が良かったので、いつも通り、時速40マイル〔約64キロメートル〕で走りました。すると「バン!」と左後輪のタイヤがパンクしました。私の車――大型のスチュードベーカーですが――は傾き、電柱にぶつかりそうになりましたが、なんとかなりました。ハンドルをちょっと操作し、ブレーキを踏んだので、なんとかなりました。〔片側の〕二輪でバランスをとり、道路を横切って路肩に降りてから、車を出てタイヤを見てみると、ナイフではっきりと一部が取り除かれており、インナーチューブに、石を踏めばすぐにパンクするような仕掛けがされていました。その直後に、横柄な口調の電話がかかってきました。もし私が「本を出版したら、生きてその本を楽しむことはできないぞ」というものです。私は恐怖よりも怒りを感じました。私は電話をかけてきたヤツに言ってやりましたよ。「死んでしまえ」ってね。

法的な揺さぶり、物理的な脅しは、てきめんに効果を発揮した。1937年12月、高野はフォン・ウルムに契約破棄を通告し、彼女に宛てた手紙の中で次のように述べた。それによると彼は「殺害の脅迫を受け、実際の暴力と凶行、そして実際の身体的傷害が私に加えられました。それはあなたの自宅で、あなたの面前で、あなたから命令を受け、あなたに援助され教唆された2人の男によって実施されたものです」。この書簡は、彼の弁護団が書いた可能性が高いが、高野は事前の合意により、外国での権利売却分として保証されていた1万3500ドルの支払いを受ける、という文書に署名した。

この後、高野は地方検察庁に直接赴き、フォン・ウルムを「重大な身体的危害を与える意図を持った暴行」の容疑で告発した。地方検事ブロン・フィッツは告訴を見送ったが、1週間以内に検察の主任捜査官を派遣し、フォン・ウルムの家の家宅捜索を実施させた。それはおそらくチャップリンかハーストの弁護士が、検事に吹き込んだ情報によるものである。そして、噂の名誉毀損にあたる原稿が見つかった。
カレンダーが1938年に変わる前に、版元のウィリアム・モロー社は、すでに社内にある原稿のコピーをすべて破棄していた。編集者チャールズ・デュエルは、フォン・ウルムのエージェントや、世界中の外国版の権利エージェント会社に対し、コピーの返却を要求していた。1938年1月24日、モロー社が所持していた「写真画像、および原稿やその他の文書のコピー」が回収された、とフィッツ検事に報告された。検事は、ロサンゼルス郡地方検察庁の公式なレターヘッド付き用紙に書簡をしたため、確認した旨を返信した。翌日、編集者デュエルはフォン・ウルムに手紙を送り、本の出版中止を通知した。「あなたの本の出版計画が、あまりにも不満足な結果にならざるを得なかったことを、遺憾に思います」

ハーストの悪行を決定的に暴露するのは、2年後にオーソン・ウェルズが公開した映画『市民ケーン（Citizen Kane）』となる。つまり、書籍ではなく映画として、白日にさらされたのだ。しかしその『市民ケーン』も、ハーストの実名を出さなかった。

＊

高野にとっても満足のいかない結論に達した。チャップリンとの絆を自分で絶ってしまった彼は、自らの軽率な行動の結果に翻弄されていた。彼はもはや、チャップリンに助けを求めることはできない。実際、彼は自分でかつての主人を敵にしたうえ、さらに悲惨なことに、ウィリアム・ランドルフ・ハーストまで敵に回してしまったのだ。

そんな高野にとって、この2人の宿敵と戦うことに比べれば、大日本帝国の仕事をする、というのは大して危ない橋とも言えなかった。生活の安定と新たな収入源を求めて、高野はロサンゼルスの日本総領事館での仕事を増やすことを余儀なくされた。その頃、立花止中佐が新たなスパイ網のために資金を用意し、最大限に活用する準備を整えており、高野はそこに関わるようになった。立花も日本の上層部も、他の海軍のスパイと比べて、日本語はもちろん英語に堪能で、コネを活用できる高野は得難い人材だと思った。ロサンゼルスでアメリカ人エージェントを雇用し、運営を手伝うことができるのは彼をおいてほかになく、その後の3年間で、高野は立花とさらに深く関わるようになった。

1940年の秋、トレジャー・アイランドで開催されたサンフランシスコ万国博覧会で、高野はボードヴィリアン俳優のアル・ブレイクと会った。チャップリンが1918年に公開した映画『担へ銃』のセットで出会って以来である。それは第一次世界大戦の戦場を舞台にした喜劇で、ブレイクの出演はわずか1場面だが、そのシーンは非常に印象的だ。アメリカ兵役のチャップリンが2段ベッドの下段にいる。そこは水に浸かっているが、ブレイクが寝ている上段は乾いている。チャップリンは、蓄音機のホーンを使って息をしながら、水に潜って寝台に横たわる。チャップリンのふざけた行動をよそに、上段のブレイクは濡れることなく、無表情のまま身動きもしない。

高野はこの撮影の合間に、濡れたチャップリンの体を乾かす仕事をしたため、ブレイクとも一日のほとんどを一緒に過ごした。ブレイクには驚くべきカリスマ性があったが、それは必ずしも彼の性格や知性に基づくものではなく、体のあらゆる随意筋と不随意筋を自在に制御できる、という能力によるものだった。これにより、彼はロボットのような役柄、つまりハリウッドの黄金時代に機械人間(mechanical man)と呼ばれていた役を多く演じ、奇妙にして立派なキャリアを築くことができたのである。

ブレイクの異名は「ロボットの王様キーノ」で、ライブでもよく人形に扮した。エスクァイア誌の記事にはこうある。「ホワイトタイに燕尾服姿のアルは、顔にワックスのような化粧をし、自分とまったく同じ服を着たダミー人形と一緒に並ぶ。そうやって、デパートのショーウィンドーに1時間も立つのだ。この日のテーマは、ウィンドーの前でママと一緒に立つウィリー坊やが、どちらがアルで、どちらが人形かを当てる、というものだった。ブレイクは、筋肉と神経を驚くほど見事にコントロールし、両者を区別するのは決して簡単なことではない。彼は間違いなく1時間もの間、一度も瞬きをしないのだ」

初めて会ってから20年以上も経って、ブレイクと高野はトレジャー・アイランドで再会した。ブレイクは万国博覧会で「気さくな写真家とモデルのスタジオ」なる展示会を運営していた。看板には「誕生日の服〔birthday suits：生まれた時のままの裸〕姿の金髪、ブルネット、赤毛がステージいっぱいに登場」と謳われていた。4分の1ドル、つまり25セントを払った客は、裸の女性を眺めて楽しむことができる、ということである。

博覧会終了後の数か月間、高野とブレイクは定期的にハリウッドや、その周辺のレストランで一緒に食事をした。ブレイクは初め、高野と近付き、業界に関する最新のゴシップを聞くのを楽しんでいたが、そのうち、高野には何か狙いがあるのではないか、と疑り出した。やがて、高野は日本軍のスパイなのではと思った。それというのも、妙に高野の金回りがいいのだ。彼は常に金を持っており、雇用状況としては明らかに不安定な立場であるにもかかわらず、2台の特注車でハリウッドを走り回っていた。

やがてブレイクの疑惑は確信となった。高野はヤマト氏という人物に彼を引き合わせたのだが、それは偽名を名乗る立花だった。ブレイクが瞬きをする間もなく、立花は彼に、合衆国海軍にコネはあるかと尋ねた。通常の状況でもむやみに聞くようなことではなく、まして日米間の緊張がこれほど不安定な時期には、なおさら避けるべき質問である。だが、立花はこともなげだった。「私たちは、トレジャー・アイランドでの展示が閉まって以来、あなたが……」。立花は上着からメモを取り出しながら、ブレイクに言った。

「定職に就いておられないことを知っています。私たちはまた、あなたが紳士として、その、アメリカでよく言うではありませんか、手っ取り早いお金（a quick dollar）と。そういうものに抵抗がない方だと思っております。そこで、最も魅力的なご提案をさせていただきます。私たちにとって、お金は問題ではないのです」

それでブレイクは、真珠湾に停泊している太平洋艦隊の旗艦、ＵＳＳペンシルベニアでヨーマン〔yeoman は庶務係下士官〕を務めている友人、ジミー・キャンベルについて話した。だが、ブレイクがキャンベルについて話したことは、真っ赤な嘘だった。そのような男は実在しない。立花や高野との会話の後、すぐにブレイクは海軍情報局（ＯＮＩ）にこの件を報告した。

翌朝、ＯＮＩはブレイクを対スパイ要員として採用した。これは民間人にはめったに割り当てられる役割ではないが、立花と同様、アメリカ海軍もこの緊急性の高まる局面で、重大なプレッシャーを感じていた。立花はブレイクに対し、ハワイに行くよう指示したので、ＯＮＩはこれに従うように命じた。真珠湾の戦艦ペンシルベニアに行けば、「ジミー・キャンベル」がいるわけだが、それはもちろん、でっち上げられた身分証明書と勤務カードを持った諜報員である。

立花と高野がブレイクのホノルル行きの手配をしている間、他の日本のスパイがブレイクを常に監視していた。同時に、ＯＮＩのエージェントもブレイクの行動を追跡していた。高野と立花について、彼らが考えていたことは、すべて記録された。ブレイクは、日本側の工作員が常に自分を監視していることを承知のうえで、サンフランシスコから客船プレジデント・ガーフィールド号に乗った。ホノルルのホテルにチェックインすると、椅子のクッションに象形文字を書いたオブジェが埋め込まれていた。策略を続けるべく、彼はＵＳＳペンシルベニアに電話し、ジミー・キャンベルに扮する米海軍の情報将校とつながった。

諜報員がブレイクの部屋に到着した。一挙手一投足を監視している日本の工作員たちは、すべてを象形文字のマイクから聞いている。それを意識しながら、２人は熟練俳優そこのけの名演技を続けた。

彼らのパフォーマンスは効果的だった。ブレイクは「キャンベル」に尋ねた。「よう、海軍生活は楽しいかね」。するとキャンベルは、任期が終わるまで待ちきれないよ、と答えた。「なら、こいつはどうだ」とブレイクは言った。「現ナマ、それもでかい現ナマの儲け口があるぜ」。彼がキャンベルに語ったのは、要するに、真珠湾における海軍の作戦方針と能力について、情報を収集したい、という意味合いである。

「アル。ネタが欲しいというヤツは誰だ？　ジャップか？」とキャンベルは尋ねた。

「そうとも。価格はお前の言い値でいい」

「海軍はとにかく俺をコケにしてきやがったからな。だから、俺はただでヤツらにくれてやってもいい、と思っているぜ」とキャンベルは言った。

この演技を成功させるために、彼らは聞いている日本人を意識し、一連の会話を、自然な口語として聞こえるように演出した。最後にキャンベルは、日本軍は何を探しているのか、と言った。具体的にペンシルベニアの艦内で彼らが探しているもの、海軍の最新の暗号書はどこで入手できるのかを正確に伝え、実際に手に入れてやる、と伝えた。会話の流れは慎重に練られたものだった。日本人に演技であることを悟られないよう、検証可能な情報を十分に盛り込むのだ。一方で、日本人に絶対に知られたくない情報は、決して漏らさない。

キャンベルがホテルの部屋を出ると、ドアの下に封筒が挟まれた。中には１０００ドルの紙幣が入っていて、「あなたはよく頑張っていますね」と書かれていた。さらに「これを頭金として、あなたの友人に渡してください」とあった。その後、立花はさらに詳しい情報を求めた。今度は上層部の指揮系統に関する情報が欲しい――。ＯＮＩと協力するブレイクは、このままよけいな動きを見せず、日本人の言いなりになることにした。立花は当然、ブレイクがアメリカ側の対スパイ活動に参加しているかもしれないと疑っているはずで、アメリカ側もそれを理解していた。彼らの策略は功を奏し、立花はハワイにいる間、ずっとブレイクに情報を求め続けた。

ブレイクが本土に戻ると、ＯＮＩ管区情報部長補佐のリングルは、ＦＢＩのリチャード・フッド特別捜査官に電話した。立花を逮捕してもらいたい、という依頼だ。フッドは事件の概要をＦＢＩ本部に送った。

フッドは副長官のタムに電話をした。タムは、フッドが何を考えているのか端的に尋ねた。「ディック〔リチャードの愛称〕」と彼は言った。「この人物を逮捕できるなら、これほど嬉しいことはない。しかし問題は、君が立件したいかどうかだ」

フッドは答えた。「事件化するには、まだ弱いと思います。このブレイクという男に直接、会ってみるべきでしょう。彼はありていに言って、食い詰めた元水兵の二流俳優に過ぎません。説得力のある証人とは言えんでしょうね」

タムもフッドの考えに同調し、「まともな弁護人であれば、これは罠だと言って、全面的に非難するだろう。そして君も言うように、審理でのブレイクの信頼性は、確かに低いだろうな」。さらに彼は続けた。

「ここでは国務省が、我々の動きを全面的に監視している。相当にとんでもない話ではあるが、本件については、もっと良い証拠がなければ、何もできないだろう」

「承知しました、副長官」とフッドは言った。

「私たちはすでに捜査ファイルを作っております。監視を続け、より良い証拠を見つけるよう努めます」

「素晴らしい」とタムは答えた。「もう一つ、ぜひ君にやってもらいたいことがある。この件に関し、ＯＮＩからさらに権限を取り戻すのだ。ＯＮＩ局長がまたもや交代してしまって、連中の反応がさらに鈍くなっているのは知っているだろう。ＯＮＩのザカライアスのオフィスから、容疑者リストを含む関連ファイルのコピーを入手してくれないか？　そうすれば、いざというときに適切な訴追を準備できるだろう」

ロサンゼルスに戻ったアル・ブレイクもまた、立花に電話をかけた。報告かたがた、さらに現金を手に入れようとしたのだ。だが、立花は出なかった。彼は旅行に出ていた。

＊

土曜日の夜、サンフランシスコのユニオン・スクエアにあるセント・フランシス・ホテルのグリル・ルームは、ほぼ白人の客だけで満席だった。静かなピアノ曲が演奏されていた時、突然、テーブルの一つから大きな声が響いた。女性の声だ。夕食を共にしている相手に対して、日本語で怒鳴っているようだった。

テルコは激怒していた。彼女は、立花がセックスのために自分を利用していただけだと思っていた。こんな扱いを受けたことに対し、高価なディナーの代金を支払う程度では、償いにならない。他の客たちは、好奇心と興味半分で、彼女がホテルから飛び出すのを見ていた。テルコはタクシーを拾い、オークランドに帰った。立花は現金をテーブルに投げ、慌てて彼女を追いかけたが、追いつくことはできなかった。

タクシーが走り去る中、立花はテルコに捨てられたことを悟った。翌日、立花はロサンゼルスに戻った。この街にはやるべき仕事があった。それに、追いかけるべき女性にも事欠かないのだ。

第24章 ついにFBIが動く

1940年秋

2人の男性が、ハリウッドのシカモア・アベニューをぶらぶらと歩きながら、ブリティッシュ・ユナイテッド・サービス・クラブ（BUSC）に向かっていた。毎年恒例のトラファルガー・デー〔英国の記念日で、1805年10月21日のトラファルガーの海戦の勝利を祝う〕のディナーに参加するためだ。一人は凜々しいタキシードをバリっと着こなしている。執事や貴族の役で知られるイギリスの映画俳優、アラン・モウブレイだ。

もう一人の男はアメリカ人で、モウブレイよりもずっとよれよれの服装だった。モウブレイはこの人物を、友人の脚本家だ、と他の客に紹介したが、実はこの男はFBI捜査官エディ・コクランだった。夕食の席で、モウブレイはコクランをBUSCの仲間たちに紹介することになっていた。戦闘機パイロットをテーマにした新作映画について、アドバイスを求める、というのが建前である。

コクランは、成功を収めたワーナー・ブラザーズの映画『暁の偵察（The Dawn Patrol）』の続編を計画している、と話した。この映画は第一次世界大戦のイギリス軍の戦闘機パイロットを描いた作品で、エロール・フリン、ベイジル・ラスボーン、デヴィッド・ニーヴンなど、キャストはすべてイギリス人俳優だった。この話題を持ち出せば、コクランがラトランドと自然に親しくなり、会話に引き込むのも容易だろう、という算段で、ラトランドの話を聞いてから、ヨーロッパでの戦争や、日本の状況に話題を変えていくのである。

モウブレイとコクランはクラブに入り、他の人に挨拶した。コクランはラトランドが入ってくるのを見た。ファイルに書いてある通りだ、と思った。ラトランドは大柄な男ではないが、人々の目を引き寄せるパワーを持っていた。他の客たちが心から歓迎する間、コクランはずっと彼を見ていた。四角い顎、青緑色の鋭い目が、部屋の反対側からでも目立っていた。

パーティーでの会話は冗談交じりで、ごくフレンドリーだった。日本の話題が出たが、ラトランドは「日本のことは心配無用です」と言った。日本海軍と働いた長年の経験から考えるに、「日本人は非常に良識的なので、合衆国と戦争をすることなどありませんよ」というのが彼の結論だった。

＊

ラトランドに関してFBIが報告書を出し、捜査に乗り出してから、ほぼ1年が経過していた。それ以前、海軍情報局（ONI）管区情報部のエリス・ザカライアスがFBI長官J・エドガー・フーバーに電報を送り、ラトランドはONIの活動要員であるから、FBIは監視をしないようにと要請していた。その結果、FBIはラトランドを放置していたのだった。

しかし、その夏から秋にかけて、FBIは実業家ノーマン・グローヴァーや、BUSCの他の人々から新たな報告を受けた。以後も情報はますます増え、問題を後押しした。ザカライアスは、ラトランドは貴重なONIの情報提供者であり、話し合いの機会が得られるまでは手出ししないでほしいと、フーバーにさらなる電報を送った。これに激怒したFBI副長官のエドワード・タムがザカライアスに電話し、無理筋な運試しはやめたらどうか、と言った。これにザカライアスは折れ、しぶしぶFB

Ｉがラトランドの捜査を進めることを承認した。

ＦＢＩとＯＮＩの関係は、概して不安定だった。ＯＮＩがそれまで日本のスパイ活動に関しほとんど独自の行動ができた唯一の理由は、ＦＢＩには別の優先事項があったからで、それはザカライアスも会う人ごとに強調してきた。だが、さまざまな政治的圧力と世界情勢の変化により、ＦＢＩは今や、覚醒しつつあった。ＦＢＩは今後、日本のスパイ活動を厳しく取り締まることになる。フーバーはルーズベルト政権内で、米国内の対諜報活動を正式に担当する権限を認められていた。

一方のＯＮＩはそもそも、ワシントンで強力な政治力を持つ組織ではない。１９３０年代の局長の在任期間は平均2年未満であり、海軍部内においても情報部門はあまり尊重されておらず、それは日本海軍でも似たような状況だった。これについて、１９４1年に半年間、ＯＮＩ局長を務めたアラン・カーク大佐が、我々は海軍の仲間たちから「縞模様のズボンを穿いたクッキー・プッシャー（stripedpants, cookie pushers：海外でパーティーを開くばかりで、大した仕事もしていない連中）」〔名門大学のスクールカラーのズボンを穿き、お客にクッキーを勧めるしか能がない外交官、という言い回し〕と見なされていると述べている。

しかしザカライアスにとって、ＦＢＩとの確執は個人的なものでもあった。彼は約10年前にワシントンでフーバーの執務室から追い出されて以来、ＦＢＩを恨んでいた。それ以来、ＦＢＩとのやり取りは常に困難を極めた。彼は、日本軍から合衆国を守るという重要な自分の使命を、ＦＢＩが邪魔だてしていると感じており、いらだちを抑えることができなかったし、抑える気もなかった。そんなザカライアスのＦＢＩに対する態度について、タム副長官も、ロサンゼルス支局長のフッドも、誰もが不満を持っていた。

ザカライアスは自分の手で問題を解決しようとしていた。ビスカイラズ郡保安官やブロン・フィッツ地方検事と協力し、戦時中に逮捕すべき容疑者のリストを共有していた。事実上、彼は本来ＦＢＩがすべき仕事をこなし、ＦＢＩは日本から合衆国を守ることに興味がないだけでなく、無能である、と周囲に吹聴までしていた。

そのうち、フッドにこんな噂が入ってきた。ザカライアスは周囲の人たちに、たとえＦＢＩが正しく問題に焦点を当てたとしても、基本的、かつ構造的に役に立たないだろう、と話しているらしい。彼によれば「日本はメキシコに破壊工作員や諜報員を派遣し、合衆国に敵対してきた」のである。そして、反語的に「この状況でＦＢＩに何ができるのだろうか？」と質問したそうだ。「たとえ彼らにやる気があったとして、国境を管理するだけの人員がいるかね？　沖合で操業している日本の漁船を監視できるのか？　メキシコで日本の飛行機を見つけたら、彼らは何かするのか？」。これらの質問に対する答えは、「ノー」である。ＦＢＩには大規模な破壊工作員と対峙するための人的資源がなく、海軍はおろか、ロサンゼルス警察ほどの人数も抱えていない。しかし、ＦＢＩ要員には外国の課報員に対する捜査権と逮捕権が与えられ、そのための高度な資格を備えているはずだった。そして、ザカライアスはスパイを逮捕するために、ＦＢＩの協力を必要としていたのである。

タムはザカライアスとの間に問題を抱えてきたが、ラトランドの件は、これを解決する好機となった。政治的な問題や、ＦＢＩに対する中傷のひどさに加え、今回はＦＢＩの側に言い分があった。ザカライアスは明らかに日本のエージェントと取引し、保護した、と言えるからである。まずタムは、上司のＦＢＩ長官フーバーに対し、ラトランドの本格捜査にゴーサインを出すよう要請した。

過去10年間の経緯があったので、ラトランドに対してだけでなく、ザカライアスに対しても行動を起こしましょう、とフーバーを説得するのはタムにとって難しいことではなかった。フーバーは週に1度、陸軍情報部長、及びＯＮＩ局長と情報交換会議を開いていた。その席でフーバーは、当時のＯＮＩの新局長、ウォルター・アンダーソン大佐に要請したのである。ザカライアスはチームプレーヤーではない。ＦＢＩによる日本人スパイの捜査を妨害しているので、現職から解任していただきたい――。

ザカライアスに関する議論は、アンダーソンから海軍長官フランク・ノックスへと持ち込まれた。アンダーソンとノックスは、以下の点で合意した。すなわち、確かにザカライアスは短気で敵を作りがちだが、それでもおそらく、アメリカ海軍で最高の情報部員であるだろう。日本との緊張が高まる中、彼のスキルが求められる可能性は今後も十分にある。

海軍としての解決策は、ザカライアスに別の重要任務を与え、諜報活動から外し、FBIからも遠ざけることであった。こうしてザカライアスは、重巡洋艦USSソルトレイクシティの艦長に任命された。同艦は真珠湾に停泊しているので、ハワイに移る必要がある。この異動により彼は、日本の次の動きを予測しようとする諜報活動に関し、意思決定から完全に排除された。だが皮肉なことに、地理的にはかえって日本に近付き、直接、敵の火線上に置かれる立場になってしまった。

ザカライアスはこれまでも、艦長を拝命することは喜んできた〔巡洋艦の艦長就任は、完全に栄転である〕。しかし、ハワイに派遣されることで、ザカライアスのキャリア的な野望は打ち砕かれた。彼がONI局長の椅子を狙っていたことは、周知の事実だった。

しかし、ザカライアスが現時点でONI局長にふさわしい人物でないことは、海軍にとって明らかであった。もちろん、彼は敵のことを誰よりもよく知っていた。しかしアメリカは今、ヨーロッパ及びアジアでの戦争が迫っている、と考えていた。ONIの目下の主な目標は、その官僚組織を拡大し、要員を確保することであり、スタッフはおそらく、これまでの3倍にも4倍にもなるだろう。ザカライアスに好意的な者たちでさえ、これからの大組織化に必要となる政治的、かつ日常的な管理において、ザカライアスこそ主演を務めるべき人物、とは主張し難いところだった。

FBIはこれを機に、ラトランドの監視を開始した。上層部からの新たな命令を受けて、担当する特別捜査官フッドとそのスタッフは、やる気をみなぎらせた。

フッドと助手のアーサー・コーネリアスは、まず郵便局長メアリー・ブリッグスに連絡して、ラトランド家に宛てられたすべての手紙を記録することから始めた。サンタモニカ7番街にあるアソシエーテッド・テレフォン社の大きなビルにエージェント2名を派遣し、通話記録を引き出した。ロッキード社の保安担当者ハンソンも、同社を巡るラトランドの不審な動きの詳細をFBI捜査官に報告し、別の情報筋は、ダグラス社の工場のすぐそばにラトランドのオフィスがあるのは不審ではないか、と言ってきた。

フッドが驚いたことに、傍受されたラトランドの通話と手紙には、まったく不審な点は見られなかった。まさにラトランドのような国際的なビジネスマンなら、当然のものばかりだ。ロッキード社、アメリカ海軍の諜報関係者、銀行家、米英やシンガポールの会計士などからの手紙や電話――。おそらく、かえって疑わしいと思われる唯一のことは、日本絡みの人物から来たものがまったくない、という点だ。このことからフッドは、ラトランドが慎重な手順を守り、なんでも手渡しで日本人と接触しているに違いない、と結論づけた。

10月12日、2人のFBI捜査官が、ウォーブラー・ウェイにあるラトランド邸で張り込みをするよう割り当てられた。しかし、狭い道は家のすぐ先の山で行き止まりになっていて、駐車スペースもなく、これではエージェントとしてもどうにもならない。丘の下のドヒニー・ドライブに車を置いておくしかないが、山から下る道は一本しかないので、ラトランドが家を出るときは、間違いなく張り込んでいる姿を見られてしまうと思われた。

自宅を監視していたエージェントは、その日は動きがなかった、と報告した。奇妙なことに、2日後、3日後、5日後でも同じだった。何も動きがない。ラトランドは一歩も家を出なかった。しかし、知られている限り、ラトランドは1か所にじっとしていられる人物ではない。捜査官たちは毎日、フッドに報告書を送ったが、内容は短いものだった。「対象者は家から出ていない」。フッドは誰かが――ひょっとして、ザカライアスだろうか？――FBIの監視について密告し、1か所に留まらせたに違いない、と考えて憂鬱になった。

ドロシー・ラトランドが家から出ていくのが観察された。彼女はサンタモニカでドッグショーを主催していた。そこで彼女は、これこそイギリスのために資金を集める自分の流儀で、新築の建物に「事務所経費として月間１００ドルも無駄にしている」よその英国戦争救援団体よりもはるかに優れていますわ、とある人に語った。その人物はＦＢＩに情報を提供したのだが、それによると彼女は、ウィルシャー大通りにあるデラックスなアンバサダー・ホテルに事務所を置く募金団体を当てこすり、組織のリーダー、アラン・モウブレイとノーマン・グローヴァーの名前を挙げて、彼らに対する不満をあからさまに示したそうである。

フッドは証拠を求めて、別の場所を部下に探させた。ウェスタンユニオン〔アメリカの通信会社〕は、ラトランド宛て、またはラトランドから発信されたあらゆる電報を傍受するよう命じられた。他のエージェントは郵便局を調べて、おそらく偽名で契約されている私書箱がないか確認した。ＦＢＩはバンク・オブ・アメリカ〔アメリカの大手銀行〕の調査員にも協力を依頼した。調査員はラトランド及びその別名についての情報を傘下の１００支店に拡散し、隠された資金の痕跡を探った。フッドはまた、ラトランドに非常に近しい立場にいる「１００番の機密情報提供者（Confidential Informant 100）」に協力を求めた。彼らの多くは、ラトランドが疑わしいことに気付いていたが、具体的な問題は発見できなかった。

*

一方、ワシントンの暗号解読室はこのところ、日本の通信暗号を解読するマジック（ＭＡＧＩＣ）計画で順調な技術的進歩を遂げていた。しかしその解読結果の配布先は、アメリカ政府の最高レベルに限定されていた。

日本ではこの時、国際連盟脱退の主役だった松岡洋右が外務大臣に就任していた。翌年1月30日の松岡の電報をマジックが傍受したが、それによると松岡は「米国が参戦した場合、我が国の諜報機関はメキシコに移される」ため、メキシコとの通信ネットワークを強化するよう、駐米武官に指示していた。さらに「日本人でもアメリカ人でもなく、開戦後でも容易に国境を越えることができる」工作員を使え、とも命じていた。その「日本人でもアメリカ人でもない」というのは、要するにラトランドを意味する。松岡はまた「共産主義者、黒人、労働組合員、反ユダヤ主義者」を使って活動する可能性も示唆した（だが彼はここで、先見の明をもって、特に日本人一世や二世を使わないように、と注意している。「もしこの段階で何らかの失態があれば、我が邦人は相当な迫害を受けることになるため、最大限の注意を払う必要がある」からだ）。

松岡は、ティファナを経由する通常の連絡経路では遮断されやすいことを認識していた。そのため大使館の連絡員は、はるか内陸の砂漠の街、メヒカリを経由する代替ルートを設定した。今でこそメヒカリは、冬レタスの生産が盛んな地域だが、当時はかなり辺鄙な地域だった。松岡は、メヒカリやバハ・カリフォルニアの砂漠を通る道路がどれほどひどい状況なのか、おそらく知らなかったのだろう。雨が降ると、それらは完全に通行できなくなり、理想的な通信ルートとはおよそ言えない代物である。

それでもFBI捜査官らは、ずっとメヒカリを監視し、最新情報を求め続けていた。現地の情報筋によると、ラトランド容疑者は非常に頻繁にメキシコに行くという。日本の諜報ルートと同じ経路をたどり、しょっちゅうメヒカリに滞在する。しかし、FBI捜査官は困惑していた。ラトランドは、メキシコで一体、何をしているのか。ラトランドがメヒカリに来る目的は、シエラクラブというボトル入り飲料会社に投資するためだ。この会社は、魅力的な陶器のボトルに入ったジンジャービールを製造している。シエラクラブ社はメヒカリに工場を開設することを検討しており、ラトランドがこれに絡み、アリゾナ州の農場を購入しようとしていることも判明した。そこは、メキシコ側を見下ろす丘の上にある。

フッドとタムは定期的に通話し、協議した。その中で出た結論は、ラトランドのメキシコでの行動は非常に疑わしく、彼が日本の要員であることはさらに明瞭になった、ということだった。しかし、それらはすべて、可能性としては非常に低いものながら、表面的にはもっともらしいカバーストーリー（名分）を持っていた。おそらく彼は、実際に金を持っているし、メキシコのボトル飲料業者に投資したいのだろうし、アリゾナでの農業にも興味があるのだろう。国務省からの指示はいつものように明確で、十分な証拠がなければ行動は起こすな、というものだった。

アメリカ人は、日本海軍がメキシコで何をしているのか、完全には分からなかった。これについてハーストの新聞は、いつも息を呑むような記事を掲載し、議会においても、架空の日本軍兵士、飛行機、潜水艦基地に関する演説まで行われた。ザカライアスは以前、バハ・カリフォルニアを偵察するために、現地に数隻のアメリカ海軍の駆逐艦を派遣したことがあった。その結論は、今では当たり前と思われるようなものになった。つまり、日本海軍は確かにメキシコに強力な諜報拠点を置いている。しかし、隠された潜水艦基地や航空機などは存在しない。それでも、メキシコにおける日本の破壊工作員チームは小規模とはいえ、合衆国に多くの問題を引き起こす可能性が想定されるため、ＯＮＩとしては、今後も調査を続ける必要がある――。

一方、ＭＩ５とＭＩ６のエージェントたち、特に日本担当のコートネイ・ヤングは、ラトランドがメキシコで何をしているのかを正確に知っていた。東京とロンドンの日本大使館の間で交わされる電報はすべて、彼らが傍受し解読していた。それを読んでいたイギリスの情報部員たちは、ラトランドと岡新との取り決めを知っていた。つまり、ラトランドはロサンゼルスで情報収集し、それをメキシコシティの日本大使館に届ける、ということだ。戦争の最中には、サンディエゴからティファナへの国境越えは困難になるだろうから、その間はビジネスを装い、メヒカリからメキシコに入国する手はずである。メヒカリからメキシコシティに行き、情報を日本大使館に伝え、その後、外交文書用郵袋で日本に発送するのである。

ＭＩ５がこうしたすべての情報を持ち、ラトランドを訴追するのに必要かつ十分な証拠があったにもかかわらず、ＦＢＩとこれを共有しなかったことが災いをもたらした。イギリスの情報機関は約20年にわたり、ラトランドを逮捕する理由を探してきたが、彼の極悪非道なスパイ活動の証拠は、すべてアメリカに関わるものだった。ＭＩ５としては、もしイギリスに対してスパイ活動を行っていることが判明していたら、ラトランドがイギリスに帰国している間に逮捕することも検討しただろう。しかし、彼らのファイルには、ラトランドがイギリスに対してスパイを行ったという証拠は何もなかったから、どう望んだところで、ラトランドの逮捕などできない相談なのだった。

フッドはワシントンのタムに報告書を提出し、ラトランドのいささか奇妙なメキシコ訪問について、捜査で判明したことを指摘した。内容は厳密な事実ばかりで、当時のＦＢＩファイルに個人的な意見は含まれていない。

タムとフッドは、より深い議論を必要とする、という状況認識で一致した。フッドは、助手の捜査官コーネリアスも交えて協議するべく、ワシントンに飛んだ。英国問題担当のＦＢＩ副長官、パーシー「サム」フォックスワースもニューヨークからやって来て、会議に参加した。

歓談の後、タムはラトランドの活動についてどう思うかと、フッドとコーネリアスに尋ねた。フッドは答えた。「彼が日本のエージェントだという点では、我々は皆、絶対間違いないと賭けてもいいですよ、副長官。でも証拠がないのです」

フォックスワースが言った。「君らの報告書を読んでいると、証拠は強力だが、状況的なものばかりである、というわけだね。ちなみに、ラトランドについては駐米英国大使館とも話をした。彼らは手持ちのカードを秘密にしているようだが、彼がイギリスのエージェントでないことだけは確認した」

続いてフッドが言った。「これは、私が関わった事件の中でも最も興味深い事件の一つに違いありません。ラトランドは日本のエージェントのようですし、それについて、あまり何も隠し立てしていません。すべて、まったくオープンです。しかし、あらゆるものについて、正当なカバーストーリーを用意しています。日本への訪問についても、明らかな収入源のない贅沢な生活ぶり、あるいは日本の提督たちとの交流についても。メキシコ国境を越えた秘密ルートについてもしかりです。すべて疑わしいですが、すべて合法でもあります。ところで、誰かが彼に、我々の捜査を密告したようです。監視を開始するやいなや、彼は何日も、自宅に留まり続けていますよ」

タムは小声で悪態をついた。「我々の監視についてヤツに密告したのが誰か、見当はつく。おそらく海軍の誰かだろう。彼らは相変わらず、ラトランドが合衆国の味方だと思っているようだしな」

少し間を置いてから、コーネリアスが付け加えた。「ラトランドの問題だけでなく、日本のスパイ活動に関連する多くの問題について、我々は海軍と同じ認識を持っておりません。彼らは今でも日本の漁船だとか、メキシコの砂漠に隠した謎の飛行機に乗る破壊工作員の可能性を追跡し、多くの時間を費やしているようです。まあ、それらが実在しないと断言はしませんが、ラトランドの件やその他の手がかりが示唆するところから見て、〔日本人は〕もっと標準的なスパイ活動をしているだろう、と推測されますね」

フッドがこれを受けて言った。「ラトランド本人の話に戻ると、彼の邸宅は、まさにスパイの夢の城みたいなもので、これも不可解ですな。複数の無線送信機、写真や動画、さらにはカラーフィルム用の機材を備えた暗室まであるのです。しかし、彼はこうした機材を隠さないだけでなく、自宅でのパーティーに参加する訪問者にそれを見せびらかし、これは趣味に過ぎない、と公言しています。繰り返しになりますが、それはもっともらしい否定のやり方です。ほとんど信じられないが、実にもっともらしい」。さらに彼は続けた。

「証拠に最も近いのは、彼がアイルランド人の『友人』をロッキード社の工場の夜間管理人として働かせ、その友人が、数々の不審な行動を取った、という点です。これについては、適切な説明がありません。しかし、ロッキード社にいる元ＦＢＩのハンソンも、犯罪の確固たる証拠を見つけることはできませんでした」

タムはこの会議を次のように総括した。「諸君も承知の通り、特に今回の件に関しては、法廷で通用する証拠が必要になる。我々は日本とハリウッドの両方を、軽やかに行き来する必要がある。ラトランドは両方をこなしているからね。今のところ、我々は行動を起こすことができない。しかし将来的には、必ずラトランドを追い詰められると思う。では、これで解散」

*

１９４0年12月、日本海軍はメキシコシティに新しい武官、和智恒蔵〔当時、少佐〕を派遣した。和智は通信と情報戦の専門家で、以前の日本と中国の小競り合い〔盧溝橋事件〕の際に中国側の動きを伝える情報を傍受して、表彰されたこともある〔ただし、この情報は陸軍に無視され、日中戦争に発展した〕。さらに彼は最近、アメリカの外交暗号を破ったことで、天皇の弟、高松宮からお褒めの言葉を受けたこともあった。和智はサンフランシスコ、ロサンゼルス、マンサニージョにそれぞれ一泊し、メキシコシティに向かった。ＦＢＩはその間、ずっと彼の行動を監視した。

和智はメキシコシティに新しい無線傍受局を設置し、すぐにアメリカ海軍の通信を監視するようになった。彼はまた、人を使ったスパイ活動にも関与し、新型四発爆撃機「Ｂ－29」など、アメリカの新たな航空機計画をいくつか入手できた、というメッセージを東京に送った。この件について戦後、和智は連合軍の尋問に対し、「東京の大本営から紹介された不平分子の陸軍少佐」サットンなる人物から計画情報を入手した、と語った。このサットンとは偽名であり、アメリカから在メキシコ大使館に行ったスパイはラトランドしかありえない。最近になって公表された嶋田繁太郎提督の日記によると、日本側の在米諜報員で少佐は1人だけである。その人物は、軍令部の参謀だった嶋田が、個人的に知る唯一の諜報員でもあった。つまり嶋田は、メキシコでラトランドとも関わっているようだった。

ラトランドは、FBIの捜査官が自分を追跡していることに懸念を抱いていた。しかし、彼は以前にもMI5などに尾行されたことがあるが、何の問題も起きなかった。自分は法的には潔白だ、という自信があった。とはいえ、自分の保護者、海軍のエリス・ザカライアス大佐が今、遠く離れた洋上で艦隊勤務に就いていることも承知していた。幸いなことに、ザカライアスの後任者、ケン・リングルからは、アメリカ海軍がラトランドとの協定を継続し、身柄の保護に当たる、との確約を受けていた。

ドロシー・ラトランドは、FBIが家を監視していることが心配でならなかった。夫は彼女を安心させようと「確かにいくつかの誤解があるので、家を監視されているけどね、なあに、大丈夫だよ」と言った。

ドロシーは、20年前にイギリスの諜報員がロンドンで夫を追っていた時のことを思い出した。あの時も、夫は「心配しないでいい」と言っていた。だが、今度は勝手が違う。それに今は、子供たちのことも考えなければならないのだ。

第25章 容疑者に迫る

1940年12月〜41年6月

ＦＢＩのタム副長官は、シアトルにはあまり関心がなかった。これは意図的に、そう仕向けられたものでもある。異動したザカライアスの後任者、海軍情報局（ＯＮＩ）管区情報部長ケン・リングルも、やはりＦＢＩの関与を望まなかった。リングルや〔隣接管区の情報部長〕メーヨは部下たちに、シアトルに拠点を置く立花止の部下、岡田貞外茂を捜査させた。ＯＮＩの幹部たちは局員に対し、ＦＢＩの担当者に、「これは海軍の問題ですので、本件は自分たちで処理します。岡田は主に現地の海軍基地、及びサンドポイント海軍航空基地周辺を車で走っているのが目撃されておりますので」と伝えるよう指示していた。岡田は主に海軍施設をスパイしているため、「ＦＢＩのお手を煩わせる必要はありません」ということである。

２人の情報提供者からの報告によると、岡田はシェルのガソリンスタンドで買った地図と黒ペンを握りしめて車を乗り回し、走行しながら印を付けているという。時には写真を撮り、金を払って情報提供者と面会することもある。ボーイングの工場、空港、造船所、サンドポイント海軍航空基地、飛行船基地、陸軍駐屯地、海軍機試験場などを調査しているようだ。実のところ岡田の行動は、海軍施設を観察するだけにとどまらなかった。

とにかく岡田は、自分の動きを隠蔽しようとしておらず、ＯＮＩのエージェントが彼の活動を把握するのは非常に容易だった。彼はシアトルのダウンタウンにあるホーランド・ホテルに滞在していた。それはパイオニア・スクエアから1ブロック、日本人街からは歩いて10分のところにある。周辺は非常にごみごみした地域で、ＯＮＩのエージェントは岡田の部屋の向かいの道に駐車し、座席で新聞を読むふりをしながら、任務に出発する岡田を待った。

岡田の活動は、ＯＮＩとＦＢＩのトップが理解するところの日本側の新たな優先方針と完全に一致していた。最近のマジック情報が明らかにしたことだが、日本の松岡外相は在米日本人に対し、帝国は今後、戦時体制に移行するので、プロパガンダに時間や経費を費やすことは避け、スパイ活動に専念せよ、と指示していた。

対照的に、立花を追跡していたＦＢＩ捜査官は、はるかに困難な状況にあった。立花はロサンゼルスのリトル・トーキョー地区にある日本人経営のオリンピック・ホテルに滞在していたが、宿泊客のほぼ全員、そして近隣の住民もほとんどが日本人だった。ロサンゼルスの白人工作員たちは、ここでは目立ってしまい、立花を簡単には追跡できない。

ＯＮＩエージェントの報告によると、岡田はほぼ毎日、スパイ活動を行うという。時にはゴルフに行くこともある。いずれにせよ、彼は毎日、ほとんど一日中、街に出ている。リングルはエージェントに対し、岡田のホテルの部屋に踏み込んで、そこで何が見つかるかを確認するように指示した。国家非常事態という状況を考慮する場合、海軍はＦＢＩほど法律や政治的圧力による制約を気にしないのである。１９４１年４月４日、２人のエージェントがホテルに入り、身分バッジを見せてフロントデスクから鍵を受け取り、上階の岡田の部屋を捜索した。これは合法な捜査ではない。アメリカ海軍のバッジは、本当は海軍施設外の私有地に立ち入る法的権限を与えるものではなかったのだが、ここではうまくいった。

部屋に入ったエージェントたちは、「しめた、大当たり（jackpot）だ」と思った。室内には、予期していた以上に軍事機密があった。至るところに、防衛関連情報が山と積み上げられていた。もちろん、アメリカ海軍を妨害するために使用される可能性のある情報もある。ONI局員たちは、書類の山の上にとんでもない地図を見つけて、非常な警戒感を抱いた。西海岸のすべての製油所の位置、それぞれの周囲の保安状況についてのメモが記されていた。日本人はこれらの製油所に対し、簡単に妨害や攻撃を加えることができる。そうすれば、対日戦争能力が損なわれることは明白である。証拠写真を何枚か撮った後、エージェントたちは何も動かさず、痕跡を残さないようにして部屋から出た。そしてすぐに、捜査結果をリングルに報告した。

発見したものの意味するところは驚くべきものだ、とリングルは思った。戦争が迫る今、日本の武官たちは暴走し、膨大な量の米国の軍事機密を入手していた。ONIには海軍施設の外で人を逮捕する権限も能力もないため、リングルとしてはFBIを関与させる必要がある。しかしそのFBIも、ワシントンの本部からの承認を要するので、リングルが望む早急な連携はあり得ない。また、ONI本部も情報を完全に把握していない状態だった。しかし、リングルとそのスタッフはFBIのフッドと会談し、ONI捜査官の報告書と、岡田の部屋の写真を見せた。最初の会議では結論が出ず、フッドはタムに確認した。

その後の会議で、リングルはFBI側の回答を受け取り、顎が外れそうなほど驚いてしまった。FBIの結論は、「この証拠は、起訴を正当化するほど十分なものではない」というものだった。現時点では、FBIができることは何もないという。

タムはワシントンのFBI本部にあって、国務省のフレッチャー・ウォーレン〔当時、海外情報担当〕、フーバー長官らの周辺で調整に駆け回っていた。答えは単純明快で、状況は何も変わっていなかった。法廷で通用する証拠がなければ、誰も日本軍将校を逮捕できないのである。タムは新任のONI局長アラン・カーク大佐に電話し、ONIへの失望を伝え、以下の点を強調した。「このような不法侵入などの脱法行為を犯すと、国際問題を引き起こすリスクがあります。さらに悪いことに、ONIは管轄外の犯罪捜査をしています。明らかにFBIを遠ざけるために、嘘までついていた。容疑者を逮捕する方法はありますが、なんにせよ合法的に実行しなければなりません」――。

今のところ、捜査は現状のまま継続されるしかない。FBIは岡田が何をしているかについては、ほぼ全容を把握できていた。問題は、法廷で通用するような、あくまでも合法的に取得された証拠を入手することだ。彼らはその好機をつかもうと、常に目を光らせていた。

＊

6月2日、岡田を監視していたONIエージェントからリングルに電話があった。岡田が大量の書類を車に積み込んでいるという。あまりに紙の資料が多く、部屋と車を何度も往復している。岡田の車のトランクはいっぱいで、それでは足りず、後部座席にもたくさんの書類が積み上げられ、バックミラーが見えなくなりそうだという。その後、さらに岡田がどこへ行くのかを見届けるために後を追ったエージェントから電話があり、岡田は南に向かっている、とのことだった。何が起こっているのかは明白だった。岡田はメキシコへ向かっているのだ。もしこれまでのパターンを踏襲するなら、岡田はロサンゼルスのオリンピック・ホテルに立ち寄り、上官の立花に報告するだろう。その後、さらに南下して国境を越え、最終的にモリーノ・ロホで書類を引き渡すはずである。

リングルはエージェントたちに、もう少し慎重になるよう命じた。いずれにしてもFBIに報告するには時期尚早、と判断したリングルは、最善の方法は、検問を張って交通を止め、警察に証拠を

「発見」させることだと部下たちに示唆した。

この時、元ＯＮＩの予備役海軍将校が、ロサンゼルスから約１００マイル〔約161キロメートル〕北にあるカリフォルニア州ベーカーズフィールド警察署の副署長を務めていた。岡田はハイウェイ99号線を走り、ベーカーズフィールドを通過していた。すると後方から、パトカーが迫ってきた。警察官がライトをパッシングし、岡田の車を止めて近寄った。警察官は岡田に、あなたをスピード違反で逮捕する、と告げたが、それはとても奇妙に思われた。岡田は大してスピードを出していなかったのだ。そして、彼が合衆国の法律について知る限り、スピード違反で逮捕される者はいない。普通は反則切符を切られるだけである。にもかかわらず、警察官は彼をベーカーズフィールド署に連行した。警察官が車内を調べているのを見て、岡田はパニック状態になった。パスポートの有効期限が切れていることが判明し、状況はさらに悪化した。

しかしその夜、彼は勾留されずに釈放された。随分と遅くなってしまった。実に長い一日が終わった後、彼は地元のホテルに安い部屋を確保し、急いで立花に電話して、遅れる旨を伝え、それからぐっすりと眠った。

副署長は、ロサンゼルスのＯＮＩ管区情報部にいるリングルに電話をかけ、車には確かに、アメリカ軍の最高機密情報が満載されていた、と報告した。そこでリングルは、ＦＢＩ支局のフッドに電話した。翌朝、岡田はベーカーズフィールドを出発し、ロサンゼルスに向かった。このドライブの冒頭は、延々と砂漠を通過する退屈なものである。唯一、興味深い光景と言えそうなのは、高速道路沿いに並ぶ油井だ。林立する油井を見ながら岡田は改めて思った。合衆国は石油資源が豊富な国で、今後は日本に石油を輸出しない、と脅しをかけている。もし米国が日本への販売をやめるのなら、どこかで石油を見つけなければならない。強力な帝国海軍も、石油がなければ航行できない――。

岡田の車はグレンデールの町を通過した。その時、後ろにまたしてもパトカーが見えた。ライトを点滅し、車を脇に寄せるよう指示している。岡田は動揺したが、なんとか神経を落ち着かせようとした。

「またか⁉」。よけいなことを考える余裕はなかった。車を停めると、いかにもアメリカの地方にいそうな警察官が立っていた。どうせ田舎者たちだろう、と岡田は思った。この警察官たちは、実力行使を求めているようだった。

警察官は薄ら笑いを浮かべ、スピード違反をしているので署に同行してもらう、と言った。岡田は車から降り、「そうはいかない！」と怒鳴った。「私は日本政府の代表だ！　大使館に電話する！」

警察官は「抵抗するのか。公務執行妨害だな」と答えた。彼は相棒の方を向いて、「こいつに手錠をかけろ」と言った。

岡田は、迫って来た相手を押しのけようとした。警察官は彼の腹部に一撃を加えた。岡田は殴り返したが、もう一人の警察官がタックルして手錠をかけた。警察官たちは、念を入れてさらに数回殴ってから、取り調べのため警察署に連行した。

所轄署に到着すると、他にも数人の男がそこで待っていた。ＯＮＩのエージェントたちだった。彼らは、殴られて傷だらけの岡田を尋問した。前の座席にあったスパイ活動の資料の中から、一部を厳選して押収した。エージェントたちは、機密文書の山の中から、ＦＢＩを納得させられそうな証拠をもっと見つけるよう命じられていた。結局、彼らは岡田を釈放した。顔を輝かせた岡田は、ロサンゼルスのオリンピック・ホテルに急いだ。

ＯＮＩのケン・リングルは、岡田がロサンゼルスに着く前に、すぐにＦＢＩ及びＯＮＩ本部と協議した。難しい、しかし急を要する決断が迫っていた。

リングルはＦＢＩ支局に電話したが、説得は困難を極めた。彼は特別捜査官フッドに対し、国家安全保障に関わる合衆国の機密文書が、ほぼ確実にロサンゼルスのリトル・トーキョーにあるオリンピック・ホテルに持ち込まれている、と説明した。そこから、立花か岡田のどちらかが、書類を車に積んで国境を越え、モリーノ・ロホで協力者に会い、最後は船で東京に送ることになる。ざっと見ただけでも、この情報はまさしく機密である。そしてリングルは今、発見した情報の一部を提出することもできると伝えた。

これに対するフッドの最初の反応は、不快感の表明だった。合衆国の国家安全保障に関わる脅威であることは十分に理解している。しかし――、と彼は言った。

「はっきり言っておくぞ、リングル。君はシアトルのこの容疑者について、俺たちにずっと情報提供してこなかったよな。俺たちが知る限りでは、君の元上官のザカライアスも、この容疑者と付き合っていたみたいじゃないか。それに、君らは証拠を得るために、不法侵入にとどまらず、複数の違法行為まで犯してきた」

リングルは答えた。「そう。我々は法律に抵触したさ、ちょっとばかりね。しかし、容疑者が所持していた情報を見たか？　あいつはボーイング社の新型爆撃機の設計図さえ盗んでいた。戦争が起きた場合、その情報が日本側に伝わったら、間違いなく何千人もの若い兵士たちの死を意味することになる。君を不快な状況に追い込んでしまって、本当に申し訳ないと思っているよ。でも、これは避けて通れない」

フッドはリングルに向かって、たまっていた鬱憤をぶちまけた。彼はすでに、グレンデール署からも報告を受けていた。

「日本と戦争になったらどうするつもりだ？　それとも、それを望んでいるのか？　うちの部下たちが、あんな話を信じると思うか？　容疑者が逮捕に抵抗したので、殴って怪我を負わせただとか、そんな話が通用するか？」。グレンデール署からの報告によれば、確かに容疑者は不従順で攻撃的だった、とは聞いている、とリングルは言った。

フッドは続けた。「これが新聞に書き立てられたら、どれだけひどいことになるか、分かっているのか？　俺たちが日本政府の公務員を殴打している、なんて情報が流れたら、国務省も黙っていないぞ？　大きな国際問題になるだろう。最悪、ある時点で日本人との戦争さえ起こるかもしれない。どうも君らは適切な手順に従うことができないようだな。俺の監督下で、ここで戦争が始まるなんてことは、絶対に許さん。ＦＢＩは法律に従って物事を行う。容疑者を捕まえろと言われたら、そうするさ。しかし、俺たちが勝手に決めることじゃない」

リングルは最近の報道を思い出していた。ほんの数か月前、東京の路上で襲撃され、死亡したエージェントのことだ。犠牲者はオーストラリア人のハリー・フリームだった。その前にも「窓から転落して」死んだイギリス人、コックスがいた。日本側は、ＦＢＩのようなルールには従っていない。海軍としては、これに対抗する手順として、ＦＢＩの協力がなんとしても必要なのだった。

ここでフッドは、いずれにしても機密文書をすぐに、適切な方法で押収しなければならない、と考えた。彼はＦＢＩ本部のタム副長官と協議し、3月にも総領事館にガサ入れしており、常に情報を集めてきたが、押収された証拠はすべて、不法侵入によるものばかりだと話し合った。しかし幸いなことに、法廷に提出できそうな証拠もいくつかあった。アル・ブレイクの件、及び高野虎市の件の記録だ。

タムとしては、ブレイクが提供した証拠はまだ少し弱いと感じていたが、彼らが持っていたのはそれだけなので、これで勝負するしかなさそうだった。

岡田がロサンゼルスのオリンピック・ホテルに到着する前に、特別捜査官Ａ・Ｄ・ホーンはスパイ行為法違反に関する宣誓陳述書を提出した。その中では特に、ブレイクが高野に機密文書を届けた事実に言及する一方で、もちろんＯＮＩであるとか、その違法な捜索については言及しなかった。裁判所は捜索令状を発行した。

6月7日午後5時、FBIのフッドたちは、オリンピック・ホテルの立花の部屋に踏み込んだ。彼らは立花の部屋に、2つの金属製ファイル・キャビネットが置かれ、日本語で書かれた2000枚以上のインデックスカードがあるのを見た。簡単には処理できないであろう膨大な書類の山を前にし、捜査官たちはショックを受けた。彼らは応援を集め、午後10時になってようやく高野の家に向かった。他の捜査官は、立花の部屋で見つけた書類を車に積み、FBI事務所に運び込んだ。

フッドは、文書の翻訳には確実に時間がかかることをタムに報告した。タムは、まだ報道はないようだが、LA現地事務所に報道機関から質問が来た場合には、「はい、逮捕案件がありました。詳細はすぐに発表されるでしょう」と答えるだけでよい、と伝えた。

2日後、立花止たちの逮捕に関する記事が、新聞の一面に載った。立花の組織の他のメンバーは恐怖を感じ、逮捕される前に逃亡した。銀行家、現地採用の日本人数名、総領事館員1名が含まれており、ほとんどがメキシコに逃れたが、中には日本大使館職員と協議するため、ワシントンへ行く者もいた。

立花の事件で誰もが戦慄を覚える中、ワシントンの日本大使館に勤務する海軍武官、実松譲中佐は、現地の横浜正金銀行にスパイ資金があることを知った。その額はなんと100万ドルである。立花の逮捕からはじまって捜査が拡大する中、アメリカ人がいつでも彼の銀行口座を凍結し、大金がすべて失われる可能性が出てきた。現金では一日5万ドルしか引き出すことができない。これに気付いた実松は、2人の職員を派遣して、一日に許可されている最大額を、すべて100ドル紙幣で引き出させた。その後、紙幣を腹巻の中に入れ、メキシコシティに飛んで金を預け、さらに戻って金を引き出す――、これを反復させたのである。服の下に現金5万ドルを隠し、延べ20回の旅行をすれば、全額を運び出せるだろうと踏んでいた。

コーネリアス捜査官は、トラックいっぱいの文書を翻訳担当部署に送った。専門家たちは書類の分量に圧倒されてしまい、数週間はかかるだろうと言った。ただし、すべての文書が国家安全保障に関連しているわけではない。翻訳官たちは、立花の秘密のガールフレンド、スガワラ・テルコからの手紙を見つけ、好奇心を大いに刺激された。その文面には、セント・フランシス・ホテルのレストランで騒ぎを起こしたことを謝罪しつつ、あなたは「女性の心をもっと理解する」努力をするべきです、と書かれていた。彼女はまた、6月の学期終了後に日本に帰国する予定で、その前にロサンゼルスに行き、立花を訪問することはできない、とも書いていた。

コーネリアスは、アフリカ系アメリカ人向けの新聞に対する立花の働きかけを示すメモに注目し、ゾッとした。「白人に対抗して、非白人人種は団結せよ」と呼びかける内容だ。アメリカの人種問題はすでに不安定になっていたが、日本人が、その火にガソリンを注いだらどうなるだろうか？　日本人が、アメリカで人種戦争を引き起こす可能性など、考えたこともなかった。

「不可能さ。そうだろ？」。彼は自問した。

＊

ラトランドはヘラルド紙の最新版を手に取り、非常に警戒を強めていた。立花と高野の事件で新たな逮捕者が出る、とあった。捜査関係者のフッドとリングルは、きっぱりとノーコメントを貫いたとも伝えられており、唯一の公式声明は「新たな逮捕者が出る」ということだった。記事では「英国のデータ」についても不気味な言及があった。ラトランドは、こうなったらいつでも逮捕されるかもしれない、と悟った。

他の息詰まる報道は、ＦＢＩが「謎のダークヘアの女性」を追跡しているとか、人形の振りをしたパントマイムで生計を立てていたアル・ブレイクが、今回は「秘密エージェントを出し抜く人形」を演じて囮捜査をしていた、などとほのめかしている。

ラトランドは自分の取り得る選択肢を検討した結果、座して待つことが、おそらく最悪の結末につながるだろう、と考えた。そしていずれにせよ、彼は座して待つのが好きな人間ではない。彼は熟慮した。ＯＮＩ本部に行って、自分がアメリカ海軍から保護された重要なエージェントであることを確認してもらおうか。英国大使館に行き、具体的には情報担当武官を見つけて、イギリスの情報機関に奉仕したい、と申し出るのも一手だろう。あるいは、日本の保護下で、どこか別の土地に逃亡することもできるかもしれない。ひょっとしたら、これらのすべてを組み合わせて実行することもできるだろう。まず日本人に会って金を受け取り、その後でこれを裏切り、アメリカ海軍にすり寄って、おそらく彼らからも資金を提供してもらうのだ。

彼は今、キープレーヤーだった。これらの組織の一つ、または複数を手玉に取って立ち回る。うまくやれば、前の大戦の時のように、再び英雄になれるかもしれない、などとラトランドは考えていた。

第26章

政治的な決着

1941年7月

首都ワシントンに拠点を置く日本海軍の武官、横山一郎中佐は激怒していた。立花止の逮捕はワシントン・ポスト紙の記事で知った。横山は嫌悪感を持って新聞紙を投げ捨て、「バカ！」と叫んだ。

この件が、帝国海軍をどれほど混乱させるかは言うまでもない。さらに悪いことに、彼は立花や高野虎市、それにラトランドが何をしているのかについては、まったく知らなかった。耳にしていたことと言えば、立花が上流階級の女性に手を出すなど女遊びが激しい、といった話題だけである。しかし、駐米大使館に属する大日本帝国の首席海軍武官として、彼が何も知らなかった、などと言っても通用するはずがない。それでは、日本側からもアメリカ側からも、同様に非難されることになる。日本のスパイに関する報道合戦は、双方の戦争推進派に力を与え、さらに開戦の可能性を高めるだろう。

横山の仕事は、とにかくこの件を、日米間の交渉によって解決に導くことだ。横山自身は、日本はアメリカとの戦争に勝つことはできないし、勝とうとするべきではないと考えていた。祖国日本では、アメリカ人は脆弱で、贅沢が大好きで、戦意などない、などと言いたがる者が多く、それを聞くと腹立たしかった。そんなとき横山は言って聞かせた。20年前、横山がイェール大学に留学していた時、フットボールの試合を観た。そこで選手の一人が気を失って倒れ、後で死亡する事故が起きた。そんな状況であっても、とにかくアメリカ人は試合を最後まで続けた。この時、アメリカ人がいかにタフであるかを、横山は思い知ったのである。

横山は、日米交渉にあたる野村吉三郎大使を補佐していた。野村は退役した海軍大将で、第一次世界大戦中にはルーズベルト〔当時は海軍次官〕と個人的な友人になっていた。野村はまた、威厳ある雰囲気を漂わせる人物で、右目を失明していることでも強い印象を与える。10年前、朝鮮の独立運動家〔尹奉吉〕の投げた手榴弾で負傷したのである。

アメリカ側で交渉にあたっているコーデル・ハル国務長官や、海軍代表の戦争計画部長ケリー・ターナー少将は、野村や横山が誠意を持って努力していると信じており、平和を維持したい、と考えていた。ターナーは特に日本海軍の関係者と交わり、良好な関係を築いていた。彼らはまた、アメリカ側にも日本側にも、妥協を許さない者、むしろ勇んで戦争への道を突き進む好戦的な人々がいることにも気付いた。交渉の担当者たちとしては、それぞれの政府がどれだけ妥協するか、にすべてがかかっていた。注目すべきことに、ターナーは信頼できる日本の外交官から直接、日本に関する情報を得ていたため、自国の海軍情報局（ONI）の情報にはほとんど接していなかった。ターナーは、ONIの情報は当てにならない、と考えていたのである。

立花と高野の逮捕に関する新聞の見出しはひどいものだった。それを読んだ横山は、思っていたよりも悪い扱いだ、と感じた。高野がチャーリー・チャップリンの元執事である、という事実にも話題性があった。紙面に掲載された写真の高野は、自信に満ちた笑みを浮かべている。横山にとっておそらく最も心外だったのは、立花がハワイの真珠湾に俳優のアル・ブレイクを送り込み、これが逮捕の契機となったことだったろう。ハワイは立花の管轄地域ではない。彼は愚かなだけでなく、軍規に違反していた。

横山と野村大使は、ただちにアメリカ側に事態の収拾を申し入れた。だがこのままでは、おそらく交渉全体が失敗に終わるかもしれない。アメリカ側は怒っていた。彼らからすると、横山と野村がずっと嘘をついてきたか、それとも彼らのような交渉担当者が、日本海軍の動きについてまったく蚊帳の外にいたか、そのどちらかであり、いずれにせよ問題だった。さらに追い打ちをかけるように、日本軍は南部仏印(現在のベトナム)に進駐し〔7月28日〕、事態を緊迫化させた。

アメリカの弁護士が、立花と高野の罪状認否の手続きを始めた。保釈金も設定され、立花は5万ドル、高野は2万5000ドルとなった。FBIのフッドは驚いていた。立花と高野は拘置所内で傲慢な態度を取っており、特に高野は取調官に対し、自分はもうすぐ釈放されるだろう、と話しているという。高野がなぜそこまで自信を持っているのか、フッドはいささか困惑していた。すべての文書が英語に翻訳されたわけではないが、すでに翻訳済みの分だけでも、彼と立花を有罪にし、長期投獄するには十分以上の内容だったからである。

日本人の容疑者たちは、FBIが知らない事実をたくさん知っていた。野村大使と横山は、相次いでハル長官のもとを訪れた。そこでハルは、和平交渉を軌道に乗せるために、立花たちの釈放を決定した。スパイ問題に対して報道が過熱すれば、日米双方の戦争推進派を勢いづけるだけだろう。この決定にタムもフッドも、その他のFBI職員も悄然としてしまった。この件に関わるFBIの誰かが、フーバー長官への報告書に「これはとんでもないことです」と手書きで書き添えた。

だが、立花はすぐに釈放され、すぐに船で日本へ向かった。彼は人目につくことなく、報道からも消えてしまった。日本に帰国した立花止中佐は、真珠湾攻撃を計画中の日本海軍当局から非常に温かい歓迎を受け、新たな任務に就くことになる。

こうして、高野虎市という大きなリスク要因が後に残った。高野は身なりが良く、はっきりと物を言う人物だ。チャップリンの下で働いていた時代から、メディアにもよく知られていた。伝統的な日本文化では、雇用主への忠誠こそ、最高の美徳の一つとされた。主君を裏切るなど、いやしくも武士たる者にとって、もってのほかだった。しかしすでに高野は、ジャーナリストと共謀し、かつての主人であるチャップリンを貶める陰謀に嬉々として加担した男である。そんな高野なら、報道陣の前にしゃしゃり出て、日本の国益を損ない、日米交渉にダメージを与えるような発言をする可能性もあるのではないか？　自己保身につながると判断したら、なんでもしそうな人物ではないか――。

ハルとしては、これ以上の本件に関する報道を避けたいと思っていた。FBIは、有罪に持ち込めるようなら高野の起訴も辞さない、としていたが、このまま裁判にしたくないのなら、FBI側が何らかの妥協、あるいは高野を黙らせるような取引をして起訴を見送り、釈放する必要が出てくる。高野はそのあたりの事情を承知しているようで、強引な駆け引きを挑むような素振りを見せた。

ここで横山は、ロサンゼルスの日本総領事館からメッセージを受け取った。彼らとしては、保釈金を餌に高野と取引し、黙らせることができる、と考えていた。高野の裕福なセレブの友人が、その金を出したように偽装すればよい。総領事館はまた、本件はひとえに海軍の大失態であり、高野の保釈金2万5000ドルは海軍予算から拠出される、と横山に通告した。この通信を解読していたアメリカ側の当局者は、滑稽だと思った。

2度目のマジックによる暗号傍受により、日本総領事館が横山に発した別の訓令の内容が明らかになった。ある人物を高野の事件から切り離すべきだ、というのである。フレデリック・ラトランドだ。ここで前轍を踏む愚を犯してはならない理由は2つある。第一に、この男は有名なイギリスの戦時英雄で、チャーリー・チャップリンやボリス・カーロフの友人である。こんな人物が日本のスパイだった、などという情報が広まれば、再び新聞の一面を飾るスキャンダルとなるだろう。第二に、ラトランドは実のところ、アメリカ海軍のＯＮＩに接近しているようだった。
タムは、この噂が外に出た場合、潜在的な問題が生じる可能性があることを認識し、フーバー長官に要請してＦＢＩロサンゼルス事務所に指示を出してもらった。まずは（たとえ他の合衆国政府機関からの要請であっても）ラトランドについて一切、口外してはならない。そして、同事務所にあるラトランド関係のファイルも、無難な内容のものに差し替えさせた。

ＦＢＩ職員の多くは、本件について海軍のとってきた態度に憤慨していた。無分別なＯＮＩのやり方はリスクでしかなかった。外国政府の公務員をいきなり殴るなど論外で、あらゆる種類の困惑を引き起こす結果しか生まない。さらにＦＢＩは、１年半も前にラトランドの捜査を試みていたのに、海軍のザカライアスの要請を受けて撤退していた。そのうえＯＮＩは、ＦＢＩの管轄事項を無視し、何事も秘密にしていた。それだけではない。西海岸のＯＮＩ管区情報部を仕切ってきたザカライアスとリングルは、ＯＮＩ局長が頻繁に交代し、混乱しているのをいいことに、自分たちの上部組織であるＯＮＩ本部にも隠し事をしてきた。

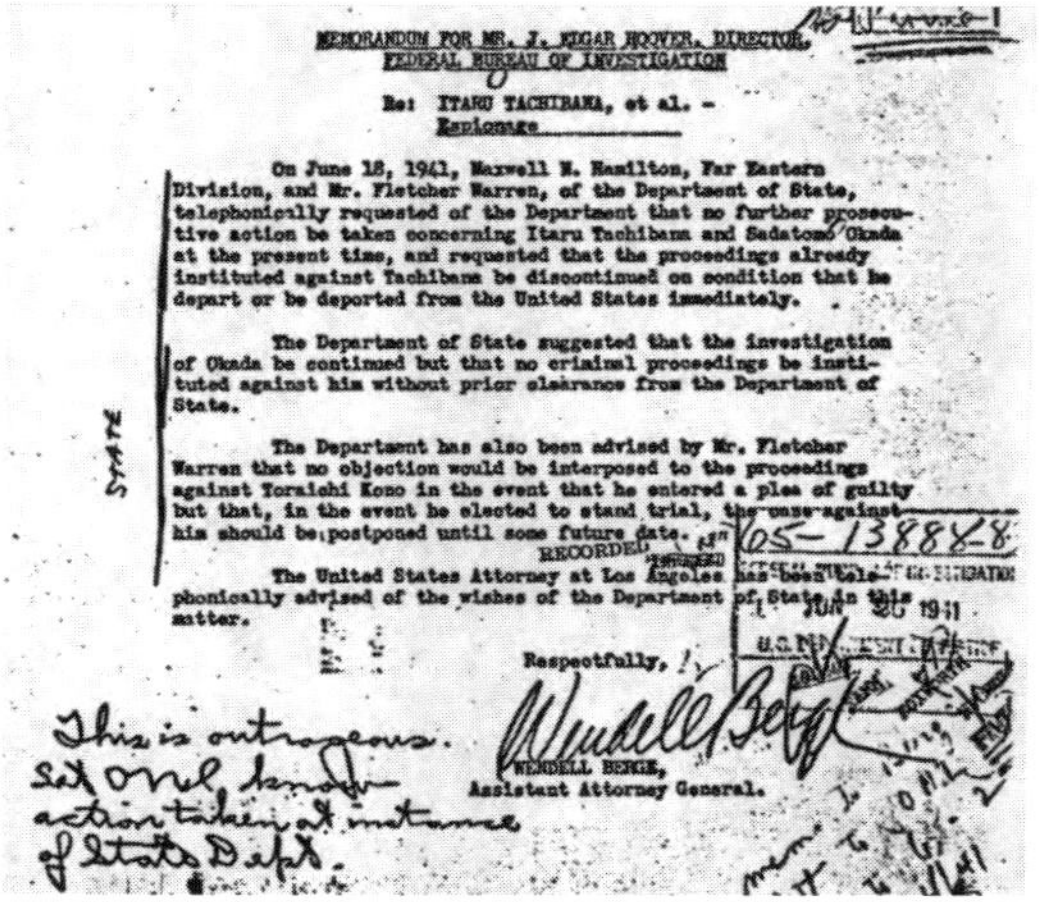
MEMORANDUM FOR MR. J. EDGAR HOOVER, DIRECTOR,
FEDERAL BUREAU OF INVESTIGATION

Re: ITARU TACHIBANA, et al. -
Espionage

On June 18, 1941, Maxwell M. Hamilton, Far Eastern Division, and Mr. Fletcher Warren, of the Department of State, telephonically requested of the Department that no further prosecutive action be taken concerning Itaru Tachibana and Sadatomo Okada at the present time, and requested that the proceedings already instituted against Tachibana be discontinued on condition that he depart or be deported from the United States immediately.

The Department of State suggested that the investigation of Okada be continued but that no criminal proceedings be instituted against him without prior clearance from the Department of State.

The Department has also been advised by Mr. Fletcher Warren that no objection would be interposed to the proceedings against Toraichi Kono in the event that he entered a plea of guilty but that, in the event he elected to stand trial, the case against him should be postponed until some future date.

The United States Attorney at Los Angeles has been telephonically advised of the wishes of the Department of State in this matter.

Respectfully,

WENDELL BERGE,
Assistant Attorney General.

This is outrageous.
Let ONI know action taken at instance of State Dept.

機密指定が解除されたFBI長官宛てのメモ。国務省が日本のエージェント、立花と岡田を公判にかけない決定をしたことが記されている。「これはとんでもない（This is outrageous）」という手書きの注意書きに注目。当時のFBIの文書として、かなり異例なものである。（FBI FOIA）

タムは新たな容疑者として、エリス・ザカライアス大佐に関する捜査を開始した。ザカライアスはＦＢＩに対し、ラトランドが明らかに日本のスパイであると知りながら、手を引くよう伝えた。ザカライアスは西海岸のあちこちで、ＦＢＩに対するあからさまな悪口雑言を吐いており、それを知っていたタムは腸が煮えくり返っていたため、個人的な怨恨もあった。ＦＢＩはこれまで、ザカライアスは軽はずみな男（それはまさしくその通りだった）であり、危機管理広報上もリスクがある人物とみなしていた（ザカライアスは確かに軽率で、広報上のリスクが高かった。ほんの一例として挙げるなら、１９４５年、ザカライアスは指揮系統を無視し、対日戦争遂行計画についての匿名の記事をワシントン・ポストに寄稿している。しかも、その内容は『日本が降伏しても天皇制は廃止すべきではない』といったものだった。これは「広報感覚に乏しい」というレベルではなく、「軍規違反」に当たる行為である）。だが今や、彼こそ裏切り者ではないか、と疑い始めていた。

　ＦＢＩが立花の部屋で押収した文書には、ラトランドに対する非難的な記述が見られた。しかし、潜水艦に関する陰謀の件は、ＦＢＩとフッドを最も驚愕させたものだった。ラトランドがスパイ活動のために、日本の潜水艦をアメリカの海岸線に接近させるよう手引きしていた、などというのは、まことに大それた話である。それは決定的なだけでなく、法廷でも通用しそうな証拠だった。ラトランドから立花への他のメモには、彼の家への行き方や、執事に告げる合言葉なども記されていたが、特に明確な説明はなく、犯罪の証拠となる内容でもない。

　フッドと彼のチームがこの〔潜水艦の〕件をもう少しよく考えていたら、アイデア全体がなんとも荒唐無稽であると気付いたかもしれない。何百ページもの書類や写真、図面を引き渡すために、沖合の潜水艦にライトを点滅させる、などといっても、実際にはどのようにやるというのか？　戦争の最中に、日本の潜水艦が太平洋を約８０００キロメートル以上も航行し、アメリカ海軍や地元のサーファーに発見されることなく、マリブビーチの沖合に浮上する――それは、あまりにもリスクの高い行為ではないか？

実に皮肉な話だった。ラトランドの潜水艦計画は本来、アメリカ海軍が日本軍を攻撃し、潜水艦を拿捕するのを支援するために思い付いた計画だった。しかしその陰謀を読んだＦＢＩは、これこそ日本軍の米国本土攻撃を支援するラトランドの計画の決定打、と判断したのである。そしてザカライアスやリングルからは、この件についてＦＢＩに対し、〔ラトランドを擁護するような〕何らの発言もなかった。

ラトランドはアメリカの味方である、と証明できたかもしれない唯一の人物は、ワシントンにいるＯＮＩ局長アラン・カークだった。カーク局長は、その年においてＯＮＩの責任者に就いた３人目の局長であり、就任からまだ３か月しか経っていなかった。それ以前のＯＮＩ局長は、平均して在籍２年未満で交代していたが、その主な理由は、この仕事が極度に政治的なもので、悪夢そのものだったからである。そして、この新しい職に就いたカークは、なぜ直前の２人の局長が瞬く間もなく離任したのか、その理由をすぐに理解した。

カークは、海軍部内の他の連中がＯＮＩを尊重していないという事実に気付いていた。少なくとも海軍の人事構造的には、軍艦を指揮する将校こそ昇進が早く、情報畑などは吹き溜まりの任務である、と考えられていた。しかし彼は、それよりも悪いことを悟った。海軍作戦部の戦争計画部長ケリー・ターナー提督はカークの権限を無視しただけでなく、諜報活動全体を、自分の直接管理下に置こうとしているようだった。しかし、おそらく最大の懸案事項はＦＢＩとの関係だった。カークは戦後、こう語っている。「我々は、合衆国内〔の捜査〕ではＦＢＩこそ最重要な立場にあるべきである、と主張するＪ・エドガー・フーバーと衝突した。ＯＮＩはいくつかの事件でＦＢＩを差し置いて目立つことがあったが、フーバーはそういうことを好まなかった」

ここにもいくつかの皮肉があった。フーバーは確かに、この事件や他の多くの案件で捜査を妨害し、合衆国内でのあらゆる犯罪捜査から競合機関を排除する、という非常に政治的な動機を持って動いていた。しかし、彼の行動のすべてが完全に間違っていたわけではない。確かにＯＮＩは、国内の日本のスパイや妨害工作員の捜査活動に多くの時間を費やしており、それにかまけて、本当の脅威というべき日本海軍の艦隊自体に焦点を当てた情報収集活動を怠っていた。

　カークは自分の職が政治的に難しいことを承知しており、それがザカライアスなどの他の候補者を抑えて、彼がこの地位に就いた理由の一つでもあった。彼は、官僚的な仕事や政治的駆け引きに自信を持っていた。ＯＮＩ局長に就任する前の彼の任務は、ロンドン駐在のアメリカ大使館付き海軍武官だった。バトル・オブ・ブリテン〔英国本土での英独航空決戦〕のさなか、何かと要求の厳しいイギリス軍当局に対応しつつ、厄介者の駐英大使、ジョゼフ・ケネディの補佐もしなければならなかった。ケネディは親ナチスとして知られ、ルーズベルト政権とは険悪な仲だった。

　カークはケネディ大使を自分の味方に付けるうまい方法を思い付いた。大使の息子、ジョン・Ｆ・ケネディは腰が悪く、当初は軍務に就くことができない、とされていた。そこでカークはあれこれ根回しし、ＪＦＫを海軍少尉に任官させてやったのである〔ＪＦＫは当初、ＯＮＩに配属された〕。

　カークは、進行中の仕事を管理する自分の能力にいささか自信を持っていたが、時間が経つにつれて、徐々にそれが打ち砕かれた。彼が抱えるさらに別の問題は、西海岸のＯＮＩ管区情報部だった。ザカライアスやリングルの部下たちは、ザカライアスが座るべき局長の椅子をカークが奪った、と思っていた。彼らはカークを単なる官僚と見なし、ラトランド問題を含む多くの案件について、彼を蚊帳の外に置いてきた。

　カークがラトランドを擁護するとしたら、まずラトランドは味方である、という確証を得る必要があるが、彼にはそれがない。カークは部下にメモを送り、ＯＮＩがラトランドに約束した内容を正確に教えるよう指示した。

　ラトランドはカークに電話し、ワシントンで面会するアポイントを取り、合衆国の国家安全保障に関する重要情報があると伝えた。ラトランドとしては、来るべき日本軍の攻撃に備え、アメリカは備えなければならない、そして、その際に自分が重要な役割を担っているという事実を、カークが公式にアナウンスしてくれることを望んでいた。

第27章 ワシントンでの会合

1941年7月27日〜

ＦＢＩ特別捜査官アーサー・コーネリアスは、ロサンゼルス空港で公衆電話を見つけ、オペレーターに頼んでワシントンのＦＢＩ本部につないでもらった。相手はＦＢＩ副長官のタムである。彼はタムに、ラトランドがアメリカン航空の便に乗っており、午後9時にワシントン・ナショナル空港に到着予定だと伝えた。タムは彼に感謝し、2人の捜査官が着陸と同時に空港から尾行を引き継ぐよう手配した。

ラトランドは、興奮して頭がくらくらしていた。彼はワシントンで予定される複数の会合について考えており、その次にはメキシコシティに行くつもりだった。メキシコシティは現在、対米スパイ活動の拠点である。もし彼がアメリカ合衆国、またはイギリスへの日本の攻撃に関する重要情報を現地で入手できれば、自分の真価を示し、自分が正しい側の味方である、と証明することができるだろう。彼はまだ、その旅費を誰が持つのか分からなかった。なあに、誰かが何とかしてくれるに決まっているじゃないか？　海軍情報局（ＯＮＩ）かイギリス情報部か、それともＦＢＩか。そのうちのどこかが名乗り出て、自分を後援するに違いない。あるいは日本人に金を払わせて、それで彼ら〔英米の機関〕を助けてやるのもいい。

ラトランドは今でも飛行機と航空技術が大好きだった。だから、新しく建設されたワシントン・ナショナル空港に行くことにも興奮していた。同空港はちょうど1か月前に開港したばかりで、今のところ稼働している格納庫は一つだけだった。この新空港の最も革新的な特徴は、暗闇の中でも安全に着陸できるように、滑走路が極めて明るく照らし出される点である。ラトランドは着陸の瞬間、滑走路の夜間運用を可能にする照明の明度と配置間隔を観察し、それが夜間に空母に着艦する艦載機と似ている点、異なる点を考えてみた。

そこからラトランドはタクシーを拾い、国立大聖堂近くの意外にも質素なホテルに向かった。彼は日本では帝国ホテル、イギリスではオドニー・クラブのような豪華な施設に滞在するのが通例である。宿泊費は日本海軍や、場合によってはアメリカ海軍、あるいは彼が代表を務める航空会社のいずれかが支払うのが普通だ。実際、1回の旅行で複数の組織から重複して支払いを受けることも稀ではなく、彼はもう何年も、旅費を自分で払ったことがなかった。しかしここで彼は、将来の敵国からの来るべき攻撃について、米英両国に警告をしようとしているのだから、自腹で負担する必要があった。実際、それは当然だろう。

翌朝、彼はいつものように洒落たダブルブレストのスーツを着こなし、ホテルを出た。路面電車に乗ってマサチューセッツ通りを下り、車に乗り換えてワシントン海軍工廠〔米海軍作戦部など軍令機関が所在している〕に向かった。路面電車の中で彼は、1933年に初めてアメリカに来た時のことを思い出した。あの時も海軍工廠を訪れ、写真を撮った。日本の雇い主に情報を提供するためである。

戦争が目前に迫っていた。ワシントンは緊迫し、軍のためのオフィス・スペースが手狭になっていた。まさにこの7月28日、議会は新しい国防総省ビルの建設予算を承認していた。ポトマック川の向こうのバージニア州に世界最大のオフィスビルを建て、軍の本部機能がすべて入居する予定だった（ここは後にペンタゴンと呼ばれる）。

その日の朝も、海軍工廠に向かう通勤者は非常に多かったため、ONI本部に向かうラトランドを尾行していた2人のFBI捜査官は、容易に群衆の中に姿を隠すことができた。捜査官たちは、FBIと海軍情報局の連携があまりうまくいっていないことを承知していたが、それにしても、彼らが尾行している容疑者が、堂々と海軍の当局者と面会しようとしていることに少なからぬ驚きを覚えた。

＊

ラトランドは局長室に案内された。カーク局長は温かく彼を迎えたが、ラトランドの見るところ、その目に浮かぶ色は心なしか迷惑そうだった。

「ラトランド少佐。私はこの任務に就いてから、まだ3か月しか経っておりません。着任当初、私は国務長官の名前よりも、あなたのお名前をよく聞いたものですよ」

ラトランドは、カークの就任を心から祝福するような挨拶をしたが、内心ではカークの代わりに友人のザカライアスが局長に就いていたら、この提案もずっと楽だったろうと、ぼんやり考えていた。

ラトランドはカークに話し始めた。アメリカ海軍は私との合意を守っていただきたい。私を適切に扱い、ONIにとって重要な人材であったことを、FBIなどに対して証明していただきたいのです――。

カークは答えた。「こんなことを言って申し訳ありませんが、少佐。あなたが言われたことについては、あなたと私たちの組織との間の正式な取り決めの記録はありません。さらに、最近の出来事により、あなたとのさらなる協力は、あまり容易なことではないですな」

ラトランドは「日本との戦争は確かに近付いています。きっと近いうちに起こるでしょう」と言った。「今週初め、大統領が米国内のすべての日本の資産を凍結したため、戦争はさらに不可避なものとなりました」。カークもこの可能性について、うなずいた。ラトランドは続けた。

「ご存じの通り、日本軍は宣戦布告の前に、常に先制攻撃を行います。日清戦争はどうだったでしょう？　日本は中国海軍の艦船を数隻、撃沈してから戦争を開始しました。日露戦争は？　日本はロシア海軍の艦艇数隻に対する奇襲攻撃から開始しました。次の戦争も、アメリカの艦船への攻撃で始まるかもしれない。そう思われませんか？」。相手が相槌を打つ前に、ラトランドはさらに補足して要点を強調した。「実際、それはあなたにとって、そしてあなたの国にとって、最も重要な問題ではないでしょうか？」。カークはうなずいた。ラトランドのあけすけな物言いに少しイライラしたが、ラトランドがこの会話をどこに持って行こうとしているのか、カークは興味を持った。

「アメリカ海軍にとって最重要なことは、この攻撃がいつ、どこで行われるかを解明することでしょう」とラトランドは続けた。カークは再びうなずき、自分の手の内は見せないままだったが、少し前のめりになった。ラトランドは言った。

「私は日本海軍のことを、誰よりもよく知っています。私は日本の提督たちを知っています。他の外国人と違って、私は彼らの家に行ったことすらあります。私は彼らと一緒に、20年間も仕事をしてきました。彼らは私を信頼しています。他の外国人とは違い、私を信頼しているのです。彼らが私を信頼する理由がお分かりになりますか、カーク局長。それは、日本人が動物に似ているからです。彼らは、自分たちが誰かに好かれていると知ると、それに応じて反応するのですよ。日本人は、私が彼らを好きであることを知っています」。ラトランドは相手の反応を見てから、さらに続けた。

「私は彼らの表情を読むことができるので、いつ攻撃がくるかが分かります。もちろん、すべての詳細情報を知ることはできませんが、概要を知り、それをあなたに伝えることはできるでしょう」。ラトランドは、ごく控えめな提案を続けた。ついては、メキシコシティへの旅費をアメリカ海軍に負担していただきたい。メキシコにある日本の諜報部の責任者、和智に協力して最新情報を把握し、並行してONIとの接触を維持できるようにしたい――。

カークは一抹の不安以上のものを感じた。ラトランドの見立てはある程度、的を射ていた。ONIは日本海軍の行動に関する情報が乏しく、そしてそれは、アメリカ海軍の構造的な問題でもあった。彼個人の解決能力には限界があることも知っていた。しかし、ラトランドは信頼できる人物ではない。たとえ他に問題点がなかったとしても、すでに二重スパイであることがはっきりしている人物の手に、アメリカ海軍の運命を委ねたくはなかった。さらに政治面を考慮した場合、もっと悪いことがある。FBIからの批判はあまりにも強い。FBIはラトランドの有罪を示す十分な証拠を持っており、ONIの重要幹部であるザカライアスは、FBIとの確執を経て、ポストから解任されていた。FBIはラトランドを起訴したいと考えていた。カークはラトランドに、検討いたします、と告げ、訪問を感謝し、ドアまで案内した。

＊

ラトランドは海軍工廠を去り、FBI捜査官たちは尾行を続けた。

ラトランドは路面電車に乗ってワシントン市街に戻り、国立大聖堂からそれほど遠くないアルバン・タワーズのアパートメントに立ち寄った。彼はこのビルのドアマンに挨拶した。ジュリアスという名前の背の高いアフリカ系アメリカ人男性で、ラトランドとは顔見知りだった。しばらく歓談した後、日本海軍の横山中佐を呼んでもらえないかとジュリアスに尋ねた。ロビーのソファに座って待っていると、しばらくして、日本海軍の軍服を着た横山の補佐官が階下に降りてきて挨拶し、横山はおりません、と言った。ラトランドは尋ねた。

「横山中佐はいつ、戻られますか？」

「横山中佐は日米間の交渉で多忙です」と補佐官は答え、さらに素っ気なく付け加えた。

「そしてあなたは、イギリス人でいらっしゃる」

ラトランドは尋ねた。「明日はどうでしょうか？」

補佐官は、確約はしてくれなかった。ラトランドは、ひょっとしてお目にかかれるかもしれないので、明朝9時半にまた来てみます、と言った。彼は補佐官に、メキシコ情勢に関して日本の岡提督宛てに機密電報を送りたい、ついては日本の暗号で送信していただけないかと、横山への伝言を託した。ラトランドは感謝の意を補佐官に伝えてその場を去り、マサチューセッツ通りを歩いて戻った。ジュリアスはすぐにフロントデスクの受話器を取り、ＦＢＩ本部に電話した。ラトランドがやってきましたよ――。

*

5分ほど歩いた後、ラトランドは駐米イギリス大使館に入った。2人の男が、彼を執務室に案内した。彼らはデュブレイ空軍中佐（Wing Commander）、モード陸軍少佐と名乗った。デュブレイは本国政府から十分な説明を受け、準備を整えて待っていた。ラトランドに関する情報は、イギリス諜報機関の最高レベルから彼に届いていた。

1941年半ばの駐米イギリス大使館の最優先事項は、アメリカ合衆国を対独戦争に巻き込むべく、可能な限りの行動を取ることであった。ルーズベルト大統領は概して英国を支持しているが、アメリカ世論は対外戦争への参加を支持していない。アメリカ人に影響を与えるべく、イギリスのチャーチル首相は一大プロパガンダ・キャンペーンを実施するよう命じていた。その中心を担うのは、「イントレピッドと呼ばれた男」として有名なウィリアム・スティーブンソンだ（当時、英国安全保障調整局長。暗号名イントレピッド。後に前述タイトルの小説やドラマで有名になる）。スティーブンソンは、イギリスに関する記事がアメリカの新聞に掲載されるよう手を打った。その内容は、野蛮なナチス・ドイツに対抗し、西側文明のために英雄的に戦うイギリスに同情的なものばかりだ。イギリスに対して肯定的なニュースが雪崩のように押し寄せれば、最終的にはアメリカ人の参戦につながるだろう、という考え方から実施した作戦だが、世論調査によれば、このキャンペーンは確かに、合衆国を英国陣営に近付けるのに役立っている、という結果が出ていた。

対英問題を担当するＦＢＩのフォックスワース副長官は、数日前にそのスティーブンソンに会いに行っていた。フォックスワースの言葉は、歯に衣着せぬものだった。

「これは決定的な証拠です」と彼は言った。

「ラトランドを銃殺刑にしてもよいような、十分な情報があります。イギリス軍将校銃殺なんてことになれば、アメリカの新聞の大見出しを飾るのは必定ですがね。そんなことになる前に、英国当局として、自軍将校の本国送還を望まれる、というお考えはないものでしょうか」

そこでスティーブンソンは、ラトランドをイギリス本国に送還する意向をモード少佐に伝えており、モードはラトランドに、イギリスへの帰国を提案するつもりだった。

ところがラトランドは、まったく異なる思惑でここに来ていた。彼はモードたちに仕事、あるいは少なくとも、アメリカ海軍と同様の取り決めをするよう持ち掛けた。来るべき日本との戦争に備え、イギリスからも資金を得たい。メキシコにいる日本海軍の士官に協力しながら、いつ日本が攻撃を仕掛けてくるかを察知できるように英国側を手助けしたい。さらに、日本はメキシコで無線傍受作戦を実行している。これにより、どれだけ多くの情報がドイツ側に流れているかも、自分が協力すればよく分かるはずだ、という。

これを受けてモードは、部内で協議したい、ついては明日、またおいで願えませんか、と尋ねた。ラトランドはこれに同意し、大使館を出てマサチューセッツ通りをホテルに向かって徒歩で戻った。

翌朝、ラトランドはアルバン・タワーズに行き、日本海軍武官の横山一郎を訪問することから一日を始めた。彼のブリーフケースの中には、暗号化して岡新に送る予定の電報の文案が入っていた。彼はロビーで待たされたが、永遠と思えるほど長く感じられた。時間を潰すために、彼はロビーのテーブルの上にあったワシントン・ポスト紙を手に取った。

「中国での米砲艦爆撃に対し、米国は日本に抗議」という見出しが躍っていた。

日米交渉の担当者は、次から次へと噴出する危機を乗り越えるのに忙しく、ラトランドが持ち込みたい問題の核心に、正面から取り組む余裕などないらしい。20分後、横山中佐の補佐官が降りてきて、横山はお会いできません、と告げた。しかし彼は、一緒に車に乗って、そこで少し話がしたいと申し出た。車内で補佐官は、横山氏がラトランドに会えない理由は、彼が激怒しているためだ、と説明した。

横山は確かに激怒しているが、その矛先は、主に立花止に向けられたものだった。横山は、アメリカ海軍のケリー・ターナー提督との会談からへとへとになって戻って来たばかりだった。提督は、日本は背中から刺してきた、と横山を非難したそうだ。横山は、同じ日本海軍士官ではあるが、立花が何をしていたのか、自分はまったく知らなかった、と述べた。それは本当だった。ターナーはそれを疑っていたが、立花が何をしていたのか、横山は本当に何も知らなかったのである。しかし現在、アメリカの議員たちは、他の日本の工作員とともに、横山も国外追放するよう求めていた。

これも皮肉なことと言えるが、ラトランドは立花の動きをよく知っていたのに、横山は立花の活動について知らなかった。しかし、ラトランドは補佐官との会話の中で、自分と立花との関係にはあまり触れず、岡提督に非常に重要なメッセージを送ってもらえないか、と再度、尋ねてみた。補佐官は送信に同意したが、確約はできません、と述べた。

電報の内容は、以下のようなものである。ラトランドはメキシコシティに行ける可能性が高いが、そうでない場合は、ラトランドがこれまで使用したのと同じパスワードを知っているアダムスという男を代わりに送る、彼は現地に到着次第、カリフォルニアにおける米海軍の軍備状況に関する最新情報をもたらすはずである――。

ずっと監視していたFBIのタム副長官は、ラトランドの動きは馬鹿げている、と感じた。それはもう、ほとんど笑い出しそうなほどである。アメリカ海軍、イギリス大使館、日本海軍の当局者と同じ日に面会する容疑者とは、一体、何者なのだろうか？　しかし、それを理解するのは簡単だった。要するにラトランドは、何でもいいから自分の身を守ろうとしているのであり、首都ワシントンで助けてくれそうな人には誰にでも、片端から話を持ち掛けているのである。結果をもたらしてくれる相手なら、誰とでも喜んで手を結ぶ男なのだ。

＊

立花止、高野虎市ら、スパイ容疑で摘発された人々は、政治的理由で訴追を免れていた。しかしまだ1人、日本のエージェントが大手を振ってまかり通っていた。それがフレデリック・ラトランドである。FBIは彼を逮捕したかったが、マスコミの追及、公開裁判での騒動などを避けて通るわけにはいかないようだった。さらに悪いことに、ラトランドはメディア慣れしており、頻繁にマスコミの媒体に登場していた。ラトランドが取材を受けたいと思ったら、それは彼にとって簡単なことなのだ。

FBIのタムは、ONI局長カークに電話をかけた。やはりラトランドは、海軍に支援を頼んだという。それを確認したタムは、1年半前のことを蒸し返した。ラトランドの捜査から手を引くようFBIに要請したザカライアスの行動について、タムはいまだに腹を立てていた。カークは不承不承ながら、タムに対し、ONIはラトランドを守るつもりはない、と繰り返した。

ラトランドはマサチューセッツ通りを歩いてイギリス大使館に行き、モード少佐とデュブレイ中佐に再会した。デュブレイはＭＩ５の日本担当、コートネイ・ヤングから指示を受けており、ラトランドに対して興味深い対応を見せた。それは最高に欺瞞的だった。完全な真実ばかりではないが、すべてが嘘だらけ、というわけでもない。デュブレイはラトランドに、あなたはアメリカでＦＢＩの追及を受けて、困難な状態に陥っておられますね、と言った。これは明らかに真実だった。そこで彼は、あなたはＦＢＩの手から離れたほうが良いのではありませんか、特にイギリスに行かれるとか、と示唆した。ここでデュブレイが強調したのは、ラトランドの日本海軍との経験は、祖国の諜報機関にとって非常に有益である可能性が高い、という点だった。日本との戦争になる公算は大きい。あなたが再び大英帝国に奉仕されるなら、素晴らしいことだ、あなたはイギリスの情報部に大いに貢献する可能性がある、とまで唆した。

ラトランドはその話に乗り、日本海軍に関する自分の知識は、将来の日本との紛争でイギリス人の命を救う可能性がある、と示唆した。ここでラトランドは当然のことながら、金のかかるＶＩＰ待遇を要求した。当時、大西洋を渡る格安な船旅は、危険極まりなかった。ドイツ海軍の潜水艦〔Ｕボート〕が大西洋で跳梁し、船舶を撃沈していた。アメリカからイギリスに向かう船の乗客は、いつ雷撃されるかもしれない。イギリスに行く他の唯一の方法は飛行機である。すでに戦争に突入していることもあり、飛行機で大西洋を横断する旅行は、いかなる値段を払っても、一般人では無理な話になっていた。

ラトランドはデュブレイに対し、自分を重要な情報部の要員として扱い、爆撃機などの軍用機でイギリスに帰国させてもらえないか、と提案した。もし日本人が自分に対するＶＩＰ待遇を知れば、ますます重要人物であると思い込み、信頼性が高まる。日本人からより多くの情報を引き出すのに役立つに違いない――。

デュブレイは、この問題を検討することに同意し、ラトランドに来訪を感謝し、ドアまで案内した。

ラトランドはホテルをチェックアウトし、テキサス行きのイースタン航空の旅客機に乗り込んだ。FBI捜査官は彼の行き先を監視しており、空港から事前にヒューストンのFBI事務所に電話し、継続して厳重に行動を監視するよう要請した。飛行機を何度も乗り継いだラトランドは、テキサス州の国境の町、ブラウンズビルの空港に着いた。ここでメキシコシティ行きの航空券を手に入れたが、残念ながら、国境管理は以前より格段に強化されていた。メキシコに行ってアメリカに戻りたくても、ビザを取得することができないのである。彼は立ち往生し、手持ちの現金が足りなくなった。彼は銀行に行き、ドロシーが振り出した小為替で200ドルを受け取った。メキシコに行くことはどうしても無理なようなので、ラトランドはロサンゼルスに戻る飛行機の席を予約した。

ロサンゼルスに到着したラトランドは、新聞を手に取った。その見出しは「ルーズベルト大統領、日本への石油輸出を遮断」だった。ラトランドは、それが何を意味するかを知っていた。もはや開戦は不可避である。彼がよく知る日本海軍は、何をするにもアメリカの石油を必要としていた。日本軍の石油備蓄量を推定してみたが、それはさほどのものではない。日本には今や〔中国から〕撤退するか、〔南方資源地帯の〕石油獲得に向けて動き出すかの選択肢しかないであろう。日本軍が撤退するなどありえない、と彼は思った。ひとたび一定の方向に進み始めたら、退くことはない、というのが日本人の性質である。彼らのプライドは高く、特に、公の場で行われた脅迫や侮辱に対して、一歩も退かないのが特徴である。

ラトランドは時間をかけて、自分自身の選択肢を検討した。日本同様、彼も追い詰められていた。アメリカに留まるという選択肢は、もうあり得ない。FBIの監視が彼の行動全体に及んでいた。もしアメリカ海軍が彼のために動かないのなら――明らかに、動きそうにないのだが――、彼にとってイギリスこそ、唯一にして最良の選択肢だった。他に考えられる可能性として、日本に亡命する、という手もあるが、すでに戦争が目前に迫っていることを考えると、問題外のように思えた。こうしてラトランドは、ワシントン駐在のイギリス軍の武官たちに連絡を取り、帰国の手配をお願いしたい、と告げ、改めて、VIP待遇での飛行機による移動がこの話の鍵になる、と強調した。

ラトランドは今や、金に困っていた。そこで、アメリカ国内のナチスや、その他の脅威を調査するユダヤ系研究者グループのリーダー、レオン・ルイスに会い、日本のスパイのリストを売りつけた。

FBIも隠蔽モードに入った。タムは「拘禁予定者インデックス」にあるラトランドのインデックスカードを破棄し、ロサンゼルス支局のフッドにも、ロサンゼルスの事務所にある同じカードを見つけて破棄するよう個人的に命じた。その後でタムは、代わりとなる無難なファイルをフッドに送った。さらにFBI本部からLA現地事務所に対し、さらなる通知が届いた。混乱を避けるために、FBI外の者（たとえ他のアメリカ政府機関の人物であっても）が目にするようなメモや通信に際し、今後は一切、ラトランドについて触れてはならない——。

こうしてフレデリック・ラトランドは、家族をロサンゼルスに残したまま、モード少佐が手配した爆撃機でイギリスへ帰国したのだった。

＊

立花止中佐も日本に帰国していた。到着するとすぐに、彼は市ヶ谷の大本営に連れて行かれ、そこで新しい海軍情報部長〔軍令部第三部長〕の前田稔中将に出迎えられた。前田提督と幕僚たちは2日間をかけて、立花の合衆国滞在中の情報を聴取した。

立花は、質問が具体的な部分に集中していること、熱心であることに感心した。彼がロサンゼルスにいた頃の日本の情報部は、熱意はあるものの現実的ではない、と感じていたからだ。「ザ・ルージュ（The Rouge）」の異名で知られるフォードの巨大工場の航空写真を日本に送った時のことを思い出すと、立花は思わず苦笑してしまう。あの写真はラトランドがたまたま家に持っていたもので、それをそのまま日本に送ったのだが、ここで重要な点は、フォードの工場はロサンゼルスから2000マイル〔約3200キロメートル〕以上離れたデトロイト〔米中西部〕にある、という事実だ。日本海軍がアメリカ西海岸で何らかの攻撃を実行することはまず不可能である。日本の航空機がデトロイトを爆撃できる可能性はゼロだった。横山は、この写真を入手したことで絶賛されたのだが、日本海軍の情報参謀たちはまともな訓練を受けていないか、集中力を欠いているのではないかと、実は疑問に思っていた。しかし今や、チームは非常に現実的な問題に集中しているらしく、頼もしい限りだ。

前田たちは立花に対し、米海軍艦艇が寄港している際、攻撃に対する脆弱性はどんなものか、と質問し、立花は即答した。「入港中の米艦船は、何も予期しておりません。乗組員の練度は、帝国海軍と比べて問題になりません。アメリカの水兵は、艦《ふね》から降りるといつまでも陸《おか》に留まります」

立花の知識と積極性に感銘を受けた前田は、すぐに立花を自分の部下として採用することに決めた。立花はその後、前田から極秘の新任務の内容を教えられた。真珠湾攻撃の計画を支援する、と告げられた立花は、思わず椅子を蹴って跳び上がった。前田の情報部はすぐに立花を頼りにし、彼がロサンゼルスで米艦隊を観察して得た知識を求めた。

この時、前田たちは、ハワイで活動する有能な現地エージェントを抱えていた。新しい日本人のエージェント、吉川猛夫〔予備役少尉〕は、その年の春にハワイに派遣されていた。吉川はすぐに、すでにホノルルにいるエージェントよりもずっと信頼でき、有能であることを示した。そのエージェントとは、「エージェント・フジイ」と呼ばれるドイツ人である。

吉川は当初、ハワイに行くように言われて驚いた。それ以前、彼は病気が悪化し、長期の休暇を取っていた。療養期間中は自宅にいたが、その時間を集中的な英語の勉強に費やした。その一環として、語学教師からシャーロック・ホームズものの短編小説を読ませてもらった。彼は今、自分の立場はあの有名な探偵に少し似ているな、と感じていたが、仕事の危険度はかなり、いや、はるかにずっと高いものだった。

情報部の立花たちは、吉川に対して山のような質問や課題を与えた。真珠湾における艦船の在泊数、毎日どのような艦船が入港しているか、通常の出港時間帯、港内の艦船に最も多くの乗組員がいる時間帯——。毎日、それらを報告するのだ。吉川は後に、質問の数は「冬の雪の結晶ほど多かった」と語っている。とはいえ、アメリカの艦船の位置を24時間態勢で観察できるわけがない。彼は要求の多さを少し煩わしく感じていた。

吉川は当初、失業中のフィリピン人を装い、アメリカ海軍の士官クラブで皿洗いの仕事に就いた。そのクラブや近くのレストラン、または付近にあるサトウキビ畑からアメリカ艦隊を観察したが、それだけでなく、防雷網の中にいる艦隊の近くまで泳ぎ、海底に潜って水深を測定し、艦体の揺れ具合まで確認した。こういう時は、吉川は竹筒を使って呼吸した。

軍令部は吉川に、真珠湾を攻撃する計画があることを告げなかったが、質問の内容から見て、それは明白だった。立花は吉川に対し、港の水深、艦船の周囲の防雷網についてしつこく尋ねていた。雷撃機による攻撃を企図している場合にのみ、尋ねられる質問である。

立花からの重要な要求の中に、真珠湾において、米艦船の入港数が最大になるのはいつかというものがあった。

その答えは、毎月第1日曜日と第3日曜日の夜明け直後だった。まさに、奇襲攻撃をするには絶好のタイミングとなるだろう。

第28章 いるべきところにスパイはおらず

1941年10月～11月

ラトランドはロンドンの海軍本部に入った。イギリス海軍情報部長のジョン・ゴッドフリー少将の執務室は39号室である。そこまでエスコートしたのは、ゴッドフリー提督の個人秘書、イアン・フレミングという若い士官〔当時、少佐〕で、ラトランドがロイター通信に寄稿していた頃から知っていた〔フレミングは1931～33年にロイターで勤務した〕。

ラトランドは緊張していた。イギリスへの帰国も、この会談も、依然として懸念すべき点だらけだった。帰国に同意する前、彼はワシントンで身分の保証を受けていたが、実際にはずっと監視されていた。政府が自分に対して、非常に強い不信感を抱いていることも知っていた。ワシントンのイギリス大使館の武官たちは、どうも嘘をついていたようだ。

彼らは確かに爆撃機を用意した。どんなファーストクラスの航空券よりもよい待遇で、イギリスに送り返したのだ。しかし、彼がロンドンに戻る前でさえ、事態はそんなにうまく運ばなかった。爆撃機は給油のため、アイルランドのフォインズに着いたが、入国審査官は彼を脇に寄せてバッグの中身と、渡航書類を調べた。パスポートに日本のビザが記載されているのを見つけた彼らは、訪問目的について質問し、誰と会うつもりなのか、具体的な名前と場所を尋ねた。ラトランドの答えに満足した審査官らは、手を振って彼を解放したが、もっとよく調べたい、と言ってパスポートの返却を拒否した。いつとは言えないが、いずれお返しする、と彼らは言った。ラトランドはできる限りの怒りを表明してみた。だが、この正当な憤りの裏に、自分が今回の帰国について抱いている重大な懸念があることは、彼自身もよく分かっていた。突然、この決断は間違っていたかもしれない、と感じた。

「お帰りなさい、少佐（Squadron Leader）」とゴッドフリーは言った。「どうぞかけてください」

ラトランドは椅子を引き、敬意を持って、しかし内心の懸念が表に出ないように見える位置をよく考えて、姿勢を正した。

「ありがとうございます」とラトランドは快活に言った。「イギリスに戻れて嬉しいですよ」

「ええ。砂漠の中のオアシス、ロサンゼルスから帰ってこられたわけですな。こちらには映画スターや路面電車は多くないかもしれませんが、あなたも私もロンドンという街を、それこそ骨の髄までよく知っているわけです。ここはたとえ戦争になっても、簡単にへこたれたりしない街ですから」

「同感です。先ほども申しましたが、戻ってこられてまことに嬉しいです」

ラトランドには、ゴッドフリーの慇懃さがおざなりなものなのか、策略なのか確信が持てなかった。ゴッドフリーは彼の履歴書をよく読んでおり、彼もゴッドフリーの経歴を知っていた。ラトランドの祖国でよく使われる用語で言えば、2人とも「戦時中に一緒に昇進した（come up together during the war）」のだが、ゴッドフリーのほうが、さらなる栄進に有利な立場にあった。その事実は、彼の執務室のドアに張られた緑色のベーズ〔フェルトのような生地〕によって明らかだった。威厳ある者と、その部下との間には顕著な境界線があるのだ〔green baize doorは、英国の豪邸で主人の家族と使用人の居住区を隔てる伝統的な内装〕。スタッフォードシャー出身のゴッドフリーは、バーミンガムにあるキング・エドワード校で教育を受けた。４００年の歴史を持つエリート校だ。

彼は第一次世界大戦でガリポリ作戦に参加し、装甲巡洋艦ユーライアスで勤務した。エジプトでの激戦を生き延びた後、ラトランドがイギリス空軍から除隊するのとほぼ同じ時期、地中海艦隊司令部の参謀に着任した。現在、彼はイギリスでも主要な情報機関のトップに立っている。その職責上、ゴッドフリーは秘密情報部（いわゆるＭＩ６）、軍事情報部（ＭＩ５）の対スパイ部門と連携し、統合作戦について定期的に連絡を取り合い、各情報機関と広範囲、かつ高度なアクセスを維持している。彼の挨拶が儀礼的なものなのか、誠実なものなのか、ラトランドにはまだ占うことはできない。彼の意図がどこにあるのか、気になって仕方がないが、相手の出方を理解しようとしながら、常に警戒を怠らなかった。

「どれくらい海外におられましたか？」とゴッドフリーは尋ねた。

「１９２２年に初めて出国して、それから日本に参りました。それ以来、日本に4年間、アメリカに9年間ほど住んでおります」

イアン・フレミングは、ラトランドの言葉をノートに書き留めた。彼は好奇心旺盛な男だ。面長の顔の眉間にしわを寄せ、何でも見抜く目で、どんなに細かいことも見逃さない。ラトランドは、実はフレミングこそ、自分が説得しなければならない相手だ、と悟った。フレミングが会見の議事録をまとめるのだ。ラトランドをイギリスの諜報機関に推薦するか、追放するか——、そのストーリーを左右する鍵を握っているのは彼だ、という印象を受けた。

「私は大日本帝国海軍、及びアメリカ海軍の多くの幹部と緊密に協力してきました。もちろん、私の今の優先事項は、できる限りの方法でイギリスを助けることであります」

フレミングは身を乗り出した（後にフレミングは、彼が生み出した架空の人物、００７ことジェームズ・ボンドについて、「戦争中に私が出会ったすべての秘密諜報員や特殊部隊の人物類型を組み合わせたものである」と述べた。魅力的で身なりがよく、多くの国で活動し、華やかなパーティーに時間を割きながらスパイ活動をしたラトランドは、フレミングのインスピレーションの一部であった可能性がある）。彼はきれいにアイロンのかかった軍服を着て、ネクタイをウィンザーノットで締めている。ラトランドはそこで初めて、彼の胸に勲章の類がまったくないことに気付いた。これは30代半ばの佐官としては奇妙なことだ。

「ではこの間において、あなたは誰のために働いていたと思っていますか、少佐？」

「１９２０年代初頭、数十人のイギリス人が日本人を助けており、私もその一人でした。しかし、これはおそらくご存じのことと思います。センピル卿や、元ソッピース社のハーバート・スミスと一緒に日本にいたことも、おそらくご存じでしょう。当時、イギリス政府はこれらの取り組みを支援していました。当時は日英間のパートナーシップの促進に、非常に熱心でしたからね、その……」。ここでラトランドは、気を持たせるために言葉を切った。

「ご承知のごとく、その起源は数十年前〔の日露戦争〕に遡りますから。おそらくこの議論に最も関係があるのは、私が日本海軍について、どれほど熟知しているか、という事実です。１９２０年代初頭、私は多くの日本海軍の下級将校と友人になりましたが、彼らは今、日本海軍の指導的立場に就いています。イギリスでもアメリカでも、私ほど日本の軍令部の参謀将校を知り、信頼関係を築いている者は、他にいないと思います」

フレミングは記録を書き続けた。ゴッドフリーは「そうですな」と答えた。

「そして我々は、その期間中、あなたが日本に奉仕することを妨げませんでした」

ラトランドはこれを聞いて安心し、少し緊張がほぐれた。彼自身の重要性と経験について自由に話せる機会を得る時、彼は常に自分らしく振る舞えた。自信を取り戻していた。

「それで、その後はどうですか？　その後は誰の下で働きましたか？」

「1930年代になって、日本人が再び私に援助を求めてきました。私は商社を経営していたので、仕事で日本を訪れましたが、彼らは私のアメリカでの経験に興味を持ちました。しかし、〔日米間の〕緊張が高まり始めた後、私はアメリカ海軍で働き始めました。彼らは私の意見を聞いて、とても喜んでくれましたよ」

フレミングが尋ねた。「あなたは合衆国のために、どのような仕事をしましたか?」

「それは機密扱いです。きっと理解していただけると思いますが」

フレミングはうなずき、ノートに何かを記入した。

「私が言えるのは、これは皆さんに申し上げるべき話ではないかもしれませんが、アメリカ海軍情報局(ONI)は、適切かつ優先的に付き合うべき唯一の合衆国の諜報機関である、ということです。アメリカには諜報機関がたくさんあります。何人かのアメリカ人は、ここは舞台裏のような騒がしさだ、と言っていました。ある機関のエージェントがドアから飛び出すと、すぐに別の機関のエージェントがドアに駆け込み、全員が同じ情報を追っている、というわけです」

ゴッドフリーとフレミングは、この言葉にほぼ同意した。この頃、イギリス海軍情報部とONIは、実際に協力を始めていた。MI5は非常に長い間、自分たちの情報をアメリカ人に秘密にしていたが、英米両国の海軍情報部は、あくまでも必要性の高さゆえに、お互いの情報を共有していた。イギリスの海軍情報部とMI5の関係は、ちょうどアメリカにおけるONIとFBIの関係と似ていた。非常によく似た理由から、両者は常に完全に同じ認識を持っているわけではないのだ。イギリス海軍の優先事項は、イギリスの艦船が確実に浮いていられる、ということに尽きる。ONIの優先事項も、アメリカの艦船が確実に安全を維持できる、ということである。日本軍による艦船への攻撃の可能性がある場合、MI5が容認しないような極端な手段、たとえば情報源を危険にさらす、といったことも、海軍情報部はあえて行うかもしれない。

自分の話が彼らの共感を得ている、と思ったラトランドは、背筋を伸ばして座り直した。「日本による攻撃が近付いています」と彼は言った。

「それも、思ったより早く。日本軍がどこを攻撃するかは定かではありません。しかし、シンガポールに在泊するイギリス海軍の艦艇が、彼らの標的となる可能性は十分にあります。ぜひ思い出していただきたいのですが――、私は14歳でイギリス海軍に入隊しました。インド人の言い方に倣えば、イギリス海軍は我が父にして我が母なり、というところです。HMSレパルス〔巡洋戦艦〕が現在、シンガポールに向かっているようですね。1917年に、私はその後部砲塔から複葉機を発進させました。私はあの艦と水兵たちを守るために、全力を尽くしたいのです。どうか私にやらせてください、ぜひご検討いただきたいのです」

ゴッドフリーとフレミングは、ラトランドの発言を受け入れた。彼らは、MI5がラトランドを信頼していないことを知っていた。しかし今の時点では、彼にはそれだけの価値があるようだし、誠実にも見えた。

「何を提案されたいのですか？」とゴッドフリーが尋ねた。

「イギリスは攻撃に備える考えだと思います。この点で、私のスキルと人脈の両方が非常に役立つと思います」

「どうぞ、続けてください」とゴッドフリーは言った。

「FBIが立花のスパイ組織を摘発したため、日本はその諜報網をメキシコシティに移しました。メキシコには少なくとも十数人の日本海軍の士官がおり、全員がアメリカとイギリスに対するスパイ活動、破壊工作の計画に関与しています」

「しかしですな、我々は今、ヨーロッパのナチスを追跡しているのです。どこかの僻地にある日本のネットワークではありません」

「ドイツ海軍が大西洋でイギリスの船舶を沈めていますが、その船の位置について、日本軍がドイツ人に密告したかもしれない、と考えたことはありませんか？　メキシコシティに所在する日本の無線傍受チームは、他の活動と同様、極めて洗練されており、正確です。メキシコシティは高地にあるため、バージニアから流れる合衆国の無線通信を傍受するのに最適です。彼らは、私たちの船がどこにいるかを、よく知っているのですよ」

ゴッドフリーとフレミングは、もはや前のめりになって聞いていた。イギリス海軍情報部の焦眉の急は、特にイギリス諸島を囲む主要航路がある北海、及び北大西洋におけるドイツ艦艇の追跡である。フレミングはすでに、あるオーストラリア人パイロットと協力し、停泊中のドイツ艦隊を撮影していた。ラトランドがたった今、彼らに提供したいと述べているような情報は、近い将来において、ますます必要なものとなる。

「で、そのネットワークに、あなたは侵入できるのですか？」とゴッドフリーは尋ねた。

「ええ、私は既に潜り込んでいるのです。それは、日本人の側が私に頼んできたことですから。メキシコシティで活動する部署を訪問し、調整してほしい、というのです。私は何度もあそこに行ったことがあります。彼らは私を信頼しています。私をメキシコシティに送ってください。そこにいる日本人たちは、私を歓迎してくれるでしょう。そして私は、攻撃がいつであるかを知り、皆さんにお伝えできる、というわけです」。ここで演出効果を発揮するために、ラトランドは話を止め、感情的な声を振り絞った。「これはご理解をいただきたいのですが、私にとりまして、イギリス海軍と祖国を守ること以上に重要なものなど、世界中にないのです」

フレミングが尋ねた。

「ではどうやって、その差し迫った攻撃を予測できるのでしょうか？」

「私は日本海軍のことを、誰よりもよく知っています。嶋田、山本、高須といった提督と、ほぼ20年間も緊密に協力してきました。日本の下級将校たちは、私が東京の海軍省から派遣されていると知ると、他の外国人に対してよりもはるかに多くのことを、私に話してくれます。もちろん、詳細をすべて知ることはできないでしょう。実際、メキシコにいる日本人たち自身も、攻撃の詳細をすべて知っているわけではありません。でも、準備状況やタイミングは分かるはずです。そこで私は、皆さんにそれをお知らせすることができる、と思うのです」

しばらく、部屋の中の誰も、何も言わなかった。沈黙を破るために、ラトランドは口を開いた。

「もしご希望であれば、私はアメリカ側との調整もお手伝いできる、と申し添えさせていただきます。私はONI局長のカークとも、非常に良好な関係ですので」

フレミングはノートを書き続け、時々顔を上げて、ラトランドの顔を観察した。最後にゴッドフリーはうなずき、立ち上がった。

「少佐、あなたの示された洞察に感謝したいと思います。あなたの申し出は有益である、ということは、すでに分かっています。もちろん、この新情報について、さらなる協議が必要であることは申すまでもありません。できるだけ早くご連絡させていただきます。フレミング少佐がお見送りします」

ラトランドは、唐突に会議の結論が出たことに驚き、立ち尽くした。少なくとも、この場でイギリス政府による雇用を確約してもらう、という彼の願いは叶わなかった。その一方で、部屋から追い出されるとか、もっと悪い扱い――つまり拘束されることもなかった。ゴッドフリーの部屋を出る前、フレミングが彼に幸運を祈ったが、彼はこれからも自由なのだ。自分の有用性について、可能な限り最善の主張ができたらしい。それは大きな慰めだった。自分の運命はまだ分からないが、それでも、身の安全は確保されたようだった。

フレミングが執務室に戻ってくると、ゴッドフリー提督は部下のユウェン・モンタギュー〔当時、少佐〕に命じ、MI5のコートネイ・ヤングとディック・ホワイトに連絡させた。会議を開くのである。ゴッドフリーとしては、ラトランドをどう扱うか、次のステップを話し合いたかったが、同時にＭＩ５に対し、強いメッセージを伝えたかった。フレミングはメモをタイプし、事前にヤングとホワイトに送った。この会議は、最初から波乱含みとなった。

「ラトランドは国民的英雄だ」とゴッドフリーは断言した。

「彼の扱いについて、ＭＩ５はなぜそんなに攻撃的なのかね？」

ヤングは即座に、ゴッドフリーがラトランドを貴重な人材として擁護することに反論した。

「失礼ながら、ゴッドフリー提督。それは過去のことです。我々は将来について話す必要があります。ラトランドをメキシコや合衆国に送るのは、甚だしく危険です」

「ラトランドは、おそらく非常に有用であるようだ。彼をメキシコの日本人のもとに送り返すというのは、確かに無意味かもしれん」とゴッドフリーが反駁した。

「しかしだ、もしかしたら彼は、別の場所、よりリスクが低く、誰にも注目されていない場所で、我々を助けてくれるかもしれないぞ。ラトランドの特別な才能を活用しないのは残念だ。これは単なる思い付きだが、たとえば戦争が起こった場合、捕虜を尋問するのにああいう男は使えそうじゃないか？」

「ラトランドは刑務所に入れられるべき男です」とヤングが言った。

「私のデスクの上には、ラトランドの活動を記録した大きなファイルがあります。一つ明らかなことは、あいつが不謹慎で、嘘つきだ、という事実です。実際、彼が今、刑務所にいない唯一の理由は、アメリカ人が積極的に本件に関わることを避けたからに過ぎません」。ヤングは少し間を置いて、後を続けた。

「９月に私たちがＦＢＩから受け取ったメッセージは、脅迫的な内容でした。ＦＢＩとしては、彼を極刑とするに足る十分な証拠を持っている、そして、イギリス側が彼を本国に連れ戻さないのなら、銃殺刑に処する、というのです。おそらく、その言葉通りにする気はなかったでしょうが、彼らは珍しく怒っているようでした。彼らの怒りの矛先が、ラトランドに向かっていたのか、それとも私たちに向かっていたのかは分かりません。しかしいずれにしても、我が国に対する違法行為の証拠が不足しております。だから、いまだにあいつを裁判にかけることができないのです」

「まさに、そこが要点のようだ」とゴッドフリーがうなった。

「あの男が、我が国に対する犯罪行為をした、という証拠がない以上、なおさら彼を適切に扱う必要があるじゃないか」。ゴッドフリーの態度は、驚くべきものではない。何しろ彼は、あくまでもイギリス海軍の軍人だからである。

ヤングとホワイトは、当面、ラトランドをどのように扱うか、という優先すべき話題に戻そうとした。彼らとしては、ラトランドを世間の注目から遠ざける必要があった。ウィンストン・チャーチル首相が掲げる優先事項は、アメリカを英国側で世界大戦に参戦させることである。このため、本件は極めて重要だった。もしイギリスの戦時英雄が、10年間もハリウッドで日本のためにスパイ活動をしており、イギリス側はそれを知っていたのに、アメリカ人にそのことを話してこなかった、という噂が広まれば、その報道はイギリスにとって非常にダメージとなるだろう。彼らが行ってきたPR活動は著しく後退することになる。

ヤングはまさにこのシナリオを避けるために、ラトランドの帰国を画策したのである。彼は英国政府の名の下で、ラトランドに何かをさせるつもりなど毛頭なく、ましてや彼のこれ以上の暴走を許すつもりもなかった。法的に彼を逮捕することができないとしても、少なくとも彼を監視下に置き、会うべきでない人々と、できるだけ話させないようにすることはできるだろう。

議論は続いたが、それが大きな違いを生むわけではなかった。枝葉末節はともかく、精神は一つだった。要は最終的な決定を下し、各機関の情報を正確に共有することである。

「帰国前に」とゴッドフリーは言った。「ラトランドはワシントン駐在のモード少佐に手紙を書いている。日本軍が何年も、自分を操ってきた、という内容だ。日本人は彼にこれまでの仕事の対価を支払うどころか、ますます多くのことを要求し続け、その結果、彼は法的に疑わしい領域まで踏み込んで行ったと。言っておくが、私はこの手紙を実際には見ていない」

「あの手紙を書いた時、ラトランドは逃走中だったのです」とヤングは反論した。

「彼は自分の尻を隠すためなら、何でも言ったことでしょう。彼は追われていました。溺れている者を捕まえるのは最後の手段です。しかし放っておけば、必ずボロを出してくれるものです」

ゴッドフリーは、ＭＩ５がイギリス海軍の英雄をぞんざいに扱うことに腹を立てていたが、ヤングの見方が正しいことも、内心分かっていた。彼自身も最近、ヤングの言うような手法で対スパイ活動を指揮し、成功を収めていたからだ。１９３９年9月、彼はドイツ人に対する欺瞞作戦の実施にあたり、心構えを指示する「トラウトメモ」を発行していた。

「トラウト（マス）を狙う釣り人は、一日中、辛抱強くキャストする。場所を変え、ルアーを頻繁に変える。魚を怖がらせてしまったら、『30分ほど釣り場を休ませる』かもしれない。しかし、船から何かを送り出して、ずっと魚を引き寄せる、という彼の努力は、絶え間なく行われるのである」。ゴッドフリーはそのメモの中で、漁師がマスをおびき寄せるのと同じように、敵を騙したり誘惑したりする54もの駆け引きの方法を挙げた。今のラトランドは恰好の餌であり、身を隠すのに必死である。生き残るために、たとえどれほど信憑性のない情報であっても、〔それを与えれば〕日本軍に必ず伝えるだろう、と彼は考えた。要するにゴッドフリーは、ラトランドを泳がせたまま利用したかったのである。

このアイデアはまったく荒唐無稽なものではない。その後、このメモの方針に基づき、さらなる突飛な計画が生まれ、フレミングとモンタギューの2人も関与することになるのだ。それが有名な「ミンスミート作戦」である。１９４３年にイギリス軍はシチリア侵攻を計画していたが、それをドイツ軍に悟られないように工作をした。偽情報を持ったイギリス人の死体をドイツ軍に回収させ、わざとその情報を発見させる、というものだった。

しかし、それはもう少し後のことである。今のところ、イギリス海軍はそのような行動を取るつもりはなかった。一方、新たな国家非常事態法により、MI5やその他の機関には、イギリスと戦争状態にある国々に関係する容疑者を逮捕し、裁判なしで無期限に拘留する権限が認められた。しかし、日本とイギリスが戦争状態になるまでこの法律は適用されず、それまではラトランドを逮捕できない。ヤングは、日本との戦争が始まった瞬間、ただちにラトランドを逮捕できるように、命令書を手元に用意していた。

ラトランドを視界から遠ざけ、気にも留めずに泳がせておく、というMI5の決定は、彼らにとってはそれでいいだろう。だが、アメリカのFBIやONIにとっては、それでは済まない。彼らは開戦後のスパイ活動の準備を進めつつ、差し迫った日本の攻撃について備え、その詳細を知ろうとしていた。ラトランドはイギリス軍に、狼煙を上げるための発煙銃は提供できないが、銃のボルトをコッキングして弾を装塡し、有事に備えることはできる、と申し出た。何が起こるか、それがいつ起こるかを知るための、もっともらしい方法も提案した。

残念ながら、たとえイギリスが詳細な情報を入手してアメリカ側に警告したとしても、あるいは何らかの形でラトランドを利用できたとしても、アメリカのどの機関もそれを受け入れる気があるかどうか、ましてや、それに基づいて行動するかどうかは、まったく確証がなかった。手がかりがなかったわけではない。実際にはたくさんの手がかりがあった。問題はそれらを統合することなのだが、各情報機関のトップの間には、組織上の乱れがあった。日本について最もよく知っており、先見の明をもって日本軍の攻撃を予測していたONIのザカライアスは、まさにこの大事な時期に、諜報機関から外されていた。

ONIはザカライアスの扱いにおいて、2つの間違いを犯した。彼らはあまりにも長い間、彼をその職に引き留め、そして今度は、あまりにも早く彼を追い出した。好戦的なザカライアスは10年以上にわたり、日本について警鐘を鳴らし続け、同僚や上司を苛立たせ、当惑させてきた。日本の脅威に関する彼の絶え間ない警告は、実用的な情報とは見なされず、大袈裟な陰謀論としてどこでも却下された。しかし、彼の懸念は戦争の勃発であり、最終的には先見の明がある見方だった。だが、ザカライアスの絶え間ない警告は、まるで狼少年のように受け取られた。これはおそらく、日本海軍が攻撃をするにあたり、かえって彼らを助ける効果すら生んだだろう。ブル・ハルゼー中将〔太平洋艦隊の空母部隊指揮官〕がいみじくも述べていた。「敵艦船、空母、輸送船、潜水艦の存在に関して、未知の情報源から、非常に多くの虚偽報告が寄せられており、虚偽から真実を見極めることは非常に困難である」

いずれにせよ、攻撃が実際に起こった瞬間、ザカライアスは情報機関から離れて洋上にいた。ラトランドはイギリスに移送されていた。アメリカ海軍がザカライアスではなくカークをONI局長に据えたのは、カークには政治的、組織的、外交的スキルがあり、他の諜報機関ともうまくやっていけると考えたからだ。しかし、他のすべての機関と協力することなど不可能だった。カークがFBIのフーバーに協力させるなど、まったくできない相談だった。

ONIはFBIとの政治闘争や海軍内部の対立に巻き込まれ、苦戦を続けた。そんな中でもカークは、長い間、ずっと無視されてきたこと、つまり日本及び日本海軍周辺の情報収集を強化しようとした。ONIは当時、東京ローンテニスクラブで、数人のエージェントを採用していた。このクラブは1900年の設立以来、外国人と日本人がテニスを通じて交流してきた場である。テニス会員であるエージェントの中に、日本人と思われる若い男性がいたが、厳密にいえば違った。彼は朝鮮人〔当時の国籍的には日本人〕であり、日本に反抗し、アメリカを助けるためにあえて命を危険にさらすことを喜んでおり、横須賀や舞鶴を含むいくつかの日本海軍の基地を定期的に視察した。こうしたスパイは、全長

250メートルを超えるとみられる新型戦艦〔戦艦「大和」級のこと〕の建造を確認していた。造船所の前を通りかかると、割と簡単に姿を垣間見ることはできたが、それ以上の情報は得られなかった。

もしONIが日本の南部の都市、鹿児島にエージェントを派遣していたら、もっと興味深い光景が見られただろう。数百機の日本海軍機が、真珠湾によく似た湾〔錦江湾〕で、低空からの浅海面雷撃訓練を実施していたのである。しかし全体として、ONIが日本で行った活動は、非常に限られていた。

結局のところ、カーク局長は、近付く戦争に向けてONIの規模を拡大し、必要なレベルまで改善するだけの手腕がない、と海軍の人事当局から判断され、チェスター・ニミッツ少将〔当時、海軍人事部長〕と話し合うことになった。こうして、真珠湾攻撃まで2か月もない10月15日、セオドア・ウィルキンソン大佐がONI局長に就任することになった〔同時に少将に昇進〕。彼は1941年において、実に4人目の局長である。ウィルキンソンは海軍兵学校のクラスで首席卒業という有能な将校だった。一方、カークの方は、できるだけ問題が悪化しないうちに、ONIから離れたい、と心に決めていた。

ウィルキンソン提督は確かに有能ではあったが、漠然とした情報しかない中、これに基づいて攻撃を防ぐために行動するどころか、そもそも何もできる状態になかった。着任に際し、彼は自分のチームに、日本にいるエージェントからの最新情報を尋ねた。例のテニスクラブのエージェントが、横須賀の日本海軍の本拠地を訪れたが、警備が強化されたため、情報を得るほど近付くことはできない、と報告してきた。港に艦船がいるのかどうかも分からず、日本艦隊がどこにいるのかについても、まったく手がかりがない、とのことだった。

11月中旬、アメリカの暗号解読室は、日本の空母機動部隊を「見失った」。当時の暗号解読者は通常、実際の通信内容そのものを読み取ることはできなくとも、コールサインによってその艦名を識別することはできた。日本海軍の通信部局は、無線封止を実施したようだが、これは事態を鋭く観察する者にとって、今後の攻撃を示す明らかな兆候であった。

手がかりはそれだけではなかった。

ハワイの太平洋艦隊司令長官キンメル大将は、幕僚の情報将校エドウィン・レイトン〔当時、情報主任参謀で少佐〕に尋ねた。「日本艦隊はどこにいるのかね」。答えは、アメリカ人は誰もそれを知りません、というものだった。キンメルは、ものの譬えとして（あるいは、本当にそう思ったのかもしれないが）重ねて尋ねた。

「では、我々がこうして話している間にも、日本艦隊がまさにそばにいて、ダイヤモンドヘッド〔ハワイ・オアフ島の火山〕の周囲を回っている可能性もあるが、それでも我々にはまったく分からん、ということかね？」

レイトンはうなずいた。

第29章　そして真珠湾へ

ハワイの北方約400キロメートル
1941年12月7日（昭和16年12月8日）現地時間午前5時30分

海は荒れていた。波が艦首を持ち上げ、甲板まで水しぶきが舞い上がった。零式艦上戦闘機（ゼロ）、九九式艦上爆撃機（ヴァル）、九七式艦上攻撃機（ケイト）が空母の飛行甲板に翼を並べ、発艦準備を整えていた。整備員たちは、艦のピッチング〔縦揺れ〕で飛行機が大きく動かないよう、懸命に機体を押さえていた。

旗艦の空母・赤城の甲板に立つのは、攻撃の総隊長を務める淵田美津雄中佐である。淵田は中島製の九七艦攻（アメリカ人はこの機種を「ケイト」の通称で呼んだ）の発動機を始動させた。始動装置は萱場製作所の製品である。快調なエンジン音を聞いた淵田は、艦橋にいる飛行長が白い旗を振るのを見た。甲板員が車輪止めを外し、彼の乗る指揮官機は発艦した。空に舞い上がった淵田機はエンジンの出力を上げ、乗員は首がガクンと後ろに押し付けられるのを感じた。

この時代の日本海軍機は、オアフ島までの距離を1時間半で飛行できた。ほんの5～6年前の航空機の性能では、この距離から攻撃を行うことはできなかっただろう。こうした飛行機の性能向上にあたり、フレデリック・ラトランドが設計者に提供した情報は、大いに活用された。空母そのものも、ラトランドとの協議に基づいて設計が改められていたし、九七艦攻の始動装置を製造した萱場も、その主要な株主はラトランドなのである。淵田は編隊が攻撃隊形をとったところで風防を開け、やはり萱場製の信号拳銃を放った。

「我、奇襲に成功せり」

一方、メキシコシティでは、和智恒蔵少佐とその部下が、いつものようにアメリカの通信を監視していた。このところ彼らは、アメリカの無線通信を解読できていなかったが、信号の位置と強度、およびアメリカの軍艦のコールサインを追跡していた。突然、彼らはアメリカ海軍の無線メッセージを傍受したが、それは暗号ではなく、平文だった。

「真珠湾に空襲。これは演習にあらず（Air raid, Pearl Harbor. This is no drill）」。彼らは顔を見合わせた。それが何を意味するのかを正確に理解する前に、ショックを受けていた。和智は、日本時間では12月8日の午前2時であることに気付いた。彼らはほぼ確実に、作戦の関係者以外で開戦の一報を聞いた最初の日本人だった。興奮した和智は部下たちに音頭を取り、皇国の弥栄を祈って万歳を三唱した。

和智は、南カリフォルニアに情報ネットワークを構築し、今後も戦争遂行を支援するつもりだったが、それは実際にはもうできなかった。ラトランドも他のメンバーも、すべて追放されるか投獄されるか、あるいは姿をくらましていた。

攻撃が始まった時、エリス・ザカライアス大佐は真珠湾にはいなかった。西に約530キロメートル離れた洋上にいたのだ。彼が指揮する重巡洋艦ソルトレイクシティは数日前に出航し、ウェーキ（ウェーク）島に飛行機を輸送する空母エンタープライズを護衛して、その朝は真珠湾に帰投する途中だった。艦長室で目を覚ました彼は、ドアを狂ったようにノックする音を聞いた。通信士が飛び込んできて叫んだ。

「艦長！　真珠湾が攻撃されたという通信です。これは演習にあらず！」

ザカライアスはラジオの周波数をＫＧＵ〔ホノルルのラジオ局〕に合わせた。事前に録音されていた音声が流れてきた。「散発的な空襲を受けています。誰もが落ち着いて屋内に留まるべきです。軍の駐屯地への移動を妨げるので、通りには出ないでください。心配することは何もありません」。実は、この文案を考えたのはザカライアス自身だった。局のオーナー、ロリン・サーストンの依頼で数週間前に書いたものだが、それを自分で聞くのは特に不快だった。自分の言葉が何度も繰り返されるのを聞くうち、苛立ちはつのり、苦い気分になってきた。

ザカライアスは、総員を戦闘配置につけた。エンタープライズは艦載機を発進させた。そう遠くないところにいるはずの日本の軍艦を探そうとしたのである。だが何も発見できず、燃料不足のため、真珠湾に戻るしかなかった。しかし、ザカライアスが属する空母打撃群は、日本艦隊を発見できなくて、むしろ幸運だったかもしれない。アメリカの空母はエンタープライズ1隻だけだったからである。

一方、日本の空母は6隻もいたのだ。

翌日、ザカライアスの艦は真珠湾に入港した。ひどい惨状を目にした彼は怒りを覚えつつも、ある意味で、どこか満足するような気分もあった。上陸した彼は、友人に頼んで妻に「大丈夫だ」という電報を送ってもらった。それからＫＧＵに電話し、サーストンと話した。

「ザック！」と彼は叫んだ。

「神に感謝するよ、君は大丈夫だったようだな！　ちょっと来てもらえるか？」。ザカライアスは、残念ながら当分は忙しくなるだろう、と答えた。

「まさに日本軍の攻撃だ！　君の言った通りになったな。君の艦の調子はどうだね？」とサーストンが尋ねた。

「俺の艦は大丈夫だよ、ロリン。今後の活躍を御覧じろ、というところだね。それについては、君に聞いてもらえるだろうよ」

「頑張ってくれ、ザック。幸運を祈る」。サーストンは電話を切り、ザカライアスは自分の艦に戻った。

＊

カリフォルニアのＦＢＩロサンゼルス事務所に、ハワイのエージェントから電話がかかってきた。特別捜査官フッドは執務中だったので、自ら電話に出た。エージェントが奇襲攻撃について説明している最中も爆発音が聞こえ、フッドは目を丸くした。普段は冷静なフッドも、血圧が上昇するのを感じた。今のところ、ロサンゼルスでは襲撃はない、とエージェントに伝え、感謝の言葉を述べて電話を切った。すぐに彼は、かねてリハーサルしていた計画を実行に移した。港湾関係者、警察、市水道電力局、製油所、電話会社に連絡し、最高レベルの警備態勢を敷かせた。日本軍がロサンゼルスを飛行機で爆撃する可能性は低いが、破壊工作員を使って主要施設を爆破、あるいは無力化する可能性は十分にあると思われた。

フッドは、そのような工作員を操る可能性が高そうな、数人の容疑者を念頭に置いていた。ただちに高野虎市と古澤孝の下に捜査員を派遣し、真珠湾を襲った日本軍機がすべて空母に帰投する前に逮捕した。

高野はこの時、なんの罪を犯したわけでもないのに拘束された。6か月後、多くの無実の日系アメリカ人の民間人もマンザナー強制収容所に送られ、高野と合流した（間もなく10万人以上の日系アメリカ人が、何の罪もなく抑留されることになる）。映画界出身の高野は、チャーリー・チャップリンの邸宅でやったのと同じように、収容所の映写機を稼働させる係に就いた。

チャップリン自身も複雑な葛藤を抱えていた。彼は合衆国が日本と戦うことになって落胆したが、一方で、ヒトラーを阻止する必要がある、という強い信念を持っていた。そのため、これでアメリカが対独戦争に参加することになるのは喜んだ。

ワシントンのJ・エドガー・フーバーは、完全なダメージコントロール・モードに入っていた。誰かが真珠湾攻撃を許した責任者として袋叩きに遭うのは必定だったから、それを誰かに——、要するに、FBI以外の誰かに押しつけてしまわなければならない。明らかに責任を負うべき最初の候補者は、ハワイの現地責任者である。フーバーは数日後、ルーズベルト大統領に提出したメモで、そのような主張をした。FBIが非難される可能性のあるすべての話題、つまりラトランド事件のような重大な事案については、緘口令を敷いた。

*

真珠湾攻撃の当日、その一報が入った時、ラトランドは夕食をとろうとしていた。BBCがニュース速報を流したのである。それはまさに彼の予想通りで、真珠湾のアメリカ艦隊に対し、日本軍機が奇襲攻撃を仕掛けたのだった。彼は過去6か月間、このような事態が起こることを説明しようとしてきたが、徹底的に無視されたばかりか、事実上の敵として扱われた。

ラジオの報道ではあまり詳しい情報はなかったが、日本軍が宣戦布告せずに先制攻撃をしたに違いなく、日本の多くの良き友人たちが、この戦いに巻き込まれただろう、と確信していた。きっと桑原虎雄はその場にいたのではないか、と彼は思った〔桑原少将は当時、第三航空戦隊司令官。日本近海に出撃したが、攻撃には参加していない〕。アメリカ側の友人、ザカライアスはその瞬間、何をしていたのだろう、とも思った。彼は艦長なので、日本の爆弾を避けるために、必死に操艦していたかもしれない。シンガポールのことも、彼の脳裏に浮かんだ。おそらく最初の攻撃は米艦隊に対するものだけだろうが、極東にいる英軍艦も攻撃される可能性は高い。日英ともに友人、知人が多い彼は、それを恐れていた。

これまでの扱いに対する怒りが一時的にこみ上げたが、それが静まった後、ラトランドの心は再び、イギリス海軍に復帰したい、と願った。戦争に参加すれば、ラトランドは名誉を回復することができ、実際、再び英雄になれるかもしれない。彼は決して、自分が何か間違った行動をしてきた、などと公式に認めることはなかったが、潜在意識ではどこかで、祖国への償いをしたいと感じていたのだろう。

MI5の態度は知っていたが、彼は楽観的だった。今こそ海軍は自分を必要とするだろう。自分は新たな敵、日本に関する専門知識を持っている。もし国王陛下の政府が、自分を日本から遠ざけたいと望むならば、自分を再びイギリス海軍の正規将校として任務に復帰させ、有為な人材として活用するのが適切だろう。いずれにせよ、自分のスキルは切実に必要とされているはずだった。それに、海軍本部には多くの友人がいた。きっとこれは、うまくいくに違いない、とラトランドは思った。

彼は夕食をとらず、海軍本部委員会に宛てて、以下のような簡潔な手紙を書いた。

私は、海軍大尉の階級をもって、イギリス海軍に復帰することを許可していただきたく、このように申し出る光栄を有する次第であります。私は、軍の部隊を上陸させる舟艇、魚雷艇などを指揮するのに特に適していると自負しております。私は経験豊富で健康な退役海軍軍人であり、年齢の割に見かけは若い、と言われております。

手紙の最後にこう署名した。

フレデリック・ラトランド、DSC〔殊勲十字章受勲者〕。

*

次の朝一番に、ラトランドは郵便局まで歩いて行き、手紙を投函した。真珠湾攻撃についてもっと情報が欲しいと思った彼は、義兄の家に寄ってラジオをつけた。ソファに座っていたところ、ドアを鋭く2回たたく音がした。それが何なのか、彼にはすぐに分かった。恐れていた通り、ドアを開けると、玄関ポーチに2人の警察官が立っていた。

「フレデリック・ラトランドさん?」。巡査長が尋ねた。

「ええ」

「ご同行願います。持って行きたい私物を取りに行くなら、5分以内でお願いします」

ラトランドはブリクストン刑務所に連行され、独房に入れられたが、それ以上の情報は何もなく、金属製のドアがバタンと閉まった。彼は、一体、自分は何の罪で逮捕されたのか、罪状は何なのかを教えてくれ、と看守に要求した。

すぐに答えはなかったが、その後、ある看守が教えてくれた。裁判なしでの拘留は、国家非常事態を理由に議会を通過した特別法、国防規則18B(Defence Regulation 18B)に基づくもので、「王国に差し迫った危険をもたらした者」にのみ、こうした対応が許可されているという。この特別法に基づいて逮捕された者には、起訴も裁判も、人身保護令状もない。簡単に言えば、ラトランドは政府が釈放を認めるまで、ずっと刑務所に収監されることになる。

彼は落ち着いて状況を理解しようと努めた。囚人たちは、夕食のために独房から出ることを許されていた。最初の晩に房の外に出た彼は、知人の姿を見て息を呑んだ。それは明らかにナチスを支持していたイギリス海軍の元提督、バリー・ドンヴィル〔1936年に大将で退役〕だった。他にイギリス・ファシスト連合の党首オズワルド・モズレーもいた。彼もまた、第一次世界大戦に従軍し、陸軍のパイロットだった人物である。ラトランドは彼らに挨拶したが、慎重に付き合った。収監者のほとんど全員がファシスト、あるいはナチス支持者だった。しかし彼は、自分をイギリスの愛国者だと思っていた。イギリスの巡洋戦艦フッドがドイツ戦艦ビスマルクに撃沈されたという悲報〔1941年5月24日〕が流れた際、囚人たちの間から「世界に冠たるドイツ（Deutschlandüber Alles：ドイツ国歌）」の大合唱が湧き起こったという。それを知ってショックを受けたラトランドは、自分がこのグループと一緒にいるなんて間違っている、絶対におかしい、と感じた。

ラトランドは、見つけられる限りのあらゆる新聞を読み漁った。数日後、シンガポール付近でイギリス海軍の主力艦2隻が日本海軍機に撃沈された〔12月10日のマレー沖海戦〕のを知り、彼は愕然とした。そのうちの1隻は紛れもなく、巡洋戦艦HMSレパルスだった。ラトランドは1917年に、この艦の砲塔から飛行機を飛ばす実験をし、安全性を実証したのだった。彼は衝撃を受けていた。ラトランドの見方によれば、彼はずっと、このような攻撃が近付いている、とイギリス人にもアメリカ人にも警告してきたのに、不当にも罰せられ、いまだに罰せられ続けているのだった。

*

それから半年後、ラトランドは取調室に呼び出された。身なりの良い男性が2人、入ってきて席に着いた。彼らは自己紹介をしなかったが、そのリーダーらしい人物こそ、何年間もラトランドを追跡していたMI5のコートネイ・ヤングだった。ヤングは脚を組み、スパッツ〔礼装用のブーツカバー〕についた汚れを払い落とした。ウェストコートのポケットから嗅ぎタバコの缶を取り出し、ラトランドと彼の間を隔てる小さなテーブルの上に置いた。左手で粉末をつまみ、右手の親指と人差し指の間の手のひらに振りかけ、両方の鼻孔からぐっと吸い込んだ。それからラトランドを見た彼は、片眼鏡をかけ直し、ハンカチを顔に当てて、鼻を拭いた。ヤングは缶をラトランドに差し出した。

「いかがです」とヤングは言った。「あらゆる楽しみを奪われるいわれはないですからな」

ラトランドは拒否した。

ケンブリッジ大学出身のヤングは、ここでちょっとした法廷を開かずにはいられなかった。彼は、取り調べの本質とは何なのか、本能的なレベルでよく知っていた。つまり、容疑者を動揺させるべく、事前に計画されたパフォーマンスであり、真実と仄めかしをふるいにかけるための事実調査任務でもある。

「気を楽にしてください、ラトランド少佐」。ラトランドは、ヤングの表情に軽蔑を読み取った。世間話をする余裕など、ほとんどない。

「あなたたちは、私をここでフーリガンやら、ファシストと一緒に拘束している」とラトランドは言った。「忌々しいナチス支持者たちですよ。私はもっとましな人間でしょう」

「アメリカ人から聞いた話ですがね。彼らは、――これは引用ですが、『あなたを銃殺するに足る十分な証拠を持っている』と言っていましたよ」

「ナンセンスだ」とラトランドは言った。

「私は彼らを支援していました。これを確認するのは、造作もないはずです。アメリカ海軍に問い合わせて、あなた自身で聞いてみてはいかがですか？　連絡先は、アメリカ海軍情報局（ＯＮＩ）のエリス・ザカライアス大佐、ケネス・リングル中佐、それにクロード・メーヨ大佐です。彼らは、私が合衆国に協力していた事実を、あなたに教えてくれるでしょう。あなたは『アメリカ人』とおっしゃるが、それは誰から聞いたものか教えていただきたい」

ここでヤングは同僚の方を見て、怪訝そうな表情を浮かべた。もう一人の男はＭＩ５の上級法律顧問、Ｊ・Ｌ・Ｓ・ヘイルだった。２人はラトランドの質問に答えなかった。

ラトランドは続けた。「それはアメリカでも、ここイギリスでも同じだ。あなた方は常に〔海軍情報部の〕ゴッドフリーと情報を共有するとは限らないでしょう。アメリカでもＦＢＩとＯＮＩが常に同じ情報を持っているとは限りません。ＦＢＩではなく、アメリカ海軍に直接確認していただきたいと思います」

ラトランドの言い分を無視して、ヤングは言った。

「我々は、あなたのこれまでの国王陛下への奉仕に敬意を抱いております」。さらにこう付け加えた。「あなたの経歴を読むと、ウェイマスから身を起こすのは決して楽な道ではなかったはずですな」。しかし、と彼は続けた。

「第一次世界大戦後のあなたの軌跡はどうですかな。不倫。妻の交換。上官への反抗。スパイ活動。そして反逆罪。まことに遺憾ですな」

ラトランドは顔をそむけた。当惑したのか、それともさらに激怒したのか。ヤングにはよく判断できなかった。ラトランドはようやくこう答えた。

「私はアメリカ人を助けていたのだし、それだけじゃない、祖国を裏切るような行動は一度もとっていない。そして、あなた方はそれを知っていると思う。そうでなければ、あなた方は私を罪に問えたのではありませんか？」

「あなたは、アメリカでかなり長く暮らしてこられた。ハリウッドでの暮らしぶり。サンセット大通りを見下ろす大邸宅。お子さんたちの私立学校。あなたが入っていたクラブの会員権。執事に乳母。これらはすべて、日本海軍が経費を負担したものですよね。それでラトランド少佐。大日本帝国海軍は、あなたから何をお返しに受け取ったのか、教えていただけませんか？」

「何もありません」。ラトランドはきっぱりと言った。

それまで沈黙していたヘイルが声を上げた。

「少佐、どうか自白していただきたいのです。そうでないと、あなたは非常に長い間、ここに留まることになりますよ」

ヤングとヘイルはラトランドの様子を観察し、何らかの諦めの兆しがないかを探した。彼らが目にしたのは、怒りと、明らかな苦々しさだけだった。２人はこれまでも、こうした容疑者から情報を聞き出した経験があったが、ラトランドのことを理解できなかった。彼はこれまでの容疑者の中で、最も厄介な人物だった。狡猾で頑固、知的にして傲慢である。

ラトランドは、この状況がどこに向かうのかをよく理解していた。彼は、なぜＭＩ５の連中が何らかの自白を求めているのか、理由を承知していた。しかし彼は、日本海軍の仕事を請け負っていたが、あくまでもイギリスではなく、アメリカを対象としたものだった。したがって、この２人がどんな暴言を吐こうが、彼が祖国に対して何らかの罪を犯したという証拠を掴むことができていないことは明白だった。論理的には、ＭＩ５も彼ら自身の保身を考えて、ラトランドの自白を欲していたのである。

ラトランドは尋ねた。「ここでの最終的な結末は何ですか？　私には強力な支援者たちがいる。私を永遠に刑務所に閉じ込めておくことができると思いますか？」。答えはなかった。彼は続けて言った。「さあ、このあたりで手を打ちませんか。私は何も悪いことはしていませんし、私を日本から遠ざけたいのであれば、それも結構。イギリス海軍には訓練を受けた士官が不足している。釈放してくれるなら、私はただちに海軍に復帰し、国王陛下に忠実にお仕えするだけのことです。ご存じの通り、イギリス海軍には経験豊富な指揮官が不足している。ダンケルク〔１９４０年６月、フランスからの撤退作戦〕では、操船を地元の漁師に頼ったほどではありませんか。私は非常に経験豊富な海軍士官であり、まさに海軍が必要としている人材です。この国を助けさせてください。そうすればあなた方も、もう私のことなど気にならなくなるでしょう」

ＭＩ５のエージェントたちは、啞然として沈黙していた。ラトランドの申し出が検討に値しないことは明らかだった。

ラトランドはさらに言った。「海軍本部には、多くの強力な支援者がいる。彼らはおそらく、私の軍務復帰を受け入れるだけではない。それが受け入れられない場合、あなた方が面倒なことになると思いますがね」

ヤングは脅迫されるのを嫌い、そこで尋問を終了した。ラトランドは独房に護送された。

ラトランドの言葉は、まったくのハッタリではなかった。イギリス海軍の高官の多くが、有名な「ユトランドのラトランド」に関心を持ち続けていた。おそらく、海軍本部委員の半数ほどがそこに含まれる、とラトランドは見ていた。1920年代に日本で知り合った若手の航空士官たちが、今では大日本帝国海軍の指導的立場に就いているように、イギリス海軍の上層部の人々も、第一次世界大戦当時のラトランドの活躍をよく覚えていた。多くの人が彼を個人的に知っており、尊敬していた。

囚人たちの言葉を借りれば、以後のラトランドは「不屈の通信員」となり、影響力のありそうなあらゆる人に手紙を書いた。とにかく刑務所から出たい、さらにアメリカ当局に自分の無罪を証明する声明を出させたい――。彼は家族や弁護士に宛てて書きまくった。イギリス海軍当局にも軍務復帰を訴え、多くの提督たちに手紙を送りつけた。MI5のヤングは、ラトランドが国会議員370人に宛てて、自分の無実を主張する手紙を一斉発送しようとしているのを見て、非常に警戒した。

しばらくしてヤングは、自宅の郵便受けにラトランドからの直筆の手紙を見つけた。ラトランドが自分の名前や、ましてや自宅の住所までどうして知っているのか、皆目見当もつかなかった。頻繁に刑務所を訪れるラトランドの長女、バーバラが彼を助けているのか。あるいは海軍情報部の誰かが、情報を漏洩しているのかもしれない。

＊

ロジャー・キーズ男爵は退役した海軍元帥であり、貴族院議員でもあった。彼は英国コマンド部隊の創設者でもある。ネビル・チェンバレン首相がアドルフ・ヒトラーに対する宥和政策を取っていた当時、これに声を大にして反対していたのは、ウィンストン・チャーチルとキーズだった〔キーズは下院議員当時、チェンバレン弾劾演説をし、チャーチルの首相就任を後押しした〕。キーズとラトランドは第一次世界大戦の当時、ドイツ帝国軍に対するいくつかの大胆な作戦で協力した仲だった。だから、「国王陛下のブリクストン刑務所」という差出住所の手紙をラトランドから受け取った時、キーズは仰天してしまった。

キーズ卿は、海軍情報部長ゴッドフリー提督を呼んだ。ゴッドフリーは当初、真珠湾攻撃前のMI5のラトランドに対する扱いに腹を立てていたが、今では特に、ラトランドが来るべき攻撃について英国に警告しようとしていたのに、MI5が意図的に彼の口を封じた、という事実にこだわっていた。そこでキーズはMI5に説明を求めたが、拒否された。

その後、キーズはウィンストン・チャーチルに直接電話し、ブリクストン刑務所にいる「勇敢なるラトランド」について尋ねた。伝えられるところによると、チャーチルはキーズに「放っておいてくれんか、ロジャー。こいつは訳ありでな」と言ったという。その後、キーズはラトランドに手紙を書き、これ以上のことはできない、と謝罪した。

1942年7月、裁判なしで拘留されているイギリス国民の処遇について、議会で討論があった。議場の議員たちは、ごく論理的な議論になると思っていたが、キーズ男爵が立ち上がり、怒気に満ちた演説をしたので、思わず釘付けになった。まず彼は、1級アルバート勲章金章を佩用できる存命の英国人は1人しかいない、という事実を聴衆に思い出させることから始めた。問題の英国人とは、ラトランド元少佐のことだが、彼は現在、ブリクストン刑務所にいる、とキーズは続け、さらに付け足した。ラトランドは当初、確かに日本軍のために働いていたが、その後で気が変わり、特定の米海軍情報将校と協力するようになったようであります――。ここでキーズは、自分はこの元将校を擁護しているわけではない、と断り、ラトランドは「猟犬とともに狩り、キツネとともに走っていた」（つまり、両方の立場でプレーしていた）ようだ、と述べた。そのうえで、独特の知識と高い能力を持つラトランドが、イギリス海軍を助けることを許されていたら、初期の災厄〔真珠湾攻撃やマレー沖海戦〕の多くは違った結果になったかもしれません、と述べた。

この演説を扱う記事がイギリスの新聞に掲載され、その後、アメリカのニューヨーク・デイリー・ニュース、ワシントン・ポストなども報じた。ＭＩ５とＦＢＩは、この都合の悪い報道にかなり動揺した。フーバーはＦＢＩ部内に指示を出し、「将来的に局として恥をかくのを防ぐため」、ラトランドがアメリカ海軍と協力していた事実について、局外の者には一切触れてはならない、と命じた。ＦＢＩとＭＩ５にとって幸いだったことに、当時は戦局に関するニュースが席巻していたため、ラトランドの問題は、さして世間からの注目を集めることなく終わった。

一方でＦＢＩは、ラトランドの行動を正確に理解するために、より詳細な捜査を開始した。ドロシー・ラトランドと2人の子供たちは、ビバリーヒルズの丘に立つ宮殿のような邸宅に住む余裕がなくなり、パサデナ〔ロサンゼルス近郊の都市〕に引っ越した。ＦＢＩはそこを家宅捜索し、最も機密性の高い文書ファイルが入った箱を押収した。中には、萱場製作所や日本飛行機株式会社とのやり取りもあった。ラトランドが夫人に宛てた手紙も見つかったが、それは１９３９年にまで遡り、戦争が勃発した場合に何をすべきかについて、詳細な指示が記されていた。そして、全文にわたりＦＢＩが編集したと思われる文書も出てきた（だがおそらくこれは、ザカライアスとの合意の下で入手したものかもしれない）。

ＦＢＩ捜査官はまた、俳優のアラン・モウブレイ、ボリス・カーロフ、実業家ノーマン・グローヴァーからも改めて話を聞き、ドロシーについて何か知らないか、と尋ねた。彼らは「ラトランドは女性に自分の秘密を打ち明けるような男ではない」と断言した。手紙という証拠はあったが、結局、彼女は共謀の罪には問えない、という結論になった。

次のヤングによる尋問は、世間話も握手もなく、冷たい視線の応酬だけで始まった。ヤングはラトランドにいくつかの事実を明確に伝えた。自分たちとしては、あなたが再びマスコミに登場することを断じて許すつもりはない。そして事件の詳細については、もう誰にも話してもらっては困る。もしあなたが「マスコミを使って復讐を追求」するつもりなら、自分たちとしては「容赦なく」対応し、妥協しないつもりだ、と語った。

これに対しラトランドは、自分は政治的な理由だけで刑務所に留置されているので、すぐに釈放されるべきだ、と答え、続けて、国民たる者を、裁判もせずに刑務所に入れるのは、あまりイギリス的ではない、実際、それはむしろナチス・ドイツでよく見られることではないかと指摘した。ヤングは繰り返した。「解放を望むなら、まずは手紙によるキャンペーンを放棄することです。そして罪状を自白し、完全決着の道筋を提供してもらわないと」。ラトランドは、キーズ男爵が報道陣に示したのと同じ論旨で反駁した。すなわち、1941年において、MI5が自分の申し出を無視したことは、「第一級の失策」だったのではないか——。

その後すぐに、ラトランドたち政治犯はマン島の刑務所に送られた。そこは恐ろしく辺鄙な土地で、刑務所そのものが流刑地にあるのか、と思えるほどだった。手紙は厳重に管理され、訪問者もほとんどいない。彼は手紙を書いてバーバラに託し、あちこちに届けさせた。ブリクストンに戻ろうと運動したほか、ザカライアスかリングルに宣誓供述書を出させようと努めた。ザカライアスたちは海で日本軍と交戦中だったので、連絡が取れないのは当然だった。これ以上の波風を立てないように、上官から圧力をかけられていた可能性もある。ラトランドはこんなアイデアも思い付いた。ロサンゼルスにいる妻のドロシーを使い、ザカライアスに対して訴訟を起こし、損害賠償を求めてみようか。そうすれば、ザカライアスは法廷に立つしかなく、証言を強要されることになるという考えだ。

1943年の半ばまでに、他の囚人の半数以上は釈放されたが、ラトランドは刑務所に閉じ込められたままだった。MI5はラトランドの口を封じるために、別の策略を講じて圧力をかけた。ラトランドの裕福な義兄、ルパート・フッド＝バーズが脱税容疑で逮捕され、偽証罪で懲役12か月の判決を受けた。フッド＝バーズの裁判で提出された証拠には、逮捕時にラトランドから押収した書類も含まれていた。これに基づき内国歳入庁は、フッド＝バーズとドロシー・ラトランドの間で行き来する資金は、精緻なマネーロンダリング計画の一部である可能性が高い、と主張したが、これは実質的に正しい見方だった。

ヤングはメモの中で、ラトランドの義兄について、「あえて言えば、ラトランドよりもひどい人物だった。ラトランドは、少なくとも魅力的な性格、という素質を持っているが、義理の兄のルパートには、これが確実に欠落している」と述べている。

この頃、ラトランドの年長の子供たちは、それぞれのやり方で戦争遂行に貢献していた。長男フレッドは医師になり、軍医大尉の階級でイギリス海軍に入隊した。フレデリックは駆逐艦HMSリレントレスの艦医として海上勤務に就いたが、同艦はインド洋で、ドイツ海軍や日本海軍と戦っていた。バーバラ・ラトランドはイギリス国内の空軍基地で働いていたが、その間も父親と頻繁に文通を続けた。その後、彼女はなんの脈絡もなく、在カナダ英国空軍で働くようMI5から指示された。父親から遠く離れた方が、彼女にとってもよい、という判断がMI5にあったのかもしれない。

＊

1943年半ばまでに、イギリスではさらに多くのナチス支持者が刑務所から釈放されていた。内務省は、ラトランドも釈放すべきである、との結論を出した。しかし彼らは、その後のMI5の決定に驚くこととなる。MI5はラトランドについて、もはや国家安全保障上の脅威ではないことに同意しつつ、「とにかく拘留し続けるべきだ」と主張したのだ。しかしMI5のヤングは、ラトランドをやがては解放するしかないことに気付いた。ヤングとラトランドの関係は険悪だったため、J・L・

S・ヘイルが取引の交渉に当たることになった。

ヘイルはラトランドに持ち掛けた。「アメリカでのあなたの活動は、アメリカの諜報機関と我々の関係において、多大な困惑を与えるものでした。内務大臣があなたを刑務所から釈放することに同意した場合、あなたには確約していただく必要があります。つまり、我々を恥ずべき立場に置くようなことは一切しない、ということです」

「ええ、よく分かります」とラトランドは答えた。「もし釈放されたとしても、私は問題を引き起こすようなことは何もしません。ここでの我が言葉は金のごとし〔絶対に確実、の意味〕です」

ヘイルは念を押した。「この点は我々の立場として、いかなる交渉にも応じかねる条件となります」

ラトランドはうなずいて同意し、微笑みを浮かべた。彼はヘイルに言った。「もし釈放されたら、おそらくスキャメル社に戻り、軍用の装備を製造する仕事に就くでしょう。あるいは、戦争遂行に貢献できる立場であれば、どこででも喜んで働かせていただきます」

ヘイルもうなずいた。「釈放にあたっては、警察に住所を登録し、移動も制限されるなどの条件が付きます。ありていに言えば、アメリカに行くことはできない、という意味です」。ラトランドはこの時点では、何にでも喜んで同意し、それに従うことにした。

12月になり、ヘイルがある知らせをもたらした。ラトランドが待ち望んでいたものである。あなたは確かに釈放されるでしょう。しかし、追加の条件が存在します。具体的には、あなたはいかなる軍事制限地域にも立ち入ることができない――。これは、イギリスの戦争遂行に関連する仕事に就くことができないことを意味するため、ラトランドにとってはかなりの打撃だった。彼は戦争に参加したかった。イギリス人ではなく、まるで外国人であるかのように扱われるのは恐ろしいことだ、と述べたが、当分の間は制限を遵守することに同意した。しかし将来的には、そんな制約に従うつもりはまったくなかった。ヘイルもこれに合意し、ラトランドは１９４３年12月20日に釈放された。

その約束にもかかわらず、ラトランドは即座にこれを破り、行動を開始した。釈放条件の規定を撤回させようとし、弁護士を使い、MI5という組織、ヤングとヘイルという個人を脅迫して、没収された所持品の一部を返還させた。この後、MI5のラトランドに関するファイルには追加情報がなくなっていくが、ヤングは警察に手を回し、国家安全保障とはもう関係のないラトランドを、ずっと継続的に監視させることにした。ラトランドがMI5を脅かす可能性を懸念したことは言うまでもない。

＊

戦後、ラトランドはウェールズの小さな村、ベズゲレルトの別荘に住み、海軍時代の回想録をタイプ打ちすることに時間を費やした。その後、もう少し都会に近付き、何軒かの小さなアパートメントを転々としたが、子供たちとは距離を置いた。自分に対する汚名や非難が、彼らの人生やキャリアに悪い影響を及ぼすのを嫌ったのである。それでも可能な範囲で子供たちに会い、その度にいつも大いに喜んだ。長男フレッドはウェールズを訪れ、父親と一緒に長い散歩をした。彼によれば、父親は「非常に辛辣で怒りっぽい男だった」が、若きフレデリックに「海軍時代について話す時は、とても興奮していた」という。

息子は父親に言った。僕も海軍に入隊し、世界大戦で海外勤務までした。僕の任務はお父さんとはまったく違っていた。ずっと洋上を航海していたからね。それなのに、これはちょっと皮肉なことだけど、非常に平穏そのものだったよ。インド洋では日本やドイツの潜水艦を探したけど、見つからなかったし——。父親はこれを聞いて、そうじゃないさ、と言った。私が勲章を授与されたのは、単に運の問題だったのだよ。適切なタイミングで、適切な場所にいただけのことさ——。

１９４７年頃、妻のドロシーがロサンゼルスから夫を訪ねた。次女アナベルも一緒だった。21歳になったアナベルは6年間も父親に会っておらず、この再会に感激していた。父親は、お前や他の子供たち（もう全員が成人していた）が、私の問題に悩まされることなく、自分の人生を送れるように最善を尽くすつもりだ、と娘に語った。しかしアナベルは、違う生き方をするよう主張した。「告発して闘い、汚名を晴らしてほしい。それは私たちみんなにとって最善のことだけど、何よりもお父さんのためよ。ぜひそうすべきだわ」

ラトランドは娘に、自分の汚名を晴らすことは不可能だ、と説明した。「私は犯罪で起訴されたわけではない。こういう場合、無実を証明することは不可能なのだよ」。この指摘にアナベルは不満を覚えたが、確かにどうすることもできないようだった。

アメリカに戻って間もなく、アナベルは結婚した。これを機に父親のスキャンダルを忘れたいと考えた彼女は、名字だけでなく名前も変えた。彼女と夫はロサンゼルスで静かに暮らしていたが、ある日、イギリスから大きな荷物が届いた。梱包を開けると、上には一枚のスナップ写真があった。日本の着物を着て傘を手にする1歳半のアナベルの姿だ。「大切な思い出だ」という父親からのメモが添えられていた。写真の下には、父親のファイル、家族写真、戦時中の写真などが入っていた。こういったファイルはもう私には必要ないので、お前の方で預かってほしい、と書いてあった。

＊

その荷物がロサンゼルスに到着する前に、長男フレッドにも父親からの手紙が届いていた。彼は開封して、それを読んだ。

親愛なるフレッド

この手紙は君にとって、驚くべきものかもしれないが、実際はそうではない。君は私の死生観を知っているからね。

私の人生は冒険にあふれ、常に興奮に満ちていた。しかしおそらく、君や他の家族からすると、もう私のことには、うんざりしているのではないかな。人生に価値がある限り全力で生きる。そして人生に本当の意味がなくなったら、もう潮時だ。そこが重要な点で、私は常に、自分にそう言い聞かせてきた。

今がその時だ、と私は感じているのだよ。

君は医者だから、理解してくれると思う。これは衝動的な決断ではない。物心ついた頃から、私には分かっていた。君や家族に依存して、無為な老後を過ごすなんてことは、私にはできない。この手紙を受け取って今、君はおそらく悩んでいるだろう。でも、君は長男だし、私の遺志を託すことができるのは、君だけだと思う。

この手紙を手にしたら、ドーキング〔ロンドン郊外、サリー州の街〕に行ってくれないか。リース・ヒル・ロードを進んでくれ。2マイル〔約3・2キロメートル〕ばかり進み、川を渡る。橋の向こう側、右側に歩道がある。その小道を30ヤード〔約27メートル〕下った茂みの中に、私がいる。

これはすべて、えらく芝居がかったように見えるかもしれないが、そうではない。うっかり知らない人や、子供なんかに見つかってしまうのは避けたい。

愛を込めて。

父より

フレッド・ラトランドはパニックになり、父親に電話をかけたが、応答はなかった。その後、彼は父親の要求通りに行動したが、手紙に書かれた場所に到着しても、遺体は見つからなかった。彼はあちこち捜した挙句、結局、あきらめて家に帰った。

しばらくして電話が鳴った。警察からだった。あなたのお父さんの家においでください、とのことだった。彼は車に乗り、できるだけ早く父親の家に向かった。到着すると、何人かの警察官の姿があった。彼らはフレッドに言った。アパートで発見された遺体の身元を特定したいので、ご協力いただけませんか——。

彼らがアパートで発見した遺体は、確かに父親のものだった。

フレデリック・ラトランド、DSCは、ストーブの排煙を吸い込んだことが原因で死亡したようだった。

エピローグ

２０２０年初め、新型コロナ（COVID-19）のパンデミックが広がる中で、私の探究が始まった。すなわちフレデリック・ラトランドの物語と、彼が真珠湾攻撃に与えた影響を理解しようとし始めたのである。多くの人々と同じく、私も家に閉じこもり、死ぬほど退屈していた。ここで私がラトランドの物語に出会ったのは、まったくの偶然だった。

当初は、１９５０年代にアメリカ陸軍の防諜活動に従事していた父（最近、亡くなった）と、やはり同様にこうした活動に関与していたらしい彼の父親（つまり私の祖父）について詳しく知ろうと思い、ＦＢＩのファイルを調べ始めた。父の仕事は、ロサンゼルス周辺で共産主義者を追跡することだった。ここで私が知り得た父の経歴の一部は、ラトランドの物語と非常に重要な部分で重なっている。父は祖父からの紹介を受け、ダグラス社とロッキード社の両方で勤務したことがあった。私の知る限り、父はチャーリー・チャップリンを追いかけることはなかったが、「共産主義者」のハーポ・マルクス〔アメリカのコメディアン〕を追っていたようだ。また父は、もともと海軍情報局（ＯＮＩ）に志願したこともあった。さらに父の親友が住んでいた家は、かつてラトランドの親友が住んでいた邸宅だった。それは50年を隔てて起きた、単なる偶然に違いない。しかしながら、私がこのような本を出版し、議論を深めている中、亡き父はきっと草葉の陰から、後押ししてくれているに違いない。

この本の背景の多くは、学術的なものではなく、子供の頃に、諜報機関で働いていた父や家族から聞いた話や、父の親しい仲間や友人たちから直接に聞いた情報に基づくものである。私自身は、もちろんこの物語の登場人物と直に接触したことはないが、ほとんどが祖父の知り合いだっただろう。私が聞いた中で最も魅力的だったのは、ジャーナリストのセオドア・H・ホワイト（彼は私に、日本には絶対に行くな、と警告した）、堂本氏（オノ・ヨーコの父親と同じ銀行で働いていた人物）の一家、そしてバルボサ家で聞いた話だ。それから私の祖母は、日本総領事館から1ブロック離れたハースト・ビルの隣で、家族経営のランチ・カウンターを開いていた。彼女は登場人物のほとんどを、実際に見たことがあるはずだ。

率直に言って、私は非常に幸運だった。これまで知られていない、多くのラトランドの物語に触れることができたのだ。その幸運の一部は、タイミングである。ＦＢＩに情報公開請求をしたところ、ラトランド関連のファイルがごく最近、機密解除されたばかりであることが分かった。もしかしたら、私は部外者としてそれを目にした最初の人物だったかもしれない。

私は近年、仕事の関係で日本に行き、日本企業に人工知能の活用についてアドバイスをしてきた。私が日本の組織に助言することは、概念としては、ラトランドが１９３０年代に行っていたことと同じである。つまり、革新的な技術をカリフォルニアから日本に伝えているのだから。もちろん大きな相違もある。今の日本とアメリカは同盟国である、という点だ。

日本海軍の情報部の記録は１９４５年に焼かれており、日本側の話は収集できない、と考えられてきた。しかし私は、幸いにも海上自衛隊の楠氏に会うことができた。彼の家には、第二次世界大戦前の日本海軍に関する古書や文献が多数所蔵されていた。彼はラトランドの物語に光を当て、日本の歴史家たちですら、ほとんど見たことのない文書を発見していた。そのいずれも、英語に翻訳されたことはない。その中には、海軍情報部を率いた嶋田繁太郎や、パイロットだった桑原虎雄、それに萱場資郎などに関する記録が含まれている。

この本を執筆するにあたり、私が暗黙に了解していた前提がある。ラトランドは真珠湾攻撃の1年ほど前になって心変わりし、本当にアメリカを助けようとしていた、と思うのだ。ラトランドの物語について人々に話す時、よく最初にこう聞かれる。「それで、彼は悪人だったのでしょうか?」。これに対する私の答えは「彼は完全に悪人でした」だ。それはそうなのだが、私たちは皆、複雑な心を抱えているもので、彼もそうだった。だから米英両国に対し、日本の攻撃を警告しようとした彼の努力は、確かに本物だった、と私は信じる。初めの頃の彼は、自分自身を非常に賢明である、と思っていた。つまり彼は、日本が戦争を仕掛けるなど、不可能であり、その準備をしている日本から金をもらっても、不都合ではないと考えていた。だが彼は間違いなく、そして実質的に日本海軍の航空戦力の向上に貢献した。それなしでは、真珠湾攻撃は不可能だったかもしれない。そして実際に戦争勃発が確実になると、彼は心を変え、本当にアメリカ人とイギリス人を助けようとした、と信じている。彼が、かつてその砲塔から飛行機を発進させたことのある巡洋戦艦レパルスが日本海軍機に撃沈された時、歓声を上げたということはあり得ないだろう。また、彼はＦＢＩとＭＩ5に対して苦々しさと怒りを感じていたが、ＯＮＩを嫌悪していたという証拠はない。イギリス海軍には変わらぬ忠誠を誓っていたと思われ、それを示す多くの手がかりが残っている。もしＭＩ5が〔ラトランドの軍務復帰を〕許可していたら、彼はＤデイ〔1944年6月6日のノルマンディー上陸作戦〕でフランスの海岸に部隊を上陸させた上陸用舟艇の1隻を指揮する艇長となり、大いに活躍したのではないか、と思われてならない。

ラトランド事件に関してＦＢＩが隠蔽を続けたという事実は、機密解除された文書から明らかだ。有名なイギリスの戦時英雄が、アメリカ海軍を支援し、日本軍の攻撃について事前に警告しようとしていたが、それを無視した、という情報が広まれば、フーバーにとっては政治的な致命傷になっただろう。そこでFBIは彼の口を封じ、「銃殺する」と言って脅迫した。最近になって公開されたFBIのファイルは、ラトランドが実際にアメリカ海軍の要員であったことを裏付けるだけではない。FBI長官が捜査官たちに対し、ラトランドが海軍と協力していたことには言及しないよう、細心の注意を払うよう指示していたことも裏付けている。これは将来、FBIの恥部になりかねないからである。

FBIはラトランドとザカライアス、そしてONIの関係について、可能な限り隠蔽しようと必死になっていた。だが1960年になって、ある英国人ジャーナリストがFBIに連絡してきた。彼がロジャー・キーズ男爵から得た情報に関する質問である。この時すでに、ラトランドの支援者、初代キーズ男爵は15年前に亡くなっており、今回のキーズ男爵とは、父親と同名の息子である。若きキーズ男爵は、この件に関して父親の無念の想いを引き継いでいた。ジャーナリストはFBIに確認を求めた。つまりキーズ男爵によれば、有名な「ユトランドのラトランド」の容疑は無実である、というのである。さらに彼は、テレビ・コメンテーターとして活躍していた退役海軍少将、エリス・ザカライアスにも連絡を取った。ザカライアスも、ラトランドは無実である、と彼に告げたという。

FBIという組織は、いわば過失の専門家のような集団である。当時のFBIファイルは事実のみを記載しており、意見は加えていない。これを考慮すると、ファイルの内容は驚くべきものである。FBI捜査官らはこのジャーナリストに対し、あなたのお役に立ちそうな、特段のものはない、と回答し、そしてこうも言った。「我々は、ザカライアスが好きではないのです」。FBIもずっと、怨恨を引きずっていたのである。

ラトランドに関し、アメリカ海軍のファイルのほとんどは失われたようだが、まだ機密解除されていないFBIのファイルがたくさんある。ティファナで日本海軍関連の風俗店を経営していたヤスハラ・ソウに関し、私は機密解除を要請した。これが承認され、最優先項目に入れられたことに、私は

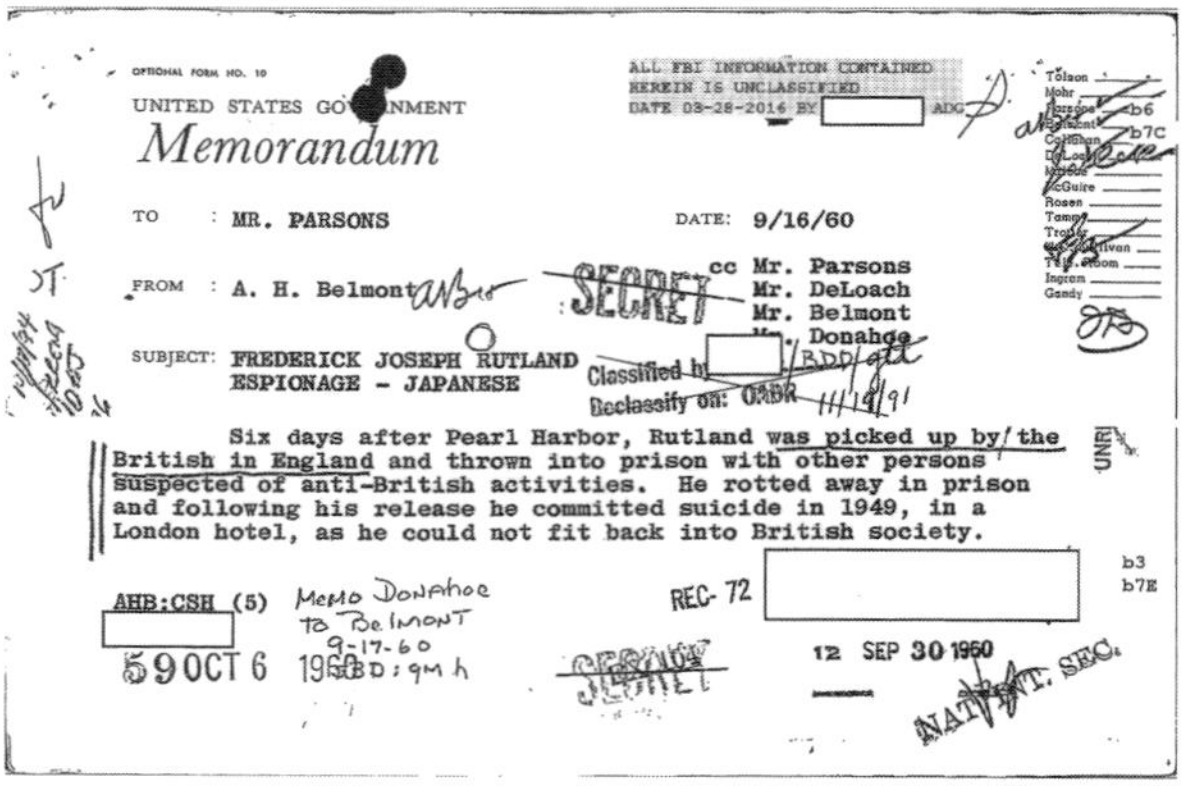

OPTIONAL FORM NO. 10
UNITED STATES GOVERNMENT
Memorandum

ALL FBI INFORMATION CONTAINED
HEREIN IS UNCLASSIFIED
DATE 03-28-2016 BY [redacted]

TO : MR. PARSONS

DATE: 9/16/60

FROM : A. H. Belmont

SECRET

cc Mr. Parsons
Mr. DeLoach
Mr. Belmont
Mr. Donahoe

SUBJECT: FREDERICK JOSEPH RUTLAND
ESPIONAGE - JAPANESE

Classified by [redacted]
Declassify on: OADR

Six days after Pearl Harbor, Rutland was picked up by the British in England and thrown into prison with other persons suspected of anti-British activities. He rotted away in prison and following his release he committed suicide in 1949, in a London hotel, as he could not fit back into British society.

AHB:CSH (5)

Memo Donahoe to Belmont 9-17-60

REC- 72 [redacted]

b3
b7E

12 SEP 30 1960

59OCT 6 1960

英国情報機関のメモは、釈放後のラトランドについてあまり言及していないが、この写真にある機密解除されたFBIメモでは、その死亡が記録されている。（FBI FOIA）

興奮している。今のところ、承認から解除までは約42か月かかるため、官僚主義的な妨害が入らなければ、このファイルは2025年頃に利用可能になる予定である。

ラトランドに関するFBIファイルには、明らかにザカライアスに関係する黒塗りの部分が多数ある。FBIが名前を黒く塗りつぶして編集していることは滑稽だ。氏名はアルファベット順であることが多い。ザカライアス（Zacharias）の名前はZで始まることから、黒塗り編集された部分の多くが、彼に関するものであることは、容易に推測できてしまう。

そのFBIは、真珠湾攻撃に関して責任を回避することに成功し、全責任はハワイの現地指揮官、ハズバンド・キンメル提督と、陸軍のウォルター・ショート将軍が負うことになった。だが、キンメルとショートの地に落ちた評判は、長年をかけて大幅に回復した。ピューリッツァー賞作家のジョン・トーランドは、フランクリン・D・ルーズベルト政権の上層部当局者の傷となりそうな諜報記録を消去する隠蔽工作の一環として証拠隠滅があった、と指摘していたが、その証拠とは、一体何なのかがずっと分からなかった。ラトランド事件は、その謎を解くパズルの一部である。最近の調査により、FBIはラトランドの件にとどまらず、「エージェント・トライシクル」〔英独の二重スパイだったドゥシャン・ポポヴ〕からの情報や、オーストラリアのＭＩ６エージェント、ディック・エリスからの情報など、その後の日本の攻撃に関する他の手がかりも、すべて無視していたことが判明した。

そしてＭＩ５も、ＦＢＩとまったく同じ理由でラトランド事件を隠蔽し、彼の口を封じようとした。しかしラトランドは非常に短気で、覇気に満ちた男だった。もはや失うものは何もなく、ＭＩ５という組織、ＭＩ５メンバーの両方を直接、追及し続けた。ラトランドに関するＭＩ５のファイルは合計１０００ページを超えるが、戦後すぐの時期、ラトランドが絶えず彼らに迷惑をかけていたと思われる頃になると、急に情報がまばらになっている。

いつも疑問に思っていた点がある。ラトランドは二大陸の諜報機関を当惑させ、政治的脅威となった。彼の活動は隠蔽の対象となり、多くの人が彼を黙らせようとした。彼の死は本当に自殺だろうか。他殺の可能性も、完全には払拭できないようである。

フレデリック・ラトランドの物語を知ることができて、私は信じられないほど幸せに感じている。どういうわけか、私は彼の多くの足跡を追うことになり、だからこそ、この物語を皆さんにお伝えできるのは私しかいないと思った。彼のマイナス面の影響を軽視するつもりはない。しかし彼には、理想主義、家族への愛、罪を償おうとする遅まきながらの努力など、ポジティブな部分がある。それを皆さんと共有できることを、私は特に嬉しく思う。

謝辞

本書の刊行を実現するために協力していただいた多くの方々に、感謝している。すべての方を漏らさずご紹介することは難しく、それを承知の上でここにリストを掲載するが、どうぞお許し願いたい。

刊行そのものについては、マーク・タウバー、マウロ・ディプレタ、マイルズ・ドイル、アンドリュー・ヤッキラ、ジャネット・ローゼンバーグの各氏の尽力を得た。

私にとって、書籍の著者となるのは初めてのことであり、研究と執筆を励ましてくださった次の方々に感謝する。ブラッドリー・ハート、岩佐文夫、ジャン・ゴールドマン、小谷賢、楠公一、ポール・カー、サラ・レイシー、セス・アブラモヴィッチ、ジョージ・アンダース、ジャン＝ルイ・ガセーの各氏。

本書のために、多くの方からリサーチ面の尽力を賜った。アレクシス・アリンズバーグ、ハミルトン・ビーン、ニコラス・ベィエリア、ジュリア・ブリックリン、ジェシカ・バクストン、リチャード・カリコ、キム・クーパー、サム・コックス海軍少将、デイヴィッド・カスティーヨ、ヴィリー・ダル、マイク・ディグビー、ビル・マリン、ハースト・コミュニケーションズ社、ジェシー・フィンク、ノーマン・フリードマン、ランス・ガトリング、ベンジャミン・ゴールドスタイン、ジャン・ゴールドマン、イヴィー・グロッチ、平石郁生、ブライアン・ケニー、ニコラス・キトー、児玉靖司、イアン・マコノヒー、ユルゲン・メルツァー、二階堂行宣、ネイト・パッチ、エリック・プラット、ジャスティン・パイク、ナット・リード、ローラ・ローゼンツウァイグ、スティーブ・ロス、コリン・ロワット、ジョン・スバルデラティ、リチャード・スキアヴェ、エリザベス・スピラー、クレイ・ストールズ、田路則子、カルロス・ウスカンガ、ジューン・ヴァヨ、ポール・グリン・ウィリアムズ、ビル・イェン、そして山崎啓明の各氏に感謝する。

家族からも多くのインスピレーションを得た。マイケル・ドラブキン、ニナ・ドラブキン、アディン・ドラブキン、アリザ・ドラブキン、ノエミ・ドラブキン、ダヴィナ・ドラブキン。そして、同様の話を聞いて育ったドラブキン家、レヴァント家のいとこたちみんなからも。この物語について、私がわめき散らした多くの愚痴を辛抱強く聞いてくれた友人たちも挙げておく。マイク・アルファント、フィオナ・バーチャル、ロブ・クラール、リンダ・クッチナータ、クリス・ホール、クリス・ハリス、ヘンリー・ヒロセ、トム・フェレンツ、ジョナソン・ナイト、エリック・レネーン、エイミー・レネーン、ハンク・ルミュー、オーウェン・マナス、尾崎美弥子、岩佐朋子、ケーリー・ピュー、ジム・ワイサー、ジム・フィンク、ジェローム・ミード、キャリー・ペンドリーノ、ダニー・ロザンスキー、ドン・ストゥール、アルント・ヴォージェス、ミツヒロ・コダマ、ジャクリーン・キーオ、イザベル・ラフレニエール、テイラー・マクドナルド、ベン・ストラウス、ベン・ガートン、ローウェル・シェパード、中澤素子、スティーブ・ワッサーゼグ、エリザベス・ピアソン、鈴木弘志そしてサイモン・ジョーンズの各氏。これらの人々は皆、新型コロナのロックダウン中に、私の正気を保つのに大きく貢献してくれた。

また、学校の歴史の先生方のことも思い出す。特にダニエル・ガバルドン先生、ウィリアム・スティール先生の講義には感銘を受けた。

訳者あとがき

本書は2024年2月に刊行された *Beverly Hills Spy: The Double-Agent War Hero Who Helped Japan Attack Pearl Harbor* の日本語版である。

本書の重要な登場人物に、イギリス海軍情報部のイアン・フレミング少佐という人がいる。彼が1953年に書いたスパイ小説『カジノ・ロワイヤル』で生み出したのが、あのジェームズ・ボンド。つまり007だ。

007シリーズの、特に映画を見た人は、誰もが不思議に思うことがある。1964年の映画版第1作『007 ドクター・ノオ』で、スクリーンに初めて姿を現した主人公役のショーン・コネリーは、ふてぶてしい態度で言い放つ。「私の名前はボンド。ジェームズ・ボンド（My name is Bond, James Bond）」。なぜ、と思う瞬間である。彼はスパイなのに、偽名を名乗らない。逃げも隠れもしない。敵中にタキシード姿で乗り込み、ポーカーを始める。上流の女性を口説き、高級スポーツカーを乗り回し、注文仕立ての服や高級時計に身を包み……。

こんなスパイは変だろう、と思うところだ。しかし、イアン・フレミングは実際に海軍情報部やMI6に勤めていた本物である。まったくの絵空事を描くはずがない。そうなのである。著者のロナルド・ドラブキンも指摘するように、堂々と本名を名乗り、逃げも隠れもせず、毎日のようにパーティー三昧、しかも交際相手はハリウッドのセレブや政財界、軍の高官ばかり。そんなスパイが実在したのだ。おまけに、彼はイギリス人でありながら、なんと日本海軍のスパイだった、というわけである。

それが本書の主人公、フレデリック・ラトランドという男なのである。

しかしどうも、地味で陰鬱なスパイ合戦、というのは、米ソ冷戦時代のイメージなのかもしれない。第二次世界大戦前のスパイは、非常に派手な人物が多い。本書に登場する諜報員たちも、そろいもそろって個性的である。

ラトランドの好敵手で、一時的に同盟者でもあった、アメリカ海軍情報局のエリス・ザカライアスも、とにかく目立つのが大好き。独断専行とスタンドプレーばかりの人物だ。何しろ、戦後になってテレビ・コメンテーターになるほどの「諜報員であることを隠さない諜報員」である。

日本海軍の情報部、つまり軍令部第三班のメンバーも、そろいもそろって曲者である。酒を飲み過ぎて大失敗する鳥居卓哉。やはり大酒飲みで、イギリスでも喧嘩ばかりしている岡新。とにかくプレーボーイで女性に目がなく、目的のためには手段を選ばない立花止。そして、後に連合艦隊司令長官となる山本五十六もしかり。山本は天性の博打打ちで、得意のポーカーを武器に外国人から情報を聞き出す諜報活動の名人でもあった。

日本海軍は、陸軍の中野学校のような専門のスパイ養成機関を持たなかった。海軍士官教育の中に、そもそも英語教育や外交マナーの習得があるからで、優秀な海軍士官は、外国に行けばすぐにスパイになれる、と思われていた（それは間違いだったようだが）。

いずれにしても、ここに描かれる日本人たちは、いまだ敗戦を知らない、自信とプライドに満ちた男たちとして描かれている。こういった人々と、これまた個性の強いラトランドが織りなすストーリーは、まことに映画のシナリオのようである（実際、映画化も大いにありそうな内容だと思う）。読者は極上のスパイ小説のように感じるだろう。
だが、間違ってはならない。これは００７ではない。すべて実話なのである。

私は今回、著者のロナルド・ドラブキンと直にやり取りし、日本語版においてさらに新情報を追加することができた。特に、ロサンゼルスの日本海軍協会で、日本軍スパイの手引きをしていたフルサワ・タカシ、サチコ夫妻の漢字名について、著者のさらなるリサーチにより「古澤孝、幸子」と特定できたのは、大きな収穫である。なお、ドラブキンには一定の日本語能力があるので、本人の意向に従った日本語表現や、英語原文にない加筆箇所があることをお断りしておく。「辻元のいつもの文体ではないな」と感じる箇所があるかもしれないが、それはそういう理由だ。熱心にゲラを読み、重要なアドバイスをくれた辻元玲子、河出書房新社編集部の渡辺史絵氏に感謝申し上げる。訳者の注は〔　〕で示した。

辻元よしふみ

２０２４年秋

24, 2023. https://www.discovernikkei.org/en/journal/2021/4/30/tsunezo-wachi/.
United States Government. Naval Intelligence Manual, ONI-19, 1933. Washington, D.C.

the Rutland Intelligence Network in Southern California." International Journal of Intelligence and Counterintelligence 35, no. 1 (2022). https://doi.org/10.1080/08850607.2020.1871252.

富士フイルム 富士フイルムのあゆみ「写真フィルム国産化へのチャレンジ」Accessed May 24, 2023. https://www.fujifilm.co.jp/corporate/aboutus/history/ayumi/dai1-01.html.

富士屋ホテル Accessed May 24, 2023. https://fhr.fujiyahotel.jp/.

Hynd, A. "Mr. Kono and Mr. Blake." Esquire. January 1, 1944. https://classic.esquire.com/article/1944/01/01/mr-kono-and-mr-blake. FBI files note that this article is almost entirely accurate, other than that Blake inflated his own importance and cut a few things that were sensitive (such as the Rutland reference).

Kahn, David. "The Intelligence Failure of Pearl Harbor." Foreign Affairs 70, no. 5 (1991): 138–52. https://doi.org/10.2307/20045008.

Koontz, Giacinta. "Bert Kinner: The Ups and Downs." AviationPros. Accessed May 24, 2023. https://www.aviationpros.com/education-training/article/10381193/bert-kinner-the-ups-and-downs.

Johnson, K. W. "The Neglected Giant: Agnes Meyer Driscoll." Washington, D.C.: National Security Agency, 2015.

Kimmel, Thomas K., J. A. Williams, and Paul Glyn Williams. "The FBI's Role in the Pearl Harbor Attack." American Intelligence Journal 27, no. 1 (2009): 41–48. http:// www.jstor.org/stable/44327110.

Los Angeles County Registrar-Recorder. Property Deeds.

Masquers Club. "History." Accessed May 24, 2023. http://www.masquersclub.org/.

Nørgaard, Hans E., and Villy Dall. "Britisk Krigshelt Fra Agger Blev (Nok) Japansk Spion." Historisk Årbog, 2013, 39–56. Accessed May 24, 2023. https://arkivthy.dk /images/Aarbog/2013/4britiskkrigsheltfraagger.pdf.

US Navy Office of Naval Intelligence. "Japanese Intelligence and Propaganda in the United States during 1941." December 4, 1941. Accessed May 24, 2023. http://www.mansell.com/eo9066/1941/41-12/IA021.html.

Oleo Company History. https://www.oleoinc.com/about/story.

Ortega, M. "Reseña: Entre la Historia y las Relaciones Internacionales: Lothar Knauth 45 Años de Magisterio sobre Asia en la Facultad de Ciencias Políticas y Sociales, UNAM." Saberes Revista de Historia de las Ciencias y las Humanidades 1, no. 2 (2017). Accessed May 24, 2023. https://www.saberesrevista.org/ojs/index.php/saberes/article/view/74.

Pfeiffer, D. "Sage Prophet or Loose Cannon?" Prologue Magazine 40, no. 2 (2008). Accessed May 24, 2023. https://www.archives.gov/publications/prologue/2008/summer/zacharias.html.

歴史が眠る多磨霊園「鳥居卓哉」Accessed May 24, 2023. http://www6.plala.or.jp/guti/cemetery/PERSON/T/torii_ta.html.

Schultz, Fred. "Resurrecting the Kimmel Case." Naval History Magazine, US Naval Institute, August 1995. Accessed May 24, 2023. https://www.usni.org/magazines/naval-history-magazine/1995/august/special-report-resurrecting-kimmel-case.

Thompson, Kate. "KYB Tells Its 100-Year Story." Garage Wire. November 22, 2019. Accessed May 24, 2023. https://garagewire.co.uk/news/company/kyb/kyb-tells-its-100-year-story/.

Townhouse Bar. "History." Accessed May 15, 2023. http://www.townhousevenice.com/history.

Uscanga, C. "Tsunezō Wachi: De Espía a Monje Budista." Discover Nikkei. April 30, 2021. Accessed May

日米新聞（Nichibei Shimbun）
サンフランシスコ・エグザミナー
ザ・タイムズ（ロンドン）
ワシントン・ポスト

特に参考にした記事

"Naval Airman's Heroism." *The Times* (London), August 12, 1916, 6.
"Englishman Travelling through US, Canada and Japan Seeks to Represent Manufacturers." *New York Times*, September 3, 1933. Business Connections section.
"Bail Is Reduced. Flyer Gets Reduction in Campfire Forest Case." *Bellingham Herald* (WA), August 24, 1934, 7.
"Rutland to Leave on Trip to Japan." *Los Angeles Times*, November 25, 1936, 38.
"Britons Will Give Dance. Chaplin Buys Charity Ball Tickets." *Los Angeles Times*, October 11, 1936, 50. Accessed June 2, 2023. https://www.newspapers.com /image/380280078.
"Bon Voyage Fete for FJ Rutland and Daughter." *Los Angeles Examiner*, August 19, 1939.
"Former British Flier Sees U.S. Mediation." *Long Beach Press-Telegram*, October 20, 1939. 2. Accessed June 2, 2023. https://www.newspapers.com/image/703977284.
"Japan Navy Officer Head in Spy Plot." *Los Angeles Times*, June 10, 1941, 1.
"New Arrests Loom in 'Spy' Round Up Here." *Los Angeles Examiner*, June 10, 1941.
"US to Deport Tokio Officer." *San Francisco Examiner*, June 21, 1941, 2.
Ringle, Ken. "What Did You Do before the War, Dad?" *Washington Post*, December 6, 1981.

その他の参考記事、ネット記事等

"Passenger Lists (for the Rutland Family)." Ancestry®. Accessed April 16, 2023. https://www.ancestry.com/search/categories/img_passlists/.
British United Services Club "British United Services Club History." Accessed May 24, 2023. https://busc.clubexpress.com/content.aspx?page_id=22&club_d=599365&module_id=406508.
Jakobsen, Knud. "Jyllandsslaget: og Første Verdenskrig i Nordsøen." Sea War Museum Jutland, 2018.
DeFrance, Smith J. "The Aerodynamic Effect of a Retractable Landing Gear." The National Advisory Committee for Aeronautics, March 1933. Accessed May 24, 2023. https://ntrs.nasa.gov/api/citations/19930081304/downloads/19930081304.pdf.
A picture of a Lockheed Altair purchased by the Mainichi Newspaper is here: https://aucfree.com/items/s841237286.
DeLeon, Andrew. "Martin Dies Jr., the House Un- American Activities Committee and Racial Discrimination in Mid- Century America." Thesis at Sam Houston University.
DeFrance, Smith J. "The Aerodynamic Effect of a Retractable Landing Gear." The National Advisory Committee for Aeronautics, March 1933. Accessed May 24, 2023. https://ntrs.nasa.gov/api/citations/19930081304/downloads/19930081304.pdf.
Drabkin, Ron, K. Kusunoki, and Bradley Hart. "Agents, Attachés, and Intelligence Failures: The Imperial Japanese Navy's Efforts to Establish Espionage Networks in the United States before Pearl Harbor." Intelligence and National Security 38, no. 3 (2023), https://doi.org/10.1080/02684527.2022.2123935.
Drabkin, Ron, and Bradley W. Hart. "Agent Shinkawa Revisited: The Japanese Navy's Establishment of

Rosenzweig, Laura. *Hollywood's Spies: The Undercover Surveillance of Nazis*. New York: NYU Press, 2017.
Rutland, David. *Behind the Front Panel: The Design and Development of 1920's Radios*. Philomath, OR: Wren Publishers, 1994.
実松譲『海軍大学教育：戦略・戦術道場の功罪』横浜、光人社、1975 年
実松譲『日米情報戦：戦う前に敵の動向を知る』東京、光人社、2009 年
Security Aircraft Company (Bert Kinner), Stock Certificates. Seth, Ronald. Secret Servants. New York: Paperback Library, 1968.
Spivak, John. *Honorable Spy*. New York: Modern Age Books, 1939.
Stevenson, William. *A Man Called Intrepid: The Incredible WWII Narrative of the Hero Whose Spy Network and Secret Diplomacy Changed the Course of History*. Guilford, CT: Lyons Press, 2009.
Summers, Anthony, and Robbyn Swan. *A matter of honor: Pearl harbor: Betrayal, blame, and a family's quest for Justice*. New York, NY: Harper, 2017.
高松宮宣仁親王『高松宮日記』第 4 巻、東京、中央公論新社、1996 年
寺崎太郎『れいめい：日本外交回想録』東京、中央公論事業出版、1982 年
Toland, J. *The Rising Sun: The Decline and Fall of the Japanese Empire*. New York: Random House, 1982.
Urabe and Shinsato. *For That One Day: The Memoirs of Mitsuo Fuchida, Commander of the Attack on Pearl Harbor*. Kamuela, HI: eXperience, inc, 2011.
和智恒蔵「通信諜報の概要」（水交　第 101 号—第 130 号）東京、水交会、1961 年
Warner, Guy. *World War One Aircraft Carrier Pioneer: The Story and Diaries of Captain JM McCleery RNAS/RAF*. Barnsley, UK: Pen & Sword Aviation, 2011.
Westlake School for Girls. *Vox Puellarum (Yearbook)*. Los Angeles, CA. 1938–42.
Wilhelm, Maria. *The Man Who Watched the Rising Sun: The Story of Admiral Ellis M. Zacharias*. Mountain View, CA: Ishi Press, 2013.
山本武利『陸軍中野学校：「秘密工作員」養成機関の実像』東京、筑摩書房、2017 年
山崎啓明『インテリジェンス 1941：日米開戦への道 知られざる国際情報戦』東京、NHK 出版、2014 年
Yenne, Bill. *Lockheed*. Lincoln, NE: Bison Books, 1987.
横井俊幸『帝国海軍機密室：太平洋戦争裏面史』東京、新生活社、1953 年
吉川猛夫『私は真珠湾のスパイだった』東京、毎日ワンズ、2018 年
Young, Desmond. *Rutland of Jutland*. London: Cassell, 1963.
Zacharias, Ellis M. *Secret Missions: The Story of an Intelligence Officer*. Annapolis, MD: Naval Institute Press, 2014.

参考にした新聞、定期刊行物

ベリンガム・ヘラルド
ロンドン・ガゼット
ロングビーチプレス・テレグラム
ロサンゼルス・デイリー・ニュース
ロサンゼルス・イブニング・ポスト
ロサンゼルス・エグザミナー
ロサンゼルス・タイムズ
ニューヨーク・タイムズ

McBride and Company, 1943.
Jacobs, Stephen. *Boris Karloff: More than a Monster: The Authorized Biography*. South Yorkshire, UK: Tomahawk Press, 2011.
Johnson, Clarence "Kelly." *More than My Share of It All*. Washington, DC: Smithsonian Books, 1979.
カヤバ工業株式会社社史編纂委員会（編）『カヤバ工業50年史：1935-1985』東京、カヤバ工業、1986年
萱場四郎『支那軍兵器一般』東京、萱場製作所、1938年
Koshiba, S. *Shina Kinmu no Kaisōroku*（支那勤務の回想録）. Tokyo: The National Institute for Defense Studies, unpublished.
Kotani, K. *Japanese Intelligence in World War II*. Oxford, UK: Osprey Publishing, 2009.
小谷賢『日本軍のインテリジェンス：なぜ情報が活かされないのか』東京、講談社選書メチエ、2007年
黒野耐『帝国国防方針の研究：陸海軍国防思想の展開と特徴』東京、総和社、2000年
Kushner, Barak. *The Thought War: Japanese Imperial Propaganda*. Honolulu, HI: University of Hawai'i Press, 2007.
桑原虎雄『海軍航空回想録〈草創編〉』東京、航空新聞社、1964年
Layton, E. T., R. Pineau, and J. Costello. *And I Was There: Breaking the Secrets— Pearl Harbor and Midway*. New York: William Morrow and Company, 1985.
Livock, Gerald E. *To the Ends of the Air*. London: Stationery Office Books, 1973.
Loftis, Larry. *Into the Lion's Mouth*. New York, NY: Berkley Caliber, 2016.
Lowman, D. D. *Magic: The Untold Story of U.S. Intelligence and the Evacuation of Japanese Residents from the West Coast during WW II*. Twickenham, UK: Athena Press, 2001.
MacIntyre, Ben. *Operation Mincemeat: How a Dead Man and a Bizarre Plan Fooled the Nazis and Assured an Allied Victory*. New York: Crown, 2011.
Macintyre, Donald. *Jutland*. London: White Lion Publishers, 1975.
Mank, Gregory. *Hollywood's Hellfire Club: The Misadventures of John Barrymore, W.C. Fields, Errol Flynn and the Bundy Drive Boys*. Port Townsend, WA: Feral House, 2009.
Matthews, Tony. *Shadows Dancing*. New York: St. Martin's Press, 1994.
Melzer, Jurgen. *Wings for the Rising Sun: A Transnational History of Japanese Aviation*. Cambridge, MA: Harvard University Asia Center, 2020.
Miller, R. *Codename Tricycle: The True Story of the Second World War's Most Extraordinary Double Agent*. London: Pimlico, 2005.
Nasaw, D. *The Chief: The Life of William Randolph Hearst*. Boston: Mariner Books, 2001.
大野裕之『チャップリンの影——日本人秘書 高野虎市』東京、講談社、2009年
Peattie, Mark. *The Rise of Japanese Naval Air Power, 1909–1941*. Annapolis, MD: Naval Institute Press, 2013.
Powers, Richard Gid. *Secrecy and Power: The Life of J. Edgar Hoover*. New York: Free Press, 1987.
Prados, J. *Combined Fleet Decoded: The Secret History of American Intelligence and the Japanese Navy in World War II*. Annapolis, MD: Naval Institute Press, 2001.
Prange, G. W. *At Dawn We Slept*. New York: Penguin Books, 1991.
Reeve, Commander Richard, USNR, et al. *The United States Strategic Bombing Survey (Pacific)*, Japanese Intelligence Section, G-2. Washington, DC: United States Government Publishing Office, 1946.

カリフォルニア大学バークレー校バンクロフト図書館
Fang family, San Francisco Examiner photograph archive negative files
南カリフォルニア大学ロサンゼルス校東アジア図書館
Pedro Loureiro Collection
カリフォルニア州立大学ノースリッジ校オーラルヒストリー
Roos papers
テキサス大学
Thayer Hobson Collection
Sam Houston Regional Library and Research Center, Martin Dies Collection

書籍

浅田勁『海軍料亭小松物語』横浜、かなしん出版、1994年

Basave, Daniel. *El samurái de la Grafle*. Mexico: Fondo de Cultura Economica, 2019.

Benson, Robert Louis. *A History of US Communications Intelligence during WWII: Policy and Administration.* Fort George G. Meade, MD: Center for Cryptologic History, National Security Agency, 1997.

Chaplin, Charles. *Shoulder Arms*. Directed by Charles Chaplin. Los Angeles: Charles Chaplin Productions, 1918.

Clausen, Henry C. *Pearl Harbor: Final Judgment*. New York: Crown, 1992.

Department of Defense. *Magic Background of Pearl Harbor*. 4 vols. United States Navy, 2022.

Dorwart, Jeffery. *Conflict of Duty: U.S. Navy's Intelligence Dilemma, 1919–1945*. Annapolis, MD: Naval Institute Press, 1983.

Drea, E. J. *MacArthur's ULTRA: Codebreaking and the War against Japan, 1942–1945*. Lawrence, KS: University Press of Kansas, 1992.

Hill, Robert A. *The FBI's RACON: Racial Conditions in the United States during World War II*. Boston: Northeastern University Press, 1995.

堀栄三『大本営参謀の情報戦記：情報なき国家の悲劇』東京、文藝春秋、1989年

Fahey, John. *Australia's First Spies: The Remarkable Story of Australia's Intelligence Operations, 1901–45*. Crows Nest, Australia: Allen & Unwin, 2019.

Farago, Ladislas. *The Broken Seal: The Story of Operation Magic and the Pearl Harbor Disaster.* New York: Random House, 1967.

Friedman, Norman. *Fighting the Great War at Sea: Strategy, Tactics and Technology*. Annapolis, MD: Naval Institute Press, 2021.

Gage, Beverly. *G- Man: J. Edgar Hoover and the Making of the American Century*. New York: Viking, 2022.

Goodman, Walter. *The Committee: The Extraordinary Career of the House Committee on Un-American Activities*. New York: Penguin Books, 1968.

軍事史学会（編）『海軍大将嶋田繁太郎備忘録・日記 I：備忘録 第一～第五』東京、錦正社、2017年

Hart, Bradley. *Hitler's American Friends*. New York: Thomas Dunne Books, 2018.

Hemming, Henry. *Agents of Influence: A British Campaign, a Canadian Spy, and the Secret Plot to Bring America into World War II*. New York: PublicAffairs, 2019.

Hynd, Alan. *Betrayal from the East: The Inside Story of Japanese Spies in America*. New York: Robert M.

参考文献・資料

アーカイブ資料

コロンビア大学アーカイブス（ニューヨーク）

Alan G. Kirk の 1961 年のオーラル・ヒストリー・インタビュー

FBI ファイル（米国情報公開法 FOIA による）

Frederick Rutland, Ellis Zacharias, Harry Thompson, John S. Farnsworth, Toraichi Kono, Sadatomo Okada, Toshio Miyazaki, Tsunezo Wachi, Tamon Yamaguchi, Takashi Furusawa, Tasuku Nakazawa の各ファイル

以下のファイルは、公開が待たれる　So Yasuhara, Ken Nakazawa, Leigh Karaki, Shio Sakanishi, Japanese Radio Operators

アジア歴史資料センター（JACAR）オンライン

Records of the Sempill mission

Records of Shiro Takasu

英国国立公文書館（キュー）

MI5 KV ファイル　Frederick Rutland, Lord Sempill, CHC Smith, Herbert Smith の個人ファイルを含む

大艦隊司令長官の秘密資料　volume LVIII, pack 0022, section L

米国国立公文書館（カリフォルニア州リバーサイド、ワシントン DC、ミズーリ州セントルイス）

海軍第 11 管区ファイル

米国市民権及び移民サービスの資料

海軍の記録　Rutland and others

国立国会図書館（東京）

海軍通信記録

日飛ニュース創立 50 周年記念特集号編集委員会（編）『日飛 50 年の歩み：日飛ニュース特集号：創立 50 周年記念』横浜、日本飛行機、1984 年

防衛研究所（東京）

実松譲回想録

プリツカー軍事博物館＆図書館（イリノイ州シカゴ）

William Hudson Collection, Tsunezo Wachi インタビュー

スミソニアン博物館国立航空宇宙コレクション

Winfield B. "Bert" Kinner Collection

スタンフォード大学フーバー研究所アーカイブ

International Military Tribunal for the Far East records

Hoji Shimbun records

ピッツバーグ大学アーカイブ及び特別コレクション部門

Donald M. Goldstein Collection, Itaru Tachibana インタビュー

【著】ロナルド・ドラブキン　Ronald Drabkin
アメリカの作家、企業家、エンジェル投資家。シリコンバレーでさまざまな企業にベンチャーキャピタルを調達し、最初期の Google と Facebook にも広告を出稿していた。現在、ノートルダム大学客員教授も務める。日本のスパイ活動に関する査読付き論文の執筆者でもある。ロサンゼルスで育った幼少時代から、スパイ活動の歴史に関心を持ち、父親が米軍の対諜報活動に従事していたことも理解していた。その後、祖父も同じくスパイ活動に携わっていたことを知り、これまで機密扱いだった文書の調査を始める。2024 年時点で東京在住。日本語も堪能。

【訳】辻元よしふみ（つじもと・よしふみ）
服飾史・軍事史研究家、翻訳家。陸上自衛隊需品学校部外講師。訳書に、マクドノー『第三帝国全史 上：ヒトラー 1933-1939』『第三帝国全史 下：ヒトラー 1940-1945』、バックレー『第二次世界大戦 運命の決断：あなたの選択で歴史はどう変わるのか』、ダビンズ『フロッグマン戦記：第 2 次世界大戦 米軍水中破壊工作部隊』、ヘンダーソン『ヒトラーと戦ったユダヤ人特殊部隊』、トリッグ『バルバロッサ：最前線のドイツ兵が見た独ソ戦』など、辻元玲子との共著に『軍装・服飾史カラー図鑑 増補版』『図説 戦争と軍服の歴史』など、共訳にデイヴィス『ビジュアル図鑑 魔導書の歴史』などがある。テレビ出演も多数。

ラトランド、お前《まえ》は誰《だれ》だ？
日本を真珠湾攻撃に導いた男

2024年11月20日　初版印刷
2024年11月30日　初版発行

著　者　ロナルド・ドラブキン
訳　者　辻元よしふみ
装丁者　松田行正＋内田優花
発行者　小野寺優
発行所　株式会社河出書房新社
〒162-8544　東京都新宿区東五軒町2-13
電話（03）3404-1201［営業］（03）3404-8611［編集］
https://www.kawade.co.jp/
組　版　株式会社キャップス
印　刷　株式会社暁印刷
製　本　大口製本印刷株式会社
Printed in Japan
ISBN978-4-309-22941-6